DIFENDERE HARLOW

Mercenari di Montagna, Libro 4

SUSAN STOKER

Also by Susan Stoker

Mercenari di Montagna
Difendere Allye
Difendere Chloe
Difendere Morgan
Difendere Harlow
Difendere Everly
Difendere Zara
Difendere Raven

Ace Security *(Prossimamente)*
Il riscatto di Grace
Il riscatto di Alexis
Il riscatto di Bailey
Il riscatto di Felicity
Il riscatto di Sarah

Delta Force Heroes
Salvare Rayne
Salvare Emily
Salvare Harley
Il Matrimonio di Emily
Salvare Kassie
Salvare Bryn
Salvare Casey
Salvare Sadie
Salvare Wendy
Salvare Mary
Salvare Macie

Armi e Amori
Proteggere Caroline

Proteggere Alabama
Proteggere Fiona
Il Matrimonio di Caroline
Proteggere Summer
Proteggere Cheyenne
Proteggere Jessyka
Proteggere Julie
Proteggere Melody
Proteggere il Futuro
Proteggere Kiera
Proteggere i figli di Alabama
Proteggere Dakota

CAPITOLO UNO

Lowell "Black" Lockard si stava proprio annoiando.

Si appoggiò allo schienale della sua sedia da ufficio, intrecciò le mani dietro la testa e guardò fuori dalla finestra, senza vedere nulla in particolare.

L'occasionale scoppio di arma da fuoco penetrava attraverso le parenti isolate del suo ufficio. Era un suono confortante, a cui Black si era abituato nel corso degli anni. Possedere un poligono di tiro non era esattamente quello che si aspettava, dopo aver lasciato la marina, ma eccolo lì.

Gli piaceva quel lavoro. Si era divertito a conoscere molte persone che andavano da lui per imparare a sparare. Era orgoglioso delle pistole che offriva a tutti per esercitarsi, e delle lezioni di sicurezza personale che teneva. Ma ultimamente Black sapeva che nella sua vita mancava qualcosa.

Non solo per il fatto che i Mercenari di Montagna non avevano partecipato ad una sola missione, nell'ultimo mese. C'era di più. Vedere i suoi amici e compagni di squadra innamorarsi uno dopo l'altro gli aveva fatto aprire gli occhi sulla parte più triste della sua vita: era la routine. Normalmente gli piaceva, ma con tutte le storie dei suoi amici su come le loro donne li tenessero sempre sulle spine e impegnati... non poteva fare a meno di desiderare di avere qualcosa di simile, per riempire il suo tempo.

Black pensava che una bella missione impegnativa avrebbe ammazzato la noia. E sapeva che quel pensiero lo rendeva uno stronzo. Non voleva certo che una donna o un bambino venissero rapiti o maltrattati, ma ogni volta che qualcuno si rivolgeva a Rex, il suo capo, in cerca di aiuto, Black aveva uno scopo ben preciso. Si sentiva più utile e soddisfatto quando aiutava gli altri. Aveva passato tutta la vita a muoversi quando gli altri avevano bisogno di aiuto, stare seduto in un ufficio non lo faceva certo sentire necessario.

Lo squillo del suo cellulare distolse Black dalle sue riflessioni, si sedette in avanti a guardare lo schermo.

Sconosciuto.

Fu lì lì per non rispondere. Non gli andava proprio di parlare con un promoter o con un imbonitore, ma siccome si annoiava da morire, poteva anche rischiare.

"Pronto?"

"Parlo con Lowell Lockard?"

Black non riconobbe la voce. "Sono io."

"Ciao, Lowell. Sono Harlow Reese. Abbiamo parlato qualche settimana fa, ricordi?"

A sentire quel nome, Black si raddrizzò subito sulla sedia. Sentì una sorta di agitazione aggrovigliargli lo stomaco. Harlow era esattamente ciò di cui aveva bisogno... in un modo completamente diverso.

"Sì, mi aspettavo che mi chiamassi prima," la rimproverò scherzosamente.

La donna all'altro capo del telefono ridacchiò, Black sorrise per quel suono. Gli piaceva quella voce. Era bassa e sgargiante. Persino la sua risata era attraente.

Scosse la testa, disperdendo i suoi folli pensieri. Non cercava necessariamente quello che avevano trovato Gray, Ro e Arrow. Gli sarebbe semplicemente piaciuto uscire con qualcuna, anche se ultimamente non l'aveva fatto.

Non riusciva a immaginare di stabilirsi con una sola donna, per il resto della sua vita. Non era un marpione, ma gli piaceva il gioco degli appuntamenti. Conoscere qualcuna, flirtare, l'attesa per portarla a letto per la prima volta...

Cercò di concentrarsi su quello che stava dicendo Harlow.

"...non ha chiamato. Ho pensato che stessi esagerando. Ma... la situazione è cambiata, e mi chiedevo se tu potessi tornare a insegnare più lezioni di sicurezza personale a tutte le donne qui, al rifugio."

La serietà del tono di Harlow e l'implicazione delle sue parole colpirono Black duramente.

L'ultima volta che era stato al Rifugio delle Donne di Pronto Speranza risaliva al mese precedente, nella consueta rotazione dei Mercenari di Montagna. Circa una volta al mese, uno di loro si recava al rifugio per interagire con le donne e i bambini che vivevano lì, per assicurarsi che tutto andasse bene. Facevano anche dei lavori occasionali e insegnavano alle donne tecniche di difesa personale. Pronto Speranza era un rifugio di transizione, dove le donne potevano vivere fino a quando non trovavano un alloggio a prezzi accessibili, trovavano un lavoro e, in pratica, si rimettevano in piedi dopo essere arrivate al rifugio per un qualche caso della vita, qualunque esso fosse. Loretta Royster, la proprietaria dell'edificio e direttrice del rifugio, faceva sempre tutto il possibile per tenere tutti al sicuro.

Black conosceva Harlow fin dal liceo. Era pazzesco che entrambi fossero finiti a Colorado Springs, dopo essere cresciuti in Kansas. Lei era di un anno più giovane di lui, ma erano stati insieme nel club dell'annuario dell'ultimo anno di Black. Incontrarla al rifugio era stata una sorpresa; era appena stata assunta come chef.

Un mese prima, Harlow gli aveva detto di essere stata

molestata, gli aveva chiesto informazioni per imparare a sparare. Black aveva giurato mentalmente di chiamarla, se non si fosse messa in contatto con lui, ma non l'aveva fatto.

Se ne pentì, in quel momento.

In sua difesa, pensava che il fatto che lei non avesse chiamato indicava che le molestie erano cessate. Ma non era una buona scusa. Avrebbe dovuto seguire il caso, non solo perché era stato incuriosito dal fatto di rivedere una donna risbucata dal suo passato.

"La situazione è cambiata," ripeté Black. "In che modo?"

"Beh, quando ti ho visto l'ultima volta, i tizi molestavano solo me. Ma ora, a quanto pare, molestano tutte."

"Cosa dicono i poliziotti? Sei stata alla polizia, giusto?"

"Certo," disse Harlow con un soffio. "Non sono un'idiota. Loretta ha parlato con loro diverse volte, ma dato che non ci hanno fatto niente, non possono intervenire."

Black era confuso. "Allora cosa stanno facendo?"

"Cose stupide, come fischiare quando una delle donne va e viene dall'edificio. A volte ci seguono nel parcheggio, quando usciamo. Non ci hanno messo le mani addosso e non si sono avvicinati, ma sono sempre lì, ci guardano, ci prendono in giro. Cose del genere. Spaventano le donne e i bambini, non sopporto vedere tutti così sconvolti."

"Certo che ti aiuterò," la rassicurò Black. "Conosci gli uomini che vi danno fastidio?"

"No. Sono giovani. Penso abbiano tra i sedici e i vent'anni. Vanno in giro per il quartiere. Non credo che gli importi che li vediamo, perché tecnicamente non fanno niente di illegale. Ma bazzicano in quel nuovo parco in fondo alla strada del palazzo, o fuori dal negozio di tatuaggi dall'altra parte della strada. Le residenti non vogliono uscire da sole, non lasciano nemmeno che i loro figli vadano a giocare al parco."

"Lavori al rifugio questo pomeriggio?"

"Oggi?" chiese Harlow di sorpresa.

"Sì, Harl. Oggi."

"Beh, sì. Almeno fino alle quattro circa. Poi arriva Zoe."

"Zoe?"

"L'altra cuoca. Loretta l'ha assunta circa una settimana dopo di me. Quando non ci sono io, c'è lei, e viceversa. In questo modo sono coperti tutti i pasti," spiegò Harlow.

"Anche lei è stata molestata?" chiese Black.

"Sì. Tutte, te l'ho detto. È strano, perché Zoe ha sessant'anni. Non sembra, per via dei suoi capelli rosa e tutto il resto, ma non capisco perché quei teppisti se la prendano con tutte noi. Loretta pensa che potrebbe essere stato un ex di qualcuna ad assumerli, ma siccome non ci fanno del male e non distruggono la proprietà, i poliziotti non indagano, quindi non abbiamo modo di scoprirlo."

Il battito cardiaco di Black aumentò. Più lei gli parlava della situazione, più lui si preoccupava.

"Comunque," proseguì Harlow, "penso che forse incontrarti di nuovo, poterti fare più domande e farti mostrare alcune cose basilari che possono fare per proteggersi, darà loro più fiducia."

Black guardò l'orologio e disse: "Sarò lì tra un'ora."

Calò un attimo di silenzio prima che Harlow chiedesse: "Davvero?"

"Sul serio."

"Non volevo dire... Non devi venire oggi. Ho solo... hai detto di chiamare se mi sentivo a disagio."

"Giusto. E mi hai chiamato perché non sei a tuo agio con la situazione, e io posso fare qualcosa."

Black avrebbe fatto qualcosa a riguardo, ovviamente. Avrebbe detto ad Harlow che sarebbe stato lì in trenta minuti, solo che doveva chiamare Rex e informarlo di quello che stava succedendo. Doveva anche chiamare Meat, il loro esperto di computer. Meat poteva iniziare a indagare sugli ex mariti e gli ex fidanzati delle residenti del rifugio.

Sapeva che forse stava esagerando, forse i teppisti non avevano alcun legame con nessuno e si stavano solo divertendo a spaventare quelle povere donne, ma non la pensava così. L'edificio non era nella parte migliore della città, ma neanche nella peggiore. Colorado Springs stava investendo un po' di soldi nella zona, comprese le agevolazioni fiscali per le imprese che avevano aperto e gli incentivi ai costruttori per cercare di rivitalizzare la zona.

Harlow era stata molestata per almeno un mese. Dubitava che gli uomini che la infastidivano si sarebbero limitati solo a cazzate e risatine. Ancora una volta, si incazzò con se stesso per non averla chiamata prima per controllare.

Il retro del collo gli formicolava, un segno sicuro che la situazione era migliorata.

Black era felice di avere qualcosa da fare per tenersi occupato e soddisfare il suo bisogno di essere utile, ma non solo, era ansioso di vedere Harlow. Aveva pensato spesso a lei nell'ultimo mese, ogni scusa per rivederla era la benvenuta.

"Di' a Loretta che sarò lì tra poco. Le parlerò di quello che sta succedendo e di quali misure sono in atto per proteggere le residenti. Nel frattempo, sarai al sicuro?"

Percepì del divertimento nella voce di lei, quando gli rispose: "Ho trentaquattro anni e sono stata essenzialmente da sola negli ultimi sedici anni. Penso di poter sopravvivere per i circa sessanta minuti che ci separano."

Black sorrise. Gli piaceva quell'insolenza. "Giusto. Allora ci vediamo presto."

"Lowell?"

Lui sorrise ampiamente, sentendo Harlow chiamarlo di nuovo per nome. Era passato molto tempo dall'ultima volta che qualcuno l'aveva usato, a parte la sua famiglia. Sentirlo con la voce bassa di Harlow gli fece vibrare la pancia dall'emozione.

"Sì, Harl?"

"Grazie. So che è passato molto tempo dall'ultima volta che ci siamo visti, o anche solo pensati. È solo che... tutti sono nervosi, quando i poliziotti non hanno potuto fare nulla, non sapevamo cosa fare. Apprezzo il fatto che tu ti sia offerto di tenere i corsi. Posso pagarli io. Voglio dire, sono stata io a chiamarti."

"Ne parleremo quando sarò lì," le disse Black.

Non c'era modo che qualcuno lo pagasse per qualcosa. Il rifugio delle donne era importante per Rex e per il resto dei Mercenari di Montagna. Loretta li aveva aiutati più volte quando avevano bisogno del suo aiuto, con una donna o un bambino che avevano salvato. Rex si sarebbe arrabbiato con Loretta stessa per non averlo chiamato, ma Black e il resto della sua squadra avrebbero offerto gratuitamente qualsiasi aiuto di cui il rifugio avesse bisogno.

"Ok. Guida con prudenza," disse Harlow. "Ciao."

Lei riattaccò prima che Black potesse dire una parola. Lui abbassò il telefono e fissò a lungo nel vuoto. Erano passati secoli da quando qualcuno gli aveva detto di guidare con prudenza, almeno... qualcuno che non fosse suo parente. I suoi genitori erano fantastici, ma vivevano dall'altra parte del Paese, a Orlando. Parlava spesso con loro, gli dicevano sempre che gli volevano bene ma non si preoccupavano di lui, era un uomo fatto e finito.

Suo fratello era un fotografo che viaggiava in giro per il mondo scattando foto per riviste e organizzazioni. Era cinque anni più giovane di Black, sembrava sempre ficcarsi in situazioni discutibili. Certo, anche Black lo faceva, ma i suoi genitori non lo sapevano. Quindi i genitori si preoccupavano di Lance, era lui il Lockard problematico.

Harlow probabilmente non voleva dire nulla in particolare, con quelle parole. Probabilmente diceva sempre a tutti di stare attenti. Ma comunque per Black furono parole importanti che gli accesero una sorta di lampadina interna.

Decidendo proprio in quel momento che avrebbe chiesto ad Harlow Reese di uscire, Black sorrise. Era passato molto tempo da quando era corso dietro una donna in particolare, non vedeva l'ora di rimettersi in gioco.

Ancora sorridente, Black riprese il telefono e compose il numero di Rex. Aveva bisogno di dire al suo capo cosa stava succedendo. Al momento non aveva informazioni, ma a Rex non piacevano le sorprese. Era meglio parlargli il prima possibile e portargli i dettagli più tardi, piuttosto che buttargli addosso tutto di colpo.

CAPITOLO DUE

Harlow arrotolò e tagliò la pasta, poi la mise sulla teglia dei biscotti senza pensarci. Poteva fare i biscotti nel sonno, il che era una buona cosa, perché al momento la sua attenzione non era certo concentrata sulla cottura.

Aveva discusso con se stessa sull'opportunità di chiamare Lowell per una settimana e aveva finalmente trovato il coraggio di farlo.

Quando l'aveva visto per la prima volta, qualche settimana prima, era infastidita dagli uomini che le gridavano dietro ogni sorta di schifezze quando arrivava al rifugio, e ogni volta che passava dal parcheggio, quando se ne andava. Aveva pensato che imparare di più sull'autodifesa e forse anche un po' sulla sicurezza legata alle armi da fuoco sarebbe stata una buona idea. Aveva pensato che stessero molestando solo lei, ma quando una settimana prima aveva sentito per caso alcune delle residenti parlare dei teppisti che facevano loro le stesse cose, aveva capito di dover intervenire.

Perché non erano solo le donne ad avere paura, anche i bambini erano spaventati. Questo era inaccettabile per Harlow. Già non le piaceva quando gli uomini usavano la forza

o l'intimidazione per abusare delle donne, ma quando ci andavano di mezzo i bambini, per Harlow si superava il limite.
Vivevano cinque bambini al rifugio, in quel momento, ed
erano visibilmente turbati da quelle molestie.

Jasper Newton era il più grande, aveva tredici anni. Era
leggermente sovrappeso e inciampava costantemente nei suoi
stessi piedi. Era il protettore del gruppo, probabilmente per
compensare il fatto che suo padre aveva abusato di sua madre
per anni. Gli abusi erano cessati solo perché un giorno Wyatt
si era alzato e aveva lasciato moglie e figlio, dicendo loro che
non voleva più una famiglia, che non li amava e che aveva
trovato una nuova fidanzata.

Harlow sapeva che Jasper e sua madre stavano meglio, ma
il ragazzino aveva ovviamente sofferto a causa di tutto quello
che suo padre gli aveva fatto passare.

Lacie Bronson aveva undici anni e non parlava molto.
Harlow non conosceva la sua storia, ma qualsiasi cosa fosse
successa a lei e a sua madre per far sì che avessero bisogno dei
servizi del rifugio era stata ovviamente traumatizzante per
entrambe.

Milo Hamlin aveva nove anni e, pur essendo diffidente,
rideva ancora molto e faceva amicizia facilmente. Samantha
Royal aveva otto anni e frequentava la stessa scuola di Milo.
Erano nella stessa classe. Sammie aveva una cotta per Milo e
lo seguiva ovunque.

Con soli cinque anni, la bambina più piccola del rifugio
era Jody Zimmerman. Era una ragazzina curiosa che passava
ogni momento possibile in cucina con Harlow. Aveva dei bei
capelli rossi e gli occhi verdi. Sua madre era giovane, aveva
solo ventitré anni, così come il suo ultimo fidanzato, che era
stato ucciso da un guidatore ubriaco giorni prima di entrare
nell'esercito e, per mancanza di soldi e senza l'aiuto dei
parenti, Jody e sua madre erano rimaste senza casa.

Harlow avrebbe fatto di tutto per proteggere quei

bambini. Aveva sempre avuto un debole per i più piccoli. La situazione dei loro genitori non era colpa dei bambini, lei voleva fare tutto il possibile per lasciare loro dei bei ricordi della loro infanzia. Se ciò fosse successo anche solo attraverso il cibo, sarebbe andato bene lo stesso.

Harlow aveva accolto i bambini nella sua cucina a braccia aperte. Spesso entravano a turno, portandosi i libri per fare i compiti al grande tavolo da pranzo o semplicemente desiderando qualcosa da fare, e lei li metteva al lavoro facendosi aiutare con qualsiasi pasto ci fosse in corso. Sapendo che alla maggior parte di loro era stato negato cibo a sufficienza per riempirsi la pancia a causa della loro situazione finanziaria, aveva sempre a portata di mano anche degli snack.

Ogni volta che le loro madri si riunivano in gruppo, Harlow portava i bambini in cucina per insegnare loro a fare qualcosa di nuovo. Un giorno potevano essere biscotti, il giorno successivo poteva essere il pane. Le piaceva molto vederli divertirsi e si divertiva con loro.

Era soprattutto per i bambini che aveva chiamato Lowell Lockard.

L'aveva riconosciuto non appena l'aveva visto. Avevano frequentato lo stesso liceo a Topeka, in Kansas, e una volta lei si era presa una grandissima cotta per lui. Ma lui era fuori dalla sua portata. Troppo popolare, per una come lei. Era la ragazza a cui piaceva nascondersi dietro la sua macchina fotografica, fotografando gli altri piuttosto che stare sotto i riflettori. Aveva provato a fare la fotografa, ma alla fine si era resa conto che preferiva molto di più cucinare che stare dietro a un obiettivo.

Lowell era stato divertente e gentile con lei, quando erano adolescenti. Non l'aveva guardata dall'alto in basso e le aveva fatto più di una volta i complimenti per le foto che aveva scattato. Harlow sapeva che si sarebbe arruolato in marina quando si sarebbe diplomato, e lei lo ammirava per aver voluto servire il suo paese.

Voleva uscire con lui più di quanto volesse il suo prossimo respiro, ma anche allora non aveva avuto la migliore fortuna con i ragazzi e gli appuntamenti.

Dopo che Lowell si era diplomato, lei non aveva più sentito parlare di lui, né lo aveva più visto, fino a quando non si era presentato in mezzo al soggiorno del rifugio per donne. Era stato uno shock, ma non si era sorpresa di apprendere che possedeva un poligono di tiro locale e che occasionalmente si offriva come volontario al Pronto Speranza. Aveva sentito parlare degli uomini che venivano ogni mese a dare una mano nel rifugio e a passare del tempo con le residenti. Anche al liceo, Lowell era un campione per chi non sapeva difendersi.

Harlow era un po' imbarazzata nello scoprire che la sua cotta per lui si era risvegliata con vigore, tornando ai livelli di quando era adolescente. Era diventato un gran bell'uomo. Erano più o meno della stessa altezza, ma Lowell era un uomo tutto d'un pezzo. Non c'era traccia del ragazzo magrolino di una volta. Aveva braccia muscolose e cosce ben delineate sotto i jeans. Aveva alcune cicatrici visibili, indice del fatto che aveva passato dei momenti difficili.

Ma era più del suo aspetto. Harlow aveva superato l'età in cui un uomo di bell'aspetto le faceva perdere la testa. Aveva incontrato e frequentato abbastanza uomini da sapere che non era il bell'aspetto che li rendeva una bella coppia. Era quello che c'era nel profondo.

Lowell aveva giocato con i bambini ed era stato un professionista nella lettura del linguaggio del corpo delle nuove residenti. Quando Carrie aveva fatto un passo indietro nell'incontrarlo, lui non aveva allungato una mano per stringergliela, ma aveva semplicemente annuito e le aveva dato un po' di spazio. Quando Sue si era rifiutata di incontrare i suoi occhi, non l'aveva messa a disagio in alcun modo. Si era solo spostato per salutare la donna successiva.

Non aveva avuto problemi a sedersi sul pavimento con Jody e a giocare a bambole con la bambina.

Sì, tutto quello che Harlow aveva visto su Lowell quel giorno, un mese prima, l'aveva colpita. Ma si era rifiutata di cedere alla tentazione. Era la regina dei pessimi appuntamenti, l'ultima cosa che voleva era essere delusa da un orribile appuntamento con la sua cotta del liceo.

Aveva deciso di ammirarlo da lontano e di ignorare la sua precedente offerta di aiuto. Ma dopo che Sammie era entrata in cucina qualche giorno prima, piangendo perché uno degli uomini che si aggiravano nel parco le aveva detto di divertirsi a dormire nel suo letto perché non ne avrebbe più avuto uno, Harlow aveva deciso che non ne poteva più.

Aveva trovato il coraggio di chiamare Lowell e senza esitazione lui le aveva detto che sarebbe arrivato subito da lei. Quello l'aveva sorpresa. Pensava che avrebbe dovuto inserire lei e il rifugio nella sua agenda. Mai in un milione di anni avrebbe pensato che sarebbe venuto lo stesso giorno.

"Harlow?"

La voce femminile spaventò Harlow così tanto che sussultò e fece quasi cadere la teglia sul pavimento. Scuotendo la testa per la sua goffaggine, alzò lo sguardo per vedere Loretta in piedi sulla porta.

La donna più anziana sembrava molto più giovane dei suoi sessantacinque anni. Aveva accettato i suoi capelli grigi e le stavano benissimo. I suoi occhi azzurri risaltavano ancora di più, assumendo quasi una tonalità d'argento. Aveva rughine intorno agli occhi e alla bocca, aveva sempre un sorriso per tutti. Quel giorno indossava un paio di jeans che si modellavano al suo corpo e una maglietta che diceva: "SESSANTA sono i nuovi vent'anni."

Harlow si voltò rapidamente verso il lavandino per lavarsi

le mani. "Ciao, Loretta. Posso portarti qualcosa?"

L'altra donna scosse la testa. "Oh, no. Sono ancora satolla da quella deliziosa colazione che hai preparato. Assumere te e Zoe è stata la migliore decisione che abbia mai preso, riguardo a questo posto."

Harlow sorrise, mentre si asciugava le mani. "Anch'io sono entusiasta che tu ci abbia assunte," disse alla donna più anziana. Harlow aveva lavorato in un hotel di lusso a Seattle e si era talmente consumata, che aveva deciso di cambiare. Aveva cercato ristoranti nella zona di Denver, quando uno dei direttori d'albergo le aveva parlato dell'apertura di un posto di lavoro a Colorado Springs. Non era una cosa che Harlow aveva preso in considerazione, ma dopo aver sentito parlare di Loretta, di quanto tempo avesse vissuto nella zona e di come avesse aiutato le residenti per oltre trent'anni, inoltrare una domanda le sembrava la cosa giusta da fare.

Harlow era stata a Colorado Springs solo per un breve periodo, ma le piaceva molto. Le piaceva fare escursioni, apprezzava l'aria fresca, amava guardare fuori dalla finestra del suo appartamento e vedere Pikes Peak. Anche lì si sentiva al sicuro, sebbene il rifugio non fosse nel quartiere migliore.

La città cercava di rivitalizzare la zona, parola in codice per dire ripulirla. La maggior parte delle vetrine intorno al rifugio erano ancora vuote, ma qualche isolato più in là, nuovi negozi e ristoranti aprivano quasi ogni settimana. C'erano anche costosi condomini che si stavano sviluppando su diverse strade, avrebbero portato clienti ai nuovi esercizi commerciali.

"Sei riuscita a contattare Black?" chiese Loretta.

Harlow annuì. "Sì, stavo per dirtelo, ma dovevo mettere questi biscotti nel forno," disse alla donna più anziana. "Oggi verrà a parlare con te."

Vide le spalle di Loretta abbassarsi per il sollievo.

Sentendosi in colpa per averci messo così tanto tempo a

chiamare Lowell, Harlow cercò rapidamente di rassicurarla. "Sono sicura che capirà cosa sta succedendo, e se quei ragazzi sono solo dei teppisti, li rimetterà in riga e li manderà per la loro strada. Ha anche detto che sarebbe stato felice di incontrare le residenti e di insegnare loro qualche tecnica di autodifesa."

"Bene... questo è un bene," disse Loretta. Poi sospirò. "Invecchiare è una fregatura. Un tempo, sarei andata io stessa faccia a faccia con quei ragazzetti."

Harlow guardò più a lungo la sua datrice di lavoro e non le piacque ciò che vide. C'erano delle borse sotto i suoi occhi, la sua fronte era solcata dalla preoccupazione. "È successo qualcos'altro?"

"Qualcos'altro?" chiese Loretta stancamente. "Vuoi dire a parte il fatto che le mie residenti vengono molestate e non riusciamo a capirne il perché, i poliziotti hanno le mani legate, ho una lista d'attesa lunga venti nomi e non c'è spazio per le donne che hanno bisogno di aiuto, e ho un appuntamento domani sera?"

"Hai un appuntamento?" chiese Harlow, con le sopracciglia sollevate per la sorpresa, ignorando tutto il resto che aveva detto. Non che non pensasse che Loretta potesse o dovesse uscire con qualcuno; era una donna bellissima e aveva un cuore grande come il Texas. Ma non aveva mai sentito parlare di un uomo in particolare nella sua vita.

Loretta serrò le labbra. "Sono troppo vecchia per uscire con qualcuno, ma sì. Edward non accettava un no come risposta. Mi porta fuori a cena."

Harlow sapeva di chi stava parlando Loretta. Edward O'Connor. Era un irlandese che possedeva una panetteria dall'altro lato della strada, di fronte al rifugio. Spesso portava dolci e pane vecchi di un giorno, che normalmente venivano buttati via. Harlow sapeva cucinare, ma farsi consegnare i dolci le rendeva la vita molto più facile, al mattino. Le piaceva quel signore e le piaceva ancora di più il fatto che avesse chiesto a Loretta di uscire.

"Una volta sono andata a un appuntamento in cui il ragazzo continuava a chinarsi sul tavolo e a togliermi il cibo dal piatto. Usava la forchetta per infilzare un pezzo di gambero, dicendo:" (Harlow abbassò la voce) *'Non ti dispiace se ne assaggio un po', vero?'* E senza aspettare che io dicessi sì o no, si prendeva il mio cibo."

Loretta sorrise. "Tu e la tua sfortuna, bambina. Non posso credere ad alcune delle storie che mi hai raccontato sui tuoi appuntamenti. Sicura che non stai distorcendo un po' la verità?"

Harlow restituì il sorriso. "Assolutamente no. Ogni singola cosa successa, quando sono uscita con un ragazzo, è la pura verità."

"Quando arriverà l'uomo giusto, cambierai idea."

"No, non credo proprio. Ti ricordi di Charles?"

Loretta alzò gli occhi al cielo. "Non ricordarmelo."

"Oh, ma devo farlo. Ha ordinato per me, ho pensato che fosse dolce, come se cercasse di fare il gentiluomo. Finché non mi ha ordinato una Diet Coke, ha chiesto alla cameriera quante calorie c'erano nei pasti e alla fine per me ha scelto il pollo al forno con contorno di verdure, senza burro."

Loretta gemette e scosse la testa. "Quindi era un cretino. Solo perché non sei uno stecchino, non significa che sei grassa o che devi perdere peso."

"Lo so," disse Harlow. E lo sapeva davvero. Era contenta della sua taglia. Le piaceva mangiare - era una cuoca, santo cielo. Non sarebbe mai stata una taglia trentotto. O quaranta, d'accordo, ma non era obesa, le piaceva passeggiare e cercava di stare attenta a quello che mangiava. Inutile dire che quello era stato il suo ultimo appuntamento con quel Charles.

Aveva avuto così tanti appuntamenti sbagliati, in passato, che aveva deciso di bloccare gli appuntamenti per un po', concentrandosi invece sul lavoro. Era rimasta fedele alle sue convinzioni per quasi un anno.

"Seriamente, quando arriverà l'uomo giusto, lo saprai. Vedrai," insistette Loretta.

Harlow scosse la testa ma non rispose. Era stata vicina a quella signora abbastanza da sapere che non avrebbe cambiato idea. Loretta era testarda. *Estremamente* testarda. Così Harlow fece quello che sapeva essere il modo migliore per distogliere la mente di Loretta da qualsiasi argomento, ovvero cambiarlo.

"Comunque, Lowell ha detto che sarebbe arrivato qui..." guardò il suo orologio, "...circa trenta minuti fa. Sono sicura che vorrà chiederti degli ex di tutte. Ma ha detto che ci aiuterà."

"Grazie al cielo," disse Loretta. "Sai cosa fa Black, vero?"

Harlow sapeva che il suo soprannome era Black, ma poiché lo aveva conosciuto al liceo come Lowell, lo chiamava per nome. Inclinò la testa, alla domanda di Loretta. "Intende riguardo alle lezioni di sicurezza al poligono di tiro che possiede?"

"No, cara. Ti dirò qualcosa che non è esattamente di dominio pubblico. Lo so solo perché li ho aiutati in passato, e te lo dico perché mi fido di te, e tu hai conosci già Black. Lui e i suoi amici fanno parte di un gruppo chiamato i Mercenari di Montagna."

Harlow scattò immediatamente. "La gente li assume per uccidere gli altri?"

Loretta esplose in una risata. "No, bambina. Santo cielo. Sono assunti per trovare e liberare donne e bambini rapiti. I loro servizi non sono a buon mercato e chi li assume ha delle conoscenze. Non è che si può semplicemente cercare Rex, il capo, e la sua banda su internet e mandargli un'e-mail. Prendono i casi più disperati: donne che sono scomparse nel racket del traffico sessuale, bambini che sono stati presi da genitori senza permesso delle autorità... assistono anche nei casi di abuso, di tanto in tanto."

Harlow era confusa. "Ma pensavo che i mercenari fossero motivati dal denaro?"

Loretta scrollò le spalle. "Non so e non m'importa come abbiano fatto a inventarsi quel nome, anche se sono sicura che devono guadagnare dei bei soldi per fare quello che fanno, la cosa principale da cui Rex e la sua squadra sono motivati è la giustizia. A loro non piace vedere donne o bambini abusati da altri. Sono tutti ex soldati delle forze speciali, in un modo o nell'altro. Hanno l'addestramento necessario per scivolare all'estero e salvare le persone senza essere scoperti. Oppure rimangono proprio qui, nel nostro paese, per trovare e salvare una donna o un bambino in difficoltà."

"Come fai a sapere tutto questo?" chiese Harlow. Da un lato era scioccata, ma dall'altro aveva un senso. Bastava guardare Lowell per capire che era il tipo di uomo su cui si poteva contare. Era forte e compassionevole, ma aveva uno sguardo che comunicava chiaramente che non era un uomo con cui scherzare. Quella era una delle ragioni principali per cui alla fine aveva ceduto e lo aveva chiamato.

"Gestisco un rifugio per donne in difficoltà." Loretta scrollò le spalle, come se fosse ovvio il motivo per cui conosceva quel misterioso gruppo di uomini letali. "Rex mi ha contattato qualche anno fa e mi ha chiesto se avessi spazio per una donna che avevano salvato da una situazione di violenza. Non avevo posto, ma dopo aver sentito la sua orribile storia, ho trovato spazio. Nel corso degli anni ho saputo sempre di più sui Mercenari di Montagna. Dopo aver conosciuto tutti gli uomini - tranne Rex, che nemmeno i ragazzi hanno mai conosciuto - posso dire in tutta onestà che sono tra gli uomini più morali e onesti con cui abbia mai avuto il piacere di lavorare."

Harlow sapeva che quello era un grande elogio da parte di Loretta. Non era mai stata sposata e non aveva avuto figli. Quando aveva vent'anni si era unita a una setta, anche se all'epoca non sapeva che si trattasse di una setta. Il capo era stato violento e dispotico, e da quando era fuggita, Loretta aveva tenuto gli uomini a distanza. Per lei lodare quel personaggio chiamato Rex, la sua organizzazione e gli uomini che lavoravano per lui... era una cosa molto importante.

"Beh, è vero che ho conosciuto Lowell al liceo," rispose Harlow. "Voglio dire, non eravamo molto uniti. E sapevo che si era arruolato in marina dopo il diploma."

Loretta annuì. "Navy SEAL[1], scommetto," disse. "Comunque, grazie per averlo chiamato, bambina. Avrei dovuto chiamare Rex, ma pensavo che la cosa sarebbe finita e che quei ragazzi si sarebbero annoiati."

"Lo pensavo anch'io," concordò Harlow.

"In ogni caso, sono felice di condividere con Black quello che posso. Sa che ci sono alcuni dettagli che non posso rivelare a causa delle leggi sulla privacy."

"Come potrà aiutarci, se non ha tutti i dettagli?" chiese Harlow.

Loretta sorrise, ma non rispose.

"Cosa?" chiese di nuovo Harlow.

"Rex e la sua squadra hanno i loro modi per scoprire tutto," le disse Loretta. "Gli farò sapere cosa sta succedendo qui, e scommetto tutto quello che vuoi che riusciranno a scoprire più cose sugli ex di quante ne potrebbero mai sapere da me. E anche più velocemente."

Harlow rabbrividì. Non ne era così sicura.

Come se potesse leggerle la mente, Loretta si avvicinò e diede una pacca sulla mano di Harlow. "Non stressarti," le disse. "Il tuo Lowell è uno dei buoni. Non ficcherebbe mai il naso nel tuo passato senza un buon motivo."

Ma Harlow non era preoccupata di quello che Lowell

avrebbe potuto trovare su di lei. Era noiosa, come donna di trentaquattro anni. Andava d'accordo con i suoi genitori. Era andata al college per un anno o due prima di trasferirsi in una scuola di cucina, aveva preso buoni voti e non aveva mai avuto problemi con la legge, a parte qualche multa per divieto di sosta e i punti tolti dalla patente.

Ma sapere che Lowell avrebbe potuto scoprire tutto su di lei, se avesse voluto, era un po' scoraggiante. Le ricordava un uomo con cui era uscita per un appuntamento, che aveva tirato fuori un foglio di carta e glielo aveva presentato, spiegandole che si era portato avanti e aveva fatto un controllo approfondito sul suo passato per assicurarsi che fosse abbastanza brava per sposarla.

Era stato inquietante e invasivo - quello era stato il suo ultimo appuntamento con quel becero individuo.

"Spero che non lo faccia," disse infine Harlow.

Loretta sorrise di nuovo. "Meglio finire quei biscotti prima che arrivi Black e ti distragga." Detto ciò, la donna più anziana si voltò e uscì dalla cucina.

Harlow controllò l'ora e si rese conto di avere solo una ventina di minuti prima dell'arrivo di Lowell. Infilò rapidamente la teglia di biscotti nel forno preriscaldato. Avrebbero dovuto essere pronti all'incirca verso l'ora dell'arrivo di Lowell.

Pulendosi la fronte sulla manica, Harlow ebbe il pensiero fugace di desiderare di avere un cambio di vestiti, ma poi si sgridò mentalmente. Lowell non stava andando a prenderla per un appuntamento o qualcosa del genere, quindi non doveva preoccuparsi di quello che indossava. Aveva un paio di jeans, una maglietta e degli infradito. Il grembiule che indossava sempre in cucina le copriva comunque la maggior parte di quello che indossava.

Sapeva che i suoi capelli erano probabilmente un disastro, come al solito. Se li era raccolti in uno chignon disordinato sulla nuca, in modo da non farli finire nel cibo che stava cucinando. Non indossava gioielli e le sue unghie non erano smaltate. Il più delle volte si sentiva un fallimento quando si trattava di "arti femminili" - e quel pensiero si rafforzava ulteriormente con i suoi numerosi appuntamenti falliti.

Harlow credeva che gli appuntamenti non fossero falliti necessariamente a causa sua, ma perché sembrava attrarre uomini che sicuramente non erano adatti a lei. Come quella volta che aveva accettato di uscire con un ragazzo che era amante dell'aria aperta. Aveva pensato che fosse un'ottima idea, le piaceva stare all'aperto.

Beh, era andato a prenderla e l'aveva portata al lago. Aveva portato due sedie, per fortuna, ma una sola canna da pesca. Poi avevano bevuto birra e pescato per due ore. Non si era nemmeno reso conto che lei si annoiava, perché era uno stronzo egocentrico. Non le sarebbe importato molto, se lui le avesse parlato mentre pescava, ma l'unica volta che lei aveva cercato di iniziare una conversazione, lui l'aveva zittita dicendole che spaventava i pesci.

Alla fine, lei gli aveva detto che chiamava un Uber e se ne andava. Lui non era pronto ad andare e le disse che l'avrebbe chiamata più tardi. Harlow non era stata certo sorpresa o delusa quando lui non l'aveva fatto.

Basti dire che Harlow era un po' timida, quando si trattava di appuntamenti. Non era contraria a una relazione, ma per avere una relazione bisognava passare del tempo con qualcuno. E nel suo mondo, non era mai finita bene.

Sospirò, cominciò a pulire il bancone mentre ripassava mentalmente il menù della cena. Quella sera toccava a Zoe cucinare e voleva assicurarsi che l'altra donna avesse tutti gli ingredienti per fare le lasagne.

CAPITOLO TRE

BLACK SI APPOGGIÒ allo stipite della porta e guardò Harlow spostarsi nella grande cucina. Era accanto al grande soggiorno, una delle doppie porte era aperta. Il rumore delle auto che andavano su e giù per la strada davanti all'edificio era lieve e non toglieva nulla alla familiarità dello spazio. Il bagliore della finestra sopra il lavandino le faceva sembrare i capelli biondi ancora più chiari.

Loretta aveva salutato Black quando era arrivato e lo aveva ringraziato per essere venuto. L'aveva informato che si sarebbe trovata nel suo ufficio, pronta a rispondere a tutte le sue domande, ma prima poteva andare a salutare Harlow.

Black non poteva fare a meno di sorridere al pensiero. Gli era sempre piaciuta Loretta. Non era molto discreta, ma faceva parte del suo fascino.

La sua attenzione ritornò ad Harlow quando lei urtò accidentalmente l'angolo del bancone, lasciandosi sfuggire un piccolo gemito di dolore e si strofinò l'anca.

C'era qualcosa in lei che lo faceva sentire... calmo. E quello era un grosso problema, perché il più delle volte Black era tutt'altro che calmo. Era costantemente alla ricerca di minacce nelle sue immediate vicinanze, come ai vecchi tempi in cui era un Navy SEAL. Ma c'era di più. Anche quando era da solo nel suo appartamento, aveva difficoltà a rilassarsi. La televisione lo annoiava. Non riusciva quasi mai ad arrivare alla fine di un film prima di pensare a qualcos'altro che avrebbe dovuto fare. Gli ci voleva un'eternità per leggere un libro, perché riusciva a leggere solo un capitolo o giù di lì, prima di diventare irrequieto.

Ma si rese conto che poteva stare lì a guardare Harlow per ore.

Lei non stava facendo niente di interessante - puliva la cucina, toglieva una teglia di biscotti dal forno e borbottava - ma lo affascinava. Era costantemente in movimento, in quel momento Black capì che era nervosa per qualcosa.

Gli uomini che la molestavano? Qualunque cosa stesse cucinando? Lui? Difficile dirlo.

Black non seppe quantificare per quanto tempo la guardò, ma era inevitabile che prima o poi lei l'avrebbe visto.

Però non si aspettava che gli occhi di lei si allargassero, facendosi sfuggire un sussulto, e che Harlow inciampasse all'indietro.

Cadde a terra, Black la perse di vista per una frazione di secondo.

Attraversò la stanza di corsa e la vide seduta sul pavimento. Le tese la mano e le disse: "Mi dispiace tanto. Non volevo spaventarti."

Lei scosse la testa, poi si allungò e gli prese la mano, permettendogli di aiutarla ad alzarsi.

Diverse impressioni colpirono Black in una volta sola.

La prima fu la morbidezza della mano di Harlow. La seconda era il suo buon profumo di vaniglia. La terza era che, una volta in piedi, erano occhi negli occhi.

Era abituato ad essere il più basso del suo gruppo di amici, ma le ultime donne con cui era uscito erano minute. Pensava che le donne più basse fossero la sua passione, ma gli piaceva poter guardare da vicino gli occhi blu scuro di Harlow.

Al momento, era ovvio che era imbarazzata. Le guance di lei si tinsero di rosa, ma gli rivolse un gran sorriso. "Vorrei dire che di solito non sono così goffa, ma mentirei."

Black le sorrise e le lasciò la mano a malincuore. "Mi ricordo questo dettaglio di te."

Harlow riacquistò il controllo delle sue emozioni. "Credo di non essermene mai liberata, dopo tutti questi anni."

"È accattivante."

Harlow alzò gli occhi al cielo. "È accattivante in una bambina di sei anni. In una donna adulta, è solo imbarazzante," disse lei.

"Mi dispiace di averti spaventato," si scusò di nuovo Black, affascinato dal gioco di emozioni sul viso di lei. Era un interrogatore esperto, soprattutto per la sua abilità di leggere il linguaggio del corpo e gli spunti non verbali. Al momento, Harlow era un libro aperto.

Lei rifiutò le scuse. "No, è colpa mia. Sapevo che stavi arrivando. Ero distratta, pensando alla cena di stasera. Per non parlare del fatto che ultimamente sono stata un po' nervosa."

Black scosse la testa. "È stata colpa mia," insistette lui. "A volte mi dimentico di fare rumore quando sono in mezzo alla gente. In marina ho imparato a camminare sempre in silenzio. È un'abitudine difficile da perdere."

Lei lo guardò dritto negli occhi, senza cercare di nascondere il fatto che lo stava esaminando. Black non aveva idea di cosa stesse cercando, ma resse lo sguardo.

Infine, Harlow gli disse: "Ti suggerirei di indossare un campanello o qualcosa del genere quando vai in giro in pubblico, ma probabilmente sarebbe eccessivo."

Black sorrise di nuovo. "Sì. Ci sono momenti in cui

passare inosservati ha i suoi vantaggi. Ma oggi non è stato uno di questi. Di nuovo, mi dispiace di averti spaventato."

Invece di continuare ad insistere che era colpa sua, il che era ridicolo, Harlow si limitò ad annuire. Gli piaceva.

"Hai fame?" gli chiese.

"Cosa?" La domanda in sé non era sorprendente, visto che lei era in cucina, ma lui non si aspettava che lei si offrisse di dargli da mangiare.

"Hai fame?" ripeté lei. "È primo pomeriggio, ma se non hai avuto modo di mangiare, posso prepararti qualcosa in fretta prima di parlare."

"Sono a posto," le disse Black.

"Non è un problema," insistette lei. "Voglio dire, non è che ti preparerò un pasto di quattro portate o qualcosa del genere, ma posso prepararti un panino o un'insalata. Non è un grosso problema."

Black riconobbe che i suoi tentativi di nutrirlo erano solo un altro modo in cui cercava di gestire il suo nervosismo. Non gli piaceva che si sentisse a disagio con lui, ma allo stesso tempo sperava che ciò significasse che lei sentiva la stessa chimica folle che sentiva lui, quando stavano insieme.

"Ho già mangiato, ti ringrazio," la rassicurò, poi fece un gesto verso il tavolo di lato. "Vogliamo sederci lì mentre mi racconti dei problemi che avete avuto qui?"

Harlow annuì e si diresse verso il luogo indicato. L'odore pungente della vaniglia gli stuzzicò ancora una volta le narici, mentre lei passava. Black resistette all'impulso di avvolgerle un braccio intorno alla vita e di tirarla verso di sé. A malapena.

Era pazzesco. Erano anni che non reagiva in quel modo, nei confronti di una donna. L'ultima volta che aveva avuto un'intesa così con qualcuna, aveva circa vent'anni. Era uscito con quella donna per un anno, ma alla fine si era scoperto che la loro chimica era solo sessuale. Non avevano niente in comune e niente di cui parlare, quando non erano a letto.

Scuotendo la testa e concentrandosi sul momento presente, Black seguì Harlow al tavolo e le tirò indietro la sedia, attendendo che lei si accomodasse. Poi prese la sedia accanto a lei e la sistemò molto vicina ad Harlow, più di quanto fosse socialmente accettabile. Aveva imparato che mettere le persone un po' a disagio, in genere, le incoraggiava a parlare di più.

Black non iniziò la conversazione, ma lasciò che il silenzio si stabilisse tra loro. Di nuovo, quello non era un interrogatorio, ma aveva la sensazione che Harlow avrebbe cercato di minimizzare ciò che stava accadendo, e la voleva mettere leggermente a disagio, spingendola così a vuotare il sacco.

"Immagino che tu voglia sapere di più sul perché ti ho chiamato, eh?" chiese Harlow dopo un attimo.

Black annuì, ma non disse nulla.

La tattica sembrò funzionare, dato che Harlow si leccò le labbra e cominciò a balbettare. "Non è che hanno fatto qualcosa di sbagliato. Voglio dire, sono fastidiosi, ma non lo sono un po' tutti? Di solito vado molto più d'accordo con i bambini che con gli adulti. Mi piace stare anche da sola, perché la maggior parte delle volte le persone sono semplicemente irritanti. Loretta ha incontrato i poliziotti - te l'ho detto, credo - e hanno detto che finché i ragazzi non fanno qualcosa di illegale, hanno le mani legate. Fischiare aggressivamente contro le donne e dire loro quanto sono sexy non è contro la legge, purtroppo. Non riesco a immaginare perché qualcuno dovrebbe pensare che sia una buona idea stare fuori da un rifugio per donne e importunare le residenti. Voglio dire, gli uomini sono stupidi, ma non possono essere tutti *così* stupidi."

"Gli uomini sono stupidi?" chiese Black quando Harlow smise di parlare.

Lei annuì. "Non so dirti quanti appuntamenti ho avuto in cui il ragazzo si è comportato come un idiota. Se ci fosse stato un premio per essere stata agli appuntamenti più folli, avrei già vinto l'equivalente dell'Oscar."

"Davvero?" Black si era davvero incuriosito.

"Sì, gli uomini sono davvero ridicoli. Quando penso che potrebbero avere raggiunto il limite, diventano ancora più stupidi. Quindi immagino che, visto che i ragazzi che girano qui intorno sono giovani, forse sono solo eccitati o qualcosa del genere."

Black non riuscì a trattenere un sorriso.

Harlow scosse la testa, si portò una mano sul viso e si strofinò la fronte. "Mi dispiace. Continuo a blaterare." Lei lasciò cadere la mano, lo guardò dritto negli occhi e disse: "Non credo che siano eccitati. Non so quale sia il loro scopo, ma ho paura di incontrarli quando arrivo. A volte sono qui, a volte no. A volte c'è solo uno di loro, altre volte c'è un branco. Fischiano e schioccano la lingua, ma non hanno ancora toccato nessuna. Però, un pomeriggio dopo il mio turno, sono andata verso l'auto nel parcheggio pubblico e qualcuno mi ha messo quegli occhietti di plastica sul finestrino del guidatore. Sembra divertente, ma non lo era."

"Non credo che questo suoni per niente divertente," disse Black, tutto l'umorismo sparito dalla sua espressione.

"Ho appena... Amo questo lavoro. Amo le persone che vivono qui. Voglio che si rimettano in piedi. Voglio che i bambini acquisiscano un po' di fiducia. Ma è difficile lavorare quando mi chiedo cosa farà qualche teppista. È difficile per le donne andare avanti, quando hanno paura di uscire da questo edificio. È frustrante, e voglio solo che si fermino."

Black allungò le mani e prese quella di Harlow, tenendola con le proprie. Lei non ritirò la mano e strinse le dita intorno a quelle di Black.

"Io e la mia squadra troveremo una soluzione, Harlow.

Faremo in modo che tu e le altre possiate andare e venire senza preoccupazioni. Li faremo smettere."

Harlow si morse un labbro, poi annuì.

Black non le lasciò la mano, ma inclinò il polso per guardare l'orologio. "A che ora stacchi oggi?"

"Ora, oggi ho fatto colazione e pranzo. Domani Zoe fa la cena e la colazione. Sono rimasta nei paraggi solo perché hai detto che saresti venuto a trovarmi."

Black si sentì male per averla fatta restare. "Devo ancora parlare con Loretta," le disse. "Che ne dici di questo: tu ora vai a casa e io ti passo a prendere più tardi, per portarti a cena. Potremo discutere più a fondo della situazione. Sono sicuro che avrò altre domande da farti, dopo aver parlato con Loretta."

Harlow lo guardò a lungo prima di togliergli la mano dalla presa e di risistemarsi sulla sedia. "Non ho intenzione di uscire con te," gli disse.

"Chi ha parlato di un appuntamento?" chiese Black gentilmente.

Se fosse stato onesto con se stesso, avrebbe ammesso che la pensava in quel modo. Il legame tra lui e Harlow era forte, non avrebbe mai pensato che lei lo avrebbe rifiutato. Solo che... si era subito ricordato di quello che lei aveva detto dei suoi brutti appuntamenti, voleva prendersi a calci da solo.

"Non esco con nessuno," gli disse lei.

"Mai?"

"Beh... da quasi un anno," spiegò lei.

Black non rispose, nella speranza che lei riempisse il silenzio. Funzionò.

"Guarda. Mi stai simpatico, per quello che so di te, ma gli appuntamenti non mi vanno mai bene. Solo per farti un esempio, l'ultimo tizio con cui sono uscita continuava a usare il nome sbagliato, quando mi parlava. Quando finalmente l'ho corretto, ha ammesso di essere ancora innamorato della sua ex e mi ha chiesto di uscire perché le assomiglio molto."

"Ahia," commentò Black.

"Sì. Comunque, quello è stato circa il quattrocento-sessantaduesimo appuntamento andato male che ho avuto in vita mia, ho sentito che il record mondiale di appuntamenti andati male è di quattrocento-sessantatré, ed è un record che non voglio avere."

Black sorrise. Era divertente.

"Non è divertente," esclamò lei, le cominciarono a tremare le labbra. "È solo che con i miei appuntamenti precedenti, sono arrivata alla conclusione che non posso fidarmi di me stessa quando si tratta di uomini. Così mi prendo una pausa dalla scena degli appuntamenti per un po'."

"Ti sei prefissata una durata per questa cosa del non-appuntamento?" chiese Black, sempre più curioso.

"Beh, no. Immagino che saprò quando sarà il momento di tornare in gara, per così dire." Lei arrossì e continuò rapidamente. "Non sono contraria a sposarmi e ad avere dei figli un giorno, ma con un brutto appuntamento dopo l'altro, sono arrivata al punto di aver paura anche solo di cercare un uomo normale che non mi chieda che marca di trucco uso perché vuole provarlo lui stesso."

"Bene. Quindi non è un appuntamento," le disse Black, resistendo all'impulso di sorridere per la descrizione di quell'ultimo appuntamento andato male. Era sollevato dal fatto che lei non avesse rimandato l'appuntamento per sempre, era una fase temporanea. Ci poteva lavorare su. "Dobbiamo parlare del caso e di quello che sta succedendo. Devo stabilire alcune regole di base per te - e prima che tu ti metta a protestare, sono le stesse di cui parlerò a Loretta questo pomeriggio, e che tutte le residenti devono seguire. E dobbiamo entrambi mangiare, così possiamo prendere due piccioni con una fava."

Black mantenne un'espressione neutra mentre Harlow lo scrutava.

Dopo un attimo, lei gli chiese: "Cosa pensi sul togliere il cibo dal mio piatto, mentre mangiamo?"

Lui sbatté le palpebre. "Cosa?"

Harlow sospirò e scosse la testa. "Non importa. Va bene."

"Non avrò bisogno di mangiare dal tuo piatto perché avrò il mio pasto," le disse Black. "Ma se vuoi provare qualcosa che ho ordinato, sono più che felice di condividerlo con te. E dove cadono gli antipasti, in questa tua domanda? Voglio dire, di solito vengono su un solo piatto: dovremo condividerli."

Fu felice di vederle spuntare un piccolo sorriso sul volto. Sicuramente non gli piaceva che Harlow avesse un'opinione così bassa degli appuntamenti. Soprattutto perché aveva deciso, mentre stava in piedi sulla porta a guardarla, che voleva portarla fuori.

"Gli antipasti sono fatti per essere condivisi," gli disse lei seriamente. "Ma se ti avvicini anche solo al mio piatto con la forchetta, mi alzo e me ne vado."

"La mia forchetta starà lontana dal tuo piatto," promise Black.

"Bene," borbottò Harlow.

"Ma se vuoi un assaggio di qualcosa che ho, non devi far altro che chiedere." Black non riuscì a impedire che quell'allusione gli scivolasse via.

Harlow non lo richiamò, ma capì, perché arrossì. "Non lo farò," gli disse comunque con fermezza.

"Passo a prenderti a casa tua alle cinque e mezza," le disse Black.

"No. Ci vediamo al ristorante. Dimmi solo dov'è," rispose lei.

Black scosse la testa. "No. Non negoziabile."

"Questo non è un appuntamento," insistette Harlow. "Sono perfettamente in grado di incontrarti lì."

"Perché?" chiese Black, cercando di capire il suo ragionamento. "Questo è un incontro d'affari. Sicuramente la persona che ti insegnerà come tenerti al sicuro può essere affidabile per venirti a prendere."

"Non è quello," disse lei, abbassando lo sguardo.

"Allora cos'è? Aiutami a capire."

"Devo assicurarmi di avere un mezzo di trasporto," disse Harlow.

Black digrignò i denti. "Non farò nulla che ti faccia venir voglia di andartene prima," disse poi.

"Non puoi saperlo."

"Guardami," le ordinò Black.

Harlow sospirò, ma portò lo sguardo di nuovo nei suoi occhi.

"Non farò nulla che ti faccia venir voglia o che ti costringa ad andartene prima," le ripeté. "Sono un gentiluomo e so come trattare una donna." Voleva proprio che lei gli credesse.

"Questo non è un appuntamento," mormorò lei, più a se stessa che a lui.

"Non è un appuntamento," confermò Black.

Harlow annuì. "Bene. Puoi venire a prendermi. Ma giuro su Dio che se le cose vanno male, mi trasferisco in Alaska e mi faccio suora."

Black ridacchiò. "Lo sai che gli uomini sono più numerosi delle donne lassù, vero? Quindi, se vuoi trasferirti per allontanarti dagli uomini, non è quello lo stato in cui trasferirsi."

Si sentì sollevato quando lei sorrise di nuovo.

"Ottieni sempre quello che vuoi?" gli chiese.

Black scrollò le spalle e decise che forse non rispondere era la mossa migliore al momento. Tirò fuori il cellulare e chiese: "Qual è il tuo numero?" Quando lei esitò, lui aggiunse in fretta: "Sai, nel caso in cui fossi in ritardo o saltasse fuori qualcosa."

Harlow gli disse il numero e Black l'aggiunse ai suoi

contatti. Le mandò un messaggio veloce e dopo aver sentito la vibrazione del telefono di Harlow le disse: "So di averti dato il mio numero in precedenza, ma ora ce l'hai a portata di mano."

Le nascose il suo sorriso mentre si alzava in piedi e spingeva la sedia sotto il tavolo. In un certo senso capiva l'avversione di Harlow per gli appuntamenti, ma quello non gli avrebbe impedito di conoscerla meglio. Semplicemente non lo avrebbero chiamato appuntamento. Era determinato a dimostrarle che non tutti gli uomini erano dei coglioni. Non era sicuro di ciò che doveva affrontare, ma sperava di saperne di più quella sera.

Black non avrebbe mai pensato di applicare il suo talento nell'ottenere informazioni nella sua vita personale, non per lavoro, ma improvvisamente si sentì molto contento di essere un esperto di interrogatori. La chiave era essere abbastanza sottile da far sì che Harlow non si accorgesse di quello che stava facendo. Non vedeva l'ora. Non vedeva l'ora di passare del tempo con lei.

Anche lei si alzò e Black si avvicinò con un gesto alla porta della cucina. "Ti accompagno fuori." Non c'era una porta che desse fuori dalla cucina. Doveva attraversare la zona giorno principale dell'edificio e uscire dalla porta d'ingresso, oppure dirigersi verso il retro dell'edificio e uscire da quella parte.

"Non devi farlo," protestò lei.

"Lo so. Ma dimmi sinceramente: ti farebbe sentire meglio se lo facessi? E se quei ragazzi sono là fuori?"

Harlow sospirò. "Va bene, d'accordo. Sì, mi farebbe sentire meglio."

Black non osò sorridere. "Bene." Poi fece di nuovo un gesto verso la porta.

Harlow si tolse il grembiule sopra la testa e lo appese a un gancio al muro. Poi si avvicinò ad un armadietto per tirare fuori una borsa a fiori e una felpa. Non disse nulla mentre lui la precedeva attraverso la porta.

La mano di Black aleggiava vicino alla parte bassa della schiena di lei, ma si trattenne dal toccarla, anche se le sue dita si erano quasi mosse da sole. Harlow era in piena forma, e guardare il suo sedere ondeggiare mentre camminava stava dando a Black ogni sorta di idee a luci rosse. Lui non aveva esattamente un prototipo di bellezza femminile, ma non poteva negare di voler vedere Harlow distesa sul letto, nuda, che gli sorrideva.

"Lowell?"

Lui la guardò subito negli occhi, sperando di convincerla di averle prestato attenzione per tutto il tempo, invece di desiderarla.

Lei scosse la testa e sorrise. "Non mi hai sentito, vero?"

Lui scrollò le spalle. "Mi dispiace, no."

"Che razza di Navy SEAL sei!" lo prese in giro Harlow.

"Hai parlato con la signorina Loretta?" le chiese. Non gli importava che lei sapesse che era stato un SEAL. Non gli importava nemmeno che lei sapesse dei Mercenari di Montagna. Sperava che entrambi fossero dei vantaggi agli occhi di lei, piuttosto che punti sfavorevoli.

"Forse," disse lei timidamente.

"Che cosa hai detto, mentre ero così maleducato da non prestare attenzione?"

"Volevo solo ringraziarti per essere venuto qui oggi e per aver fatto tutto il possibile per aiutarci."

"Non c'è di che," disse lui tranquillamente. Poi fece quello a cui aveva pensato. Le mise la mano sulla parte bassa della schiena e la guidò dolcemente verso la porta. "Ora, saliamo in macchina, così potrai rilassarti prima del nostro... incontro di stasera."

Si era quasi tradito, chiamando l'incontro di quella sera

appuntamento. Si era ripromesso di non chiamare mai e poi mai nessuno dei loro incontri "appuntamenti."

Harlow annuì e si diresse verso la porta. Black notò che lei non si era allontanata dal suo tocco, il che lo fece sorridere. Sarebbe stato divertente passare altro tempo con lei. Era passato molto tempo dall'ultima volta che era stato lui a cercare una relazione. Nella cultura moderna, le donne non hanno problemi a cercare di ottenere quello che vogliono, che sia un appuntamento, un bacio o solo sesso. Era piacevole essere lui il corteggiatore, per una volta.

Harlow era cauta e insicura vicino a lui, questo la rendeva ancora più interessante. Lei era stata chiara sulla sua posizione, ma l'attesa di corteggiarla, senza che lei se ne accorgesse, era inebriante. Ed eccitante.

Black rivolse tutta l'attenzione dal corpo caldo che sentiva attraverso la camicia, sotto la punta delle dita, verso l'ambiente che lo circondava mentre usciva dall'edificio. Guardò su e giù per la strada e non notò nulla di strano.

Il rifugio si trovava al centro di diverse proprietà a tre piani, costituendo un unico grande blocco. Sembrava che fossero stati costruiti tutti nello stesso periodo. I due edifici ai lati del rifugio erano vuoti e quello alla fine dell'isolato era in fase di ristrutturazione. Black prese un appunto mentale per scoprire a chi appartenesse, e cosa stavano progettando di fare con quello spazio.

Dall'altro lato della strada, individuò un negozio di antiquariato, un negozio di tatuaggi e un banco dei pegni, insieme a due spazi di vendita vuoti con finestre polverose e colorate.

Un vicolo correva dietro gli edifici, permettendo le consegne dai camion. Black sapeva che Loretta viveva all'ultimo piano in una delle stanze più piccole e ne usava un'altra per un ufficio, lasciando le rimanenti stanze private alle madri, da condividere con i figli. Al secondo piano c'era una grande stanza aperta con cinque letti, dove alloggiavano le donne senza figli. Non era l'ideale a lungo termine, ma era sicura, calda, asciutta e spaziosa. Tutto ciò di cui le donne che vi soggiornavano avevano bisogno.

Loretta avrebbe potuto mettere più persone nel rifugio, mettendo letti a castello nella grande stanza comune, ma avere undici adulti e tra i cinque e i dieci bambini che vivevano nello stesso edificio era già abbastanza frenetico. L'aggiunta di altre donne avrebbe ridotto le risorse del rifugio e reso le cose ancora più caotiche, l'ultima cosa di cui tutti avevano bisogno era più stress.

Black accompagnò Harlow a piedi alla sua auto, nel parcheggio all'estremità opposta della strada dove si trovava il parco. Si ricordò che lei aveva detto che ai teppisti piaceva frequentare il parco e si voltò a guardare proprio lì. Non vide nessuno in agguato. Un grosso camioncino bianco era parcheggiato fuori dal negozio di antiquariato, un cliente entrò nel negozio di tatuaggi.

"Li vedi?" chiese nervosamente Harlow.

Black rivolse di nuovo la sua attenzione su di lei. "No. Sto solo cercando di capire come stanno le cose."

"Oh. Ok."

Black alzò lo sguardo "Quelle luci funzionano?" chiese.

"Sì. Anche se non sono super brillanti," gli disse Harlow.

Black si accigliò e continuò a camminare. Il parcheggio era proprio di fronte a una stazione di servizio vuota e fatiscente. Black aveva parcheggiato lì senza pensarci troppo, tutta la sua attenzione era concentrata sul raggiungere il rifugio. Ma ora che si immaginava Harlow, o Zoe, o qualsiasi altra donna del rifugio che camminava da sola verso l'auto, o con dei bambini, gli venivano i brividi sul retro del collo.

Dall'altro lato del vicolo, oltre il parcheggio, c'erano una fila di alberi e il retro di un parcheggio per camper malandato. C'erano molti aspetti di quell'ambiente che non gli piacevano, ma Black sapeva di non poter cambiare esattamente la posizione del parcheggio o del rifugio stesso, non importava quanto lo volesse.

Harlow lo condusse a una Ford Mustang decappottabile, rosso brillante. Black si voltò verso di lei, inarcando un sopracciglio.

Lei sorrise e scrollò le spalle. "Cosa posso dire? La adoro."

"È una bella macchina da corsa," le disse onestamente. Naturalmente, attirava anche molta attenzione su di lei, cosa che a lui non piaceva. Sarebbe stato meglio se avesse avuto una bella Honda o una Toyota nera e tranquilla. Ma aveva la sensazione che se gliene avesse parlato, lei avrebbe alzato gli occhi al cielo e gli avrebbe detto di andare a farsi fottere. E non l'avrebbe potuta biasimare.

"È così. Per anni ho avuto una Honda Civic usata. La odiavo. Non era da me. Non sono la persona più estroversa del mondo, ma c'è qualcosa nel vento tra i capelli e nel sole che mi fa sentire libera. Avrei preso una moto, ma sapevo che ai miei genitori sarebbe venuto un colpo, quindi questa era la cosa migliore."

Il pensiero di Harlow su una moto fece ribaltare lo stomaco di Black. Non tanto perché si preoccupava del tipo di motociclista che poteva essere, ma perché sapeva che la maggior parte delle volte era l'abilità, o la mancanza di abilità, degli altri automobilisti a causare incidenti. "Ti si addice," le disse onestamente. Era sincero. Riusciva a immaginarla ridere e sorridere mentre i suoi capelli biondi volavano al vento.

Non vedeva l'ora di assistere a quello spettacolo con i propri occhi.

Rafforzando la sua determinazione a conoscerla meglio, Black sorrise semplicemente, quando lei lo guardò con sospetto. Infine, lei annuì e si voltò verso la sua auto. Lui la guardò mentre abbassava la capote e notò quanto tempo ci volle. Se lo faceva ogni volta che andava lì per tornare a casa, gli stronzi che la tormentavano avrebbero avuto un sacco di tempo per avvicinarsi.

Mettendo quell'osservazione da parte per il momento, Black attese che lei entrasse e si sedesse. Poi mise le mani sul bordo del finestrino e si chinò. "Verrò a prenderti alle cinque e mezza," le ricordò.

"Oh... hai bisogno del mio indirizzo," disse Harlow.

In realtà no. Black poteva facilmente ottenerlo da Loretta o da Meat, ma annuì comunque. "Mandamelo via messaggio."

"Giusto. Lo farò."

Black rimase immobile.

"Lowell?" chiese lei. "C'è qualcos'altro?"

Certo che sì. Voleva dirle quanto la trovasse carina. Voleva dirle che non era sicuro di volersi sposare, ma che forse voleva essere il suo fidanzato. Che voleva il diritto di sedersi accanto a lei mentre lei tornava a casa... e che non vedeva l'ora di sentire se profumasse di vaniglia dappertutto.

Ma non lo fece. Ovviamente, in passato, lei era stata spesso delusa dagli uomini, tanto che lui non avrebbe dovuto fare nulla per farle credere che si frequentassero.

Se c'era un esperto in grado di fare operazioni sotto copertura, era proprio Black.

Si limitò dunque a scuotere la testa e dire: "Ci vediamo dopo. Guida con prudenza."

"Lo farò. Anche tu."

Poi Black si allontanò dalla decappottabile e la salutò con la mano.

Harlow gli sorrise e uscì lentamente dal parcheggio. Lui la guardò mentre guidava con cautela lungo la strada. Sì, il limite di velocità non era esattamente alto, ma osservare il modo in cui lei aveva guardato da entrambe le parti tre volte prima di uscire e come aveva accelerato lentamente gli fece capire che Harlow non guidava la sua auto come doveva essere guidata. Ovvero veloce e senza freni.

Quando Black si voltò per tornare al rifugio, vide qualcosa alla sua sinistra.

Si voltò a guardare e pensò di vedere qualcuno nascosto al banco dei pegni. No, forse era il tatuatore. Non era sicuro in quale attività l'uomo fosse scomparso. Tenne gli occhi sulle vetrine del negozio mentre si dirigeva verso il rifugio. Nessun altro era entrato o uscito dai negozi. Poteva essere un cliente abituale, o forse non lo era. Non ne era sicuro.

Ma una cosa di cui era sicuro era il fatto che il rifugio di Loretta avrebbe ottenuto un sistema di sicurezza nuovo di zecca. Completo di telecamere esterne. Non avrebbe fermato le molestie, non avrebbe fatto intervenire la polizia se nessuno avesse effettivamente infranto la legge, ma avrebbe aiutato Meat e Rex a identificare i colpevoli, e Black sarebbe stato in grado di "parlare" con loro e scoprire cosa stesse succedendo.

Dando un'ultima occhiata in giro prima di entrare nel rifugio per parlare con Loretta, Black sentì di nuovo la sgradevole sensazione di pericolo sul retro della nuca. Non vedeva niente di sospetto, ma aveva la sensazione che qualsiasi cosa stesse succedendo celasse ben più di un gruppo di adolescenti annoiati.

———

Un uomo stava fissando attraverso una finestra di vetro la porta del rifugio, dall'altra parte della strada, dove il tizio dai capelli scuri era scomparso. Aveva visto altri uomini andare e venire dal Rifugio delle donne Pronto Speranza, ma succedeva regolarmente, verso l'inizio del mese. Non nel pomeriggio - e non avevano mai accompagnato nessuno verso le auto, andando via. Aveva visto un vecchio andare e venire più spesso, ma quel tizio non era vecchio. Neanche un po'.

L'aveva guardato parcheggiare la sua Mazda di lusso in

fondo alla strada e aveva visto come la vecchia stronza l'avesse salutato alla porta. Non era stato dentro molto tempo, poi era riapparso con una delle cuoche. Si guardava intorno, valutava la zona e si comportava in modo molto protettivo nei confronti della donna al suo fianco.

Sospirando, l'uomo serrò le labbra. Non ci voleva. Le cose stavano andando così bene. Riusciva quasi a vedere la fine della sua lunghissima missione. Ma aveva la sensazione che quel tizio avrebbe rovinato tutto.

Era arrivato il momento di aumentare la pressione. Avrebbe ottenuto il suo scopo.

CAPITOLO QUATTRO

HHARLOW FECE un salto quando qualcuno bussò alla sua porta, alle cinque e mezza precise. Nonostante lo stesse aspettando, il suono la spaventò comunque. Si portò i capelli dietro un orecchio, andò alla porta e guardò attraverso lo spioncino.

Deglutendo rumorosamente, aprì la porta e fissò Lowell.

Sei nei guai, ragazza.

Lowell aveva un aspetto fantastico. Si era cambiato mettendo un paio di jeans neri e una maglietta nera che si adattava perfettamente al suo corpo. Sembrava... pronto da leccare.

Scuotendo la testa, Harlow forzò un sorriso. "Ehi."

"Ehi," le rispose con calma.

Harlow non poté fare a meno di restare imbambolata, mentre lui la guardava da cima a fondo. Dal momento che quello non era un appuntamento, Harlow si era rifiutata di vestirsi elegantemente. Indossava un semplice paio di jeans e una maglietta, ma si era presa il tempo di sistemarsi i capelli, che ora le cadevano sulle spalle. Aveva ancora gli infradito, ma quel pomeriggio aveva deciso di mettersi lo smalto sulle unghie dei piedi, di un bel rosso acceso.

Era stata una scelta d'impulso, non riuscì a non muovere le dita dei piedi quando lui guardò verso il basso.

Black riportò lo sguardo verso di lei e sorrise. "Mi piace il tuo smalto."

Harlow si costrinse ad alzare gli occhi al cielo, invece di sorridere come un'idiota. "Grazie," disse nel modo più cortese possibile. "Lasciami prendere la borsa e sarò pronta a partire." Si voltò, lasciandolo davanti alla porta del suo appartamento. Prese la borsa, che era appoggiata sul bancone della cucina, si girò per andarsene, ma invece rimbalzò sul petto di Lowell.

Lui le afferrò i bicipiti prima che potesse cadere a terra.

"Vacci piano, Harl."

Lei sapeva che stava arrossendo e abbassò la testa per cercare di nascondere la reazione per la loro vicinanza.

"Stai bene?" le chiese, alzandole la testa con un dito sotto il mento e sistemandole casualmente i capelli dietro l'orecchio, con l'altra mano.

Il tocco delicato delle dita di lui sul sensibile bordo esterno dell'orecchio le fece venire la pelle d'oca sulle braccia. Non era abituata ad avere uomini così vicini. Così vicini da sentire l'odore del sapone che lui aveva usato per la doccia e da sentire il calore del suo corpo.

Annuendo, Harlow fece un passo indietro. "Sto bene. Non mi ero resa conto che saresti stato proprio lì... dato che non ti ho invitato ad entrare." Non poté trattenere di marcare l'ultima frase, visto che era sconvolta. Non gli aveva chiesto di entrare mentre prendeva la borsa, perché non ci avrebbe messo molto e, onestamente, non lo voleva nel suo spazio.

Non perché avesse paura di lui o di quello che avrebbe potuto fare, ma perché aveva la sensazione che una volta che lui sarebbe entrato... sarebbe entrato.

In passato era uscita con decine di uomini. Gli appuntamenti erano stati a dir poco penosi, ma Harlow aveva la strana sensazione che Lowell fosse diverso. Poteva farle male.

Farle *davvero* male. Gli altri uomini con cui era uscita non erano altro che un puntino sul radar della sua vita, ma Lowell era già diverso dagli altri uomini con cui era uscita. Aveva un passato con lui. Una volta aveva avuto una cotta per lui, forse ce l'aveva ancora, e più tempo passava con lui, più si ricordava perché le piacesse così tanto.

Allora era un bravo ragazzo, ma in quel momento, tutto indicava che era un uomo straordinario.

Sei in un mare di guai, ragazza mia.

Lowell le fece un sorriso. "Scusa se sono entrato senza permesso."

Non sembrava dispiaciuto. Anzi, sembrava estremamente pieno di sé.

Harlow si sistemò la cinghia della sua borsa sulla spalla e fece un passo verso la porta. "Sono pronta ad andare."

Per fortuna Black non insistette per fare un giro della casa, non che ci fosse molto da vedere - era un appartamento con due camere da letto, due bagni, una cucina e zona soggiorno.

Lui tese un braccio, indicando che lei avrebbe dovuto precederlo alla porta. Harlow lo fece e, quando sentì la mano di lui appoggiata sopra il sedere, sospirò internamente. L'aveva fatto anche mentre si avviavano verso il parcheggio, qualche ora prima, e non appena lei aveva sentito il calore del palmo di lui sul corpo, si era rilassata. Il solo sapere che lui era lì, che le guardava le spalle, la rendeva molto meno spaventata da chi potesse essere in agguato fuori dal rifugio.

Lo stesso sentimento la pervase in quel momento, solo che... c'era di più. Non aveva paura di chi potesse esserci fuori dal suo appartamento, ma il tocco di Lowell la faceva sentire comunque al sicuro.

Non è un appuntamento, si ripeté mentalmente, allungando il passo per allontanarsi dal tocco di lui. Lowell non commentò, si era limitato a tenerle la porta aperta mentre usciva dall'appartamento. Scesero al piano di sotto, attraverso l'atrio del complesso, e uscirono dal portone d'ingresso. Harlow si era assicurata di stare almeno un metro davanti a lui, mentre camminavano verso la sua Mazda nel parcheggio.

Lowell le aprì la portiera sul lato del passeggero per farla accomodare, e richiuse la portiera una volta che era al sicuro all'interno. Harlow studiò Lowell che si dirigeva fiducioso verso il lato del guidatore.

Non era sicura di cosa fosse di lui che la faceva sentire così a suo agio. Non si sentiva così con la maggior parte degli uomini, almeno, non lo era stata in passato. Lei e Lowell erano della stessa altezza, ma in qualche modo lui sembrava molto più grande di lei. Harlow sapeva molto della sua personalità e della sua sicurezza. Trasudava competenza ed emanava un'atmosfera pericolosa. L'aveva percepita la prima volta che l'aveva visto, un mese prima. Le faceva venir voglia di vuotare il sacco, di dirgli tutto.

Anche quel pomeriggio, mentre lui era seduto accanto a lei in cucina e aspettava pazientemente che lei gli dicesse cosa stava succedendo, lei non era stata in grado di impedirsi di spifferare tutto quello che aveva pensato. Era strano, e anche un po' preoccupante.

Ma non come quando era uscita con un uomo che aveva conosciuto online, un tipo che l'aveva fissata con grandi occhi iniettati di sangue per tutta la notte. All'epoca non aveva avuto il desiderio di riempire l'imbarazzante silenzio come aveva fatto con Lowell.

Lui si sistemò al posto di guida e le sorrise. "Pronti?"

"Pronti," gli disse.

Ancora sorridendo, Lowell si allontanò dal parcheggio e si diresse verso l'uscita. Sterzò verso l'autostrada e Harlow gli chiese: "Perché vai da questa parte?"

"Ho pensato di mostrarti cosa può fare questa bimba," le disse Lowell, accarezzando il cruscotto.

Harlow alzò gli occhi al cielo. Sapeva di averlo fatto spesso intorno a lui, ma non poteva farne a meno. "Sai, una volta ho lasciato che un tizio mi venisse a prendere, e ha voluto fare la stessa cosa: voleva mostrare la sua macchina e quanto veloce potesse andare."

"E?" la incalzò Lowell, dato che lei non continuava la storia.

Lei lo guardò. "Oh, mi ha mostrato quanto veloce potesse andare, va bene. Mi aggrappavo alla maniglia così saldamente, che so che probabilmente ho lasciato i segni delle unghie. Andava a più di centosessanta chilometri all'ora ed era tutto fiero di sé, ma poi hanno iniziato a lampeggiare luci blu e rosse dietro di noi, ha iniziato a imprecare e ad andare nel panico. Io piangevo e lo supplicavo di accostare, di fermare la macchina, ma lui andava solo più veloce."

Lowell le prese subito una mano, e invece di ritrarla, lei gli strinse forte le dita. In genere, cercava di mantenere leggere le sue esperienze di incontri e spesso ci scherzava sopra. Ma quel particolare incidente aveva ancora il potere di spaventarla. Non sapeva perché l'avesse tirato fuori - Lowell sicuramente non era come quel tipo - ma ora che l'aveva fatto non poteva tirarsi indietro. Si affrettò ad affrontare il resto della storia.

"Ha continuato a cercare di sfuggire ai poliziotti, e in realtà si è allontanato abbastanza da potersi fermare."

"Grazie a Dio," disse Lowell, stringendole ancora la mano.

"Si è fermato, poi si è girato verso di me e mi ha detto 'Mi dispiace', ha aperto la portiera ed è corso tra gli alberi sul ciglio della strada."

"Ti ha lasciata lì?" chiese Lowell incredulo.

"Sì, e i poliziotti si sono fermati dietro la macchina e mi hanno fermata per il reato."

"Oh, merda."

"Vero? Ho dovuto mettere le mani sulla testa, camminare all'indietro verso di loro e sdraiarmi sull'asfalto. Mi hanno ammonita e ammanettata, e mi hanno lasciato lì per terra mentre cercavano il tizio. Alla fine, mi hanno aiutato ad alzarmi e mi hanno lasciato parlare. Ho detto loro che ero al primo e ultimo appuntamento con quello stronzo e che non sapevo nulla di lui. Hanno preso il tipo più tardi quella notte, dopo aver usato i cani per cercarlo. Aveva un mandato d'arresto per droga in sospeso, e non solo aveva addosso della marijuana, ma anche una fiala di Rohypnol, la droga degli stupri."

"Stupido figlio di puttana," disse Lowell sottovoce.

"Sì. Quindi, se per te è lo stesso, non voglio davvero sapere 'cosa può fare questa bimba', sai."

"Guardami," le ordinò Lowell.

Facendo un respiro profondo, Harlow obbedì.

Lowell si alternava tra il guardare la strada davanti a loro e il correre con gli occhi sul suo volto preoccupato. "Ti prendevo in giro perché ho notato che non guidi esattamente la tua Mustang come Danica Patrick."

"Chi?"

Serrò le labbra, ma poi sembrò di nuovo preoccupato. "Nessuno. Non metterò la tua vita in pericolo. Quando sei con me, sei al sicuro. Non mi drogo. Preferirei pugnalarmi in un occhio con una forchetta arrugginita piuttosto che fare qualcosa che ti spaventa."

Le sue parole la rassicurarono, la tranquillizzarono. "Grazie."

"Non hai davvero avuto fortuna con gli appuntamenti, vero?" le chiese con un sorriso.

Harlow cercò di rilassarsi sul sedile e scosse la testa. "Ma in mia difesa, prima di quel particolare appuntamento, mia madre mi aveva appena fatto la predica sull'invecchiamento e su come volesse dei nipotini. Così cercavo di dimostrarle che ci stavo provando. Avrei dovuto dirle di farsi gli affari suoi."

"So come funziona. Mia madre muore dalla voglia di avere dei nipotini da viziare, ma tra me e mio fratello è disperata perché non sono ancora arrivati."

"Non vuoi dei figli?" chiese Harlow, cercando di ignorare il fatto che Lowell non le aveva lasciato la mano.

"Non è che non li voglio," disse lui. "È solo che non ho incontrato una donna con cui voglio passare il resto della mia vita, a prescindere dai figli."

Harlow annuì. "Lo capisco. Caro mio, eccome se lo capisco."

Risero entrambi.

Nessuno dei due disse nulla per un po' di tempo, mentre andavano verso il centro della città.

Infine, Harlow gli chiese: "Dove stiamo andando?"

"Al The Pit."

"Dove?"

Lowell sorrise. "Dato che questo non è un appuntamento, e stiamo parlando del rifugio, ho deciso di portarti nel luogo in cui io e la mia squadra svolgiamo le nostre attività. Al The Pit."

"Sembra spaventoso. Per favore, dimmi che non ci sono serpenti sul pavimento e che Indiana Jones non salterà fuori e non si metterà a correre per il locale, inseguito dai membri di un'antica civiltà che rivogliono il loro artefatto."

Harlow fissò Lowell che buttò indietro la testa per farsi una bella risata. Non poteva fare a meno di ridere. L'uomo seduto accanto a lei era così diverso da qualsiasi uomo con cui fosse uscita in passato: no, un momento... quello non era un appuntamento. No. Neanche lontanamente.

"Non vedo l'ora di dirlo agli altri. No, Harl, il The Pit è una combinazione di bar e sala da biliardo. È praticamente un posto da buco nel muro."

"Perché fai affari in un bar?" chiese Harlow.

"Ad essere onesti, non ne sono sicuro. Il The Pit è il luogo in cui abbiamo fatto il colloquio quando ci è stato chiesto per la prima volta di unirci ai Mercenari di Montagna... Suppongo che tu sappia della squadra?"

Harlow annuì. "Sì, un po'. Me l'ha detto Loretta. Mi dispiace se ha parlato a sproposito, ma cercava di rassicurarmi che lei sapeva quello che stava facendo e che potevate aiutarci."

"Posso aiutarti," confermò Lowell. "In poche parole, io e i miei compagni siamo tutti ex soldati delle forze speciali e lavoriamo per Rex, salvando donne e bambini da situazioni insostenibili."

"Perché mercenari? Voglio dire, non sembra che voi ragazzi siate davvero... così."

Lowell scosse la testa, con un piccolo sorriso sul volto. "Perché le donne si concentrano sempre su quella parola?" chiese, più a se stesso che a lei.

Harlow gli rispose anche se non lo aveva chiesto a lei. "Perché sì. È strano che vi definiate qualcosa che tecnicamente non siete. Non avvierei un'attività di catering chiamandola 'Le Foto di Harlow'."

"Hai ragione. Non so perché Rex abbia scelto quel nome. Probabilmente perché era orecchiabile e suonava meglio dei Tosti del Colorado, o Il Tuo Peggior Incubo."

Harlow non riuscì a trattenere una risata. "Vero."

"Il punto è che non importa come ci chiamiamo. Siamo sei uomini, andiamo dove c'è bisogno di noi e facciamo quello che dobbiamo fare per salvare chi ha bisogno di aiuto. So che le donne hanno potere, e ce ne sono molte che hanno il nostro stesso talento, in quello che fanno. Ma resta il fatto che ci sono molti uomini, là fuori, che sentono il bisogno di soggiogare e picchiare le donne e i bambini. Si approfittano di adolescenti troppo giovani o di chi ha avuto una vita orribile.

Li feriscono e li costringono a fare cose contro la loro volontà. Non è giusto, io e i miei amici abbiamo un piccolo ruolo nel cercare di rimediare a questi torti."

Harlow non sapeva spiegare come fosse possibile che loro conversazione, da leggera e giocosa, fosse diventata così intensa. Si girò leggermente per guardare meglio Lowell. Aveva le labbra serrate, la mano sul volante era così stretta che poteva vedergli le nocche diventare bianche. Ovviamente si sentiva profondamente coinvolto dall'argomento e dal suo lavoro, e Harlow non avrebbe potuto essere più orgogliosa di lui.

"Sono orgogliosa di conoscerti, Lowell Lockard."

Lui la guardò con sorpresa. "Cosa?"

"Il mondo ha bisogno di più uomini come te e i tuoi amici. Non so perché gli uomini come quelli che molestano il rifugio siano così. Perché sentono il bisogno di esercitare il loro potere su coloro che ritengono più deboli. Ma sono contenta che tu intervenga per aiutare a fare la differenza. A parte il tipo dell'inseguimento ad alta velocità, in genere non ho avuto paura degli uomini pessimi con cui uscivo, sono solo stata disgustata o delusa da loro. Ma so che ci sono un sacco di donne che sono intrappolate in cattivi matrimoni e relazioni, e aiuta sapere che ci sono persone come te che ci tengono. Persone che mettono a rischio la propria vita per aiutare gli altri a uscire da quelle situazioni, se necessario."

Lowell si fermò nel parcheggio di un edificio buio e dall'aspetto squallido, Harlow non fu certo sorpresa di vedere sopra la porta l'insegna al neon con la scritta THE PIT. Quello era esattamente il tipo di posto in cui immaginava che Lowell e i suoi compagni cazzoni si sarebbero incontrati.

Lui spense motore, portò la mano di lei alla bocca e ne baciò la parte posteriore. "Stai qui. Vengo a prenderti."

Fece per lasciarle andare la mano, ma Harlow lo trattenne. "Questo non è un appuntamento," gli ricordò. "Siamo a un incontro di lavoro. Ho lasciato che mi venissi a prendere, ma avrei dovuto guidare io stessa. E posso aprire la mia portiera e pagare da sola."

Lowell si chinò verso di lei, Harlow si sforzò di non tirarsi indietro.

"So che questo non è un appuntamento. Tu non hai un appuntamento. L'ho sentito forte e chiaro, Harl. Ma nel mio mondo - e non fare errori; quando sei con me, sei nel mio mondo - un uomo apre una portiera per una signora. Cammina all'esterno del marciapiede, la prende in braccio ogni volta che è possibile, e paga da bere e da mangiare. Se ti fa sentire meglio, puoi pensare a questa come a una spesa aziendale che posso dedurre dalle tasse."

Harlow lo fissò per un attimo, poi annuì. Cos'altro poteva fare? Non voleva farsi piacere il mondo di Lowell, ma doveva ammettere che le sembrava proprio bello. Le avevano persino chiuso la porta in faccia, alcuni uomini che entravano davanti a lei, e non le avevano tenuta aperta la porta. Aveva dovuto pagarsi da sola i pasti agli appuntamenti. Aveva anche avuto un'esperienza in cui era stata letteralmente quasi investita da un autobus a Seattle, perché era stata costretta a camminare all'esterno del marciapiede.

"Ok," disse lei.

"Ok," disse Lowell con un piccolo sorriso. Poi le strinse la mano ancora una volta e scese dalla macchina.

"Non è un appuntamento, non è un appuntamento," canticchiò Harlow a voce bassissima mentre Lowell girava intorno alla sua auto per andarla a prendere. Le aprì la porta e le porse una mano. Facendo un respiro profondo, Harlow gli prese la mano, permettendogli di aiutarla ad alzarsi e ad uscire dal veicolo.

Lowell non le lasciò andare la mano, però, una volta fuori. Chiuse la portiera della macchina e la condusse verso il bar.

Non è un appuntamento, si disse ancora una volta Harlow,

mentre Lowell le sorrideva e le apriva la pesante porta in legno.

CAPITOLO CINQUE

NON È UN APPUNTAMENTO, continuava a canticchiarsi Black in testa. Con tutte le storie che Harlow gli aveva raccontato delle sue passate esperienze sentimentali, capiva sempre di più perché lei fosse così riluttante a rimettersi in gioco con gli appuntamenti. Ma più la conosceva, più voleva sapere di lei. Voleva cancellare tutte le sue brutte esperienze e sostituirle con altre piacevoli.

Ma non poteva etichettare niente di quello che stavano facendo come appuntamento. Assolutamente no. Non c'era modo. Fine.

"Black!" sentì qualcuno gridare mentre entravano nel The Pit.

Sorridendo, alzò il mento verso Meat. Vide anche Ball e Ro, appoggiati al bancone del bar. Black allungò un braccio, lasciando che Harlow camminasse davanti a lui. Appena lei si avvicinò alla sbarra della porta, lui le mise la mano sul fondo della schiena, ancora una volta. Non gli era sfuggito che Harlow si era tenuta a distanza, nel parcheggio del suo appartamento. Lui non si era mai fatto invadente, ma avrebbe fatto tutto il possibile per dimostrarle che era degno di uscire con lei, che lei avrebbe potuto infrangere la sua regola di uscire con lui. Solo con lui, però.

Non gli era neppure sfuggito che quando la toccava, spesso le veniva la pelle d'oca. Gli piaceva. Gli piaceva sapere che lui le provocava certe sensazioni, esattamente come lei le provocava a lui.

Forse lui non lo dimostrava all'esterno, ma Harlow gli era tutt'altro che indifferente.

Il suo profumo di vaniglia era più intenso, quella sera, come se lei si fosse rimessa la lozione (o il profumo, qualsiasi cosa fosse) prima che Black si presentasse alla porta. Gli piacevano molto i capelli di Harlow. Li aveva lasciati giù, le sfioravano le scapole mentre camminava, quelle punte viola lo attiravano. Voleva toccarli, per vedere se erano morbidi come sembravano. Voleva vedere quelle ciocche viola appoggiate sul suo braccio, sul suo petto... le cosce di Harlow mentre si inginocchiava su di lui.

Facendo un respiro profondo, Black deviò subito i propri pensieri dalla strada pericolosa che stavano percorrendo. Sì, era attratto da Harlow, ma non erano affatto vicini a stare nudi insieme.

"Ehi, Black," disse Meat, mentre si avvicinavano. "Fammi indovinare, questa è Harlow."

"Sì. Harlow, vorrei presentarti i miei amici e compagni di squadra, Meat, Ball e Ro."

"Ciao," disse lei timidamente.

"E io cosa sono, fegato tritato?" chiese Dave, da dietro il bancone.

Black sorrise compiaciuto. "Scusa. E questo è Dave. È lui che comanda, da queste parti. Quando non c'è, Noah lavora dietro al bancone."

"È vero, e non dimenticatelo," disse il barista con tono burbero. Poi si rivolse ad Harlow, con un tono ben più dolce. "Cosa posso offrirti, cara?"

"Oh, ehm, del bourbon Woodford e Coca Cola?"

"È una domanda, o è quello che vuoi?" chiese Dave.

Black stava per rivolgersi all'uomo più anziano quando Harlow si mise a ridere.

"Scusa. È quello che voglio. Non ero sicura che avessi quel tipo di bourbon."

"Certo che ce l'ho. Cavolo, pensi che questo sia un bar per fighette o qualcosa del genere?"

Harlow sorrise, ma saggiamente non rispose. Prese la borsa. "Posso pagare subito?"

Dave la guardò sorpreso per un secondo, poi sorrise a Black. "Non lo so, Black. Può pagare subito?"

"Chiudi il becco," borbottò Black rivolto al barista, poi prese la mano di Harlow. "Ci penso io."

Nessuno si sorprese del fatto che lei gli lanciò uno sguardo irritato e aprì bocca per replicare.

Black le mise rapidamente un dito sulle labbra e le disse: "Ricordi cosa ti ho detto in macchina? Questo è il mio mondo. Fattene una ragione."

Harlow alzò gli occhi al cielo e si liberò dalla mano con uno strattone, dicendo: "Immagino che il tuo mondo sia migliore di quello del ragazzo che mi ha detto di volere una compagna per la vita. Ho pensato che in realtà fosse molto bello quel desiderio, finché non ha tirato fuori una lista di tutte le bollette che aveva bisogno di saldare e me l'ha data."

"Ma davvero?" chiese Meat.

"Davvero," confermò Harlow. "Non ho avuto molta fortuna, in fatto di uomini."

Black scosse la testa dietro Harlow per dire ai suoi amici di non andare oltre. Per fortuna capirono e lasciarono cadere l'argomento.

"Ho delle bollette," le disse Black, "ma posso sicuramente pagarle da solo."

"Anch'io," gli disse lei, alzando leggermente il mento.

A Black piaceva il fatto che Harlow fosse indipendente. "Ora che questo è sistemato, andiamo?" le chiese, indicando la stanza sul retro.

"Oh, naturalmente," disse lei, afferrando il drink che Dave aveva messo sul bancone davanti a loro.

Black prese la birra che Dave gli aveva dato, senza neanche chiedergli cosa volesse, e seguì Harlow verso la stanza sul retro. Mentre camminavano, Black le disse: "Dave è qui da sempre. Lavora molto. È stato ferito un po' di tempo fa, credo che quell'episodio abbia ferito il suo orgoglio più di ogni altra cosa. Noah ha preso il comando mentre Dave si stava rimettendo, e anche se Noah è bravo, non è Dave. Lui rende il The Pit quello che è. Ha le sue stranezze, ma è il miglior barista che abbia mai conosciuto."

"È troppo magro. Ha bisogno di mangiare di più," disse Harlow.

Black quasi si strozzò con il sorso di birra che aveva appena bevuto.

"Vorrei che glielo dicessi," disse Ball.

"Lo farò," disse Harlow. "Magari la prossima volta."

Sorrise al suo amico, Black aggrottò le sopracciglia. Forse averla portata tra i suoi amici non era stata una grande idea. Sì, aveva bisogno del loro aiuto per la situazione del rifugio di Loretta, ma sia Meat che Ball erano single. L'ultima cosa che voleva era che uno di loro decidesse di interessarsi a Harlow.

"Lei non esce con nessuno," sbottò, ma se ne pentì subito.

"Sì?" chiese Meat.

"Interessante," aggiunse Ball.

"Neanch'io," disse Ro.

"Anche tu hai avuto delle brutte esperienze?" gli chiese Harlow, apparentemente ignara delle lievi tensioni tra gli altri ragazzi.

"Certo. Ma non è per questo che non esco con i ragazzi," le rispose Ro.

Black la guidò silenziosamente verso il tavolo a destra, nella stanza sul retro, con una leggera pressione sulla schiena. C'erano tavoli da biliardo tutt'intorno alla stanza, quel particolare tavolo era il luogo dove svolgevano tutti i loro affari. Era messo di lato e privato.

"No?" chiese Harlow.

"No, non credo che mia moglie approverebbe che io porti fuori qualcun altro," le disse Ro con faccia seria.

Harlow sorrise. "Probabilmente no."

Black sapeva di essere irrazionale, ma non gli piaceva che Harlow sorridesse a Ro... anche se sapeva senza dubbio che il suo amico non avrebbe mai tradito Chloe. Tenne a bada la sua gelosia come meglio poteva. "Meat, hai scoperto qualcosa sugli ex delle residenti del rifugio?"

In un istante, il sentimento di disinvoltura tra il gruppo scomparve. Black detestò scorgere lineamenti di preoccupazione sul volto precedentemente rilassato di Harlow, ma prima si parlava di affari, prima si poteva arrivare alla parte della serata in cui non sarebbero usciti.

"Ho messo nel database i nomi che mi avete dato," disse Meat, "e devo dire che la maggior parte di quegli uomini non sono esattamente dei pilastri della società."

"Penso che ce l'aspettassimo," disse Black con voce seccata.

"Giusto. Così, Nathanial Taylor, altrimenti noto come Nate, ha ventiquattro anni ed è stato arrestato una volta per aggressione domestica. La sua ex moglie, Carrie Taylor, ha ventisette anni e si è trasferita mentre lui era in carcere."

"Qualche prova che sia stato in contatto con lei?" chiese Ball.

"Le residenti non dovrebbero chiamare o parlare con i loro ex," aggiunse Harlow. Quando tutti e quattro gli uomini intorno al tavolo si voltarono a fissarla, lei si affrettò ad aggiungere: "Non tutte hanno un ex, ma è una condizione generale della vita al Pronto Speranza. So che non significa che non abbiano affatto contatti, ma è contro le regole. La lista d'attesa per entrare nel rifugio è piuttosto lunga, non credo che nessuna delle residenti rischierebbe di infrangere le regole e di essere cacciata."

"Sono d'accordo," disse Ro. "Sono stato lì abbastanza per avere la sensazione che tutte sappiano quanto sono fortunate ad avere quel rifugio."

"Esattamente," disse Harlow.

"Giusto. Quindi, se posso continuare," disse Meat con un po' di impazienza.

Black era pronto a fargli un nuovo buco del culo se avesse fatto arrabbiare Harlow, ma lei mosse le labbra come se cercasse di non sorridere, così lasciò perdere.

"Il divorzio è andato avanti senza problemi. Dato che né Nate né Carrie avevano molti soldi e non avevano figli, è stato abbastanza semplice. Wyatt Newton vive attualmente con la sua nuova ragazza e i suoi figli. Lui..."

"Aspetta, ha dei figli?" chiese Harlow, piegata in avanti sulla sua sedia.

"Sì," disse Meat. "Due. Un undicenne e una bambina di cinque anni. Perché?"

"Che stronzo," disse Harlow, prima di bere un lungo sorso dal suo bicchiere. "Se ne è andato lasciando Julia e Jasper, dicendo loro che non voleva più una famiglia, ha detto di aver trovato una nuova donna da amare. Sembra che fosse una bugia bella grossa. Almeno, la parte sul non volere una famiglia."

"Ti aspettavi che fosse un cittadino onesto?" le chiese Black gentilmente.

"Beh, no, credo di no," disse lei, rivolgendosi a lui. "Ma Jasper non sta bene. Ha solo tredici anni, è arrabbiato perché il suo stesso padre l'ha abbandonato. Non si fida più di nessuno, questo è sbagliato per uno della sua età. Se non puoi contare su tuo padre, su chi puoi contare?"

"Può contare su di noi," disse con fermezza Black. "E su di te. E Loretta, e sua madre. È brutto quello che gli è successo, ma sarebbe meglio per suo padre vivere ancora con loro e tradire sua madre e trattarlo come una merda?"

"No," disse Harlow a malincuore. "Ma sta facendo fatica. E se sapesse che nella nuova famiglia di suo padre c'è un ragazzo della sua età, lo distruggerebbe. Diamine, forse è per questo che sta soffrendo," rifletté. "Forse ha sentito per caso sua madre che ne parlava, o qualcosa del genere."

"Gli parlerò," disse Black.

"Anch'io," aggiunse Ball.

"Potremmo invitarlo a giocare a football... no, a calcio, come dite voi," suggerì Ro.

"Ehm, non è esattamente atletico," si intromise Harlow. "Suo padre ha sempre voluto che giocasse a football - cioè, calcio. Jasper non voleva averci niente a che fare."

"Cosa gli piace fare?" chiese Meat.

"Gioca ai videogiochi," rispose Harlow.

"Fammi sapere quali, e lo aggiungerò a una delle mie squadre," disse Meat.

"Grazie," rispose lei dolcemente. Poi guardò ogni uomo negli occhi e disse: "Grazie. So che gli piacerebbe molto. Ma se non ci tenete davvero, non cominciate niente con lui. Non promettete di passare del tempo con lui, per poi rompere quella promessa. Ne ha avuto abbastanza, nella sua vita."

Ball le rivolse uno sguardo a metà tra il confuso e l'arrabbiato. "Non siamo come quel coglione di suo padre," le disse, con delicatezza. "Se diciamo che faremo qualcosa, la faremo."

Black sentì Harlow irrigidirsi accanto a lui, aprì la bocca per ammorbidire le parole di Ball, quando Harlow gli tirò una leggera gomitata e gli chiese: "È un'altra regola del tuo mondo?"

Lui sbuffò. "Sì, Harl. Lo è sicuramente."

"Quale regola? Quale mondo?" chiese Ro.

Black agitò una mano. "Niente. Non importa."

"Mi dispiace," disse Harlow, rivolgendosi al gruppo. "Non avrei dovuto saltarvi alla gola. Certo che non siete come Wyatt. Apprezzo che vi siate offerti di stare con Jasper."

A Black piacque il fatto che non avesse problemi ad ammettere uno sbaglio, quando necessario. "Che altro, Meat?"

"Sue Myers, Ann Smith, Lauren French e Kristen Schaefer non hanno ex cattivi nel loro passato. Stanno passando tempi difficili, non c'è dubbio, ma la loro fuga al rifugio non sembra essere dovuta a un ex fidanzato. Declan Hamlin è uno stronzo di prim'ordine, ha picchiato la moglie e il figlio, quando lei gli ha finalmente tenuto testa, li ha buttati fuori entrambi. Il divorzio non è definitivo, lui sta combattendo contro ogni piccola cosa che Melinda chiede, tranne la custodia del figlio, Milo. Non vuole il figlio, non vuole che Melinda ottenga né soldi né effetti personali."

"Zachary Morehouse è deceduto, come sapete. È un caso triste, visto che stava per entrare nell'esercito. Lui e Bethany Zimmerman non erano ancora sposati, anche se hanno una figlia di cinque anni. Comunque, poi c'è Charles Royal, altrimenti noto come Chuck. Ha appena compiuto quarant'anni ed è stato licenziato da almeno dieci lavori diversi. È un alcolizzato che preferisce stare seduto in casa a bere, piuttosto che lavorare. Sua moglie, Lisa, aveva due lavori per cercare di mantenere un tetto sopra le loro teste, ma non era abbastanza. Quando sono stati sfrattati, lui è scomparso. Non sono ancora riuscito a trovarlo."

"E infine, c'è Travis Bronson. Se dovessi indovinare, questo sarebbe il tipo su cui dovremmo indagare di più. Ha quarantanove anni, ora, e dieci più di Violet. Si sono sposati quando lei aveva solo diciotto anni. È entrata e uscita dall'ospedale molte volte durante il loro matrimonio, con ossa rotte e storie di incidenti domestici. Lacie è nata dopo dieci anni di matrimonio e Violet ha avuto diversi aborti spontanei, prima di allora. Da quanto ho capito, Violet è fuggita con sua figlia dopo che Lacie è finita al pronto soccorso con un braccio rotto. C'è una nota, nella sua cartella, riporta che l'infermiera sospettava che la bambina avesse subito abusi in casa. Travis è un gran figlio di puttana, non è contento che sua moglie e sua figlia siano scomparse."

Black mise un braccio intorno ad Harlow e le strinse la vita, per fornirle appoggio. Era diventata sempre più pallida mentre ascoltava Meat recitare le cose orribili vissute dalle residenti per cui cucinava. Lui e gli altri erano abituati a sentire anche storie peggiori su brutti esemplari della razza umana, ma Harlow ovviamente no.

"Quindi pensi che Travis le abbia trovate?" chiese lei.

"Non ho detto questo," rispose Meat.

Harlow proseguì: "Ma hai detto..." Non poté procedere oltre dato che Meat la interruppe.

"Ho detto che se dovessi indovinare, sarebbe il mio principale sospettato. Ma niente di quello che hai detto a Black corrisponde a quello che abbiamo vissuto, in casi come questo."

"Cosa intendi dire?"

"Dubito fortemente che gli uomini che molestano lei e le altre siano ex delle residenti. Il più giovane è Nate Taylor, ma è afroamericano − a Black hai detto di non avere visto nessuno con la pelle scura."

"Vero," confermò Harlow.

"Giusto. Quindi non è lui. Abbiamo molte altre ricerche da fare prima di poter dire chi c'è dietro a tutto questo, e perché. Potrebbe essere proprio come pensavi tu: un branco di teppisti annoiati che se la prendono con donne e bambini perché sono più deboli. O potrebbe essere che l'ex di qualcuna li ha assunti per creare problemi, per un motivo o per l'altro. O forse è qualcuno del tuo passato, o di Loretta. Oppure è qualcosa che non ha nulla a che fare con nessuna di voi."

"La cosa che devi capire è che non saltiamo mai a conclusioni affrettate. Ci sono un milione di ragioni per cui questo potrebbe accadere, finché non restringeremo quel milione ad una sola, continueremo a stare attenti a tutto e tutti. Ora... dobbiamo parlare dei tuoi ex."

Harlow spalancò gli occhi, guardò tutti gli uomini, che la fissavano in attesa, prima di rivolgersi a Black. "Non ho nessun ex."

"Harl," le disse lui con delicatezza. "Da quando ti ho vista oggi, mi hai raccontato almeno quattro storie di appuntamenti andati male, incluso lo stronzo che ti ha coinvolta in un inseguimento ad alta velocità e che voleva drogarti dopo o durante l'appuntamento."

Harlow scosse la testa. "Giusto, ma in realtà non stavo uscendo con nessuno di loro. Voglio dire, sono stata ad un appuntamento, ma di solito scopro già al primo che razza di stronzi sono. Non li considererei degli ex."

"Qualcuno voleva drogarti?" chiese Ro.

Nello stesso momento Ball chiese: "Un inseguimento ad alta velocità?"

Harlow li guardò, poi lasciò cadere la testa verso il basso. "Uccidetemi ora," borbottò.

Black le arruffò i capelli in modo amichevole, poi le mise la mano sul retro del collo. Strinse leggermente la presa mentre diceva ai suoi amici: "Che ne dite di farmi dare queste informazioni da lei? Vi riferirò le cose interessanti."

Black sentì subito la pelle d'oca di Harlow, e sorrise soddisfatto. Non importava cosa potesse dire verbalmente, a lei piaceva il suo tocco. Poteva lavorarci sopra.

"Da quanto tempo vi conoscete?" chiese Meat, piegando leggermente la testa.

"Da quando eravamo adolescenti," disse subito Black.

Harlow si mosse leggermente. "Beh, ci siamo conosciuti al liceo, ma non l'ho più visto fino al mese scorso, quando è passato al rifugio."

"Quindi vi vedete da allora?" chiese Ro, ovviamente cercando di capire le dinamiche tra di loro.

"Le ho dato il mio numero," disse Black con un sorriso.

Harlow alzò gli occhi al cielo. "L'ho chiamato per tutto quello che è successo. Un mese fa, mi ha detto che potevo iscrivermi a un corso per principianti sulla sicurezza delle armi, al suo poligono di tiro. L'ho chiamato oggi per chiedergli se sarebbe stato disposto a tornare al rifugio e a insegnare altre tecniche di autodifesa alle donne, a causa delle molestie."

"Allora...vi conoscevate al liceo, vi siete visti dopo tanti anni il mese scorso, l'hai chiamato prima e ora uscite insieme?" chiese Ball, cercando di riassumere la situazione.

"No!" sbottò Harlow.

Allo stesso tempo, Black disse: "Sì, a parte il fatto che non usciamo insieme."

Sorrise ad Harlow, poi si rivolse ai suoi amici: "Harlow non esce con nessuno. Come ha detto, non ha avuto fortuna in quel campo. Quindi stiamo solo chiacchierando e parlando della situazione al rifugio."

"Credo di voler sapere di più su questi tuoi appuntamenti non proprio fantastici," disse Meat. "Non ho mai incontrato nessuno che abbia mai rinunciato del tutto alla propria vita privata, prima d'ora."

Black sapeva che stava prendendo in giro lui, e non Harlow. I ragazzi avevano capito subito quanto si sentisse protettivo e attratto dalla donna che gli stava accanto.

Restrinse gli occhi in due fessure, rivolto a Meat, e scosse leggermente la testa.

Meat non vide o ignorò quell'avvertimento non verbale, perché proseguì. "Voglio dire, Black non esce con una ragazza da una vita, ma non credo che possa biasimarlo per gli appuntamenti andati male. È solo uno schizzinoso bastardo, come quel personaggio di Seinfeld. Trova sempre qualcosa di sbagliato nelle donne con cui è uscito. Sai... troppo appiccicosa, non abbastanza appiccicosa, troppo alta, il suo nome è troppo strano..."

"Gesù, Meat, chiudi quella cazzo di bocca," ringhiò Black.

"È giusto invece," disse Harlow. "Se devo dirti tutto sulla mia incasinata storia di appuntamenti, in cambio dovrei sapere della tua."

"Che ne dite di questo? Non voglio sapere di nessun appuntamento passato e incasinato," disse Ro bruscamente. "Chloe mi aspetta a casa, non si sente bene da una settimana, stasera è la prima notte che si sente abbastanza bene da fare qualcosa di più che dormire nel nostro letto, se capite cosa intendo. Quindi, proseguiamo così posso tornare a casa dalla mia donna, lo apprezzerei molto."

Black sorrise compiaciuto e Harlow arrossì.

"Bene," concesse Meat. "Ma seriamente, Harlow, se hai anche solo il minimo brutto presentimento su uno di quei coglioni che non hanno potuto capire quanto sei fantastica, dai a Black i loro nomi, lui li passerà a me. Però voglio il nome del drogato. Non è negoziabile."

"Ok," disse lei tranquillamente.

Black non le aveva mai tolto la mano dalla nuca, le aveva dato un'altra stretta di sostegno.

"Bene, allora... raccontaci di più sugli uomini che razzolano intorno al rifugio," le ordinò Ball. "Dobbiamo sapere tutto quello che ti ricordi di loro. Che aspetto hanno, se hanno un accento, se li hai visti guidare un veicolo specifico, tatuaggi, tutto."

Per i successivi venti minuti, Harlow disse agli uomini tutto quello che poteva. Purtroppo, non fu molto. Avevano appreso che i disturbatori erano giovani, indossavano pantaloni larghi e magliette bianche. Raramente li vedeva in macchina e non avevano accenti evidenti. In sostanza, non avevano niente di concreto su cui lavorare.

"Mi dispiace, ragazzi. Di solito cerco di non guardarli direttamente, quando si prendono gioco di noi e urlano i loro insulti. Immagino di poter cercare di avvicinarmi a loro, la prossima volta che li vedo così..."

"No!" esclamarono tutti e quattro insieme.

Harlow sbatté le palpebre e sollevò le mani. "Ok, ok. Era solo un pensiero."

"Se li vedi, cammina dall'altra parte," le ordinò Black. "Meglio ancora, se sei abbastanza vicina, torna dentro il rifugio e chiama me, o uno di noi. Farò in modo che tu abbia i numeri di tutti. Se sei già nel parcheggio, sali in macchina e vai subito via. Non fermarti nemmeno ad abbassare il tettuccio. Puoi farlo più tardi."

"Il tettuccio?" chiese Ball.

"Ha una Mustang decappottabile," disse Black agli altri.

Ball fischiò. "Bella macchina."

"Sì," disse Harlow con un sorriso.

"Guida come se avesse novant'anni," la prese in giro Black.

"Non è vero!"

"Da quello che ho visto, è verissimo," insistette lui.

"Quindi non sono un demone della velocità come te," continuò lei, "e sono una guidatrice prudente. Non c'è niente di sbagliato in questo."

"No, certo," concordò Black.

Harlow guardò gli altri. "Apprezzo che cerchiate di

aiutarci. Voglio dire, quei tizi mi mettono a disagio, ma non riesco a immaginare come si sentano le altre. Soprattutto con il loro passato. Odio che Violet e le altre abbiano passato quelle cose... Che pena."

"Che pena, sì. Diavolo, andremo in fondo alla questione," disse Ro con fermezza. "Ora... abbiamo finito?" chiese.

Black, Ball e Meat sorrisero.

"Abbiamo finito. Torna a casa da Chloe," disse Black al suo amico. Non era mai stato invidioso dei suoi amici prima di quel momento, ma qualcosa dell'attesa che luccicava negli occhi di Ro lo aveva colpito in quel momento, mentre in precedenza non ci aveva mai fatto caso.

Non si trattava di sesso. Ok, non era *solo* per il sesso. Si trattava di avere qualcuno nella vita che fosse entusiasta della vera essenza della persona. Si trattava di avere qualcuno con cui condividere giorni e notti.

"Vado a parlare con Rex per far installare delle telecamere fuori dal rifugio," disse Ball. "Dobbiamo avere occhi e orecchie sul perimetro."

Black annuì. Ci aveva già pensato lui stesso, ma anche gli altri avevano avuto lo stesso pensiero.

"Continuerò a cercare," disse Meat mentre si alzava dal tavolo. "Ci deve essere qualcosa che ci sfugge."

Dopo che gli altri uomini se ne erano andati, Black si voltò verso Harlow. "Stai bene?"

Lei sospirò. "Sì, è solo che odio tutto questo."

"Lo so." Era sincero. Black aveva visto in prima persona la devastazione che gli abusi e l'incuria causavano a donne e bambini. Volendo distoglierle la mente dalle cose che aveva sentito sul passato delle residenti, le chiese: "Quindi non lavori domani mattina?"

Lei scosse la testa. "No. Zoe si occupa della cena stasera, e fa la colazione al mattino. Ci organizziamo, se una di noi ha dei programmi, agiamo di conseguenza. A volte Loretta dà la mattina libera a entrambe. Quando lo fa, ci assicuriamo che ci siano muffin e tanti altri cereali da sgranocchiare per la colazione, quando si alzano tutti."

"Sembra che ti piaccia molto. Immagino che lavorare lì sia molto diverso dall'essere uno chef in un ristorante, vero?"

"Come il giorno e la notte," disse lei. "Non fraintendermi, a volte mi manca preparare pasti di lusso e fare in modo che la presentazione sia perfetta, ma fare cibo di conforto e vedere donne e bambini mangiare come se non avessero assaggiato niente di più buono è molto più gratificante. Neanche una volta qualcuno mi ha rimandato indietro il piatto perché pensava che qualcosa fosse poco cotto, o troppo cotto."

"Ti piacciono i bambini," disse Black. Non era una domanda.

"No, io amo i bambini," disse Harlow, facendo girare il suo bicchiere vuoto. "Sono innocenti in tutto. Amano imparare. Sono entusiasti di stare in cucina. Avresti dovuto vedere il sorriso sul viso di Jasper, quando il pane che ha fatto è venuto fuori perfettamente. La cosa preferita dei piccoli è decorare i biscotti di zucchero. Vorrei aver cambiato ambito lavorativo prima."

"I tuoi genitori vivono ancora a Topeka?" chiese Black.

"Sì. Ora sono entrambi in pensione. Mamma fa volontariato almeno trenta ore alla settimana e mio padre lavora nella sua falegnameria. E i tuoi genitori?"

"Si sono trasferiti in Florida, non molto tempo dopo la mia laurea. Adorano Orlando e il tempo laggiù."

"Scommetto che sono orgogliosi di te," disse Harlow.

Black fece spallucce. "Credo. Anche se non c'è molto di cui essere orgogliosi, come proprietario di un poligono di tiro."

"Non gli hai detto dei Mercenari di Montagna?"

"So che può non sembrare così, vista la facilità con cui

Loretta ti ha parlato di noi, ma non facciamo esattamente di tutto per dire alla gente chi siamo e cosa facciamo. Farebbe di noi e dei nostri cari dei bersagli."

"Non ci avevo pensato," disse Harlow. "Mi dispiace. Terrò la bocca chiusa."

Black le sorrise e la spinse con la spalla. "Va tutto bene. Mi fido di te."

Lei gli chiese: "E tuo fratello? Mi hai detto che fa il fotografo, vero?"

"Sì, di solito è fuori dal paese per un incarico. È un freelance e va dove ci sono tumulti. Ha venduto immagini al National Geographic e a tutte le principali testate giornalistiche."

"È un lavoro pericoloso?"

"Sì e no. Voglio dire, ovviamente essere nel bel mezzo di un colpo di stato in Egitto è pericoloso, ma lo è anche trovarsi nel bel mezzo della prateria africana quando c'è un'ondata di gnu."

Harlow spalancò gli occhi. "È successo davvero?"

"Cosa? Il colpo di stato o la fuga?"

"Entrambi."

"Sì."

"Wow."

"Sì. Quindi mamma e papà in generale si preoccupano più di Lance, che di me. Per quanto ne sanno, sono qui a Colorado Springs con i miei amici appassionati di armi," disse Black con un sorriso.

"Grazie, Lowell," disse Harlow con sincerità.

"Per cosa?"

"Da dove comincio? Grazie per il servizio reso al nostro paese. So che probabilmente hai visto e fatto un sacco di cose difficili. Per aver aiutato donne e bambini che ne avevano bisogno. Per avermi aiutato. Per non essere scortese riguardo alle mie stranezze. Per avermi presentato ai tuoi

amici. Per avermi dato fiducia in quello che fai. Solo...
grazie."

"Non devi ringraziarmi," disse Black a voce bassa, desiderando più di ogni altra cosa prenderla tra le braccia e baciarla
alla luce del giorno. Lei aveva le guance arrossate, probabilmente a causa del bourbon nel suo drink. Black ebbe la una
strana sensazione, forse Harlow pensava che la sua maglietta e
i suoi jeans fossero una specie di armatura, che non potesse
essere attratto da lei, ma si sbagliava. Sembrava a suo agio e
rilassata - esattamente come gli piaceva una donna. Non
poteva fare a meno di pensare allo sforzo che lei aveva fatto
con i capelli e con lo smalto sui piedi... forse, per lui.

Black non era pronto a sposarsi, non era sicuro di volersi
legare ad una donna così profondamente, ma voleva Harlow.
La voleva sotto di lui, sopra di lui, e in qualsiasi altro modo
potesse averla.

"Vuoi giocare a biliardo?" le chiese, indicando con la testa
il resto della stanza.

Harlow guardò verso i tavoli, poi ritornò a guardare Black.
"Probabilmente non dovrei. Visto che abbiamo finito di
parlare di lavoro, dovrei farmi accompagnare a casa."

"Ho ancora bisogno di sentirti parlare di tutti quei brutti
appuntamenti," le ricordò Black.

Harlow gemette. "Devo proprio?"

"Sì." Black mantenne un tono leggero e stuzzicante. "Hai
sentito Meat. Dobbiamo capire se qualcuno di quei ragazzi
potrebbe essere coinvolto in quello che sta succedendo al
rifugio."

"Bene. Ma avrò bisogno di un altro drink. Credo che mi
sentirei più a mio agio se potessi fare qualcosa con le mani,
mentre ti racconto tutti i miei segreti."

L'immagine evocata da quelle parole nella mente di Black
era indecente e carnale. Lui poteva darle qualcosa da fare con
le sue mani... ma bloccò il pensiero e si alzò in piedi.

"Andiamo. Diciamo a Dave che sei pronta per un altro giro e poi prepariamo il tavolo. Hai già giocato a biliardo?"

Anche lei si alzò in piedi, mettendosi una mano sul fianco. "Oh sì, Lowell, ho già giocato a biliardo in passato." I suoi occhi brillavano di sfida.

"Hai il coraggio di fare una piccola scommessa?"

"Fatti sotto," rispose lei.

CAPITOLO SEI

HARLOW GEMETTE AL SUO RISVEGLIO. Le pulsava la testa, si sentiva come se avesse succhiato batuffoli di cotone per tutta la notte. Appena aprì gli occhi, si ricordò tutto della notte precedente.

Dannazione.

Si girò su un fianco, fissando l'acqua e il flacone di pillole sul tavolino vicino al letto. Chiuse gli occhi e ripercorse la sera precedente.

Aveva buttato giù Woodford e Coca Cola come se fossero stati bicchieri d'acqua, anziché alcolici. Lei e Lowell avevano giocato una partita a biliardo per studiarsi a vicenda, per scoprire punti di forza e di debolezza. Poi la competizione era proseguita. Avevano programmato di giocare al meglio delle tre partite. Poi erano passati al meglio delle cinque. Poi sette. Alla fine, Lowell l'aveva sconfitta per quattro a tre.

Per fortuna non doveva andare al rifugio a cucinare quella mattina, perché era da molto tempo che non aveva quei postumi da sbornia.

Lowell aveva bevuto due birre, poi era passato all'acqua.

L'aveva abilmente convinta a raccontarle tutti i suoi appuntamenti imbarazzanti, mentre giocavano.

Lei gli aveva parlato del ragazzo che le aveva chiesto se poteva fare sesso con i suoi piedi a fine serata; quando lei aveva rifiutato, lui si era offerto di pagare per quel servizio.

Poi gli aveva raccontato di quando il suo accompagnatore l'aveva portata in un ristorante costoso, a fine serata lui si era messo i tovaglioli di stoffa in tasca. Quando lei gli aveva chiesto cosa stesse facendo, invece di ammettere che stava rubando, lui le aveva detto che gli colava il naso e voleva essere sicuro di avere qualcosa con cui pulirsi più tardi.

Harlow poi aveva raccontato a Lowell dell'appuntamento al buio che le aveva organizzato un amico. L'uomo si era presentato con un'auto a malapena funzionante. Puzzava di sudore e aveva l'alito peggiore che lei avesse mai avuto la sfortuna di annusare. Aveva cercato di tirarsi indietro dall'appuntamento, ma lui si era messo a piangere, così lei aveva deciso di andare fino in fondo. Lui aveva cercato di baciarla non appena lei era salita in macchina, le sue mani erano sudate mentre cercava di afferrarla. Durante il viaggio, le aveva detto quanto l'amava e quanti figli avrebbero avuto quando si sarebbero sposati e avrebbero vissuto nel garage della madre. Erano andati a cena in un fast-food e lui le aveva fatto la proposta quando l'aveva riportata nel suo appartamento. Inutile dire che quando lei aveva detto di no, lui aveva pianto di nuovo.

Poi c'era l'uomo che l'aveva guardata quando era arrivato alla sua porta e si era girato, si era allontanato per borbottare sottovoce che non sarebbe andato da lei se avesse saputo che era "grassa".

E infine gli aveva raccontato del ragazzo con cui aveva accettato un secondo appuntamento - il suo primo secondo appuntamento dopo molto tempo - e aveva lavorato duramente per preparargli un buon pasto nel suo appartamento.

Lui si era allontanato dopo mangiato ed era stato via per molto più tempo di quanto lei si aspettasse. Harlow aveva pensato che forse avesse problemi gastrointestinali e non voleva metterlo in imbarazzo chiedendogli se stesse bene, quando finalmente era apparso dal corridoio del suo appartamento.

Solo andando a letto più tardi, quella sera, aveva scoperto che quel tipo non era andato in bagno. Si era fatto una sega su un coniglio di peluche che in quel momento si trovava sul suo letto.

Lowell non aveva riso della sua sfortuna. Non le aveva detto che si stava comportando da sciocca per essersi presa una pausa dagli appuntamenti. In realtà, si era incazzato per quei cretini, soprattutto per il ragazzo che aveva eiaculato sul suo letto. Aveva preteso di sapere se lei avesse sporto denuncia, quando lei aveva ammesso di non averlo fatto, perché aveva solo rimproverato il ragazzo senza mezzi termini la volta successiva che aveva chiamato, Lowell non era stato contento. Aveva borbottato qualcosa sul fatto che avrebbe cercato quell'uomo per assicurarsi che non fosse in zona, che non stesse molestando lei e le residenti del rifugio.

Come se raccontare a Lowell tutte le sue profonde e oscure storie di orrore sugli appuntamenti non fosse già abbastanza imbarazzante, Harlow si era talmente ubriacata da non riuscire ad andare in macchina da sola, a piedi. Lowell aveva dovuto metterle il braccio attorno al collo, per tenerla in piedi. Ricordava con assoluta chiarezza la loro conversazione, mentre andava verso la sua auto nel parcheggio.

"Mi dispiace di essermi ubriacata così tanto."

"Va bene, Harl."

"Non lo faccio mai. Mai. Specialmente con un ragazzo."

"Sono contento che ti fidi di me abbastanza da lasciarti andare."

"Lo faccio, lo sai."

"Fare cosa?"

"Fidarmi di te."

"Bene. Perché non ti farò del male, Harlow. Non sono come quei coglioni con cui sei uscita."

"So che non lo sei. Mi sembra di conoscerti da sempre, anche se non ti vedo da anni. Questo è il miglior non-appuntamento che abbia mai avuto."

"Anch'io."

"E avrei vinto, se avessimo giocato fino a nove partite."

Lui l'aveva girata, a quel punto, in modo che fossero faccia a faccia e pancia a pancia. *"Non ho dubbi che l'avresti fatto."*

Harlow pensava che l'avrebbe baciata, invece l'aveva girata e aiutata a salire in macchina, si era persino chinato per allacciarle la cintura di sicurezza, prima di chiudere la portiera e camminare verso il lato del conducente.

Quando lui si era seduto, Harlow gli aveva detto: *"Hai un bel culo."*

"Grazie. Anche il tuo non è niente male."

Lei gli aveva sorriso, poi aveva chiuso gli occhi quando lui aveva messo in moto la macchina. Il mondo girava ubriaco mentre lui la riportava a casa, ma ad Harlow non importava. Si sentiva protetta e non aveva alcun dubbio che Lowell l'avrebbe riportata a casa sana e salva.

Harlow aprì gli occhi e vide le pillole e l'acqua, ancora una volta. Si ricordava di Lowell che l'aiutava a entrare nel suo appartamento, poi l'aiutava a togliersi i jeans.

"Togliti i jeans, Harl."

"Facciamo sesso senza appuntamento?"

"No, piccola. Sei ubriaca fradicia e non mi approfitterei mai di te in questo modo. Sto cercando di assicurarmi che tu sia a tuo agio, così potrai dormire."

"Oh. Ok."

Lei ci aveva messo così tanto che alla fine lui le aveva allontanato le mani e l'aveva fatta sdraiare sul letto. Le aveva sbottonato i pantaloni da solo. Aveva tirato giù la cerniera prima di alzarsi in piedi, portandosi alla fine del materasso.

"Alza i fianchi, piccola."

Lei lo aveva fatto, lui le aveva sfilato i jeans dalle gambe. *"Togliti subito il reggiseno, Harlow."*

Senza pensarci, si era seduta e si era allungata le mani dietro la schiena per sganciare la fibbia. Ci erano voluti alcuni tentativi, ma alla fine era riuscita a liberarsi. Aveva raggiunto una manica della sua maglietta e aveva tirato giù la spallina, stessa cosa dall'altro lato. Si era tolta l'indumento intimo da sotto, sfilandolo dalla camicia.

"Non mi stancherò mai di vederti fare così. Ora sdraiati."

Harlow aveva fatto come ordinato, sentendo la stanza che le girava follemente intorno.

"Ecco, prendi queste e bevi questo."

Aveva aperto gli occhi per vedere Lowell seduto sul bordo del suo letto che teneva in mano una bottiglia d'acqua e due piccole pillole bianche. Senza pensare a quello che le stava dando, si era seduta di nuovo e aveva ingerito le pillole. Lowell le aveva messo una mano dietro la schiena per sostenerla e tenerla ferma, mentre lei finiva l'intero flacone che lui le aveva portato.

Poi l'aveva adagiata sul letto, si era chinato e le aveva baciato la fronte.

"Ho messo un'altra bottiglia d'acqua vicino al tuo letto. Bevila quando ti alzi al mattino... o più tardi questa mattina, credo sia più appropriato. Prendi anche le altre pillole, quando ti alzi."

"Mhmm, ok."

Quello era l'ultimo ricordo di Harlow. Doveva essersi addormentata subito dopo. Si guardò e vide che indossava ancora la maglietta che aveva indosso prima che Lowell si presentasse a casa sua, la sera prima. Poté vedere il suo reggiseno sul pavimento vicino al letto e i suoi jeans stesi in fondo al materasso.

Era imbarazzata per essersi ubriacata, ma per qualche ragione non si sentiva mortificata per il fatto che Lowell l'avesse aiutata nel suo appartamento. Era stato così concreto, al riguardo. Non l'aveva fatta sentire in colpa per l'ubriachezza, non sembrava dispiaciuto di doverla aiutare.

Harlow ebbe un momento di rammarico per aver rinunciato agli appuntamenti. Se mai fosse stata tentata di infrangere il suo divieto autoimposto, sarebbe stato con Lowell Lockard. Ma nel momento in cui lei si sarebbe decisa ad uscire con lui, probabilmente lui avrebbe fatto qualcosa che l'avrebbe fatta pentire.

Quindi no. Non importava quanto fosse stato gentile la sera prima - e quella mattina -, si sarebbe dovuta accontentare di essere solo amici.

Mettendosi seduta e gemendo per il dolore che le trapanava il cervello, Harlow prese le pillole e stappò la bottiglia d'acqua. Ingoiò gli antidolorifici e andò in bagno, sorseggiando l'acqua per tutto il tragitto.

Il suo telefono era situato sul bordo della vasca. Harlow non si ricordava come fosse arrivato lì, ma lo afferrò, la prima cosa che vide fu un messaggio di Lowell.

Lowell: **Scrivimi quando ti alzi, così so che stai bene.**

Fissò a lungo quella frase, prima di chiudere gli occhi e di sedersi sul bordo della vasca. "Non stai uscendo con Lowell Lockard," mormorò Harlow, prima di prendere il suo spazzolino da denti. "Non importa quanto tu lo voglia."

Harlow: **Sono sveglia e viva :)**

Black fissò il messaggio di Harlow. Era seduto nel suo ufficio al poligono e stava discutendo con se stesso se chiamarla o meno. Non voleva sembrare troppo impaziente, ma d'altra parte era davvero preoccupato per lei. Se aveva bevuto troppo la sera prima, la colpa era soprattutto sua. Aveva pensato di rimanere la notte per assicurarsi che non stesse male e non soffocasse, ma alla fine aveva deciso che era un rischio troppo remoto.

Aveva pensato che bere qualche drink l'avrebbe fatta sciogliere e le avrebbe reso più facile raccontargli gli appuntamenti del suo passato. Aveva ragione, aveva reso tutto più facile, ma aveva lasciato che la cosa andasse avanti troppo a lungo. Avrebbe dovuto interrompere alla quinta partita di biliardo. Ma lei lo aveva convinto di stare bene, e lui le aveva creduto.

Non stava per niente bene. Era distrutta, e brava a nasconderlo. Black apprezzò il fatto che Harlow non diventasse cattiva o emotiva quando beveva, ma si pentì di non essersi assicurato che avesse mangiato, prima di portarla al The Pit. Quello era stato un errore che non avrebbe più commesso.

Scuotendo la testa, Black fece un lungo respiro. Capiva molto meglio Harlow. Non poteva biasimarla per aver giurato di non uscire con nessuno. Se a lui fosse toccata la stessa sorte, avrebbe fatto lo stesso. Il modo in cui gli uomini con cui era uscita l'avevano trattata lo faceva infuriare. Farsi una sega in casa sua? Portare in giro droga da stupro? Proposta di matrimonio la prima sera che si erano incontrati? Cavolo, di sicuro era entrata in contatto con dei veri sfigati. Aveva preso una nota mentale dei nomi degli uomini, li aveva già passati a Meat per fare qualche indagine. Sperava quasi che dietro a tutto quello che stava succedendo ci fosse uno dei suoi appuntamenti passati, così avrebbe avuto una scusa per picchiarlo a sangue.

Era interessante notare che niente di quello che era successo la sera prima aveva scoraggiato Black dal volerla conoscere meglio. Era esattamente il contrario. Gli piaceva il fatto che lei non fosse disposta ad accontentarsi e che fosse consapevole del proprio valore. Ciò rendeva lo stare con lei una sfida, ma Black era pronto ad affrontarla.

Il telefono sulla sua scrivania squillò, si chinò per rispondere. "Il poligono di tiro di Black."

"Sono Rex," disse la voce alterata digitalmente all'altro capo del telefono.

Black era ben abituato al fatto che Rex camuffasse la sua voce. Quando Black aveva iniziato a lavorare per i Mercenari di Montagna, era stato oltremodo curioso di conoscere il loro sfuggente capo, ma ormai si era abituato alla sua eccentricità. "Rex," gli rispose per salutarlo.

"Ho sentito che hai passato una notte interessante," disse Rex.

Black sorrise. A Rex non sfuggiva mai nulla. Soprattutto quando gli eventi si svolgevano al The Pit. Black pensò che il capo controllasse il bar, ma la cosa non lo preoccupò minimamente. "Meat ti ha contattato?" chiese al suo capo.

"Sì. La sua ricerca è in corso. Dovresti anche sapere che non c'è nient'altro dietro le quinte, al momento."

Black capì e apprezzò lo sforzo di Rex. Lo informava che non c'erano casi incombenti per i Mercenari di Montagna. Questo non significava che non potesse saltare fuori qualcosa senza preavviso, ma al momento era libero di concentrarsi su Harlow e sul rifugio femminile.

"Bene. Hai qualche nuova informazione per me?"

"Non ancora. Ma non mi piace quello che ho sentito da Meat."

"Neanche a me. Soprattutto ora che ho imparato a conoscere un po' di più Harlow."

"La conosci da un giorno," disse Rex, severo.

"È passato più di un giorno, ma in questo periodo ho avuto modo di conoscerla abbastanza bene," insistette Black.

Rex rise. "Giusto, ho dimenticato come operate voi ragazzi."

"Non è così," disse Black, irritato.

"Sì, sì..."

"Non è così!" ripeté. "Senti, so che gli altri sono felici di avere le loro compagne, ma io non sono come loro. Non sono necessariamente alla ricerca di una moglie, in questo momento."

"Cosa stai cercando?" chiese Rex in modo perspicace. Un po' *troppo* perspicace.

"Non mi dispiacerebbe uscire con Harlow. È divertente, interessante e intelligente," disse Black. "Non sono contrario ad avere una relazione."

"Mhmm."

"Non mi credi?" chiese Black.

"Non è questo. Ma io ti conosco, Black. So che sei stato irrequieto, ultimamente. Anch'io ho voglia di mostrare ad Harlow che non tutti gli uomini sono dei coglioni, e sono d'accordo che forse a questo punto non hai più pensato di uscire con lei. Ma normalmente non sei così protettivo nei confronti di nessuno, come sembri esserlo con la signorina Reese. Non ti sto giudicando. Se tutto quello che vuoi è avere le palle, fai pure. Ma non ti dissuadere da qualcos'altro che potresti davvero volere. Altrimenti te ne pentirai per il resto della tua vita."

C'era molto significato dietro le parole di Rex, ma Black era troppo infastidito dalla sua perspicacia per pensarci. "Non è interessata ad uscire con qualcuno, in questo momento."

"Eppure, voi due siete rimasti al The Pit fino alle due del mattino, ridendo, parlando e giocando a biliardo. Lei si è ubriacata, tu sei rimasto sobrio per assicurarti di poterla proteggere. Poi l'hai portata a casa e, suppongo, l'hai sistemata e l'hai lasciata sana e salva nel suo letto. Non prendermi per il culo, Black. Non sono nato ieri. Chiamalo come vuoi, ma ieri sera era un appuntamento. Harlow era presa da te come... come tu eri preso da lei."

"Quindi ora devo avere il tuo permesso per uscire con lei?" chiese Black con leggerezza.

"No." La voce di Rex si calmò. "Dico solo di lasciarsi andare alla felicità. Te lo meriti, tanto quanto lei."

Black non era sicuro su cosa dire al riguardo. Rex aveva ragione, meritava di essere felice, proprio come Harlow, ma dopo solo un giorno era già confuso sui sentimenti che provava per lei. Non aveva mentito: non era contrario a una relazione a lungo termine con qualcuno, ma le cose sembravano straordinariamente complicate con Harlow, al momento.

"Il giorno in cui ho incontrato mia moglie, ho capito che era quella giusta per me," proseguì Rex. "A volte lo sai e basta."

"Non sono pronto a sposarmi," disse Black al suo capo.

"Basta essere aperti alla relazione," disse Rex. "Non essere così sicuro, prima di aver visto dove può andare a finire. Potete essere amici e uscire di nuovo. Non devi chiamare quello che fate 'appuntamento'."

Merda, da quando Rex gli leggeva nel pensiero?

Black ne aveva abbastanza. Non voleva parlare della sua vita amorosa con il suo capo. "Chiami per un motivo particolare, Rex?"

"Intendi dire, a parte per darti la mia benedizione?" chiese Rex con una risatina.

"Sì, a parte questo."

"In realtà, sì. Meat ha ordinato delle telecamere. Arriveranno domani, non so a che ora. Tu e Arrow potete installarle al rifugio dopodomani."

Black si raddrizzò sulla sedia. Stava comunque andando a controllare le signore del rifugio. Si sforzò di ricordarsi quando Harlow sarebbe andata al lavoro, ma non ci riuscì. Sapeva che Zoe avrebbe fatto la colazione quel giorno, ma non era sicuro di quali fossero gli orari delle cuoche per il resto della settimana. "Ricevuto," disse a Rex. "Mi metterò in contatto con Arrow e vedrò di cosa ha bisogno da me."

"A più tardi," gli disse Rex.

Black riagganciò quando sentì il suono del quadrante nell'orecchio. Si sedette a lungo alla sua scrivania, pensando a tutto quello che Rex aveva detto e a quello che voleva. Era ovvio che Harlow non era a suo agio nelle relazioni, ma era scattato qualcosa, a prescindere dal suo non voler uscire con nessuno.

Gli piaceva uscire con lei. Era esattamente come lui la ricordava al liceo. Divertente, premurosa e onesta.

Tre tratti che cercava in una fidanzata.

Scuotendo la testa, Black sbuffò. "Non una fidanzata," borbottò. Chiuse gli occhi, continuando a ripensare alla telefonata, alla fine decise che Rex aveva appena confermato ciò che lui stesso aveva già deciso. Non di sposare Harlow, ma di andare avanti un giorno alla volta. Avrebbe potuto scoprire che lei segretamente amava prendere a calci i cuccioli, o che possedeva qualche altra caratteristica imperdonabile.

Poi la sua mente vagò verso il modo in cui lei si era sentita sicura appoggiandosi al suo fianco, e sorrise. Lei si adattava perfettamente al suo corpo. Poiché erano della stessa altezza, i loro corpi si allineavano come se fossero fatti l'uno per l'altra.

Black aprì gli occhi e raggiunse la tastiera del suo portatile. Harlow aveva avuto abbastanza appuntamenti di merda in vita sua. Non vedeva l'ora di mostrarle che c'erano ancora dei bravi uomini in giro, primo fra tutti lui. Avrebbe pianificato gli appuntamenti più incredibili per loro due, per cancellarle i ricordi di tutti i cattivi, senza chiamarli appuntamenti, ovviamente.

Doveva essere subdolo, ma era un ex SEAL della marina. Sapeva come comportarsi.

Rivolgendo la sua attenzione al computer, Black si diede

da fare nella ricerca dei posti migliori per portare una donna a Colorado Springs. Le loro uscite dovevano essere diverse e non convenzionali, così Harlow non avrebbe sospettato che si trattassero di appuntamenti.

Sentendo di avere più stimoli di quanti ne avesse avute negli anni scorsi, per passare del tempo con una donna, Black sfogliò i suggerimenti su un sito web appena trovato, e sorrise. Sarebbe stato divertente.

CAPITOLO SETTE

HARLOW SI AVVICENDAVA per la cucina, intenta a preparare la cena. Normalmente cucinare la tranquillizzava, le calmava i pensieri, ma quel pomeriggio la sua mente era tutt'altro che tranquilla. Non aveva più avuto notizie da Lowell, dopo avergli mandato il messaggio due giorni prima per fargli sapere che stava bene. Aveva cercato di non rimanere delusa, ma non ci era riuscita.

Il che era stupido. Lei e Lowell non uscivano insieme. Se lo era detta un milione di volte... ma qualcosa, dentro di lei, si rifiutava di pensare a lui come a un semplice amico.

Era stata Loretta ad informarla, quando si era presentata per il pranzo - l'orario era cambiato, come accadeva spesso - che Rex aveva richiesto che venissero installate telecamere all'esterno della proprietà; due dei Mercenari di Montagna sarebbero andati quel giorno per installarle.

Harlow aveva cercato di non alimentare le sue speranze che Lowell sarebbe stato uno degli uomini ad arrivare, ma era impossibile. Si sentiva come al liceo, proprio prima delle riunioni del club dell'annuario. Tesa e nervosa.

"Stupida," mormorò tra sé e sé, mentre tritava le verdure fresche per l'insalata che stava preparando.

"Cosa c'è di stupido?"

Harlow rischiò di recidersi la punta di un dito quando sentì la sua voce.

Alzando lo sguardo, vide Lowell in piedi sulla porta della cucina, proprio come l'ultima volta che era stato lì.

"Devi davvero smettere di spaventarmi," lo rimproverò.

Lui si limitò a sorriderle e rispose: "Questa volta ho fatto rumore di proposito. Dovresti davvero essere più consapevole di ciò che ti circonda." Poi si avvicinò a lei e la baciò sulla guancia in segno di saluto, come se non ci fosse niente di strano.

Il cuore di Harlow si mise a martellare nel petto, non aveva fatto nulla di più faticoso che stare completamente immobile mentre lui la baciava.

"Come stai?" le chiese.

"Bene."

Lui annuì e le sorrise, Harlow rischiò di sciogliersi in una pozzanghera, ai suoi piedi, lì in cucina.

"Ti trovo bene. Io e Arrow saremo qui per un po' di tempo a montare telecamere esterne. Saresti disposta a farci da cavia, una volta che saranno montate? Ci aiuterai ad assicurarci che siano tutte puntate nelle giuste direzioni e cose del genere?"

"Ma certo."

"Fantastico. Allora tornerò più tardi."

Poi le sistemò una ciocca di capelli che era fuoriuscita dallo chignon che si era fatta prima di cucinare. Senza dire altro, Lowell sorrise ancora di più, poi se ne andò.

Dopo che se n'era andato, Harlow non riusciva a smettere di pensare alle sue azioni. A come l'aveva baciata con tanta nonchalance. A come le sfiorava i capelli, come se lo facesse ogni giorno. Continuò a ripeterselo, fino a quando alla fine dovette rimproverarsi per averlo analizzato fino alla morte.

Lowell sapeva a che punto era lei, con gli appuntamenti. Nella sua esperienza, gli uomini non facevano di tutto per essere solo amici delle donne. Soprattutto gli uomini che assomigliavano a Lowell.

Aveva fatto delle ricerche sul suo conto, la sera precedente. Non era riuscita a trovare molto, ma quello che aveva trovato l'aveva impressionata. Lowell era un veterano della Marina altamente decorato, capì che quel poco che riuscì a trovare online era probabilmente solo la punta dell'iceberg, in merito ai riconoscimenti. I Navy SEAL avevano fatto un sacco di operazioni top-secret, quindi era probabile che avesse un sacco di medaglie e di encomi sotto il letto, per così dire.

Sul giornale locale erano stati pubblicati diversi articoli su di lui e sugli altri volontari che avevano offerto tempo e denaro in beneficenza per aiutare le donne a rischio, bambini malati e coloro che in generale non avevano avuto fortuna. Di tanto in tanto frequentava la scuola superiore e offriva corsi di autodifesa gratuiti per le ragazze, era stato persino nominato Volontario dell'anno presso il locale Boys & Girls Club.

Sì, Lowell Lockard era un brav'uomo. Non aveva alcun motivo di spendere energie su di lei, quando lei gli aveva detto a chiare lettere che non avrebbe voluto un appuntamento. Era una cuoca, santo cielo. Passava le sue giornate in cucina e si divertiva. Lo immaginava più con una donna che potesse fare escursioni per ore e giorni, che amasse il campeggio, il kayak, il rafting e altri sport all'aperto. Ad Harlow non dispiaceva stare all'aperto e godersi l'aria fresca e un bel panorama, ma odiava gli insetti e il sudore. Due cose che non turbavano minimamente Lowell.

Non solo, ma era diverso al cento per cento dagli uomini con cui aveva tentato di uscire in passato. Era semplicemente fuori dalla sua portata. Harlow lo sapeva, aveva la spiacevole sensazione che anche lui lo sapesse.

Facendo un respiro profondo e togliendoselo dalla mente, rivolse la sua attenzione al pasto che stava preparando. Pollo arrosto con polenta asiago e funghi al tartufo. La maggior parte dei bambini non mangiava i funghi, ma lei li aveva inclusi comunque per variare un po'. Per non parlare del fatto che si integravano perfettamente con il pollo aromatizzato in modo gustoso. Avrebbe aggiunto un'insalata e, per finire, per dessert avrebbe fatto dei brownies al cioccolato con una spruzzata di caramello al burro.

Poteva sentire Lowell e il suo amico parlare all'esterno, mentre installavano le telecamere. Sentirli, sapere che erano vicini, la fece sentire più calma. Per la prima volta, dopo almeno un mese al rifugio, Harlow si rilassò completamente. Nessuno avrebbe osato molestare nessuna delle residenti, né lei, mentre i Mercenari erano lì fuori a lavorare.

Harlow sapeva di essere stata molto tesa, nelle ultime settimane. Cucinare e cuocere al forno di solito la rilassava, ma ultimamente, ogni volta che si era avvicinata al rifugio, si irrigidiva.

In realtà era sul punto di licenziarsi, quando aveva deciso di chiamare Lowell. Non voleva andarsene, ma le molestie la stressavano e la rendevano estremamente nervosa. Non aveva detto niente a Loretta e si sentiva orribile anche solo al pensiero di andarsene. Quella signora aveva rischiato assumendola, dato che quel lavoro era molto diverso dai soliti lavori di ristorazione che aveva avuto in passato, Harlow lo apprezzava più di quanto potesse esprimere.

Odiava anche l'idea di lasciare i bambini. La toccavano in un modo in cui nessun altro poteva. Aveva sempre desiderato una famiglia. Ma per come stava andando la sua vita, sembrava che probabilmente non sarebbe mai successo. Soprattutto perché aveva bloccato tutti gli appuntamenti.

"Che buon profumino qui dentro..."

La profonda voce maschile, ancora una volta, la spaventò a morte. Harlow fece uno scatto, poi emise un gridolino di dolore quando il coltello che stava sciacquando le ferì un dito.

"Dannazione, Arrow! Ti avevo detto di fare un po' di rumore, prima di venire qui," sbraitò Lowell, mentre spingeva l'amico da parte e andava subito vicino a lei.

Lei fissò Lowell che si avvicinava, incapace di fare altro. Aveva un aspetto sorprendente. Aveva un fisico splendido. Era imperlato di sudore su fronte e collo, la maglietta bianca che indossava era un po' sporca. I suoi capelli neri erano scompigliati, anche la sua ricrescita di barba sul viso sembrava già più scura.

"Fammi vedere, Harl," disse lui con voce calma, prendendole la mano e chiudendo il rubinetto del lavandino.

Harlow gli lasciò esaminare la sua mano, deglutì rumorosamente quando vide il taglio.

"Mi dispiace," disse Arrow, mentre si avvicinava e stava dall'altra parte. "Pensavo mi avessi sentito schiarirmi la gola."

Harlow scosse la testa. "Non stavo prestando attenzione."

"Non sembra niente di grave," le disse Lowell. "Non sembra che avrai bisogno di punti di sutura. Avete una cassetta di pronto soccorso, da queste parti?"

"Certo," gli disse Harlow. Gesticolò verso un armadietto dall'altro lato della stanza. "Laggiù."

Arrow si fiondò subito in quella direzione.

Harlow rimase davanti al lavandino con Lowell. Lei lo guardò, i loro corpi erano estremamente vicini.

"Stare vicino a te mi fa capire quanto devo puzzare," le disse dolcemente. Aveva afferrato un tovagliolo di carta e glielo aveva avvolto intorno al dito, facendo poi pressione sul taglio, stringendo il dito nella sua forte presa.

Lei scosse la testa, sorridendo. "Non sei messo così male."

Lui ridacchiò. "Sì invece, lo so perché il tuo profumo di

vaniglia misto all'odore di caramello e cioccolato è quasi opprimente."

"Mi dispiace," sussurrò lei.

"Non dispiacerti mai di avere un odore così dolce," le disse, con voce suadente.

"Fantastica, questa cassetta," disse Arrow mentre si avvicinava a loro, facendo scattare Harlow, in imbarazzo di fronte a Lowell. Ma Lowell si avvicinò e le mise la mano libera sul fianco, tenendola stretta.

"Ha praticamente tutto quello che un medico professionista potrebbe desiderare," continuò Arrow, frugando nell'armamentario medico della cassetta di pronto soccorso.

"È una tua trovata?" chiese Lowell rivolgendosi ad Harlow, con un'intuizione sorprendente.

Harlow fece spallucce. "Sai già che tendo ad essere maldestra, e con i bambini qui intorno, ho pensato che non poteva far male essere preparata."

Harlow non riusciva ad interpretare lo sguardo sul volto di Lowell, così rivolse la sua attenzione ad Arrow. Lui era un po' più alto di loro. I suoi capelli erano molto corti, quasi rasati, era muscoloso come tutti gli uomini del team che aveva incontrato fino a quel momento. Era bello, certo, ma lei non sentiva le stesse scintille che provava quando guardava Lowell.

"Sembra che l'emorragia si sia quasi fermata."

Harlow guardò il dito e vide che Lowell aveva tolto la pressione e le stava esaminando il taglio da vicino. Aveva il collo piegato mentre le guardava il dito, la mano di Harlow si mosse con l'intenzione di togliergli una ciocca di capelli dalla fronte, ma si bloccò subito prima di fare qualcosa di super imbarazzante.

"Sto bene," gli disse. "Non hai idea di quante volte mi sono tagliata. È un rischio del mestiere. Mettici un cerotto."

Senza risponderle, Lowell guardò Arrow. "Mi serviranno

degli steri-strips[1], del perossido di idrogeno, un normale cerotto e una crema antibiotica."

"Arrivano subito," disse Arrow, tornando a frugare nella cassetta del pronto soccorso.

"Seriamente, Lowell, mi serve solo..." Non finì neanche la frase perché Lowell le avvolse le braccia intorno alla vita e la guidò verso una sezione del bancone che aveva già pulito, dopo aver fatto i brownies.

"Al tre, salta su," le disse.

"Cosa? No, Lowell."

"Uno. Due. Tre!"

Non avendo altra scelta, Harlow eseguì l'ordine e fece un saltino per aiutarlo a tirarla su, seduta sul bancone. Lui le tenne saldamente la vita fino a quando Harlow non riuscì a trovare il suo equilibrio, poi le spostò una mano sul ginocchio. Lo spinse delicatamente verso l'esterno, finché non si trovò in piedi tra le gambe di lei.

Harlow sapeva che stava arrossendo, ma non riuscì a controllarlo, per quanto ci provasse. Aveva le gambe aperte, se il bancone fosse stato solo un po' più corto, sarebbe stata a contatto con l'inguine di Lowell.

Lui le prese di nuovo la mano e si affannò a medicarle il leggero taglio. Dopo averle tamponato la pelle con un batuffolo di acqua ossigenata, le soffiò delicatamente sul dito, cercando di lenire il lieve bruciore. Poi utilizzò lo Steri-Strips per tenere insieme il taglio, ci spalmò sopra un pochino di antibiotico e coprì il tutto con un cerotto. L'intero processo durò al massimo un paio di minuti, ma Harlow non si era mai sentita così accudita come in quel momento.

"Va bene?" le chiese, appoggiando le mani su entrambi i lati dei fianchi di Harlow, sul piano di lavoro in granito, avvicinandosi a lei.

Harlow annuì.

"Bene. Vorrei presentarti un altro mio compagno di squadra. Questo è Arrow. Arrow, lei è Harlow Reese. Una delle due cuoche del rifugio e un'ottima giocatrice di biliardo."

Harlow riuscì a distogliere lo sguardo da Lowell per guardare il suo amico. "Ciao." Si sforzò di ignorare il calore proveniente dagli avambracci di Lowell, che le sfioravano l'esterno delle cosce.

"Qualunque cosa tu stia facendo ha un profumo delizioso. Cioccolato?" chiese Arrow. "A Morgan piacerebbe molto."

"Morgan?"

"La mia ragazza. Morgan Byrd."

Harlow lo fissò sorpresa, ma era troppo educata per fare la domanda già pronta sulla punta della lingua.

Ma la sua curiosità era ovviamente evidente, perché Arrow disse: "Sì, *quella* Morgan Byrd. Se la sta cavando benissimo."

"Oddio. La ammiro così tanto!" squittì Harlow. "Voglio dire, non so tutto quello che ha passato, ma ho visto l'intervista che ha fatto con Barbara Walters, ho pianto per lei. Non riesco a immaginare l'esperienza di essere rapita e tenuta in ostaggio per un anno." Poi si bloccò, come se avesse appena realizzato qualcosa. Si girò e guardò Lowell. "Siete stati voi? L'avete trovata voi?"

"Siamo stati noi," disse Lowell a voce bassa.

Harlow si strinse le mani con forza. "Oh, mio Dio! Dev'essere stato spaventoso."

"Non direi proprio spaventoso, ma è stata sicuramente una sorpresa," le disse con un piccolo sorriso.

Harlow si voltò verso Arrow. "Posso darti la ricetta. No! Ne farò un'altra teglia, e tu potrai portargliela," Spinse contro l'uomo che le stava davanti. "Levati, Lowell. Devo tirare fuori la farina. Oh, merda, potrei non avere abbastanza caramello al burro! Devo andare al negozio..."

"Calmati, Harl," le disse Lowell con dolcezza, mettendole le mani sui fianchi e tenendola ferma sul bancone.

"No! Devo fare i brownies per Morgan. È il minimo che possa fare, dopo quello che ha passato. Oh, anzi... forse posso preparare la cena per te e per lei, una sera," disse ad Arrow. "Voglio dire, se mi dici cosa le piace, sono felice di prepararla."

Arrow ridacchiò. "Non c'è bisogno di cucinare niente di stravagante. Morgan non è schizzinosa. Il cibo è cibo per lei, al momento. Non importa cosa sia, basta che possa mangiare un pasto completo, ogni volta che lo desidera."

Alle sue parole, Harlow chiuse gli occhi e volle trattenere le lacrime che si erano formate. Le tremarono le labbra, che serrò rapidamente, cercando di trattenere il pianto.

"Cosa c'è che non va?" le chiese Lowell gentilmente. "Parlami, piccola."

Inspirando profondamente attraverso il naso, ma tenendo gli occhi chiusi, Harlow rispose: "Mi sento così male per lei. E per tutte le donne qui. Ne hanno passate tante, la cosa più difficile che ho dovuto affrontare io nella mia vita è stata l'essere licenziata dal mio lavoro e trasferirmi qui senza conoscere nessuno. Vorrei solo poter fare di più per aiutare. Come fate voi."

Harlow sentì le mani di Lowell spostarsi lungo i fianchi, fino a prenderle il collo. Le sfiorò la mandibola leggermente, avanti e indietro, con i pollici. "Tu aiuti più di quanto tu non sappia, Harl."

Lei scosse la testa.

"Guardami."

Sospirando, Harlow fece un respiro profondo e aprì gli occhi.

Il volto di Lowell era proprio davanti al suo, con uno sguardo intenso nei suoi occhi marroni. Non capiva cosa significasse. "Quello che fai qui è enorme. Fornisci un pasto sano tre volte al giorno a tutti quelli che vivono qui. Credi che la maggior parte di loro abbia avuto questa fortuna, da dove proviene? Probabilmente no. Loretta mi dice che spesso ti fermi oltre l'orario previsto per giocare con i bambini. Per insegnare loro a fare i dolci. Per passare del tempo con loro. Il tempo è prezioso, Harlow. Chiunque può dare venti dollari a un'organizzazione di beneficenza, ma pochi rinunciano al loro tempo per sedersi con un bambino e chiedergli com'è stata la sua giornata a scuola. Pochissimi passeranno le loro serate fuori a insegnare a una madre come preparare i pasti, così quando avrà un posto tutto suo, potrà sfamare i suoi figli. Stai aiutando, Harlow. Non c'è dubbio."

Harlow tirò su con il naso e, mentre una lacrima solitaria le scivolava da un occhio, sbatté forte le palpebre. Lowell era già pronto ad asciugarla.

"Queste donne e questi bambini si ricorderanno di te per molto tempo, di più rispetto alle donne che ho salvato. Ricorderanno i tuoi sorrisi e quanto era buono il cibo che hai preparato per loro. Ricorderanno come tu abbia trascorso del tempo con i loro figli, senza chiedere nulla in cambio. Ti ricorderanno come una luce in un momento molto difficile della loro vita. Questo è oro, Harl. Oro puro, cazzo."

Lowell era sincero, lo si leggeva nei suoi occhi scuri. Lei credeva ad ogni parola pronunciata da lui. "Se pensi che le donne che salvi non si ricordano di te, però, sei matto."

Lui scosse la testa.

"Si ricordano di te," insistette Harlow. Si voltò a guardare Arrow. Lowell lasciò cadere una delle sue mani, ma tenne l'altra sul lato del collo di Harlow. Lì si sentiva bene. Era troppo bello.

"Mi piacerebbe comunque preparare la cena per te e Morgan qualche volta... se a lei va bene."

"Le piacerebbe," la rassicurò Arrow con un sorriso. "Ma devo avvertirti, se ci prepari la cena, dovrai preparare la cena anche a Gray, Allye, Ro e Chloe. E se prepari la cena per loro, allora probabilmente dovrai preparare anche qualcosa per Ball e Meat."

"Ehi, non lasciatemi fuori dalla cena!" esclamò Lowell.

Arrow sorrise ancora di più. "Una cosa che imparerai presto su di noi è che amiamo il buon cibo. Troppe volte dobbiamo mangiare barrette proteiche mentre siamo in missione. Non rifiuteremo mai il cibo fatto in casa."

"Affare fatto," disse Harlow.

"Vuoi aiutarci con le telecamere o preferisci restare qui a fare i brownies?" le chiese Lowell.

Harlow si rivolse verso di lui, pronta a scendere. Aveva un profondo desiderio di fare qualcosa per Morgan, ma voleva anche passare più tempo possibile con Lowell.

Lui sorrise e le strofinò ancora una volta il pollice sulla mascella. Harlow sperò che non si accorgesse della pelle d'oca sulle braccia, causata da quella dolce carezza.

"Che ne dici se facciamo così? Vieni ad aiutarci con le impostazioni preliminari. Poi dobbiamo inviare i segnali a Meat per assicurarci che tutto sia dove vuole lui. Mentre lo facciamo, tu puoi tornare dentro e fare i tuoi brownies."

"Sei sicuro?" chiese Harlow. "Posso aiutarvi per qualsiasi cosa vi serva."

"Sono sicuro."

"Ok."

"Ok."

Harlow fissò Lowell, aspettando che si allontanasse o che dicesse qualcos'altro. Quando lui non fece nessuna delle due cose, lei sollevò le sopracciglia e disse: "Lowell?

"Sì, Harlow?"

"Ehm... andiamo a testare le telecamere?"

Lowell sospirò. Poi le sfiorò di nuovo il pollice sulla mascella, e finalmente fece un passo indietro.

Harlow perse subito la sensazione del suo contatto contro

l'interno cosce, ma riuscì a nascondere la sua reazione. Almeno, pensava di averlo fatto.

Lowell allungò una mano. Senza pensarci, Harlow la prese con quella ferita, e lui la aiutò a saltare giù dal bancone. Poi la guidò attraverso la cucina senza mai lasciarla andare. Lei notò il sorriso compiaciuto che Arrow rivolse al suo amico, ma lo ignorò, troppo occupata a godersi la sensazione della mano callosa di Lowell incastrata perfettamente nella propria.

CAPITOLO OTTO

"Allora... tu e Harlow, eh?" chiese Arrow a Black, mentre si allontanavano dal rifugio. Avevano installato le telecamere con l'aiuto sia di Harlow che di Loretta. Avevano una visuale chiara della porta anteriore e posteriore, del marciapiede davanti al rifugio e di parte del vicolo dietro l'edificio. Meat voleva installare le telecamere anche agli angoli anteriori dell'edificio, ma dovevano ottenere il permesso dei proprietari prima di poterle installare. Al momento potevano installare le telecamere solo all'esterno.

Un contenitore di brownies cosparso di caramello al burro era appoggiato sul sedile tra i due uomini, il profumo ancora caldo permeava l'aria.

"No," disse Black.

"Hai davvero intenzione di startene seduto lì a far finta che non ti piaccia?" chiese Arrow, incredulo.

"No, mi piace, va bene, ma non usciamo insieme. E se qualcuno di voi stronzi accenna al fatto che ci stiamo frequentando, vi prendo a calci in culo," ringhiò Black.

"Ok, cosa mi sto perdendo?" chiese Arrow. "Tu sei preso

da lei, lei è ovviamente presa da te, ma tu non esci con lei e non vuoi uscire con lei?"

"Voglio uscire con lei," chiarì Black. "Ma lei ha un problema con quella parola. Quindi sarò un suo amico. Un suo caro amico."

Arrow sorrise in modo malizioso. "Sì?"

"Sì."

"Eh, buona fortuna."

Black lo guardò. "Che cosa significa?"

"Niente."

"Sputa il rospo, stronzo," disse Black, irritato.

"Lei è diversa," disse Arrow. "Non è come molte delle donne con cui siamo stati, durante la nostra carriera. Da quello che ho osservato finora, non gliene frega un cazzo che tu fossi un brutto SEAL. Quando ti guarda vede Lowell, il ragazzo che conosceva al liceo. Non lo stronzo incallito che sei ora."

"E?" lo incalzò Black.

"Sembra una ragazza a posto. Il modo in cui parla di quei bambini al rifugio fa capire che vuole dei figli suoi. Sarà una madre meravigliosa. E poi è facile vedere che ha una cotta per te. Ma... potresti distruggere quella donna, Black. Puoi desiderarla, non posso biasimarti perché ha delle curve da urlo. Basta che tu proceda con cautela. Potresti farla vibrare come la corda di un violino, portarla fuori senza chiamarla appuntamento, scoparla fino a sfinirla, poi semplicemente smettere di chiamarla. Diavolo, se non hai un appuntamento, non devi nemmeno rompere con lei. Ma la feriresti comunque."

A Black non piacque quello che diceva il suo amico, ma non era niente di nuovo.

"Non ti ho mai visto comportarti così con una donna da quando ci siamo conosciuti. Di solito sei più riservato. Lasci che vengano da te e accetti quello che ti offrono. Stai sicuramente inseguendo Harlow. Sei come un lupo a caccia. Ma qualsiasi donna che piange solo pensando a quello che ha passato un'altra, a quello che ha passato Morgan, non è una da fottere e basta. Mentalmente o fisicamente."

"Ho capito, stronzo."

"E tu?"

"Sì," disse Black. "Sì, non la sto prendendo per il culo."

"Quindi, ti va bene vedere dove vanno a finire le cose, e se finiscono con te e lei in piedi in una chiesa a pronunciare i voti, sei a posto? Se la metti incinta, non andrai fuori di testa?"

"Cazzo, Arrow, la conosco solo da tre giorni. Non sono come te e gli altri. Non sono pronto a sposarla, cazzo, e a vederla sfornare i miei figli. Gesù."

"È esattamente quello che dicevo prima di incontrare Morgan," rispose Arrow, senza essere minimamente turbato dal tono del suo amico. "E quello che ha detto Gray. E Ro. Quando incontri la donna con cui vuoi passare il resto della tua vita, lo sai e basta."

"Beh, non lo so. Mi sto solo divertendo. Anche lei. Pensi che non mi renda conto che ha una cotta per me? Non sono un idiota. Lei mi vuole, tanto quanto io voglio lei. Lascerò che faccia finta che non stiamo uscendo insieme e alla fine le cose andranno bene. Se ci stanchiamo l'uno dell'altra, andremo ognuno per la sua strada, lei non avrà nulla di cui preoccuparsi."

Arrow scosse la testa, ma non disse nulla.

Black serrò le labbra in preda alla frustrazione. Era felice per i suoi amici che avevano trovato delle donne, ma non era pronto a sistemarsi... vero?

———

Due giorni dopo, Black era nel suo ufficio al poligono di tiro a compilare scartoffie quando il suo telefono squillò.

"Il poligono di tiro di Black," rispose.

"Ti ho appena mandato un video," disse Meat, invece di salutarlo.

Black mosse immediatamente il mouse per accendere lo schermo del suo computer e cliccò sul suo programma di posta elettronica. Aprì il messaggio di Meat e avviò il video allegato, mentre Meat iniziava a parlare.

"Sembra che le molestie siano ancora in corso. Questa è una raccolta degli ultimi due giorni, da quando abbiamo installato le telecamere."

Black guardava e ascoltava mentre le voci fuori campo chiamavano le donne che entravano e uscivano dall'edificio. Non importava se le residenti erano da sole o in gruppo. Non importava se avessero i loro figli con loro. I teppisti non facevano discriminazioni e le molestavano tutte verbalmente. Dicevano che sembravano sexy, volevano sapere quanto si facevano pagare. Dato che le donne non abboccavano all'esca, i ragazzacci continuavano con le loro provocazioni. Erano rimasti dall'altra parte della strada rispetto al rifugio, ma questo ovviamente non faceva sentire le donne più sicure.

Solo quando Harlow apparve nel video, Black sentì il suo battito cardiaco aumentare. Fissò lo schermo mentre lei usciva dalla porta sul retro nel vicolo, portando un sacco della spazzatura.

Una voce fuori campo squillò immediatamente.

"Ehi, piccola. Ehi, sto parlando con te."

"Vattene via."

"Awwwwww, non fare così. Posso farti stare bene. Non ti piace sentirti bene?"

"Ho un ragazzo."

"E allora?"

"E allora?" Harlow gettò il sacco della spazzatura nel bidone e si voltò verso l'uomo che le stava parlando. Era ovviamente in piedi in fondo al vicolo, perché lei guardava in quella direzione con le mani sui fianchi.

"Perché non ci lasciate in pace? Perché ci tormentate?"

"Perché posso. Perché questa è la mia parte di città. Voi benefattori non appartenete a questo posto."

"Il rifugio è qui da più tempo di te. Era qui molto prima che tu diventassi il cazzone che sei. Semmai questa è la nostra parte di città, e tu non appartieni a questo posto."

Per quanto Black fosse orgoglioso di Harlow per aver preso le difese del rifugio, era anche incazzato. Avrebbe dovuto sapere che non doveva lanciare uova su un teppista.

"Non sai un cazzo! Faresti meglio a guardarti le spalle, stronza."

Black vide il momento in cui Harlow capì che probabilmente non avrebbe dovuto restare in un vicolo a provocare un uomo che poteva facilmente ferirla senza rimorsi. La vide scuotere la testa e fare retromarcia verso la porta del rifugio. Era stata furba a non voltare le spalle all'uomo, ma Black si preoccupava ancora di chi poteva avvicinarsi di soppiatto da dietro.

Per fortuna, Harlow aveva raggiunto la porta senza incidenti. L'uomo era ancora fuori dallo schermo, ma Black lo sentì gridare proprio prima che Harlow scivolasse all'interno.

"Ti teniamo d'occhio, stronza. Le tue telecamere non possono tenere te o le altre puttane al sicuro. Ricordatelo! È nel tuo interesse andartene via."

Poi la porta si chiudeva e il vicolo tornava ad essere tranquillo. Black si rese conto che stava stringendo i pugni con forza, stava quasi toccando con il naso lo schermo del computer. "Dannazione," imprecò.

"Harlow ti chiama per informarti di quello che sta succedendo?" chiese Meat.

"No." Quel dettaglio infastidiva Black più di quanto volesse ammettere. Aveva passato gli ultimi due giorni dopo la ramanzina di Arrow dicendo a se stesso che non stava facendo nulla di male, a flirtare con Harlow. Potevano avere un'avventura, e poi ognuno per la sua strada. Si era costretto a non mandarle sms, a non chiamarla o a non fermarsi al rifugio per controllare lei e tutte le altre.

Ma era una merda. Gli mancava Harlow. Il che era pazzesco. Era passata meno di una settimana da quando avevano riallacciato i contatti. Era ovvio che le molestie si erano fatte più aggressive. Non gli piaceva la minaccia che aveva ricevuto Harlow, ovvero di guardarsi le spalle.

Aveva finito di cercare di mantenere le distanze. Uno, non gli piaceva che lei gli nascondesse delle cose. Due, gli piaceva uscire con lei. Gli piaceva il suo carattere solare. Gli piaceva il suo entusiasmo quando parlava di quello che c'era sul menu del giorno. Semplicemente, gli piaceva.

Aveva praticamente deciso di mettere in secondo piano il suo progetto di uscire con lei senza chiamare le uscite "appuntamento", ma era arrivato il momento di dire basta. Avevano bisogno di parlarle. Ovviamente c'era bisogno di una presenza più visibile dei Mercenari, al rifugio. Le donne lì avevano bisogno di protezione contro gli stronzi che si divertivano a molestarle.

"Hai avuto fortuna con i controlli sul passato?" chiese Black a Meat.

"Ancora niente. Ma ci sono molte persone da controllare. Sai com'è, è come scendere in una tana di coniglio. Guardi una persona, questo ti porta a qualcun altro, e a qualcun altro. Ma finora, anche se non c'è dubbio che le residenti del rifugio siano state con dei coglioni estremi, non ho scoperto un motivo per cui qualcuno abbia assunto dei teppisti per molestarle."

"Potrebbe essere solo una banda locale annoiata e fissata con il rifugio?" chiese Black.

"Sì, è possibile."

"Allora dovremmo far loro una visita," disse Black. "Smettete di indagare e prendeteli per la collottola, spaventateli a morte, avvertiteli di stare lontani dalle donne." Era frustrato dal fatto che le cose si muovessero così lentamente. Quando andavano in missione, prendevano decisioni al volo. Non dovevano necessariamente seguire tutte le rigide regole e leggi che i vari rami dell'esercito dovevano seguire. Ma quel tipo di cose... era tutto diverso. Erano sempre fatti loro, per così dire, ma fino a quel momento non c'erano prove che qualcuno avesse infranto qualche legge.

"Sai che non possiamo farlo," disse Meat, la frustrazione facile da sentire nel suo tono. "Rex vuole essere sicuro che ci comportiamo secondo le regole, per non far incazzare il capo della polizia. Sai che lavora a stretto contatto con lui, Rex non vuole fare nulla che possa danneggiare questo rapporto."

"Bene," disse Black. "Ho programmato una lezione di sicurezza personale per questo fine settimana, ma dobbiamo anticiparla. Si capisce dal linguaggio del corpo delle donne che sono spaventate. E non posso biasimarle."

"Buona idea."

"Puoi chiamare Ball, Gray e Ro e vedere se possono unirsi a me?"

"Perché non puoi chiamarli?" chiese Meat. Non sembrava arrabbiato, era solo curioso.

"Ho una chef con cui devo parlare," disse Black.

Meat ridacchiò. "Vacci piano con lei. Poteva sembrare una dura sul nastro, ma era spaventata a morte."

Black annuì. Sapeva che era vero. Quello era uno dei motivi per cui era così arrabbiato con lei. Se era così spaventata, avrebbe dovuto chiamarlo. Mandargli un messaggio. Qualcosa del genere. Ma lei non l'aveva contattato affatto.

Sapeva che probabilmente era confusa sul loro rapporto. Diavolo, lui stesso era confuso. Ma non aveva più importanza. Fece voto di passare più tempo possibile con Harlow Reese.

L'avrebbe accompagnata al lavoro, alla macchina quando finiva il turno, sia di giorno che di notte. L'avrebbe portata al poligono e le avrebbe insegnato a sparare. Avrebbe passato con lei tutto il tempo che il suo lavoro le consentiva di passare fuori dal rifugio. Harlow forse non voleva fissare appuntamenti, ma sarebbero comunque stati insieme.

"Hai già ottenuto il permesso di montare le altre telecamere?" chiese Black a Meat.

"No. E la cosa mi sta facendo incazzare. Gli edifici su entrambi i lati del rifugio sono vuoti, ma non sono ancora riuscito a scoprire chi è il proprietario. E questo, già di per sé, è sospetto. Anche i negozi dall'altra parte della strada ci hanno negato l'accesso."

"Cazzo. Perché?"

"Non me lo hanno detto. Ma ho la sensazione che sia per via della clientela. Non sono il tipo di persone a cui piace stare davanti alle telecamere."

"Dannazione. L'hai detto a Rex?"

"Sì, è incazzato."

Black emise un fischio. Quando Rex si arrabbiava, di solito faceva saltare un paio di teste.

"Giusto. Quando chiamerò gli altri, vedrò se sono disposti a mettere altre telecamere sul rifugio. Almeno per un breve periodo. Non possiamo continuare così per sempre, ma forse almeno finché non avremo qualche indizio su chi ci sia dietro a tutte le molestie."

"Mi va bene," disse Black. Era proprio d'accordo. Aveva pianificato di sorvegliare Harlow, ma quello avrebbe lasciato le residenti, Zoe e Loretta vulnerabili. "Fammi sapere se trovi altri video interessanti."

"Sai che lo farò," lo rassicurò Meat. "A più tardi."

"Ciao."

Black riagganciò e cliccò sul video, per avviarlo dall'inizio.

Mentre guardava Harlow affrontare l'uomo invisibile, gli ribollì il sangue di nuovo.

No. Proprio no.

Le aveva detto cosa significava far parte del suo mondo, ma aveva trascurato di informarla che quello includeva anche dirgli quando era spaventata e preoccupata per qualcosa. Sentire il teppista che la minacciava raccontava una realtà diversa.

Spegnendo il computer, Black spinse indietro la sedia e afferrò la giacca di pelle e il casco mentre usciva dalla porta. Quel giorno era andato in ufficio con la sua Harley, pur sapendo che era più sicuro andare a casa a prendere la sua Mazda prima di andare a vedere Harlow, non volle perdere altro tempo.

Aveva bisogno di farle sapere una volta per tutte come sarebbero andate le cose, da quel momento in poi.

CAPITOLO NOVE

HARLOW SI STROFINÒ GLI OCCHI, mentre era seduta in macchina. Erano le tre passate e Zoe aveva probabilmente lasciato il rifugio circa un'ora prima. Harlow doveva preparare la cena quella sera, poi fare la colazione del giorno seguente.

Non aveva dormito bene la notte prima, ogni piccolo rumore la faceva sedere nel letto per paura che qualcuno si fosse introdotto nel suo appartamento.

I teppisti avevano intensificato le loro vessazioni. Anche le minacce non erano più così velate, come era successo con il tipo nel vicolo, le parole sputate da quello spregevole individuo l'avevano colpita più di quanto volesse ammettere. Aveva paura di andare al lavoro, lo detestava. Amava il lavoro vero e proprio ma non ciò che succedeva intorno. Le molestie la facevano incazzare e la spaventavano allo stesso tempo.

Facendo un respiro profondo e decidendo di farla finita, Harlow afferrò la borsa e spinse la portiera. Aveva iniziato a lasciare il tettuccio della decappottabile alzato quando andava al lavoro, a causa del tempo necessario per alzarlo e abbassarlo.

Tenendo la testa bassa per non stabilire alcun contatto

visivo e per non incoraggiare i teppisti eventualmente nei paraggi, sbatté la portiera dell'auto, attivò il sistema d'allarme della macchina e si diresse verso il rifugio.

Aveva fatto diversi passi, quando sbatté contro qualcosa di duro. Sarebbe rimbalzata indietro e sarebbe caduta sul sedere se la persona di fronte a lei non le avesse afferrato le braccia.

Guardando in alto, in allarme, Harlow era pronta a tirare ginocchiate nelle palle di chiunque l'avesse presa, ma si bloccò quando guardò negli occhi castani incazzati di Lowell.

"Hai fretta, Harl?"

Guardandosi intorno, Harlow non vide nessuno dei teppisti, sospirò dal sollievo. Poi incontrò di nuovo gli occhi di Lowell e decise di essere onesta. "Sì, non ero sicura che ci fosse qualcuno di quei tizi in giro, volevo solo entrare il prima possibile."

"Erano in giro," le disse Lowell. "Ma quando mi hanno visto, si sono dispersi."

"Oh... questo è un bene," disse lei, incerta.

"Andiamo," disse Lowell, girandola verso il rifugio. Le mise il braccio intorno e le poggiò una mano sulla vita. La sfiorò con un fianco mentre camminavano, ma lei non cercò di allontanarsi. Averlo vicino era una bella sensazione. Il suo nervosismo scomparve come un soffio di fumo, con lui al suo fianco. Era come se, con Lowell lì, potesse fare qualsiasi cosa. Dire qualsiasi cosa.

Camminarono in silenzio lungo la strada, oltrepassando l'edificio vuoto accanto al rifugio, fino alla porta d'ingresso. Lowell le tenne la porta aperta per farla entrare e la seguì subito dopo. Chiuse nuovamente la porta a chiave e la seguì in cucina. Harlow mise la borsa nell'armadietto e prese il grembiule. Se lo tirò sopra la testa e alla fine si voltò verso di lui.

Come al solito, Lowell rimase in silenzio. Se ne stava semplicemente lì, con le braccia incrociate, a fissarla. Lei lo odiava, quando faceva così. Anche se capiva che era una tattica che lui usava per metterla a disagio e farla parlare, lei non riusciva a sopportarlo.

"Ehi, Lowell," gli disse nervosamente, senza sapere cos'altro dire.

"Non mi hai chiamato," le disse.

"Cosa?"

"Non mi hai chiamato," ripeté lui.

"Oh, uhm... Non sapevo di doverlo fare?"

Lui fece uno scatto. Si staccò dal muro e andò verso di lei, invadendo il suo spazio personale. Harlow fece un passo indietro, ma il bancone le impedì di allontanarsi del tutto da lui. Lowell mise le mani sul granito dietro di lei e si appoggiò, bloccandola.

Aveva un buon profumo. Davvero buono. Harlow resistette all'impulso di affondargli il naso nello spazio tra il collo e la spalla, e lo guardò. Appena lei incontrò il suo sguardo, lui prese parola.

"Ho visto il video."

"Video?"

"Di quello stronzo che ti molesta nel vicolo."

Oh, merda. "Oh."

"Sì. Non mi hai chiamato, Harlow."

"Lo so."

"Perché?"

"Bene. Avrei dovuto chiamarti. Ma, Lowell, ci siamo appena conosciuti. Beh... ci siamo incontrati di nuovo. Non sapevo di doverti chiamare ogni volta che succede qualcosa nella mia vita. Non ti ho chiamato quando ero al supermercato e qualcuno ha urtato il mio carrello con il suo, e non si è scusato. Non ti ho chiamato quando mi sono spaccata il dito contro l'anta dell'armadio e ha iniziato a sanguinare di nuovo. Non ti ho chiamato quando mi è caduto un pacchetto di riso a casa e ho dovuto passare venti minuti per assicurarmi di aver preso tutti i chicchi, così da non calpestarne neanche uno a piedi nudi, dopo. Sono un'adulta, sono stata da sola per molto tempo."

Lowell scosse la testa e le prese una mano, quella che si era tagliata all'inizio della settimana. Lentamente cominciò a toglierle la benda, mentre parlava. "Mi hai chiamato una settimana fa perché avevi paura di questi teppisti. Avevi bisogno di aiuto e mi hai chiamato. Sapevi che ti avrei aiutato, non aveva niente a che fare con il fatto che ci conoscevamo da adolescenti. C'è stato qualcosa tra di noi quando ci siamo visti un mese fa, e c'è qualcosa tra di noi anche adesso."

"Ti ho già detto prima che ora sei nel mio mondo, una parte di questo include il fatto che mi chiami quando succede qualcosa che ti spaventa. E non negare che eri spaventata. Ti ho visto, piccola. Eri spaventata, anche se hai fatto un buon lavoro per nasconderlo a quello stronzo. Sei un'adulta. So che puoi gestire tutte le altre stronzate, ma se qualcuno ti minaccia, voglio che mi chiami."

Harlow sbatté le palpebre mentre le ispezionava il dito. Lowell se lo portò fino alla bocca e lo baciò dolcemente. Poi intrecciò le dita con quelle di lei, su entrambe le mani, e le spostò fino a quando le braccia di lei furono dietro la schiena, con la spina dorsale inarcata.

"Ecco cosa succederà d'ora in poi. Mi mandi un messaggio quando sei pronta a partire per venire al lavoro. Ci vediamo nel parcheggio, come ho fatto oggi, e ti accompagno dentro. Quando sarai pronta a tornare a casa, mandami un messaggio e mi assicurerò che nessuno ti prenda per il culo mentre torni in macchina. Capito?"

Harlow scosse la testa. "No, questo è troppo."

"Non lo è. Dammi i tuoi orari, se ti dimentichi di mandarmi un messaggio, sarò comunque qui ad aspettarti."

"Lowell, no. Seriamente, questo è troppo. Posso gestirla da sola."

"Cosa succede quando si passa dalla molestia verbale all'aggressione? E se vengono a cercare la piccola Sammie? O se Jasper pensa di poterli affrontare?"

Merda. Colpo basso, Lowell. "Ma il fatto che tu mi accompagni da e per il lavoro non gli impedirà di attaccare tutti gli altri," disse lei, nel modo più ragionevole possibile.

"Vero. Ma se mi vedono in giro più spesso, e anche il resto della squadra, forse ci penseranno due volte prima di prendersela con persone più deboli di loro."

Harlow voleva protestare contro la cosa del più debole, ma sapeva che aveva ragione. Lowell aveva ancora le mani nelle sue, dietro la schiena. Lo guardò negli occhi per qualche istante. "Non voglio essere un peso."

Lui sbuffò. "Non sei assolutamente un peso," le disse.

Harlow cercò rapidamente di pensare a un'altra scusa, ma non trovò nulla.

"Siamo amici," continuò Lowell. "Forse ci siamo appena riavvicinati dopo tutti questi anni, ma vederti in quel video oggi... mi ha fatto male. Forse non avrei potuto fare nulla per quello che è successo, ma mi sarebbe piaciuto saperlo. Mi hai chiamato per chiedere aiuto, Harl. Lascia che ti aiuti."

"Ok."

"Mi farai sapere quando vai e vieni?"

"Sì."

"Mi chiamerai se succede qualcosa che devo sapere?"

"Sì."

"Bene. Lavori stasera e domani a colazione, giusto?"

"Sì. E anche a pranzo. Zoe ha un impegno domani, quindi lavorerò tre pasti di fila, poi lei farà lo stesso."

"Allora verrò a prenderti a casa tua, la mattina di dopodomani."

"Cosa? Perché?"

"Vedrai."

Harlow strinse gli occhi in due fessure. La maggior parte

delle volte le piaceva quando lui era tutto autoritario e protettivo, ma aveva uno strano bagliore negli occhi che lei non riusciva a interpretare. "Non mi piacciono le sorprese."

"Questa ti piacerà."

"Lowell," protestò lei.

"Harlow," le disse, con tono cantato.

Lei alzò gli occhi al cielo. "Lasciami andare, devo iniziare a preparare la cena. I bambini arriveranno presto e avranno fame. Devo preparare i loro spuntini."

"Stai davvero bene, Harl?" le chiese Lowell.

Lei si sciolse. Come poteva rimanere irritata con lui, quando sembrava così preoccupato? "Sto bene. Ammetto che andare e venire dalla mia macchina non è la parte che preferisco di questo lavoro, ma adoro quando sono dentro. Grazie per avermi accompagnato."

"Prego. Mandami un messaggio quando sei pronta a partire stasera. Non importa a che ora. Mi incazzerò, se non lo farai."

"Bene."

"Bene."

Lui si chinò, tenendole ancora le mani bloccate, e le baciò la fronte. Lei chiuse gli occhi e inspirò profondamente, portando la sua essenza nei polmoni, come se potesse tenerlo lì per sempre.

Troppo presto, Lowell la lasciò andare e fece un passo indietro. Camminò fino al grande tavolo dove i bambini avrebbero presto mangiato i loro spuntini, prese un casco e una giacca di pelle appoggiati lì. Harlow non li aveva nemmeno notati, prima.

"Hai una moto?"

Ovviamente lui sentì l'eccitazione nella voce di lei, perché sorrise. "Sì. Ti piace?"

"Beh, sì. Cosa c'è di male?"

"Ti va di montarci, qualche volta?"

Harlow non riuscì a capire se ci fosse un'allusione sessuale nascosta tra quelle parole, da qualche parte, ma il viso di lui era impassibile, così decise che stava solo proiettando quello che voleva sentire. "Mi piacerebbe molto."

Lowell le fece l'occhiolino. "Allora lo faremo. Mandami un messaggio dopo, Harl."

Lei annuì, poi rimase sola in cucina.

Lasciando uscire un respiro, Harlow scosse la testa e cercò di riprendersi. Ogni volta che era nei paraggi di Lowell, si sentiva fuori posto. Era diverso da chiunque avesse mai frequentato prima... in senso buono. Era prepotente, ma cercava di assicurarsi che lei stesse bene. Però non erano fidanzati, o robe così. Era solo un buon amico.

Ignorando la voce nella sua testa che praticamente le urlava che stava mentendo a se stessa, Harlow si diresse verso il frigorifero per controllare ciò che Zoe aveva preparato. Si mettevano a tavolino, all'inizio di ogni settimana, per pianificare ogni pasto in modo da potersi aiutare a vicenda nella preparazione. Sospirò di sollievo quando vide che era tutto pronto per iniziare la cena, Harlow si tolse dalla testa l'incontro con Lowell e si mise al lavoro.

Harlow: **Ehi**.

Lowell: **Ehi, sei pronta?**

Harlow: **Sarò lì tra una decina di minuti. Ma non c'è bisogno che passi. Mi ci vuole solo un minuto per arrivare alla mia auto.**

Lowell: **Vengo a prenderti.**

Harlow: *Harlow alza gli occhi al cielo*

Lowell: **Dieci minuti. Non mettere piede fuori dall'edificio, Harl. O mi arrabbio.**

Harlow: **Bene.**

Lowell: **A presto.**

Harlow voleva essere infastidita, ma non poteva esserlo. Non quando Lowell si preoccupava della sua sicurezza.

Quando i ragazzini erano tornati da scuola, le avevano detto che Gray, "il tizio veramente alto," si era appoggiato alla facciata dell'edificio accanto al loro e li aveva accolti mentre si raggruppavano all'interno.

Julia l'aveva presa da parte mentre i bambini stavano mangiando la loro merenda, le aveva riferito che Gray aveva detto a lei e alle altre madri che qualcuno sarebbe stato lì ogni giorno quando i bambini sarebbero scesi dallo scuolabus, per assicurarsi che nessuno li mettesse a disagio. Era facile vedere il sollievo nel volto di Julia, e anche nelle altre mamme. Con il loro passato, le molestie potevano essere la goccia che faceva traboccare il vaso.

Harlow si era offerta di intrattenere i bambini mentre la cena cuoceva, insegnando loro a rompere le uova con una mano sola senza far entrare pezzetti di guscio nella ciotola. Avrebbe preso due piccioni con una fava, in quanto avrebbe potuto preparare le uova strapazzate per la mattinata. Era stato divertentissimo, tutti avevano fatto il tifo per ogni bambino quando arrivava il suo turno.

Preparare la cena per sedici persone - diciassette, se Harlow mangiava con loro, diciotto se veniva Edward, fatto sempre più frequente - non era mai stato un compito facile. La colazione e il pranzo sembravano più facili, perché le residenti arrivavano in tempi diversi e mangiavano dal buffet già pronto. Ma la cena era l'unica occasione in cui tutti facevano del loro meglio per mangiare insieme. Era sempre un evento rumoroso, per lo più gioioso. Nell'ultima settimana circa, quel momento era stato più cupo, poiché le molestie da parte degli uomini erano aumentate e tutti erano più nervosi.

Ma quella sera erano tutti felici e rilassati, Harlow sapeva che era grazie a Lowell e ai suoi compagni Mercenari di

Montagna. Sperava solo che riuscissero a capire il motivo delle molestie.

Si lamentava di aver dovuto mandare un messaggio a Lowell per scortarla alla sua auto, ma se proprio doveva essere onesta con se stessa, si sentiva sollevata. Edward si era offerto di accompagnarla al parcheggio, ma il pensiero che qualcuno decidesse che lui fosse un bersaglio facile non le piaceva per niente. Non se lo sarebbe mai perdonato, se qualcuno avesse fatto del male al povero settantenne.

Erano quasi le nove quando finalmente aveva mandato un messaggio a Lowell. I ragazzini avevano deciso di aiutarla a pulire, poi era rimasta fino a tardi per aiutare Jasper a fare i compiti. Il bambino di terza media aveva problemi con il suo compito di inglese. Doveva rispondere alle domande sul libro "Il signore delle mosche." Quel libro aveva affascinato Harlow quando aveva la sua età, quindi non aveva avuto problemi a spiegargli gli aspetti psicologici della storia.

Esattamente dodici minuti dopo avergli mandato un messaggio, Lowell si introdusse nella cucina del rifugio. Harlow sentì un rossore sulle guance e si costrinse mentalmente a darsi una regolata.

"Ehi."

"Ciao," gli rispose. "Sono quasi pronta. Devo solo prendere la mia roba."

Lowell stava in piedi sulla porta, mentre lei afferrò la borsa e scrollò le spalle.

Lui la seguì attraverso la zona giorno principale del rifugio, annuendo a Carrie e Ann. Bethany e Kristen erano sedute sul divano a leggere, mentre Violet e Lisa giocavano a dama. Harlow sentì gli occhi di tutte loro su di sé, mentre attraversava la stanza. Nell'ultima settimana circa, praticamente tutte le residenti avevano commentato la sua fortuna e avevano ammesso quanto Lowell fosse bello. Harlow aveva avuto il suo daffare nel dire più e più volte che erano solo amici, ma nessuna di loro le aveva creduto.

Ma camminare al suo fianco, sapendo che le altre lo consideravano un buon partito, la faceva sentire... bene. Lui non era nemmeno impegnato con lei, ma era orgogliosa di stargli vicino. Era una follia.

Pur sapendo che, se avesse continuato a passare del tempo con lui, sarebbe andata sempre più in profondità, Harlow non sapeva cosa farci. Le piaceva stare con Lowell. Era divertente e premuroso, la faceva sentire come se fosse l'unica persona importante al mondo, quando le parlava. Non si era mai sentita così con un uomo, prima. Mai.

Decise di lasciarsi andare, sapeva che Lowell non voleva uscire con lei, quindi non doveva preoccuparsi: Harlow annuì alle altre donne mentre passava. Doveva solo controllare la sua cotta per quell'uomo. Non ne avrebbe ricavato nulla, perché non uscivano insieme, così il suo cuore sarebbe stato al sicuro. Sarebbero stati solo amici, e una volta finito tutto, lui sarebbe andato avanti e avrebbe trovato qualcuna con cui passare il resto della sua vita.

Lowell le mise la mano sulla parte bassa della schiena mentre sbloccava il chiavistello della porta. Adorava quando lo faceva. Il peso della sua mano la faceva sempre sentire al sicuro. Uscirono e lei richiuse la porta a chiave. Poi camminarono fianco a fianco, con Lowell sul lato esterno del marciapiede, fino al parcheggio.

Guardandosi intorno, Harlow non vide nessuno. La strada era deserta. I negozi di fronte al rifugio erano chiusi e al buio. C'erano delle luci nel parcheggio, ma non erano così luminose, si era sempre sentita vulnerabile lì, soprattutto di notte o la mattina presto, prima che sorgesse il sole. Anche il distributore di benzina abbandonato dall'altra parte della strada la spaventava. Era buio, aveva sempre immaginato che sarebbe stato facile per qualcuno rimanere in attesa per attaccare una persona ignara, come lei.

"Grazie per avermi accompagnato alla macchina," disse a Lowell quando schiacciò il bottoncino per aprire la macchina.

"Prego. A che ora arrivi qui la mattina?"

Harlow si morse un labbro. "Beh, di solito cerco di arrivare qui intorno alle cinque. Questo mi dà il tempo di preparare la colazione e di prendere del pane fresco, o dei biscotti da cuocere, prima che tutti si alzino e se ne vadano via. Edward ha portato ciambelle e altri dolci, ma mi piace offrire una varietà di cose tra cui tutti possono scegliere."

"Allora ci vediamo qui verso le cinque."

"Ma è presto," gli disse.

Lui sorrise. "Sì, ma va bene. Di solito mi alzo verso le quattro e mezza per allenarmi. Dormo un po', ci vediamo qui, poi vado a casa e inizio la mia corsa."

"Davvero? Ti alzi alle quattro e mezza tutte le mattine?" gli chiese, meravigliata.

"Già. Immagino che tutti quegli allenamenti mattutini in marina siano rimasti con me. Di solito non riesco a dormire oltre le sei, anche quando vado a letto tardi. Tu?"

"Io, cosa?" chiese.

"Sei una persona mattutina?"

"Beh, sì. Ma non mi alzo per allenarmi... ovviamente." Harlow si indicò il corpo, mentre diceva l'ultima parte.

"Perché ovviamente?"

"Beh, Lowell. Guardami. Ti sembro una che si allena?"

Lowell si mosse così velocemente che lei non lo vide arrivare finché non era proprio davanti a lei, con i fianchi contro i suoi, spingendole la schiena contro la sua Mustang. "Mi ricordi notti calde e albe bellissime."

Harlow lo fissò. "Non so cosa significhi," sussurrò.

"Significa che qualsiasi cosa tu stia facendo, continua a farla," disse lui, con voce bassa e sensuale.

Harlow non sapeva dove mettere le mani, così le appoggiò leggermente sul petto di lui. "Oh. Ok."

"E dovresti saperlo, non domani, ma il giorno dopo vengo a prenderti a casa tua alle quattro del mattino. Sarà un problema?"

Harlow spalancò gli occhi, sorpresa. "Quattro? Perché così presto?"

"È una sorpresa, ricordi?" le disse.

"Non sono sicura di questa cosa. Non c'è niente di aperto, così presto."

"Fidati di me."

"Voglio farlo, è solo..." Si trattenne dal dire altro e scosse la testa. "Bene. Almeno so che non è un appuntamento, perché nessuno va a un appuntamento alle quattro del mattino."

Lui le sorrise e, ignorando il suo commento, disse: "Mandami un messaggio quando arrivi a casa." Poi le girò intorno per afferrare la maniglia della portiera dell'auto.

"Perché?"

"Così posso assicurarmi che tu ci sia arrivata sana e salva."

Lei arricciò il naso e chiese: "Non mi segui fino a casa? Voglio dire, sei tutto protettivo e cose del genere, così l'ho dato per scontato."

Lowell la fissò a lungo, prima di sorridere di nuovo. "Oh, ti seguo fino a casa. Solo che non avevo intenzione di dirtelo."

Harlow alzò gli occhi al cielo, non sapendo se stesse scherzando o no. "Come vuoi. Vai a casa, Lowell. Hai fatto il tuo dovere di guardia del corpo per questa notte."

"Ci vediamo domattina. Guida con prudenza," le disse con dolcezza. Chiuse la porta dietro di lei e si diresse verso la sua Mazda.

Non leggere nulla nel suo comportamento, si disse Harlow. Era un SEAL. *Lui salva le donne, di professione. Solo perché ignorerà la tua richiesta e ti seguirà comunque fino a casa, non significa che voglia qualcosa di più. Inoltre, tu non esci con lui... ricordi?*

Sapendo che stava perdendo la battaglia per tenersi emotivamente separata da Lowell, Harlow tornò a casa, guardando i suoi fari nello specchietto retrovisore... e sentendosi confortata e al sicuro per tutto il tragitto.

Nolan Woolf fissò le due auto che uscivano dal parcheggio e si dirigevano verso la strada buia e vuota. "Dannata guardia del corpo," borbottò sottovoce. Si trovava fuori dalla portata delle stupide telecamere che l'uomo e il suo amico avevano montato all'inizio della settimana. Le luci convenientemente rotte sul lato lontano dell'edificio che possedeva lo tenevano nell'ombra, nascosto.

Era così vicino ad ottenere quello che voleva, ma la stupida puttana che possedeva il rifugio lo ostacolava. Sperava che gli uomini che aveva assunto per molestare chiunque entrasse e uscisse dall'edificio fossero sufficienti a spaventarla. Ma fino a quel momento non aveva funzionato.

E, in effetti, le cose sembravano essere peggiorate. In quel momento aveva a che fare con le telecamere e con gli stronzi che avevano cominciato a frequentare e a sorvegliare le donne. Quello non faceva affatto parte del piano.

Guardò la tanica di benzina che aveva in mano e digrignò denti.

Quello avrebbe funzionato. Doveva funzionare.

Non aveva intenzione di fare del male a nessuno, aveva solo bisogno di spaventarli. Così avrebbe rimesso in moto il suo piano.

Nolan non si era fidato di nessun altro, per fare quel lavoro. I teppisti che aveva assunto erano perfetti per l'intimidazione, ma non pensava che potessero tenere la bocca chiusa su altre azioni. Inoltre, c'era qualcosa di eccitante nel vedere il fuoco consumare ogni cosa lungo il suo cammino.

Rimanendo nell'ombra, Nolan si allontanò dal rifugio. Poi attraversò la strada in fretta e in silenzio, dirigendosi verso la strada da cui era venuto, dietro il salone dei tatuaggi e il banco dei pegni. Non c'erano telecamere, su quel lato della strada. Scese fino alla fine dell'isolato prima di arrivare a destinazione.

Spinse la porta sul retro della stazione di servizio deserta, che aveva lasciato aperta la sera prima, ed entrò nell'edificio buio. C'era un odore sgradevole, come di latte in decomposizione, ma ignorò il fetore. Non avrebbe avuto comunque più importanza. Accatastò alcune scatole e accartocciò alcuni giornali che giacevano in giro. Cosparse l'intera pila di benzina, poi mise la tanica di benzina vuota fuori dalla porta sul retro.

Non sarebbe stato così stupido da lasciarla sulla scena del crimine. Non aveva dubbi che i poliziotti e gli investigatori dei vigili del fuoco avrebbero capito che l'incendio era stato appiccato deliberatamente, ma non aveva intenzione di lasciare dietro di sé alcuna prova che potesse ricondurre a lui.

Poi, con un sorriso malvagio, Nolan accese un fiammifero.

Lo lasciò cadere sul mucchio che aveva creato e sospirò di soddisfazione quando le fiamme salirono con un fruscio. Muovendosi velocemente, allentò la porta sul retro, assicurandosi di tenerla aperta per permettere all'aria di entrare per alimentare il fuoco. Molte persone che avevano appiccato del fuoco avevano commesso l'errore di non alimentarlo, di chiudere tutte le porte, magari pensando che ciò avrebbe impedito che il fuoco venisse scoperto troppo presto. Ma Nolan sapeva che le fiamme avevano bisogno di ossigeno per divampare.

E il suo fuoco stava proprio divampando. Si allontanò dal distributore di benzina, ancora una volta attento a stare all'ombra e lontano dalle fottute telecamere che quegli stronzi avevano installato. Non aveva idea di quanta area avessero coperto.

Guardò il più a lungo possibile, finché non sentì le sirene in lontananza. A quel punto, era troppo tardi. L'intero edificio era inghiottito dalle fiamme e le pompe stavano per essere superate. Nolan sperava che fosse rimasta della benzina nei serbatoi sotterranei. Sarebbe stato fantastico se fossero esplosi anche quelli.

Forse l'esplosione avrebbe svegliato le troie all'interno del rifugio. Forse i bambini si sarebbero messi a frignare. Avrebbero sicuramente avuto paura. Nolan ci contava.

CAPITOLO DIECI

BLACK NON ERA FELICE. Aveva passato la maggior parte della giornata al rifugio delle donne rispondendo a tutte le domande e cercando di mantenere la calma. Harlow era stata fantastica. Aveva cucinato senza sosta, assicurandosi che il caffè fosse sempre fresco e riempiendo la pancia di tutti, che si agitavano e si preoccupavano.

L'incendio alla stazione di servizio era stato spaventoso per tutti. I bambini avevano visto dalle finestre del rifugio al terzo piano le autobotti dei pompieri e i veicoli di emergenza arrivare.

Black aveva saputo dell'esplosione solo dopo il suo arrivo a casa, la sera prima. Aveva sentito il suo telefono vibrare per i molti messaggi, ma poteva rispondere perché stava guidando. L'unico motivo per cui non aveva perso la testa, quando aveva finalmente saputo cosa stava succedendo, era perché era appena arrivato dal complesso residenziale di Harlow e sapeva che lei era sana e salva.

Rex e Meat stavano facendo il possibile per trovare risposte su come e perché qualcuno avesse dato fuoco al distributore di benzina. L'investigatore non aveva ancora determinato l'origine, anche se aveva confermato che si trattava di incendio doloso. Il suo unico altro commento era stato che per fortuna i serbatoi di benzina erano vuoti, perché altrimenti ci sarebbe stato il rischio che l'incendio si propagasse dall'altra parte della strada fino all'edificio vuoto vicino al parcheggio. E se l'edificio vuoto fosse andato in fiamme, probabilmente l'incendio si sarebbe propagato fino al rifugio femminile di Loretta.

Tutte le residenti del rifugio erano nervose, Black si era offerto di restare nei paraggi per calmare tutte, vegliando sulla loro sicurezza. Naturalmente, la ragione principale per cui aveva scelto di fare il primo turno era, al momento, la preoccupazione per i bambini, che erano appena tornati a casa da scuola. I più piccoli erano ancora eccitati per tutto il trambusto della sera prima.

"Dimmi la verità," gli disse tranquillamente Loretta. "Siamo in pericolo?"

Black e la proprietaria del rifugio erano in piedi, di lato nella sala comune. Molte delle madri erano in cucina con i loro figli e Harlow, le altre residenti erano ancora al lavoro o da qualche altra parte nell'edificio.

"Onestamente? Non posso dirti molto," le disse Black. "Meat sta ancora indagando sulle persone che pensiamo possano avercela con qualcuno che vive qui, ma non ha trovato nulla che indichi definitivamente una persona."

"Pensi che il distributore di benzina sia stato incendiato deliberatamente?"

Black guardò la donna anziana negli occhi e annuì. "Non è una coincidenza."

Loretta sospirò e si sedette sul bordo di un vecchio divano malconcio dietro di lei.

"Stai bene?" le chiese Black, preoccupato per l'espressione del suo viso.

"No. Sono stanca. E mi sento un bersaglio facile."

"Non sei da sola," le disse Black. "I Mercenari di Montagna si impegnano a fare in modo che tu e le tue signore siate al sicuro. Non permetteremo che vi succeda nulla. Sei troppo importante per noi. Ci hai aiutato nel corso degli anni, ora tocca a noi aiutare te."

Loretta gli rivolse un debole sorriso. "Lo apprezzo."

Sembrava che stesse per dire qualcos'altro, ma fu interrotta dalla voce morbida di Harlow. "Sembra che tu abbia bisogno di una tazza di tè."

Black alzò lo sguardo e la vide in piedi vicino a loro, con una tazza fumante e un piccolo sorriso. Sembrava stanca, proprio come Loretta. Quella mattina presto gli aveva scritto un messaggio per dirgli che stava lasciando il suo appartamento, da allora aveva lavorato senza sosta. Black era andato via per qualche ora a lavorare al poligono di tiro, ma quando era tornato al rifugio, lei sembrava energica e vivace come alle cinque del mattino.

Ma era ovvio che aveva bisogno di una pausa.

La osservò mentre lei si chinava e porgeva a Loretta la tazza, poi si sedette accanto a lei e le diede una pacca sulla gamba. "Stai bene?"

"Sto bene, bambina."

"Edward viene a cena da noi?"

"Sì, sarebbe già arrivato qui, ma era su a Denver a far visita ai suoi nipotini."

"Zoe dovrebbe essere qui a momenti. Si prenderà cura di tutti," disse Harlow alla sua capa.

"Grazie," disse Loretta. "Apprezzo tutto quello che hai fatto. I bambini ti vogliono bene, ed è ovvio che anche tu ci tieni a loro."

"È vero. Sono fantastici."

Proprio in quel momento, Zoe aprì la porta e fece il suo ingresso, seguita da Ball, che avrebbe iniziato il suo turno la guardia al rifugio per le ore successive. "Wow! Sembra che mi sia persa un sacco di eventi mentre ero via, eh?" chiese.

Black fece un cenno di saluto a Ball.

"Qualcuno mi aggiornerà?" chiese Zoe.

Harlow aprì la bocca, ma Black si fece avanti e la tirò in piedi. Lei si lasciò sfuggire un gridolino mentre inciampava, usando le mani per appoggiarsi sul petto di Black, per stabilizzarsi.

Inspirò profondamente, prima di fare un passo indietro. Black sorrise interiormente, ma non osò lasciar trapelare un briciolo di piacere o di divertimento.

"Sono sicura che appena andrai in cucina i ragazzi ti racconteranno tutto," disse Loretta, rivolta a Zoe. "Ma stasera, quando i bambini andranno a letto, ci sarà un incontro al rifugio e discuteremo di tutto quello che sta succedendo. Ball, spero che tu possa aiutarmi a rispondere alle domande."

"Certo," le disse Ball, con un cenno del capo.

"Tutto è pronto per la cena di stasera," disse Harlow a Zoe.

"Grazie per aver fatto un turno extra," le disse Zoe.

Harlow agitò una mano. "Non è un problema. Probabilmente sarei rimasta comunque, dopo quello che è successo ieri sera."

"Vai a casa e rilassati," le disse Zoe. "Metterò il pollo per domani sera in frigo per scongelarlo, così sarà già tutto pronto quando arriverai qui per iniziare la cena. Però ti devo ancora un turno."

"Grazie. Troveremo una soluzione. Lowell, fammi prendere la borsa, poi sarò pronta a partire." Andò in cucina, seguita da Zoe.

Una volta rimasti lui, Loretta e Ball, Black si rivolse a lei e disse: "Se hai bisogno di qualcosa, non esitare a chiamare Rex.

Capito? Si metterà in contatto con noi, e qualcuno sarà qui appena possibile."

La signora sorrise nella sua tazza e annuì dopo aver bevuto un sorso. "So come lavorate," disse. "Vi chiamerò."

"Bene."

Poi riapparve Harlow. Si era tolta il grembiule e Black decise che non c'era niente di più sexy dei jeans e della canottiera che indossava poco prima. Si era messa una camicia a maniche lunghe, lui era quasi deluso. Harlow poteva anche pensare di essere in sovrappeso, ma si sbagliava. Era perfetta. Gli prudevano le dita dalla voglia di tirarle giù una delle spalline della canottiera, in modo da poterle leccare la pelle. Sapeva già che profumava di vaniglia, ma voleva vedere se ne aveva anche il sapore.

Intimandosi di rilassarsi, Black non riuscì a trattenersi dal tendere le braccia e metterle la mano sul fondo della schiena, mentre passava. Aveva bisogno di toccarla. Quando lei non si allontanò, fece un sorrisetto. Adorava sapere che Harlow amava il suo tocco.

Uscirono dalla porta e si diressero verso il parcheggio, superando la pompa annerita del distributore di benzina dall'altra parte della strada, un ricordo di quanto era successo la sera prima. Per la centesima volta, Black era contento che quella dannata cosa non fosse esplosa, soprattutto perché era successo quando se ne erano già andati. Erano stati fortunati.

"Sembra quasi che l'abbiamo già fatto prima," disse Harlow, una volta raggiunta la sua auto.

Black le sorrise. "Ma l'abbiamo fatto."

"Verrai davvero a prendermi alle quattro, domani mattina?"

"Sì."

"Cosa dovrei indossare?"

La guardò dall'alto in basso e disse: "Quello che hai addosso ora è perfetto."

Lei annuì. "Quindi i jeans vanno bene? E le scarpe da ginnastica? Devo portare una giacca?"

"Sì a tutti e tre. Vestiti a strati. Può fare freddo al mattino, ma l'aria si riscalda velocemente con il sorgere del sole."

"Non puoi darmi un indizio? Non ha senso che andiamo da qualche parte a quell'ora. Soprattutto se dobbiamo parlare di affari o altro."

Black scosse la testa. "Dovrai solo fidarti di me."

Lei fece un enorme sospiro, poi scrollò le spalle. "D'accordo. Ma spero che vada bene se porto con me la mia tazza di caffè jumbo da viaggio."

"Ma certo."

"Lowell?"

"Sì, Harl?"

Harlow si morse un labbro, poi chiese: "Pensi che siano tutti al sicuro?"

Black sapeva esattamente di cosa stesse parlando. "Per ora, sì. Finché non sapremo chi ha dato fuoco alla stazione di servizio e perché, non sapremo con cosa abbiamo a che fare. Tutto quello che possiamo fare è tenere d'occhio le telecamere, se qualcuno si avvicina troppo al rifugio, saremo lì a controllare. Non preoccuparti."

"Non posso farci niente. Ci tengo a quei bambini. E le loro mamme hanno già passato l'inferno. Chi ci sta facendo tutto questo?"

"Non lo so," ammise Black; poi decise di rischiare, avvicinandosi a lei e appoggiando la fronte contro quella di lei. Rimasero così per un minuto o due, prima che Black sentisse le mani di lei che gli toccavano i fianchi con esitazione. Poi lei mosse la testa in modo da appoggiarsi sulla spalla di lui.

Sapendo che quel momento era un punto di svolta, Black non disse nulla, si limitò a cingerla con le braccia e lei fece lo stesso. Le seppellì il naso tra i capelli, amando il profumo di vaniglia, forte come non mai. Quando finalmente si tirò indietro, Black non poté fare a meno di notare che alcune ciocche dei capelli di Harlow si erano attaccate ostinatamente alla sua barba. Come se fossero tanto riluttanti a lasciarlo andare, proprio come lo era lui.

Le fece scorrere il dorso delle dita lungo una guancia. "Stai bene?" le chiese dolcemente.

Harlow annuì. "Sì. Sono stanca."

Era già la seconda volta che sentiva quelle parole provenire dalla bocca di una donna, quella sera. "Allora andiamo a casa, così potrai riposare un po' prima della nostra... gita di domani."

Anche in quel caso, Black aveva quasi fatto un casino, rischiando di pronunciare la parola maledetta - appuntamento. Grazie al cielo era riuscito a soffocare la parola prima che gli sfuggisse.

Black le aprì la portiera dell'auto e aspettò che lei si sistemasse sul sedile, poi le richiuse la portiera. Guardandosi intorno, non vide nulla di strano, ma ciò non significava che fosse soddisfatto. Qualcosa di malvagio era in agguato. Lo sentiva nell'aria. Qualunque cosa stesse succedendo, non era finita. Meat e Rex dovevano lavorare più velocemente per scoprire cosa fosse.

Non conosceva molto bene le donne che vivevano nel rifugio, ma aveva conosciuto i bambini. Erano più aperti delle loro madri. Jasper aveva la corazza più difficile da abbattere. Aveva gli scudi alzati e non aveva intenzione di abbassarli per Black, o per qualsiasi altro uomo.

Le ragazzine - Lacie, Sammie e Jody - erano per lo più bambine felici che, dopo un po' di timidezza, lo avevano accettato. Black sapeva che era soprattutto perché Harlow aveva fatto capire loro che lui era suo amico, ma andava bene comunque.

Milo era combattuto tra il desiderio di fidarsi di lui e il desiderio di essere come il suo idolo, Jasper. Black aveva la sensazione che con qualche visita in più, il ragazzino avrebbe ceduto.

Sì, l'ultima cosa che voleva era che una qualsiasi delle famiglie del rifugio fosse coinvolta in qualsiasi cosa stesse succedendo. Se qualcuno aveva un problema con una delle donne, Rex doveva scoprirlo. Se si trattava di qualcosa di più, aveva bisogno di un indizio, di un briciolo di informazione, di qualcosa. Fino a quel momento, stavano brancolando nel buio. E lui lo odiava. Tutti i Mercenari odiavano quella sensazione.

Harlow gli rivolse un piccolo cenno di saluto, mentre Black saliva sul suo veicolo. Lo mise subito in moto e le rivolse un gesto con il mento, per farle capire che poteva partire. Anche se teneva gli occhi aperti per vedere se ci fosse qualcosa o qualcuno fuori posto, Black non vide nulla di sospetto mentre si allontanavano verso l'appartamento di Harlow.

———

CAPITOLO UNDICI

———

HARLOW BEVVE un sorso del suo caffè e fissò il parabrezza della Mazda di Lowell. Fuori c'era ancora buio e lei era troppo stanca per pensare a dove la stava portando.

Non aveva dormito bene, la notte precedente. Continuava ad avere incubi in cui il rifugio esplodeva e lei guardava dall'esterno mentre tutti morivano bruciati all'interno. Così, quando alle tre e mezza suonò la sveglia, fu tentata di girarsi e di ignorarla, ma aveva la sensazione che Lowell l'avrebbe trascinata fuori dal letto, se fosse stato necessario. Si capiva che lui era eccitato per il posto in cui stavano andando.

Inoltre... era curiosa.

E poi, non vedeva l'ora di fare qualsiasi cosa lui avesse in mente.

Era passato molto tempo dall'ultima volta che qualcuno le aveva fatto una sorpresa. In generale, non le piacevano le sorprese, ma aveva la sensazione che qualsiasi asso Lowell avesse nella manica sarebbe stata un'avventura epica.

Gli aveva detto che si fidava di lui, non gli aveva mentito.

Eccola lì, dunque. Alle quattro del mattino, stanca come non mai, ma pronta per qualsiasi cosa Lowell volesse fare.

Harlow non aveva avuto molto tempo per guardarsi intorno, così quando finalmente pensò di prestare attenzione a dove stavano andando, si era già persa. Inoltre, l'oscurità non aiutava per nulla il suo senso dell'orientamento.

"Puoi dirmi dove stiamo andando?" gli chiese, erano le sue prime parole dopo un pigro "buongiorno" quando lui aveva bussato alla sua porta.

"Vedrai."

Troppo stanca per lamentarsi, Harlow mise il suo caffè nel portabicchieri, appoggiò la testa sul sedile e chiuse gli occhi.

"Dormi, Harl," disse Lowell a bassa voce.

Lei sentì la sua mano sulla coscia, e si affrettò a guardarlo. "Non ho dormito bene stanotte," si scusò.

Lowell apparve turbato dalle sue parole, ma si limitò a dire: "Ti sveglierò quando arriveremo."

Voleva prenderlo in giro dicendogli che naturalmente lui l'avrebbe svegliata, una volta giunti alla misteriosa destinazione verso cui erano diretti. Ovvio che non l'avrebbe portata qualche parte, per poi lasciarla dormire in macchina mentre lui usciva e faceva qualcosa. Invece disse: "Riposo gli occhi per un po'. Non ho intenzione di dormire."

Lui le sorrise. "Ok, piccola. Riposa gli occhietti."

Harlow chiuse di nuovo gli occhi, l'ultimo pensiero che ebbe fu quanto era bello avere la mano di lui sulla gamba e quanto era contenta che non l'avesse tolta.

Pochi secondi o ore dopo, difficile da dire, Harlow sentì una mano sulla spalla e la voce bassa di Lowell. "Svegliati, piccola. Siamo arrivati."

Sospirando, Harlow si drizzò a sedere e aprì gli occhi. Se possibile, era ancora più stanca di prima. Guardò fuori dal parabrezza e sbatté le palpebre, confusa. Erano fermi davanti a un edificio abbastanza grande. Non lo riconobbe, senza avere idea di dove fossero, ma un cartello sopra la porta diceva **SFIDA ILLIMITATA**.

Passandosi una mano sulla faccia, Harlow disse la prima cosa che le venne in mente. "Ehm... Non mi piacciono le sfide. Non è una di quelle cose da allenamento sovrumano, vero? Perché ti dico subito che non ho mai fatto corsi di ginnastica estrema in vita mia, e non ho intenzione di cominciare adesso."

Lowell scoppiò a ridere, lei si girò a guardarlo sorpresa. L'aveva già visto ridere, ma era una cosa rara.

"Pensavo che ti fidassi di me," le disse, una volta ricomposto.

"È così, infatti. Ma mi hai anche detto che ti alleni tutte le mattine, visto che siamo svegli alle prime luci dell'alba, con l'auto parcheggiata davanti a un'azienda con la parola sfida nel nome, cos'altro dovrei pensare?"

"Mi sto riprendendo," le disse, invece di rispondere alla domanda. Harlow prese subito il suo caffè tiepido e ne bevve un sorso abbondante. Pensò che avrebbe sicuramente avuto bisogno della caffeina, per qualsiasi cosa Lowell avesse pianificato per lei.

Lui uscì dalla macchina, fece il giro del veicolo, le aprì la portiera e le porse una mano. "Non c'è bisogno di trangugiartelo tutto ora. Portatelo dietro."

"Vuol dire che permettono il caffè all'inferno?" chiese lei.

Lowell ridacchiò di nuovo e, per la seconda volta, lei sentì quel suono colpirle direttamente le parti intime. Accettò la sua mano per aiutarla a uscire dal sedile basso, poi strinse la sua tazza da viaggio nell'altra mano mentre lui chiudeva portiera e macchina, poi si d%ressero verso l'ingresso dell'edificio.

Camminavano mano nella mano, lui le aprì la porta. Entrarono in un negozio illuminato che aveva di tutto, dalle biciclette ai capi d'abbigliamento. Lei guardò Lowell con aria confusa, ma lui si limitò a dirigerli verso il fondo della stanza, dove era stata allestita una specie di scrivania.

"Lowell Lockard e Harlow Reese, per il check-in," disse all'adolescente seduto dietro il grande chiosco di legno.

L'adolescente li accolse con un sorriso e disse: "Ciao! Benvenuti a Sfida Illimitata. Abbiamo preparato una colazione continentale nella stanza sul retro. Ci sono delle liberatorie che dovrete firmare, una volta che tutti avranno fatto il check-in, proietteremo il video sulla sicurezza. Dovremmo essere pronti a partire tra circa trenta minuti. Se avete bisogno di usare il bagno, assicuratevi di farlo prima di partire. Non avrete un'altra possibilità, una volta arrivati in cima."

Harlow sbatté le palpebre. In alto? La cima di cosa? Aprì la bocca per chiedere alla ragazzina davanti a loro, ma Lowell prese parola prima di lei.

"Grazie. Saremo pronti." Poi la tirò delicatamente verso la direzione indicata dall'adolescente.

Erano quasi oltre la porta della stanza sul retro, quando Harlow tirò forte la mano di Lowell, fermandolo.

Si voltò a guardarla, lei quasi si sciolse per la preoccupazione che vide nei suoi occhi. "Cosa c'è che non va?" le chiese.

"Non c'è niente che non va. Voglio solo sapere in questo momento cosa stiamo facendo qui e cosa sta succedendo. Perché non posso fare pipì più tardi?"

Lowell la guardò per un attimo, poi disse: "Sono un po' stupito che non ti piacciano le sorprese."

"Non mi sono mai piaciute. Soprattutto non quando si tratta di fare qualcosa con qualcuno del sesso opposto. Non mi è mai andata bene, cosa di cui tu sei molto consapevole. Sono a due secondi dal sedermi su quella panchina laggiù," indicò una panchina di legno dall'aspetto scomodo lungo una parete, "e aspettare solo che tu abbia finito con qualsiasi cosa tu sia venuto a fare."

"Ci porteranno fino alla cima di Pikes Peak, e poi scenderemo in bicicletta," le disse Lowell senza esitazione.

"Uhm... ti ricordi che sono, tipo, la persona più scoordinata di sempre, vero?"

"In realtà non devi fare altro che pedalare," le disse, cercando di rassicurarla.

"Lowell, l'ultima volta che sono salita su una bicicletta avevo dieci anni," gli disse.

Lui apparve confuso, a sua volta. "Sei davvero preoccupata per questo, vero?"

"Sì!" disse lei, praticamente gridando. Poi fece un respiro profondo. "Pikes Peak è davvero alto. Lo guardo fuori dalla finestra di casa mia. Volerò a testa in giù sul manubrio, o qualcosa del genere. A che velocità andiamo in bicicletta? Mi ucciderò, se mi schianto ad alta velocità."

Lowell le prese la testa tra le mani. "Respira, Harl."

"Una volta ti ho detto che non sono una ragazza che ama l'aria aperta. Pensavo che avessi capito. Ho solo..." smise di parlare.

"Cosa?" la esortò.

Harlow non avrebbe mai potuto dire quello che voleva dire, se fossero stati ad un vero appuntamento. L'ultima cosa che voleva fare era ammettere qualcosa che lo avrebbe schifato. Ma siccome le cose tra loro non erano così, gettò al vento la prudenza.

"Non voglio metterti in imbarazzo. Ho visto alcuni degli altri che si sono già registrati. Sono tutti... dall'aspetto atletico. Come te. Il mio sedere probabilmente non ci sta nemmeno, sul sellino. Non riuscirò a stare al passo con tutti, allora ti sentirai costretto a stare con me, e sarai infelice."

"Harlow, non potresti mai mettermi in imbarazzo. Sono orgoglioso di uscire con te. Sei una persona straordinaria e bellissima, per di più. Anche tutta sonnolenta, sei deliziosa. Pensavo che ti sarebbe piaciuto. Non c'è davvero nessun tipo di atletismo. Lo giuro. Ho visto le bici che useremo e non sono niente di professionale. Hanno dei sellini grandi e morbidi. Cavolo, pensi che mi piaccia sedermi sui sellini delle biciclette? Quella roba fa male ai gioielli di un uomo. Ci si schiacciano le palle. E per quanto riguarda il tenere il passo, saliamo sulle biciclette in cima alla collina e andiamo giù fino in fondo. Non è una gara, solo una bella discesa facile. Indosseremo l'equipaggiamento di sicurezza, dovrai andare veloce solo se ti sentirai a tuo agio. Pensavo solo che ti sarebbe piaciuto fare qualcosa di divertente. Per distrarti da quello che sta succedendo. Ma se vuoi davvero andartene, lo faremo. Non ti costringerei mai a fare qualcosa che non vuoi."

Harlow lo fissò negli occhi e vide che era sincero. L'aveva colpita quando aveva parlato dei suoi attributi maschili. Pensare al suo uccello la eccitò, così cercò di distrarsi. Si leccò le labbra e vide gli occhi di Lowell sfrecciarle sulla bocca, prima di ritornare a guardarla. Le piaceva lo sguardo nei suoi occhi, ma non si sentiva ancora sicura.

"Ti propongo un accordo," disse Lowell. "Guarderemo il loro video sulla sicurezza; se hai ancora dei dubbi, ce la svigneremo. Possiamo andare a fare colazione fuori. Poi ti porterò a casa."

"Ma hai già pagato," protestò lei.

Lui fece spallucce. "Non è niente di che."

Odiando il fatto di sembrare un'oca, Harlow fece un respiro profondo e annuì. "Posso farcela. Non me la faccio sotto. Ho solo avuto una momentanea crisi di panico. Ma se succede qualcosa, posso dire che te l'avevo detto."

Lowell si avvicinò a lei e appoggiò la fronte a quella di lei. Era già la seconda volta che lo faceva. Harlow non sapeva cosa pensarne.

"Ti copro le spalle, piccola. So che puoi farcela. Ma più di tutto, penso che ti divertirai. Non dovrai pedalare, devi solo svoltare. Ho sentito che il panorama è fantastico da lassù, vedremo il sole sorgere mentre scendiamo dalla montagna."

"Non l'hai mai fatto prima?" gli chiese.

Lui fece un passo indietro. "No."

Quella fu la spinta a farla decidere una volta per tutte. Per qualche ragione, aveva immaginato che lui portasse lì altre donne per fare la stessa cosa. Le sembrava un appuntamento, ma lui non le aveva chiesto di andare. Le aveva semplicemente detto che sarebbe andato a prenderla e l'aveva portata lì. Non seguiva regole da appuntamento... a parte il fatto che era andato a prenderla, le aveva pagato la corsa in bicicletta e la teneva per mano.

Ok, erano tutti comportamenti molto all'antica. Anche se lui le aveva detto quelle cose, a parte il fatto che la teneva per mano, faceva parte dell'essere nel "suo mondo".

"Bene. Lo farò. Ma se finisco in ospedale con la testa rotta, devi chiamare mia madre e spiegarle cosa è successo e di chi è stata l'idea."

"Affare fatto," disse Lowell, con un enorme sorriso. "Non ho problemi a parlare con tua madre. Scommetto che è divertente quanto te."

Un momento, cosa? Cosa era appena successo? Non avrebbe avuto problemi a parlare con sua madre? A nessuno piaceva parlare con i genitori di qualcun altro. Era qualcosa di serio. Una regola. Qualcosa di importante.

Harlow seguì Lowell che la riaccompagnava verso la stanza con la colazione continentale e gli spaventosi moduli che dovevano firmare.

"Una volta sono andata a un appuntamento, quando sono arrivata al ristorante, c'era una donna seduta con il ragazzo che dovevo incontrare. Era più matura, lui me l'ha presentata come sua madre." Harlow sapeva che stava farfugliando, ma una volta tanto non si sgridò da sola. "Sapevo che in quel momento non sarebbe finita bene, ma sono rimasta lo stesso. Per tutta la cena mi ha fatto domande strane, come se fosse il mio compleanno. Giuro su Dio che stava cercando di ottenere abbastanza informazioni su di me per fare una specie di controllo. Ma non era la cosa più strana. No, dopo che è arrivato il nostro cibo, ha preso il piatto del figlio e gli ha tagliato la bistecca! Si è offerta di tagliare anche la mia. Come se tutto ciò non fosse abbastanza, dopo il pasto, ci ha detto che avremmo dovuto continuare il nostro appuntamento al bowling, aveva già prenotato una corsia."

Harlow stava praticamente ansimando, alla fine della sua storia. Lowell l'aveva preceduta nella stanza e si era portato più di lato, lontano dalla mezza dozzina di persone che erano già lì.

"Non può andarti bene parlare con mia madre," continuò Harlow. "Lei è mia madre. Non è normale."

"Le vuoi bene?" chiese Lowell.

Lei sbatté le palpebre. "Ma certo."

"Si preoccupa per te?"

"Lowell, sì. È mia madre."

"Allora non ho problemi a parlare con lei. Tu sei sua figlia. Lei ti vuole bene e vuole il meglio per te. Se ti fai del male, mi assumo tutta la responsabilità; spiegherò a tua madre e a tuo padre cosa è successo e cosa sto facendo per farti stare meglio. Loro fanno parte della tua vita, e ci saranno sempre. Sarei un coglione a non volerli conoscere. E, tanto per rassicurarti, anch'io adoro i miei genitori. Ma non li porterei mai ad un appuntamento con me, non lascerei mai che mia madre mi tagli il cibo. Quindi non devi preoccuparti di questo."

Harlow si sentì sul punto di dare di matto. Alla fine, scosse la testa e chiese: "Perché stiamo parlando di questo?"

"Ehi, hai cominciato tu."

Lei fece una risatina. "Sembri un bambino di dieci anni!" Alzò il tono della voce per sembrare una bambina. "Hai cominciato tu!"

Lui sorrise, poi le raggiunse i fianchi e cominciò a farle il solletico.

"Lowell... smettila! No! Soffro il solletico!" Ridacchiava contorcendosi, cercando di allontanarsi da quelle dita dispettose che le solleticavano i fianchi. Alla fine, Lowell si fermò, Harlow si accorse che lui l'aveva circondata con le possenti braccia, lei gli aveva messo in automatico le mani sul petto.

"Sei meno nervosa, ora?" le chiese tranquillamente.

"Sì. Grazie," rispose lei, altrettanto tranquillamente. Era vero. Non riusciva a credere che gli avesse appena raccontato di un altro appuntamento orribile, ma lui non aveva riso. L'aveva semplicemente rassicurata.

Le risultava sempre più difficile dirsi che non voleva uscire con quell'uomo.

"Andiamo. Prendiamo qualcosa da mangiucchiare. Sono sicuro che non sarà buono come i tuoi biscotti fatti in casa, come quelli che fai per i bambini al rifugio, ma ti riempirà la pancia. Possiamo farci un brunch, quando torniamo." Detto ciò, le strinse la vita, poi le prese di nuovo una mano e si diressero verso il tavolo carico di prodotti.

———

Un'ora dopo, erano in cima alla strada che portava a Pikes Peak. Faceva freddo, ma il cielo era assolutamente limpido. Alcune stelle scintillavano ancora sopra le loro teste. Le luci di Colorado Springs, molto più in basso, erano mozzafiato.

Harlow fece un respiro profondo e si voltò a sorridere a Lowell. Era difficile respirare, perché erano a circa quattromila metri sul livello del mare, aveva la pelle d'oca per il freddo, ma era un'esperienza incredibile.

Era ancora nervosa per essere stata sbattuta sul sellino di una bici, ma in realtà si era sentita meglio dopo aver visto il video. Spiegava che non sarebbero volati giù per la montagna.

Avrebbero fatto frequenti pause, e se qualcuno si spaventava o si innervosiva, poteva fermarsi e scendere con il furgone che seguiva le bici per motivi di sicurezza.

"Se mi dimentico di dirtelo più tardi, stamattina mi sono divertita," disse Harlow a Lowell.

In tutta risposta lui si chinò, le prese una mano guantata e le baciò il dorso. Lei non poteva sentire le sue labbra sulla mano a causa del guanto di pelle, ma il gesto le toccò comunque il cuore.

"Sono felice di averti fatto sorridere, Harl. Hai un bel sorriso."

Stava per rispondere, ma la loro capogruppo scelse quel momento per chiedere: "Tutti pronti?"

Gli altri intorno a lei dissero che erano pronti, quindi partirono.

Harlow fu molto cauta per i primi cinque minuti circa, poi si lasciò andare. Non si preoccupò più molto di quanto andasse veloce o del rischio che qualche animale selvatico le potesse saltare davanti. Riuscì a godersi semplicemente l'esperienza.

La parte migliore fu quando tutti si fermarono in un punto panoramico per vedere il sole sorgere sulle pianure orientali del Colorado. Un minuto prima il cielo era tutto rosa e nebbioso, e quello dopo la luce gialla e brillante del sole le illuminava gli occhi. Era probabilmente uno dei panorami più belli che avesse mai visto in vita sua.

Dopo un po', Lowell si era messo proprio accanto a lei con la bici e le aveva tenuto la mano per tutto il tempo. Harlow si voltò per dirgli quanto significasse quel momento per lei, ma lui le tolse le parole di bocca quando si avvicinò e le baciò dolcemente una guancia.

Non disse nulla, ma Harlow sapeva che quel momento le sarebbe rimasto impresso per sempre nel cuore.

"Ti stai divertendo?"

Lei annuì, sapendo che non sarebbe riuscita a parlare.

"Bene."

"Ok, gente, abbiamo ancora circa metà di questa montagna da conquistare. È ora di muoversi!" esclamò la loro coordinatrice, una volta che il sole fu sorto e salito all'orizzonte.

Il resto del viaggio giù per la montagna trascorse tranquillo, Harlow non riusciva a ricordare l'ultima volta in cui si era divertita così tanto. Guardando il suo orologio, si stupì che fossero solo le nove e mezza. Sembrava che fosse passata un'intera giornata. Mentre le guide rimettevano le bici nel rimorchio, Harlow si lasciò scappare uno sbadiglio.

Lowell le mise un braccio intorno alla vita, le sembrò la cosa più naturale al mondo appoggiargli la testa sulla spalla. "Sembri distrutta."

Harlow fece spallucce. "Ti ho detto che non ho dormito bene, stanotte. Continuavo ad avere incubi sul rifugio che saltava in aria."

Lowell si irrigidì. "Penso che ti porterò a casa," le disse. "Puoi farti un pisolino prima di dover tornare a lavorare, questo pomeriggio. È comunque un po' presto per il brunch."

Harlow non voleva davvero tornare nel suo appartamento vuoto, ma Lowell non aveva motivo di passare altro tempo con lei.

A pensarci bene, non aveva neanche motivo di portarla a fare un giro in bici, quella mattina.

"Posso passare al rifugio più tardi e parlare delle cose di cui volevo discutere con te stamattina."

E proprio così, l'eccitazione della mattinata si schiantò al suolo in un istante.

Quello *non* era un appuntamento.

Era stato troppo facile cadere nella mentalità del "era un appuntamento". Ma Lowell voleva parlare della situazione al rifugio con lei, mentre lei aveva corso troppo con la mente.

"Giusto," disse, dopo un silenzio innaturale. "Va bene."

Lowell non disse nulla, ma Harlow sapeva che la stava fissando. Lei guardava altrove con molto più interesse di quanto la situazione giustificasse, visto che le ultime biciclette erano state caricate. Quando tutti salirono sul furgone a quindici posti, lei si sistemò da sola, sedendosi all'estremità di una fila di sedili, così lui si dovette sedere in un'altra fila, dietro di lei.

Harlow sapeva che lui non era contento, ma non aveva detto una parola. Una volta tornati all'edificio della Sfida Illimitata, lei attese pazientemente vicino alla sua auto mentre Lowell dava la mancia alle guide e le salutava.

Sentirsi delusa era decisamente stupido. Lui non aveva detto che era un appuntamento, lei stessa gli aveva detto più e più volte che non le interessava uscire con qualcuno. Si sentiva come una petulante bambina di sei anni, ma non riusciva a scrollarsi di dosso quel malessere.

Come al solito, Lowell le aprì la portiera dell'auto e attese che lei si sistemasse sul sedile, prima di chiuderle la portiera. Poi si fece il giro del muso della macchina e salì dall'altra parte. Avviò il motore e partì per la strada senza dire una parola.

Il silenzio era terribilmente imbarazzante, ma Harlow non sapeva cosa dire per romperlo. Ci vollero circa quarantacinque minuti, a causa del traffico, per tornare al suo appartamento. Quarantacinque minuti in cui voleva piangere ogni secondo.

Riuscì a resistere fino al momento in cui Lowell si avviò per aprirle la portiera. "Immagino che ci vedremo più tardi," gli disse lei allegramente, ignorando il cipiglio sul viso di lui. "Grazie per la nuova esperienza di questa mattina. Non avrei mai fatto una cosa del genere da sola."

"Harlow..." iniziò lui, ma lei lo interruppe.

"Mi sono divertita. Grazie." Detto questo, si voltò per fuggire.

Ma Lowell la prese per il gomito. "Mandami un messaggio, prima di uscire. Ci vediamo al rifugio e ti accompagno."

Impedendo che le lacrime le sgorgassero dagli occhi, Harlow annuì. In quel momento avrebbe fatto qualsiasi cosa pur di allontanarsi da lui prima di fare una figuraccia. Lui avrebbe voluto sapere perché lei piangeva. E non sarebbe riuscita a spiegargli il tumulto di emozioni che le turbinavano dentro. Delusione. Imbarazzo. Tristezza.

Per fortuna lui la lasciò andare e lei si girò subito, quasi correndo verso il complesso residenziale. Aprì la porta ed entrò nell'atrio senza mai voltarsi.

Se l'avesse fatto, avrebbe potuto sentirsi un po' meglio nel vedere l'altrettanto infelice sguardo sul volto di Lowell.

———

Black era di pessimo umore. La sua mattinata era stata fantastica. Uno dei migliori appuntamenti a cui fosse mai andato. Harlow era nervosa all'inizio, ma una volta deciso di abbracciare l'esperienza, si era data da fare. Gli era piaciuto vedere il sorriso e il piacere sul suo viso, un viso finalmente libero dallo stress degli ultimi tempi.

Avevano guardato il sole sorgere, lui aveva sentito un vero legame con lei. Non era riuscito a impedirsi di baciarla. Certo, voleva la sua bocca per assaporarla, ma si era controllato e le aveva dato solo un bacetto sulla guancia. Il profumo di vaniglia, che associava così tanto a lei, si era sparso intensamente. Quel bacino fu il minimo che potesse fare per non stenderla a terra e prenderla proprio lì.

Black non ricordava proprio quando fosse stata l'ultima volta in cui si era agitato così tanto per una donna. Non riusciva a ricordare perché non era mai stato così interessato a qualcuna. Il pensiero lo aveva spaventato, e aveva fatto un casino. Aveva cercato di far sembrare la loro uscita meno come un appuntamento e più come una pausa dagli affari, nel momento in cui aveva parlato del rifugio, lei si era zittita.

Tutto il divertimento le era sfuggito di mente, si era chiusa. Lui le aveva lasciato spazio nel furgone per superare la cosa, ma così aveva solo aumentato l'imbarazzo tra di loro.

L'aveva ferita. Quel pensiero lo uccise. Odiava il fatto che la sua osservazione spontanea avesse scatenato la reazione opposta a quella desiderata. Pensava che ricordarle che non era un appuntamento l'avrebbe fatta sentire più a suo agio.

Le lacrime nei suoi occhi, quando si era girata per entrare nel suo appartamento, lo avevano devastato. Voleva prendersi a calci in culo. Avrebbe dovuto tenere la bocca chiusa. Nessuna donna voleva sentirsi dire che un uomo passava del tempo con lei solo per lavoro, non importava quanto protestasse per gli appuntamenti. Soprattutto dopo il tipo di mattinata che avevano avuto. Era stato un idiota.

L'unica cosa che lo faceva sentire meglio era il fatto che lei aveva provato qualcosa per quello che lui aveva detto. Forse non era pronta ad ammettere che voleva uscire con lui, ma le sue azioni pesavano molto più delle parole.

Facendo voto, in quel momento, di non parlare di lavoro quando erano insieme, tranne quando erano al rifugio, Black pianificò mentalmente i suoi prossimi passi. Doveva stare attento, lei si era fatta molto prudente. La fiducia che aveva iniziato a riporre in lui aveva subito un colpo, lui doveva riconquistarla. Ne aveva bisogno più di quanto avesse mai pensato di aver bisogno della fiducia di una donna.

Non erano in una giungla per compiere un salvataggio o nel bel mezzo di una sparatoria in un paese di merda. Non la stava salvando da un trafficante di sesso drogato e non stava cercando di portarla oltre confine per riunirla alla sua famiglia. Ma il bisogno della sua fiducia era ancora presente. Era importante, come se fosse in mezzo all'oceano in attesa di essere salvata.

Aveva bisogno di rinforzi; a quel pensiero, Black sorrise. Aveva proprio la stoffa per tornare a fare il bravo ragazzo di Harlow. Voleva vederla sorridente e felice, non turbata. Potevano volerci alcuni giorni per coordinarsi, ma sapeva che i suoi amici sarebbero stati d'accordo.

CAPITOLO DODICI

ERA PASSATA una settimana da quando Lowell l'aveva portata a fare il giro lungo Pikes Peak e Harlow aveva rimesso la testa a posto. Lei e Lowell erano amici. Ecco tutto. Certo, avrebbe potuto chiedersi come sarebbe stato baciarlo, farsi montare da lui selvaggiamente, ma era la sua vecchia cotta del liceo a parlare.

Era un'adulta. Un'adulta che era perfettamente felice di vivere da sola e di essere single. Non voleva Lowell come fidanzato. Alla fine, lui l'avrebbe delusa e sarebbe stato un disastro. Quindi erano amici. Lei gli mandava un messaggio ogni giorno prima di uscire di casa e lui la incontrava nel parcheggio vicino al rifugio. Poi la accompagnava alla macchina, quando lei finiva di lavorare. Andava bene così. Era perfetto.

Anche le molestie si erano calmate. Quegli uomini erano ancora in agguato, ma con l'aggiunta delle telecamere e con la massiccia presenza dei Mercenari di Montagna, avevano attenuato le loro spacconate.

Naturalmente ogni tanto succedeva ancora qualcosa di strano. Le auto passavano molto lentamente, gli occupanti fissavano chiunque entrasse o uscisse dal rifugio. L'autista e il passeggero non dicevano niente, ma erano comunque inquietanti.

Quando l'amico di Lowell controllava le targhe, risultavano appartenere a veicoli rubati o non registrati. Avevano dedotto che probabilmente le targhe erano state rubate da uno sfasciacarrozze: i proprietari non ci avevano pensato due volte a lasciarle sulle auto vecchie o distrutte.

Loretta sembrava stanca e stressata come sempre, ma Edward passava la notte al rifugio quasi tutte le sere. In realtà era contro le regole far dormire un uomo nel rifugio, ma Loretta aveva chiesto a ciascuna delle residenti se fosse un problema, nessuna si era messa di traverso.

Quella mattina, Harlow stava andando a fare la spesa con Zoe per fare scorta di quello di cui avevano bisogno per il prossimo mese. Zoe era in procinto di partire per un paio di settimane. Sua nuora aveva in programma un cesareo il giorno successivo, non c'era modo che Zoe si perdesse la nascita del suo secondo nipotino.

Loretta aveva modificato l'orario in modo che Harlow non dovesse essere al rifugio la mattina. Le residenti potevano prendere i cereali o i muffin che Harlow avrebbe preparato la sera prima. Anche così, il programma sarebbe stato impegnativo, ma a lei non importava. Le avrebbe tolto la testa da Lowell.

Le due cuoche uscirono dal rifugio alle dieci di quella mattina per andare all'ipermercato. Avrebbero preso il minivan di Loretta, così ci sarebbe stato spazio per tutto il cibo.

"Ehi, ragazze. Stamattina siete in gran forma," gridò loro una voce fastidiosa, appena uscite dal rifugio.

Harlow alzò gli occhi al cielo.

"Perché non venite qui a farvi un tatuaggio?" urlò un secondo uomo dall'altra parte della strada.

"No, grazie!" ringhiò Harlow, che poi continuò a camminare verso il parcheggio.

"Non fare la stronza!" urlò il primo uomo.

"Perché sono una stronza?" borbottò Harlow a Zoe. "Gli ho risposto educatamente."

L'altra donna rise.

"Credi di essere troppo brava per noi?" chiese il primo uomo, attraversando la strada.

Harlow si spaventò subito; veniva verso di loro. In passato, si erano sempre tenuti a distanza.

Alzò il braccio, cercando di spingere Zoe dietro di lei, ma finì per inciampare nei suoi stessi piedi, sbatté la schiena sul muro di mattoni dell'edificio vuoto accanto al rifugio.

L'uomo si avvicinò a lei, ignorando Zoe. Il secondo uomo fece lo stesso, accalcandosi di fianco ad Harlow.

"Siamo stufi di te e delle altre donnette nel nostro quartiere," sibilò il primo uomo.

Harlow si voltò per cercare di ottenere un po' di spazio, ma si ritrovò a guardare dritto negli occhi l'altro uomo. Erano entrambi abbronzati perché stavano al sole tutto il giorno, i loro denti erano marroni a causa del tabacco da masticare. Indossavano magliette sporche e pantaloncini lunghi e larghi che andavano bassi in vita e arrivavano sotto le ginocchia.

Harlow cercava di non farsi intimidire da nessuno, ma quei due uomini la stavano spaventando a morte.

"Il rifugio è qui da molto tempo," disse tranquillamente, cercando di non far tremare la voce. Sapeva bene che non bisognava mostrare paura al nemico. L'avrebbero usata contro di lei.

"Non vedete, stronze, che questo è il nostro territorio?"

"La città sta cercando di rivitalizzare la zona," disse Zoe da vicino. Harlow vide che si torceva le mani e cercava di capire cosa fare per aiutare. Ma l'ultima cosa che Harlow voleva era che la collega si facesse male. Non aveva dubbi che quegli uomini potessero fare del male a entrambe. Erano più grandi, più forti e decisamente più cattivi di loro.

"Che cazzo di scherzo," sbottò il primo uomo. "Rivitalizzare non significa un cazzo. Quando qua ci costruiranno gli appartamenti, chi pensi che ci vivrà? Io e i miei amici, ecco chi. Ci occuperemo noi di questa zona."

La mente di Harlow era piena di domande. Appartamenti? Non sapeva nulla di nessun appartamento in costruzione. Non sapeva nemmeno che gli edifici liberi su entrambi i lati del rifugio fossero stati venduti. Probabilmente il tizio stava parlando a vanvera. Cercava di fare il duro.

Come se potesse leggerle la mente, il secondo uomo disse: "Case popolari, stronza. Ecco cosa saranno questi edifici. Tu e le altre puttane che vivono in quell'ambiente sicuro e accogliente vi ritroverete in mezzo al nostro mondo. Giorno dopo giorno. Abbiamo visto quel grassone che ci vive. Sembra solo. Hanno bisogno di uomini veri con cui uscire, vero, Bear?" l'uomo diede una gomitata al suo amico, ridacchiando.

Harlow li fissò con odio. "Lasciatelo in pace. L'ultima cosa di cui ha bisogno è entrare in contatto con quelli come voi."

"Quelli come noi," ripeté l'uomo chiamato Bear, a denti stretti.

Harlow deglutì rumorosamente. Ops. Non avrebbe dovuto dire quella cosa.

"Pensi di essere molto meglio di me?" le chiese Bear.

Harlow pensò che fosse una domanda retorica, quindi tenne la bocca chiusa. Ma l'uomo non le diede comunque la possibilità di rispondere.

"Notizia flash, stronza. L'unica cosa che ti ha tenuto al sicuro da me e dai miei amici sono un paio di centinaia di dollari a settimana. Ma comincio a pensare che non siano abbastanza. Nessuna stronza mi manca di rispetto e la fa franca. Ovviamente, tu e le altre non avete capito il punto. Nessuno vi vuole qui," sibilò, avvicinandosi ancora di più.

                    SUSAN STOKER

Lui e il suo amico non l'avevano toccata, ma Harlow tremava comunque. Sentiva praticamente una mano minacciosa che le si chiudeva intorno alla gola.

"Cazzo, andate via, così che i nuovi appartamenti possano essere costruiti e tutti noi possiamo andare avanti con la nostra vita."

Harlow non rispose, li fissò con occhi pieni di terrore. Desiderava che Zoe facesse qualcosa, come tornare al rifugio per chiedere aiuto. Invece era rimasta lì impalata, come se non volesse lasciarla sola con i membri della banda.

Il tatuaggio a ragnatela sul collo dell'uomo aveva un aspetto inquietante, sapeva cosa significavano le due lacrime tatuate sotto un occhio. Non era un bravo ragazzo. Neanche lontanamente.

Rimase immobile, aveva paura di muoversi anche di un solo centimetro. Non osava nemmeno respirare.

"Ma che cazzo!" gridò una voce profonda, da vicino.

"Cristo, gambe!" ringhiò Bear, prima di girarsi e correre dall'altra parte della strada con il suo amico. Corsero vicino al salone dei tatuaggi e al banco dei pegni, sparendo sul retro dell'edificio.

"Dannazione! Stai bene?" le chiese Lowell.

Invece di rispondergli, Harlow si chinò, appoggiando le mani sulle ginocchia e provando a riprendere fiato. Inspirava ed espirava come se avesse corso per chilometri. Sentì la mano di Lowell appoggiata sulla schiena, in piedi accanto a lei.

"Vuoi che vada a prenderli a calci in culo?" chiese Ro, vicino a Lowell.

"No. Non senza rinforzi, e non lascerò Harlow," disse Lowell.

Harlow voleva sorridere, ma non ci riuscì.

"Harlow? Stai bene?" le chiese Zoe.

Chiudendo gli occhi, Harlow capì di doversi riprendere.

Bear e il suo amico non l'avevano toccata. Non le avevano fatto niente, davvero. Avevano solo sputato alcune stronzate, come facevano ormai da settimane.

"Sta bene," rispose Lowell al posto suo. Sentì le sue dita scivolare sotto l'orlo della sua maglietta, e tremò in una reazione diversa, mentre le sue dita callose accarezzavano la pelle sensibile della parte bassa della sua schiena.

Come al solito, quando la toccò, le venne la pelle d'oca.

Lentamente, si raddrizzò e si allontanò da Lowell. Non riusciva a pensare, quando lui la toccava. E non poteva permettersi di leggere nulla in quel tocco. Era off-limits. Tanto off-limits che non era nemmeno divertente. *Amici. Solo amici*, continuò a ripetersi.

"Sto bene," cercò di rassicurare Zoe e i due uomini, che al momento la guardavano con disappunto.

Ro guardò verso una delle telecamere e disse a Lowell: "Dovrebbe essere tutto registrato."

"Cosa ti ha detto?" le chiese Lowell, senza smettere di fissarla.

Harlow serrò le labbra, non ancora pronta a rivivere l'esperienza.

"Ha detto che lui e i suoi amici si sarebbero trasferiti negli appartamenti che verranno costruiti qui. Diceva che sarebbero state case popolari, e che non c'era modo di rivitalizzare la zona," disse Zoe.

"Cos'altro?" chiese Ro, con un tono talmente spaventoso che scosse Harlow.

Sapeva che Lowell e i suoi amici dovevano essere bravi in quello che facevano. Erano ex soldati delle forze speciali, dopotutto. Ma non aveva mai visto quella parte di loro. Tutto ciò che aveva visto erano uomini che cercavano di aiutare le donne maltrattate a sentirsi al sicuro, che si sedevano per terra e giocavano con i bambini.

Ma Ro sembrava così diverso dall'uomo che aveva conosciuto, tanto che le faceva paura.

"Qualcosa come un paio di centinaia di dollari che ci tengono al sicuro. Non ho capito quella parte," continuò Zoe.

"Chiamo Meat," disse Ro, tirando fuori il telefono. "Ci servono i file audio delle telecamere."

Harlow sussultò quando sentì una mano sul viso. "Calma, piccola, sono solo io."

Annuendo, si sentì stupida. Naturalmente era Lowell che la toccava. Lui le accarezzò i capelli. "Dove eravate dirette?"

"Al negozio di alimentari," gli disse. "Dobbiamo fare un po' di spesa. Zoe va fuori città per un paio di settimane."

Una luce improvvisa apparve negli occhi di Lowell, ma Harlow non riuscì ad interpretarla. Poi lui si rivolse a Ro. "Vado con loro."

Ro annuì. Aveva il telefono all'orecchio. "Ci penso io qui. Rimarrò fino al tuo ritorno."

"Se ci accompagni al furgoncino, va bene così," cercò di minimizzare Harlow, ma Lowell non le diede retta. Prese per mano sia lei che Zoe e le guidò verso il parcheggio. "Andiamo, signore. Prima finiamo, prima possiamo tornare per il pranzo."

Sapendo che non c'era modo di fargli cambiare idea, Harlow lasciò che Lowell le accompagnasse al minivan nel parcheggio. Si guardò intorno mentre camminavano e non vide alcun segno di Bear o del suo amico. Grazie al cielo. Aprì il veicolo di Loretta e guardò Lowell.

"Vi seguirò," disse, leggendole la mente. Poi si chinò in avanti e la baciò sulla guancia, prima di girarsi e di dirigersi verso la sua Mazda.

Harlow salì sul furgone, ancora stordita. Era la quinta volta che Lowell la baciava, ogni volta si sentiva sempre più confusa. Cercò di dirsi che era un'abitudine di Lowell, che baciava tutte in quel modo rispettoso, quasi fraterno, ma in tutta onestà, non l'aveva visto baciare nessun'altra. Né Loretta, né nessuna delle residenti.

Quando stavano arrivando, Zoe disse: "Forse non dovrei partire."

"No, assolutamente no. Devi andare," le disse Harlow senza mezzi termini.

"Ma..."

"No. Andrai a Pueblo per rilassarti e incontrare il tuo nipotino."

Zoe sorrise. "Bene, allora va bene."

Harlow le restituì il sorriso. Poi aggiunse: "Beh, è stato divertente. No. Perché non sei tornata al rifugio? O a chiedere aiuto?"

"Non avevo intenzione di lasciarti da sola," disse Zoe, con tono quasi offeso.

"Non avremmo potuto affrontarli," disse Harlow. "Non c'è niente che avresti potuto fare, se avessero voluto picchiarci a sangue. Avrei preferito che tu fossi sana e salva dentro."

"Cara," le disse Zoe con voce sommessa, "se fossi fuggita, uno di loro mi avrebbe probabilmente inseguita. Non ce l'avrei fatta ad entrare. Eravamo troppo lontane. E una volta liberata l'adrenalina per l'inseguimento, è più probabile che avrebbero voluto fare qualcosa con tutta quella energia. Capisci cosa intendo?"

Purtroppo, Harlow capì perfettamente.

"Così sono rimasta lì, sperando di non agitarli ulteriormente. Ho pensato che avrebbero detto quello che dovevano dire e poi se ne sarebbero andati. Inoltre... Ho visto la Mazda del tuo uomo accostare nel parcheggio e sapevo che sarebbe stato lì molto prima che potessi chiedere aiuto."

"Non è il mio uomo," protestò Harlow.

Zoe inarcò le sopracciglia, sorpresa.

"Seriamente. Lo conoscevo al liceo, ma era una vita fa. Ti ho raccontato della mia orribile vita sentimentale. Non farò nulla che possa farmi rischiare di perdere la sua amicizia, per poi scoprire che è segretamente un pazzoide che vuole leccarmi le dita dei piedi."

"Mi farei leccare le dita dei piedi da quell'uomo," disse Zoe con un sorriso compiaciuto.

"Zoe!" esclamò Harlow.

"Cosa? È un bell'esemplare maschile. E anche i suoi amici." Scosse la testa, di fronte al continuo sguardo sorpreso di Harlow. "Rilassati, Harl. Ovviamente il tuo uomo non è perfetto. Nessun uomo lo è. Credo che sia questo il tuo problema. Stai cercando qualcuno che non esiste. Ogni uomo ha dei difetti. Alcuni sono più evidenti di altri, ma se ti aspetti di trovare qualcuno che non sbaglia mai, che non dice mai la cosa sbagliata e che ti tratta come se fossi fatta di oro zecchino, ti stai preparando alla delusione. Inoltre, sarebbe noioso. Tu commetti degli errori, quindi perché l'uomo con cui esci non può farne?"

"Zoe, non mi aspetto che un ragazzo sia perfetto. Ma sarebbe bello se non portasse sua madre al primo appuntamento, o se non scoppiasse in lacrime quando rifiuto la sua proposta di matrimonio la prima volta che lo incontro, o se non si masturbasse di nascosto su uno dei miei peluche quando viene invitato nel mio appartamento..."

"Ok, ok, quelle sono brutte esperienze, ma tesoro, penso davvero che quando abbasserai la guardia, quando smetterai di sforzarti tanto e ti guarderai intorno, troverai l'amore dove meno te lo aspetti."

"Ci ho provato," si lamentò Harlow. "Ho accettato appuntamenti da uomini che ho incontrato al supermercato, a cui ho sorriso in biblioteca, sono stata ricettiva abbastanza da uscire con ragazzi con cui ho lavorato nel settore della ristorazione... ma non è mai successo niente. Sono anche uscita con ragazzi che ho conosciuto online, molti di quegli appuntamenti sono stati orribili, ma non so più dove incontrare uomini se non su quei siti di incontri."

"Abbi fede, mia cara," disse Zoe, e le diede una pacca leggera sulla mano. "Ho un buon presentimento su di te. Hai colto l'occasione e ti sei trasferita in Colorado senza conoscere nessuno, penso che le cose accadano per un motivo. Devi solo avere pazienza e lasciare che le cose vadano come devono andare."

Harlow sorrise compiaciuta, mentre si fermava nel parcheggio dell'ipermercato. "Giusto. Hai la lista?"

"Certo," rispose Zoe.

Harlow si voltò per aprire la porta e urlò di sorpresa quando vide qualcuno fuori dal suo finestrino.

Si mise una mano sul petto e lanciò un'occhiataccia a Lowell. Sentì Zoe ridacchiare accanto a lei, ma era troppo occupata ad aprire la porta e urlare contro Lowell per redarguire la sua amica.

"Mi hai spaventato!" lo sgridò.

"Mi dispiace," le disse, sorridendo.

"No, non è vero," brontolò lei.

Lowell allungò una mano, prese quella di Harlow e la condusse sul davanti del furgone fino a dove si trovava Zoe. "Voi signore siete pronte?"

"Assolutamente!" disse Zoe vivacemente, come se non fosse stata in una situazione di pericolo con due teppisti fino a qualche minuto prima.

Lowell strinse la mano di Harlow, lei sospirò. "Pronta," fece come un pappagallo.

Spinsero due carrelli intorno al negozio gigante, facendo scorta di cibo. I bambini mangiavano molto, le donne volevano assicurarsi che quello che mettevano in bocca fosse buono per loro, piuttosto che calorie vuote. Ci volle un'ora e mezza per finire di prendere tutto quello che c'era sulla lista e dirigersi alla cassa con i carrelli che traboccavano.

Lowell le aveva seguite senza lamentarsi, raggiungendo gli oggetti sugli scaffali superiori e raccogliendo i barattoli e le scatole più pesanti. Aveva persino spinto il carrello di Zoe quando era diventato troppo pieno per poterlo manovrare facilmente.

Tutto il cibo era stato scansionato e rimesso nei carrelli, quando Harlow strisciò la carta di credito che Loretta le aveva dato da usare per i rifornimenti.

"Mi dispiace, signora, la sua carta è stata rifiutata. Vuole riprovare?" chiese la cassiera.

"Certo. Dovrebbe andare, ora," disse Harlow, strisciando la carta ancora una volta.

"Scusi," disse la cassiera con uno sguardo sofferente. "Rifiutata di nuovo."

"Ma che diavolo?" chiese Harlow, scocciata.

Vide la mano di Lowell passarle davanti al naso, stringendo una carta di credito, che poi strisciò nell'apposita fessura dell'apparecchio elettronico. "Useremo questa," disse alla cassiera stressata.

"Ottimo. Sembra che questa sia passata." Attese che la lunga ricevuta venisse stampata e la porse a Lowell. "Ecco a lei. Buona giornata."

Harlow strappò la ricevuta dalla mano della cassiera prima che Lowell potesse prenderla. "Parlerò con Loretta e vedrò cosa c'è che non va," gli disse. "Si assicurerà che tu venga pagato il prima possibile."

"Non c'è problema," rispose lui.

"Lowell, hai appena speso più di settecento dollari di spesa," gli disse, anche se lui ne era più che consapevole.

"E allora?"

"E allora non può andare così."

"Harl, va tutto bene. Sono sicuro che Loretta capirà cosa è successo e mi rimborserà."

Lei sospirò e si girò per spingere il carrello fuori dal negozio.

"Perché sei così arrabbiata da questa cosa?" le chiese, spingendo l'altro carrello accanto a lei. Zoe camminava davanti a loro verso il furgone.

"Ho solo... Non voglio che pensi che mi stia approfittando di te," blaterò Harlow.

"Perché lo pensi? Non mi hai chiesto di fare la spesa. Non mi hai chiesto di venire con te oggi. Anzi, ci sono un sacco di cose che devi ancora chiedermi. Perché mai dovrei pensare che ti stia approfittando di me in qualche modo?"

Vedendola da quel punto di vista, Harlow si sentì una sciocca.

"Ricordi quando ti ho detto che vivevi nel mio mondo, piccola?" le chiese Lowell.

Harlow annuì.

"Questo significa che non devi mai sentirti in colpa per qualcosa che faccio per te. Sei mia amica, e gli amici si aiutano. Quando sono con Allye e Gray non c'è, non le lascio pagare niente. Se andassi a fare shopping con Chloe e la sua carta di credito fosse rifiutata, pagherei io. Lo stesso vale per Morgan. O Zoe. O Loretta. Stai rimuginando troppo, Harlow. Lasciami fare qualcosa di carino."

Lowell aveva ragione. Stava facendo qualcosa di carino, basta con le paranoie. "Ok. Grazie, Lowell."

"Prego. Ora, forza, dobbiamo portare questa roba in macchina e tornare al rifugio prima che si scongeli tutto. Sei sicura che la dispensa reggerà il peso?"

Harlow sorrise. "Ne sono sicura," si sforzò di mantenere la sua voce leggera, proprio come quella di Lowell. Essere sua amica era bello. Forse non così bello come stare sotto di lui a letto, sentirlo dentro di lei e raggiungere un orgasmo... ma era comunque bello.

Sì. Era un'idiota.

CAPITOLO TREDICI

"Fammi fare un tentativo con lui," disse Black a Rex, implorandolo.

Lui e gli altri Mercenari di Montagna erano seduti al The Pit a parlare di quello che era successo quel giorno. Era tardi, perché avevano aspettato Gray, che quella sera aveva vegliato sul rifugio. Era rimasto là per assicurarsi che nessuno fosse in agguato, poi era andato direttamente al bar per l'incontro.

"No," disse la voce alterata al telefono. "Non ha toccato nessuno e non ha infranto nessuna legge."

"Ha minacciato Harlow," sottolineò Ro. "Era completamente fuori di testa."

"Non è ancora il momento," insistette Rex. "Sentite, non dico che quegli stronzi non abbiano bisogno di abbassare la cresta. Ma fino a quando non avremo più informazioni, non parleranno."

"Posso farli parlare io," insistette Black.

Era incazzato e frustrato. Più tempo passava con Harlow, più gli piaceva; inoltre odiava quello che stava succedendo a lei e alle altre donne.

"Cosa abbiamo scoperto su ciò che quello stronzo di Bear

ha detto ad Harlow?" chiese Arrow. "Cosa intendeva dire di quei soldi? Un paio di centinaia di dollari a settimana da chi?"

"Non sappiamo molto," intervenne Meat. "Qualunque sia il denaro che Brian Pierce, o Bear, o qualunque sia il suo nome, riceve è in contanti, perché i suoi conti bancari non mostrano alcun deposito."

"E i suoi compari? Abbiamo i loro nomi?" chiese Ro.

"Certo. L'adolescente che oggi era con lui si chiama Malcolm Sullivan, diciannovenne, ha abbandonato la scuola," disse Meat, leggendo dallo schermo davanti a lui. "Gli altri che sono stati nella zona e sono stati ripresi dalle telecamere mentre molestavano le donne sono Elliott Chapman, ventitré anni, e Brody Garvey, venticinque anni."

"Quanti anni ha Pierce?" chiese Black.

"È il più vecchio del gruppo," gli disse Meat. "Ventinove."

"Quindi sono tutti abbastanza grandi da essere nella merda fino al collo, se sono accusati di qualcosa," commentò Ball.

"Beh, finora non hanno fatto niente," commentò Gray.

"Col cavolo che non hanno fatto niente! Oggi non hai visto Harlow, prima che potessi raggiungerla. Quello stronzo le stava addosso e la minacciava," ringhiò Black.

"Ma non l'ha toccata," disse Rex, dal telefono.

"Non importa, cazzo!" esplose Black. "Dobbiamo aspettare che picchi qualcuno, prima di accertare cosa sia il 'fare qualcosa'? Non è così che operiamo, e tu lo sai, Rex. Che cazzo stiamo aspettando?"

La stanza fu avvolta dal silenzio, dopo lo sfogo di Black. Sapeva che stava calpestando il ghiaccio sottile, abbaiando a Rex come aveva appena fatto, ma era incazzato con il loro capo per non aver fatto di più. Stavano seduti a guardare le telecamere come un branco di sciocchi. Voleva prendere Bear, o insomma, Brian Pierce, come cazzo si chiamava, portarlo in una stanza e fargli dare le risposte che cercavano. Ci sarebbe voluta una notte, tutto lì, e tutte le preoccupazioni del rifugio sarebbero finite. Ma per qualche strana ragione, Rex non dava il permesso.

"Hai finito?" chiese Rex con calma.

Aveva finito? No, ma Black disse di sì.

"Bene. Guarda, tre di questi teppisti su quattro hanno già dei reati sulla fedina penale. Stanno facendo molta attenzione a non oltrepassare i limiti dell'illegale. Hanno tutti un alibi a prova di bomba per la notte in cui il distributore di benzina è stato incendiato. Non sono questi stronzi, quelli che vogliamo. Stiamo cercando un fantasma, e l'unico modo per trovarlo è attraverso quei teppisti. Appena ne prendiamo uno e ce lo lavoriamo, il burattinaio scomparirà in una nuvola di fumo."

"Allora... cosa? Nel frattempo, riescono a spaventare a morte le donne e i bambini vulnerabili?" chiese Gray, raccogliendo la protesta a nome di Black.

"Ecco perché siete tutti lì a turno," rispose Rex con calma. "State facendo pressione sul tizio che tira i fili. Si stanno sfilacciando, giorno dopo giorno. Dobbiamo solo mantenere la pressione su di lui, e lui si spezzerà."

"E chi sarà colto nel fuoco della croce?" chiese Meat retoricamente.

"Posso dirvi solo una cosa," disse Rex, mostrando per la prima volta la sua impazienza nella voce. "Scopriremo chi c'è dietro."

Black si fissò le mani sul tavolo. Non gli piaceva la sensazione che gli scorreva dentro.

Dubbio.

Dal giorno in cui Rex aveva assunto lui e gli altri, avevano fatto tutto ciò che l'uomo misterioso aveva chiesto, senza fare domande. Si fidavano ciecamente di lui, Rex non li aveva mai delusi. Eppure, non poteva fare a meno di pensare che Rex si sbagliasse in quella situazione.

Sì, quel caso era personale per lui, ma l'atteggiamento di Rex e la mancanza di azione in generale lo stavano influenzando in modo sbagliato.

"Elaborare un programma per mantenere il rifugio sorvegliato," ordinò Rex. "Non possiamo sorvegliare tutte le donne a tutte le ore del giorno, quindi devono anche lavorare insieme per tenersi d'occhio l'un l'altra. Viaggiare in coppia. Tenere i loro telefoni a portata di mano in modo che possano chiamare il numero della polizia, se necessario."

Anche in quel caso, la sensazione di ingiustizia rischiò di soffocare Black. Nel rifugio vivevano dieci donne. Quasi tutte avevano un lavoro. Poi c'erano Loretta, Zoe e Harlow. Per non parlare dei cinque bambini. Non c'era modo che i sei Mercenari di Montagna potessero tenerli al sicuro, con tutte le donne che andavano e venivano, quando non sapevano nemmeno da dove provenisse la minaccia. Era una cosa folle e frustrante.

"Mi terrò in contatto. Tenetemi aggiornato se succede qualcos'altro di importante." Detto ciò, Rex interruppe la comunicazione.

I sei uomini rimasero in silenzio per un attimo, prima che Ro dicesse: "Non mi piace per niente."

Nessun altro disse niente, ma Black sapeva che erano tutti d'accordo.

C'era qualcosa che non andava con il loro capo. Non era da lui ignorare le minacce contro donne e bambini. Non c'era modo di proteggere tutti. Qualcuno si sarebbe fatto male. E Black aveva paura che quel qualcuno fosse Harlow.

Lei era spaventata, ma non si era mai trovata nelle situazioni in cui si era trovata la maggior parte delle residenti. Non aveva imparato quando tirarsi indietro o come proteggersi. Sì, lui si era preso il tempo di insegnare ad Harlow e alle residenti alcune semplici mosse di autodifesa, ma questo non le avrebbe protette, se qualcuno avesse davvero deciso di aumentare le molestie.

"Penso che sia un errore concentrarsi solo sulle residenti," disse Meat dopo un attimo. "Ho controllato tutti i nomi che ho, non c'è niente che mi faccia venire un'idea. O mi manca qualcuno, o siamo sulla strada sbagliata."

"Edward?" chiese Gray.

"E i coglioni che Harlow ha frequentato?" chiese Black.

"Zoe? È divorziata, giusto?" buttò lì Arrow.

"Vedova," lo corresse Meat.

"Poi c'è Loretta," disse Ball. "E i suoi ex?"

"E quell'altra cosa che ha detto Bear?" chiese Black dopo un attimo.

"Quale parte, nello specifico?" chiese Meat.

"Quello stronzo ha detto qualcosa riguardo alla costruzione di appartamenti."

"Sì..." Meat cominciò a trafficare con il suo tablet. "Merda. Sono stato così occupato a cercare tutto quello che ho potuto trovare sugli ex e a fare altre stronzate che Rex non ha avuto il tempo di fare per qualsiasi motivo, che non ho nemmeno pensato di guardare i costruttori edili della zona."

"Giusto. Se si scopre che qualcuno ha comprato gli altri edifici, perché non dovrebbe volere anche il rifugio?" chiese Ball.

"Dobbiamo parlare con Loretta per vedere se ha ricevuto offerte e da chi. Poi dobbiamo capire chi è già proprietario degli altri edifici e rintracciare i progetti che hanno fatto per loro, se ce ne sono. Dobbiamo parlare con la città e vedere se sono già stati richiesti dei permessi," disse Ro, scaldandosi sull'argomento.

"Ho la sensazione che abbiamo sprecato un sacco di tempo con gli ex," disse Black con frustrazione.

"Sì, beh, ho fatto del mio meglio," disse Meat in modo un po' aggressivo. "Rex ha praticamente fatto tutti i controlli, e non è stato di grande aiuto. Nel frattempo, ho cercato di scavare il più a fondo possibile nella storia di tutti."

"Nessuno ti sta incolpando," gli disse Arrow. "Semmai, avremmo dovuto pensare molto prima di adesso all'edificio come la ragione di tutte le molestie."

"Ci vorrà un po' di tempo," mormorò Meat, mentre cominciava a digitare sul suo tablet. "E avrò bisogno del mio computer. Non posso fare un cazzo su questo affare."

Sentendo che la riunione stava per finire, Black disse: "Ho una domanda per voi, ragazzi."

Quando tutti lo guardarono, proseguì: "Ho pensato che potrebbe essere una buona distrazione per Harlow, e per chiunque altro del rifugio che voglia venire, se facessimo una di quelle cose da escape room. Sapete, dove si devono risolvere i rompicapi per ottenere la combinazione per uscire dalla stanza? Mi chiedevo se voleste venire anche voi. E Gray, Ro e Arrow, magari le vostre donne vogliono unirsi a noi?"

"Sembra divertente," disse Ball.

"Ci sto," disse Arrow.

"Cosa sarebbero le escape room?" chiese Ro.

"Te lo spiegheremo più tardi," disse Gray al loro amico di origine britannica. "Quando pensavi, Black?"

"Presto. Penso che a tutti farebbe bene una pausa," disse Black.

"Che ne dici, tra qualche giorno? Magari giovedì sera?" chiese Meat, sempre concentrato sul suo tablet. "Visto che non è un fine settimana, ci sono posti liberi per quello in centro."

"A che ora?"

"Alle sette," disse Meat.

"Bene, questo darà ad Harlow il tempo di dare da mangiare a tutti prima di dover partire. Prenota per venti. So che alcune delle donne lavorano, quindi non potranno venire, e magari alcune non vorranno, ma una ventina dovremmo esserci. Qualcuno però dovrà restare al rifugio."

"Rimarrò io," si offrì Meat. "Quelle stanze sono troppo facili per me."

Black alzò gli occhi al cielo, ma fu Gray a dire: "Come vuoi, amico. Non puoi stare un'ora senza le tue diavolerie elettroniche."

"Vero," concordò subito Meat. "Fatto. Prenotazione effettuata. Black, ho addebitato sulla tua carta di credito."

Black non batté ciglio. Non gliene fregava un cazzo dei soldi. Ne aveva un sacco. Tra l'essere single, ex Navy SEAL, quello che guadagnava al poligono di tiro e quello che Rex gli pagava, era sistemato a vita.

"Volete stabilire un programma per la sorveglianza del rifugio?" chiese Ro.

"Metterò insieme un piano preliminare, voi ragazzi potete farmi sapere cosa funziona e cosa no. Gray, so che devi lavorare sul programma di ballo di Allye; Ro, tu e Arrow potete farmi sapere se Chloe o Morgan hanno qualche altro impegno che non possono perdersi."

"Dannazione, sei proprio come una mamma che organizza il nostro calendario settimanale extracurricolare," lo prese in giro Ball.

"Cazzo, sì, lo sono," disse Meat, per nulla turbato.

Black spinse indietro la sedia. "Harlow ha le mattine libere, dato che Zoe starà via per quasi due settimane. Sarò al poligono di tiro in anticipo, se avete bisogno di me."

"Vuoi che uno di noi la accompagni dentro, quando arriva, domani?" chiese Gray, sapendo che Black vegliava sulla bella cuoca.

"Grazie, ma no. Ci penso io." Black sapeva che i suoi amici erano curiosi di sapere cosa stesse succedendo tra lui e Harlow, ma non voleva occuparsi delle loro stronzate. Gray, Ro, e Arrow si sarebbero fatti tutti sdolcinati e gli avrebbero detto che l'amore conquista tutto, e Ball e Meat sarebbero stati semplicemente contenti di averne un po' anche per loro.

Qualunque cosa stesse succedendo con Harlow era tra lei e Black, e nessun altro. "A più tardi," disse, mentre si alzava in piedi e si dirigeva verso l'uscita.

Fece un cenno a Noah, che lavorava dietro il bancone, e inviò un messaggio ad Harlow mentre si dirigeva verso la sua auto.

Lowell: **Faccio un controllo.**

Ci vollero solo pochi secondi perché i tre puntini in basso sullo schermo si mostrassero, indicando che lei stava rispondendo. Gli piaceva che lei non lo facesse aspettare, per sentirla. L'unica volta che non aveva ricevuto una risposta immediata era stato quando lei stava cucinando.

Harlow: **Qui va tutto bene. E tu?**

Lowell: **Anche qui. Mandami un messaggio quando lasci il posto domani, sarò lì. NON lasciare la macchina prima che io arrivi.**

Harlow: **Qualcuno ti ha mai detto che sei prepotente?**

Lowell: **Sì.**

Harlow: **Vedo che non ha avuto alcun effetto.**

Non poté fare a meno di sorridere.

Lowell: **A domani. Cerca di dormire un po'.**

Harlow: **Più facile a dirsi che a farsi.**

Lowell: **Hai ancora gli incubi?**

Harlow: **Non tanto.**

Black sapeva che lei stava mentendo, era frustrato perché capiva di non poterci fare nulla. Certo, un bell'orgasmo avrebbe fatto meraviglie, per aiutare il suo corpo a spegnersi, ma non pensava che lei avrebbe apprezzato il suo suggerimento. Dio, doveva rimettersi in sesto e smettere di pensare di portarsi Harlow a letto. Come se fosse possibile.

Lowell: **Mi dispiace. Stiamo cercando di sistemare tutto.**

Harlow: **Lo so. E te ne sono grata.**

Non voleva che lei fosse grata, dannazione.

Lowell: **Notte.**

Non attese la risposta di Harlow, bloccò la schermata del telefono e lo gettò sul cruscotto della sua auto prima di avviare il motore e uscire dal parcheggio. Sapeva che avrebbe dovuto dirle qualcos'altro. Avrebbe concluso la loro conversazione in modo diverso, ma era così fottutamente frustrato che era sul punto di perdere la testa.

Era incazzato con Rex. Arrabbiato con Brian "Bear" Pierce per aver spaventato Harlow. Sconvolto per aver passato così tanto tempo a concentrarsi sugli ex, quando la ragione più probabile dietro le molestie - l'interesse nell'edificio stesso - era stata proprio davanti a loro per tutto il tempo. Ed era frustrato per la sua relazione con Harlow.

Poi si prese in giro da solo. Ma quale relazione? Erano passate solo due settimane da quando si erano riavvicinati, se ne rese conto in quel momento. Non erano più vicini di quanto lo fossero stati quando l'aveva vista per la prima volta, quasi due mesi prima.

No, non era esattamente vero. Gli sembrava di iniziare a conoscerla abbastanza bene. Avevano passato molto tempo insieme, semplicemente parlando e divertendosi.

Batté un colpo sul volante.

Gli piaceva Harlow Reese. Era compassionevole, divertente e una cuoca dannatamente brava. Aveva mangiato abbastanza dei suoi pasti da sapere così tanto su di lei. Ma ne voleva di più. Voleva il diritto di metterle il braccio attorno alle spalle, solo perché gli piaceva starle vicino. Voleva poter fare un salto a casa sua, semplicemente perché gli mancava stare vicino a lei.

Il punto è che non voleva più nascondersi dietro la farsa di parlare con lei a causa del rifugio o delle molestie.

Voleva una relazione con Harlow. Voleva fare l'amore con lei. Voleva sapere che tipo di rumori faceva, quando veniva. Voleva sapere da che parte del letto le piaceva dormire. Voleva sapere se russasse o se monopolizzava le coperte.

Decise che la sera successiva avrebbe dovuto fare un passo avanti. Aveva ancora bisogno di starle vicino per la sua sicurezza. L'avrebbe usata come scusa per passare più tempo possibile con lei, e alla fine, sperava, sarebbe riuscito ad abbattere i suoi muri difensivi.

Soddisfatto del suo ragionamento, Black sfogò le sue frustrazioni come faceva di solito. Guidando veloce.

Più tardi, quella sera, fece l'altra cosa che lo aveva sempre aiutato a ridurre la tensione dentro di sé. Si fece una sega, immaginando il volto di Harlow per tutto il tempo.

———

Nolan Woolf stava diventando impaziente. Era pronto a iniziare a richiedere i permessi e a mettere in moto i suoi piani, ma il solo fatto di non possedere ancora il rifugio per le donne stava mandando tutto a puttane. Era proprio in mezzo agli altri edifici che aveva acquistato, non poteva continuare con il suo piano senza quella proprietà in tasca.

Aveva avuto l'accortezza di acquistare gli altri edifici sotto diversi nomi di società. Si era servito di un amico di suo cugino, un avvocato un po' losco, per aiutarlo a compilare i documenti nel modo più anonimo possibile, creando delle società per azioni fasulle. In quel modo sapeva che, se qualcuno controllasse lui o le proprietà della zona, non si sarebbe mai accorto che una sola persona le possedeva tutte.

Cos'altro voleva quella vecchiaccia? Le aveva offerto un prezzo molto competitivo per l'edificio, ma non aveva sentito una sola parola da lei. Sapeva che di recente aveva ricevuto qualche altra offerta per la proprietà, ma era sicuro che la sua fosse la migliore.

Nolan sapeva che la città voleva che i promotori immobiliari ristrutturassero gli edifici esistenti per mantenere il loro "fascino storico," ma fanculo. Stava per radere al suolo quelle cazzate. I suoi piani includevano la costruzione di case popolari, al loro posto, e il rastrellamento dei soldi del dispositivo urbanistico da parte di stronzi che vivono al di fuori della legge, come i quattro idioti che aveva assunto per molestare Loretta Royster e le sue ospiti. Aveva già fatto preparare dei progetti, rendendo gli appartamenti il più piccoli possibile. Costruire appartamenti, piuttosto che condomini, gli avrebbe fatto guadagnare dieci volte i soldi dell'affitto. Era il piano perfetto.

Tranne che per quella vecchia del cazzo che gli stava tra i piedi.

Non gliene fregava niente delle donne che avrebbero perso la loro casa, una volta venduto l'edificio. Probabilmente meritavano di essere picchiate e senza casa.

Doveva alzare il tiro. L'incendio alla stazione di servizio non aveva funzionato. Non aveva spaventato Loretta abbastanza da farle accettare la sua offerta.

Aveva bisogno di dare alla vecchia stronza un motivo per vendere. Aveva già intercettato la sua posta e denunciato il furto delle sue carte di credito per farle bloccare, ma ovviamente non era abbastanza. Lei era riuscita facilmente a risolvere il problema. Aveva bisogno di fare qualcosa di più drastico.

Gli si aprì un sorriso maligno sul volto. Non poteva credere di non averci pensato prima.

Il Pronto Speranza era una struttura no-profit. Loretta probabilmente si affidava ai fondi del governo per mantenerla in funzione.

E se quei soldi avessero smesso di arrivare? Forse la sua offerta sarebbe stata molto più allettante.

Nolan si strofinò le mani, compiaciuto. Avrebbe chiamato lo stesso losco avvocato che l'aveva aiutato in precedenza, per vedere cosa sarebbe riuscito a fare. Loretta si sarebbe pentita di non aver accettato la sua offerta.

CAPITOLO QUATTORDICI

"Non ne sono sicura," sussurrò Harlow a Black mentre si trovavano nell'atrio della Grande Fuga.

"Perché?" le chiese Black.

Lui guardò la folla che aspettava di essere divisa nelle tre stanze assegnate. In tutto, diciotto persone avevano deciso di partecipare a quella serata improvvisata.

Si sarebbero divisi in tre squadre da sei. Gray, Allye, Carrie, Violet, Lacie e Ball formavano una squadra. Ro, Chloe, Julia, Jasper, Harlow e Black ne formavano un'altra. Arrow, Morgan, Loretta, Edward, Ann e Sue formavano la terza e ultima squadra.

Black sapeva che i suoi amici avrebbero lasciato fare la maggior parte del lavoro agli altri nelle rispettive squadre, dato che erano tutti molto bravi in quel genere di cose. Sarebbero intervenuti solo se le squadre fossero rimaste bloccate.

Dato che Harlow non rispondeva alla domanda, Black la sfiorò con le dita e le chiese di nuovo: "Perché non ne sei sicura?"

Lei scrollò le spalle. "Non lo so."

Black le mise le mani sui fianchi. Poi si avvicinò e le disse nell'orecchio: "Rilassati e divertiti. Dovrebbe essere divertente."

"Perché mi sento così nervosa, allora?" chiese lei, guardandosi alle spalle.

Black faceva molta fatica a tenere per sé i suoi sentimenti per Harlow. Quel pomeriggio era andato al rifugio e si era trovato in mezzo ad un allegro caos. I bambini erano in cucina ad "aiutare" Harlow a preparare la cena, causandole più impicci che altro. Loretta aiutava Bethany e Carrie con le loro domande di lavoro; cercavano di trovare qualcosa di più redditizio dei fast-food in cui lavoravano attualmente. Sue e Lisa erano al telefono, le altre erano tutte in giro a parlare e a ridere.

Invece di essere esausta, Harlow aveva fatto tutto alla grande, come al solito, fermandosi a complimentarsi con i bambini quando facevano bene qualcosa, abbracciando persino Kristen mentre passava.

Harlow era sempre attiva, sempre pronta ad aiutare qualcun altro. Black si sentiva stanco solo a guardarla. Ma amava quell'aspetto di lei. Amava il fatto che fosse così amichevole e aperta. Gli piaceva il suo carattere solare.

Non aveva mai incontrato nessuno che potesse continuare ad impegnarsi tanto, fare tante cose... ed essere sempre e comunque molto cordiale.

"Non c'è bisogno di essere nervosi. Non possiamo rimanere intrappolati nelle stanze, perché qualcuno ci osserva continuamente dalle telecamere. Anche se c'è il limite di tempo di un'ora, non ho dubbi che troveremo gli indizi e usciremo da lì prima che il tempo scada."

"Non è questo. È solo che..."

"Cosa, Harl?"

Il solito profumo di vaniglia gli faceva pensare ad altre cose, molto intime; Black faceva fatica a prestare attenzione a quello che diceva lei.

"Voglio solo che Jasper si diverta. Voglio che abbia successo. Ha passato un periodo così difficile, suo padre che se n'è andato, ora vive nel rifugio. Non si è ancora aperto molto."

Il cuore di Black rischiò di sciogliersi. Harlow pensava sempre agli altri.

"Ti prometto che gli piacerà. Non ho dubbi che se la caverà e sarà un professionista nel trovare gli indizi. Ma se per qualche motivo avrà dei problemi, lo aiuterò indirizzandolo nella giusta direzione."

"L'hai già fatto prima?"

Black annuì. "Sì. Non proprio questa stanza, ma ho risolto tanti enigmi."

Harlow si voltò verso di lui, non rendendosi conto che lui le teneva ancora le mani ai fianchi, o ignorando il gesto. Gli afferrò le maniche e disse: "Scommetto che sono noiose per te e i tuoi amici, eh? Voi ragazzi fate questo genere di cose per vivere. O lo facevate quando eravate nell'esercito."

Black sorrise. "Non sono noiose. Non potrei mai annoiarmi vicino a te, Harlow."

Lei arrossì, a lui piacque vedere quanto facilmente poteva emozionarla. Gli occhi blu di Harlow brillavano di un'emozione che lui non riusciva ancora a decifrare. Lei si leccò le labbra, Black dovette sforzarsi di non sporgersi verso di lei e baciarla.

Ormai era un'ossessione. Certificata.

"Mi piacciono le ragazze dei tuoi amici," disse Harlow, rompendo il contatto visivo e guardando dall'altra parte della stanza, dove si trovavano gli altri.

"Sono simpatiche," disse Black.

"Voglio dire, non mi aspettavo che non mi piacessero, ma non ero sicura di cosa dire a Morgan. Sono proprio contenta che stia bene e che abbia un aspetto fantastico. Non pensi che stia benissimo? Non ho idea di come abbia superato tutto quel casino. E Allye è bellissima. Non sapevo cosa le fosse successo, non seguo molto i notiziari, ma adoro i suoi capelli. Quella mèche bianca è così unica. Anche i suoi occhi sono splendidi. Non posso credere che quel tipo l'abbia presa di mira per dettagli del genere. È una follia! E poi penso che io e Chloe ci assomigliamo molto. Abbiamo la stessa età, la stessa altezza, abbiamo persino lo stesso tipo di fisico. Volevo chiederle se potesse dare qualche consiglio a Loretta. Hai detto che lavora con i soldi, giusto?"

Il commento di Harlow gli ricordò che doveva parlare con Rex e fargli indagare sulla situazione finanziaria di Loretta. Meat aveva dato una rapida occhiata ai suoi conti e non aveva trovato nulla di strano. Ma non poteva far male controllare di nuovo, Meat aveva tante cose da ricontrollare al momento. Era possibile che la carta di credito che aveva dato ad Harlow e a Zoe non avesse funzionato per qualche motivo innocuo, ma Meat doveva esserne sicuro.

"Non fa più consulenze ufficiali su investimenti e cose del genere, ma sono sicuro che sarebbe disposta ad aiutarvi," disse ad Harlow.

"Oh, allora forse non dovrei disturbarla. Non voglio farle riaffiorare brutti ricordi o altro."

Black aveva raccontato ad Harlow le storie delle tre donne che avrebbe incontrato quella sera. Harlow sapeva già di Morgan; tutti sapevano che era stata rapita e trattenuta contro la sua volontà nei Caraibi per un anno. Suo padre si era assicurato che nessuno dimenticasse che sua figlia era scomparsa.

"Va bene," le disse.

"Siamo tutti pronti?" chiese dall'ingresso la vivace responsabile dello staff.

Tutti annuirono, lei li condusse in un corridoio verso un'area aperta con tre porte. Fece loro il discorso su come fossero completamente al sicuro, aggiungendo che qualcuno avrebbe sorvegliato le stanze per assicurarsi che nessuno si facesse prendere dal panico e per aiutare, se si fossero impantanati in un indizio. Poi augurò loro buona fortuna e i tre gruppi si divisero.

"Questa esperienza è eccitante e spaventosa allo stesso tempo," disse Chloe.

"Ho detto la stessa cosa a Lowell," concordò Harlow.

"È stupido," borbottò Jasper.

"Comportati bene, Jas," disse Julia, rimproverando suo figlio.

La porta si chiuse alle loro spalle e si trovarono in una piccola stanza, quasi troppo piccola per poterci stare tutti. C'era una valigetta sul pavimento vicino a un'altra porta, e nient'altro. Chloe provò a far funzionare la maniglia della porta, naturalmente era chiusa a chiave.

E così ebbe inizio la serata. Alla fine, capirono che la torcia nella valigetta era anche una luce ad ultravioletti, la usarono per trovare un codice scritto sul muro che avrebbe sbloccato uno scomparto segreto nella valigetta. All'interno c'era una chiave che apriva la porta e che conduceva in una stanza più grande, piena di scatole e varie altre cose.

Black e Ro si fecero da parte e lasciarono che le signore e Jasper facessero la maggior parte del lavoro. Trovarono dei blocchi di legno che sembravano avere sopra delle cianfrusaglie, dei buchi da attraversare per trovare altri indizi e alla fine altre tre chiavi, che servivano per sbloccare una grande scatola sul retro della stanza.

Ci fu un punto in cui le signore rimasero perplesse e frustrate. Black catturò l'attenzione di Jasper e fece un cenno verso una cassetta degli attrezzi sul pavimento. Il ragazzino sembrò confuso per un attimo, poi si inginocchiò rapidamente e ispezionò la cassetta degli attrezzi, gli bastò un attimo per trovare la piccola mappa nascosta sotto vari cacciaviti e chiavi inglesi.

Sua madre, Chloe e Harlow erano entusiaste che avesse trovato l'indizio di cui avevano bisogno per procedere, ed era facile vedere quanto Jasper fosse orgoglioso di sé.

Alla fine, ci vollero altri quarantanove minuti e mezzo per trovare tutti gli indizi e risolvere il mistero. Fu Jasper a inserire il codice nella serratura a combinazione che aprì la pesante porta da cui uscirono.

Furono il secondo gruppo ad essere uscito. Arrow, Morgan, Loretta, Edward, Ann e Sue li avevano battuti di ben cinque minuti. Si divertirono a fingere di essersi annoiati a morte e di averli aspettati per un sacco di tempo.

Gray, Allye, Carrie, Violet, Lacie e Ball non erano troppo distanti da Black e dagli altri, scappando in cinquantadue minuti.

Scattarono un'enorme foto di gruppo tutti insieme, poi ogni squadra usò gli oggetti di scena forniti dall'azienda per scattare delle foto buffe relative ai misteri che avevano risolto.

Nel complesso, l'uscita era stata un grande successo, Black fu sollevato nel vedere Harlow rilassata e felice. "Sei pronta ad andare?" le chiese dolcemente dopo che lei aveva salutato tutti.

Harlow si morse un labbro mentre guardava gli altri tornare verso le loro auto. "Pensi che saranno al sicuro, tornando al rifugio?"

"Certo. Ball entrerà con loro, scortando tutti, sai che Meat è già lì. Anche Edward passerà la notte con Loretta. Staranno tutti bene."

Lei lo guardò. "Grazie per essere stato così fantastico con Jasper. Non credere che non ti abbia visto dargli qualche indizio. Gli è piaciuto molto poter risolvere alcune cose che a noi sono sfuggite."

"È un bravo ragazzino," disse Black con un'alzata di spalle.

"Non ti sei annoiato troppo stasera, vero?"

"Annoiato? Ma figurati, piccola. Guardarti fare quella piccola danza della vittoria, quando hai capito che usando la luce a ultravioletti in quell'unica scatola potevi leggere l'indizio, è valsa la serata."

Lei arrossì e gli diede un pugnetto sul braccio. "Stai zitto."

Per vendicarsi, Black la fece girare e le avvolse un braccio intorno al petto. Usò la mano libera per solleticarle un fianco. "Mi hai appena detto di stare zitto?"

"Basta! Oh, mio Dio, lasciami andare, Lowell!"

Continuò a farle il solletico per un po', ma Black si rese subito conto che stava torturando solo se stesso, non lei. Sentire il sedere di lei che si strofinava contro l'uccello, il seno di lei che gli sfiorava un braccio mentre lei si contorceva... era troppo. Pregando di potersi controllare, Black la lasciò andare e fece un passo indietro.

Harlow si girò verso di lui - Black perse quasi il fiato. Era assolutamente mozzafiato. I suoi capelli biondi erano in disordine, le estremità viola le sfioravano il seno. La camicetta di cotone che indossava non era così leggera, ma si vedevano chiaramente i capezzoli induriti sotto il tessuto. Il suo sorriso era enorme e le illuminava il viso.

"Non combatti in modo leale," si lamentò lei.

In qualche modo, Black riuscì a parlare normalmente. "Nessuno lo fa," disse seriamente.

Lei perse subito la verve spiritosa. "Che brutto."

Dispiaciuto per averle tolto il buon umore, Black tentò di recuperare. "E comunque, colpisci come una ragazza," la prese in giro.

"Forse perché *sono* una ragazza."

"Sì, l'ho notato." Disse lui, incapace di trattenere quelle ultime parole.

Harlow lo fissò a lungo, l'aria tra loro due si era decisamente surriscaldata. Alla fine, gli disse: "Non ti immaginavo... così."

"Così come?"

Lei agitò una mano nell'aria. "Rilassato. Tranquillo. Tutto sorridente. Anche al liceo eri piuttosto serio."

"Di solito non sono così," le disse onestamente. "Credo sia tu a tirar fuori questo lato di me."

Ci volle un secondo perché lei assorbisse quelle parole, ma una volta fatto, gli regalò un grande sorriso. "Ma non mi dire."

"Sì. Sei pronta a tornare a casa?"

Harlow annuì. "Grazie per aver organizzato tutto questo, Lowell. Avrei voluto tutte qui, ma so che Carrie, Violet e le altre si sono divertite. Anche Loretta, credo. Ultimamente è stata super stressata per tutto quello che è successo, quindi le ha fatto bene uscire un po'."

"Non c'è di che," disse Black ad Harlow. Allungò una mano, prese quella di lei e si mise a cercare la sua auto nel parcheggio. Aveva seguito Harlow fino al suo appartamento per farle parcheggiare l'auto, poi li aveva portati entrambi al centro commerciale dove si trovava la escape room.

La fece accomodare nella sua auto, trascorsero il viaggio di ritorno in silenzio per un po'. "Zoe tornerà tra circa una settimana e mezza," disse Harlow dopo qualche minuto. "Giorno più, giorno meno, a seconda di come vanno le cose con sua figlia."

"Sì, sono sicuro che sarai più che pronta per una pausa."

"No, voglio dire, sì, ma sarà strano, perché mi mancherà vedere tutti più spesso."

Black sapeva che era vero. Harlow amava stare al rifugio e cucinare per tutti.

"Io... uh... mi chiedevo se ti andava di venire a cena da me, quando tornerà Zoe?"

Black sbatté le palpebre sorpreso e si voltò a guardarla. Riusciva a vedere il rossore sulle guance di lei tramite i lampioni ai lati della strada.

"Non è un appuntamento." Ridacchiò lei nervosamente.

"Perché, sai... ma ho pensato che il minimo che potessi fare era prepararti una bella cena per tutto quello che hai fatto per aiutarmi. Accompagnarmi da e per il rifugio, e tutto il resto."

Dal momento che lui non rispose subito, lei riprese, balbettando un po'. "Non è un grosso problema, voglio dire, probabilmente sei comunque occupato, ma ho pensato che avrei dovuto sdebitarmi."

"Che ne dici di venire a casa mia?" le chiese. Black voleva buttare la testa all'indietro e gridare che si era offerta di cucinare per lui. Forse non voleva chiamarlo appuntamento, ma lo era. Il primo pasto insieme, però, voleva che fosse nel *suo* territorio. Voleva viziarla, per dimostrarle che non era come quegli stronzi con cui era stata in passato.

"Oh, ehm... sì, potrei farlo. Posso andare a fare shopping e portare quello che mi serve."

"No. Mandami una lista della spesa, e io prenderò tutto in anticipo."

"Non è giusto. Posso..."

"Harlow," la interruppe. "Mandami la lista della spesa. È il minimo che possa fare, se sei disposta a cucinare per me in una delle tue serate libere."

"Beh, ok. Mercoledì prossimo?"

"Sembra perfetto." Era troppo lontano, ma se Harlow pensava che non avrebbero fatto altro insieme prima, beh, si sbagliava. "Devo fare una cosa sabato mattina, a Manitou Springs. Non so quanto tempo ci vorrà, non voglio perdermi i tuoi messaggi quando partirai per il rifugio. Che ne dici se vengo a prenderti verso le otto del mattino, andiamo alla Pendenza di Manitou Springs, poi ti porto al lavoro?"

"Oh, non devi farmi da babysitter. Sono sicura che starò bene per un giorno, camminando dal parcheggio al rifugio da sola."

"Harlow... vuoi venire con me o no? Se no, lo farò un'altra volta."

"No, no, va bene. Vengo con te."

Era quasi spaventoso quanto Black la conoscesse bene. Sapeva che lei non avrebbe voluto guastargli i piani in alcun modo. "Fantastico. Oh, e indossa scarpe da ginnastica e vestiti comodi."

"Indosso sempre vestiti comodi," disse lei. "Ma aspetta... cos'è questa cosa della ginnastica? Ti ricordi cosa ti ho detto prima del giro in bicicletta, vero? Che non sono coordinata e che l'esercizio fisico non fa per me?"

"Me lo ricordo," disse Black, mantenendo a fatica una faccia seria.

"Perché ho la sensazione che me ne pentirò?" borbottò lei.

Black ridacchiò e allungò una mano per sistemarle una ciocca di capelli dietro l'orecchio, prima di riportare la mano al volante. Aveva anche difficoltà a tenere le mani a posto. Voleva sempre toccarla, non solo in modo sessuale. Era a suo agio intorno a lei, gli piaceva averla vicino.

"Non rimpiangerai nulla," le promise. Non glielo avrebbe permesso. Non importava quanto durasse la loro relazione, lui si sarebbe sempre assicurato che si separassero in buoni rapporti. Non voleva che lei lo odiasse. Il solo pensiero era ripugnante.

Rimasero in silenzio per il resto del viaggio verso il complesso residenziale di Harlow. Il parcheggio era ben illuminato e lei viveva in una zona sicura della città. Non si era mai sentito a disagio per il fatto che lei vivesse lì, grazie al cielo.

"Immagino che ci vedremo domani," disse lei.

"Sì."

"Grazie ancora per aver organizzato questa sera. Ti devo qualcosa?"

Lui la fissò inarcando le sopracciglia.

Harlow alzò gli occhi al cielo. "Scusa, domanda stupida.

Ho dimenticato che stasera ero a LoweLandia, e non nel mondo reale."

"Sono contento che ti sia divertita," le disse, ignorando la sua battuta.

"Sì... È stato bello che Jasper abbia visto che non tutti gli uomini sono stronzi."

"Spero che prima o poi lo capirai anche tu," le disse Black.

Harlow lo guardò per qualche istante, poi si morse un labbro. "Guida con prudenza. Ci vediamo domani."

"Lo farò. Ciao, piccola."

La seguì con lo sguardo finché non entrò nell'atrio del condominio, prima di allontanarsi. Aveva esagerato un po', ma voleva così tanto che lei capisse cosa potessero avere insieme.

Sarebbero stati perfetti insieme, se solo Harlow avesse aperto gli occhi e si fosse resa conto che Black non era come i cretini con cui era uscita in passato. Lui l'avrebbe trattata come la donna straordinaria che era.

"Un altro giorno, un altro mattone spaccato nel suo muro," disse a se stesso mentre tornava sulla via di casa.

CAPITOLO QUINDICI

HARLOW GUARDÒ le scale di fronte a lei e incrociò le braccia. "No," disse con fermezza.

Lowell era andato a prenderla proprio alle otto, si erano diretti ad ovest della città fino a raggiungere Manitou Springs. Era un'adorabile cittadina turistica con negozi carini, alcuni un po' kitsch, una cioccolateria che le fece venire l'acquolina in bocca... anche alle otto e mezza del mattino.

Ma Lowell aveva proseguito superando i negozi e dirigendosi verso sud per un po', prima di fermarsi in un parcheggio affollato. Harlow non riusciva a credere a quante macchine ci fossero la mattina presto.

Quando uscì e vide esattamente cosa diavolo fosse la Pendenza Manitou, si rifiutò di fare un altro passo.

"Sarà divertente," le disse Lowell.

"Davvero?" gli chiese, fissandolo. "Quale parte di 'Non sono atletica' non hai capito?"

"Non dobbiamo andare veloci. Guarda, ci sono bambini e cani che lo fanno."

Harlow teneva le braccia incrociate sul petto e aveva il broncio. Poi scosse la testa e disse sottovoce: "Potrei essere seduta nel mio appartamento in pantaloni comodi o in pigiama a bere caffè. Invece pensavo di farti un favore. E non mi sono preoccupata di fare una ricerca per capire cosa fosse questa pendenza." Sospirò, poi guardò Lowell e disse a voce più alta: "Io resto in macchina. Tu vai avanti e..." agitò la mano verso i gradini "...fai quello che devi fare."

"Dai, non sono neanche due chilometri, Harl. Puoi farcela."

"Quanti passi sono?" sbottò lei, sapendo di non doversi fidare di lui.

"Duemilasettecento-quarantaquattro."

"Cavolo," borbottò lei. "Lowell, mi sento male a salire due rampe di scale per raggiungere il mio appartamento."

"Ma sono fatti con le traversine della ferrovia. E la vista dall'alto è così bella."

Harlow guardò in alto. E ancora più su.

"C'è un dislivello di duemila metri. La pendenza media è del quarantuno per cento, la parte più ripida è del sessantotto per cento. È davvero bello. Ti piacerà da morire."

Harlow spostò lo sguardo da Lowell verso le scale. Sembrava che stessero letteralmente salendo. Non capiva bene le percentuali che lui le aveva dato, ma non era un'idiota. Riusciva a vedere che in certi punti le scale erano quasi verticali.

Senza dire una parola, si allontanò dalle scale e si diresse verso la Mazda nel parcheggio.

"Harl..." la chiamò Lowell, facendo una corsetta per raggiungerla.

"Vai, Lowell. Io resto qui. Sono sicura che puoi correre su e giù per quella cosa in, tipo, venti minuti."

"Harl," disse di nuovo lui, afferrandole un gomito e costringendola a fermarsi.

Lei si girò verso Lowell. "Stavi scherzando, vero?"

La fissò per un secondo, sentì una stretta allo stomaco.

Era proprio così sicura che lui la stesse prendendo in giro? Dopo la loro conversazione prima di scendere in bicicletta lungo Pikes Peak, non poteva davvero pensare che quella fosse una buona idea... vero?

Lui accennò un sorriso, lei tirò un sospiro di sollievo.

"Idiota!" gli disse ridendo, mentre gli dava un pugno sul braccio.

"Ahi!" disse lui, fingendo di essere ferito e tenendosi il bicipite. "Avresti dovuto vedere la tua faccia," disse con un gran sorriso.

"Ti prego, dimmi che hai in programma qualcosa per stamattina, oltre a darmi del filo da torcere," replicò lei, più sollevata di quanto potesse esprimere, perché lui non si aspettava di vederla salire tutte quelle scale.

Lowell le fece l'occhiolino. "Certo. C'è una cooperativa di artisti che ha delle cose incredibili a Manitou Springs. C'è anche una cioccolateria, sforna i dolci migliori. Ho pensato che possiamo fare una passeggiata e rilassarci prima di doverci rimettere al lavoro."

"È stato davvero meschino, Lowell. E se ti avessi creduto?"

"Lo so," le disse. "Ma sapevo che non l'avresti mai fatto."

C'era stato un momento in cui, onestamente, Harlow non era sicura che lui la stesse prendendo in giro, ma aveva deciso di non insistere. "Ti perdonerò a una condizione," disse Harlow.

"Tutto quello che vuoi," le rispose.

"La nostra prima tappa sarà la cioccolateria."

"Agli ordini, piccola." Poi Lowell la prese per la vita, le mise una mano sulla schiena. Non disse nulla, la fissò solo con uno sguardo che lei non riusciva a interpretare.

Inalando, Harlow rimase ancora una volta colpita dal buon odore di Lowell. Desiderava poterlo imbottigliare, conservarlo per tirarlo fuori e annusarlo durante una brutta giornata.

Tirandosi indietro, gli disse: "Non sarò mai atletica come te, Lowell. Non scherzavo quando ho detto che non mi piace nemmeno allenarmi. Proverò un sacco di cose. Fare paracadutismo, salire in mongolfiera, andare in bicicletta lungo Pikes Peak, ma salire volontariamente migliaia di gradini non sarà mai la mia idea di divertimento. Voglio dire, guardami. Questo è il meglio che posso fare."

Lui obbedì all'ordine, prendendosi il suo tempo per guardarla lentamente, facendo cadere lo sguardo dal viso di lei al suo petto, fino a dove i loro fianchi erano schiacciati insieme, poi di nuovo verso il viso. "Non potresti essere più bella di così, Harlow. Mi piaci esattamente come sei. Dai, andiamo a prenderci un po' di cioccolata. C'è anche una caffetteria laggiù. Ho la sensazione che una bella tazza di caffè non sarebbe male, in questo momento."

Harlow si voltò mentre Lowell le prendeva la mano e la portava verso la sua auto. "L'hai fatto davvero? Sei salito fino in cima?" gli chiese.

"Sì. Faceva cagare. Non lo farò più, a meno che non sia costretto."

Harlow rise di cuore. Grazie al cielo lui non si aspettava che lei salisse tutte quelle scale. Se l'avesse fatto, quella mattina probabilmente sarebbe arrivata lassù con in tasca uno dei suoi innumerevoli pessimi appuntamenti.

———

Black sorrise per qualcosa che aveva detto Harlow, ma dentro di sé si stava interrogando.

Aveva visto lo sguardo sul suo volto, quando le aveva chiesto se stesse scherzando. Aveva pensato che lei avrebbe riso una volta arrivati alla pendenza e gli avrebbe detto di andare a farsi fottere. Invece, per un attimo aveva pensato seriamente che lui avesse pianificato una gita che comprendeva l'arrampicata su un miliardo di scale.

Era stato un errore di calcolo da parte sua, anche se l'aveva fatto per scherzo, avrebbe potuto rovinare tutto quello che cercava di costruire tra loro, se lei avesse pensato che lui faceva sul serio. Aveva sorriso e detto le cose giuste mentre camminavano per la città, ma non riusciva a lasciar perdere.

"Lowell," lo chiamò lei.

"Sì?"

"Non hai sentito una parola di quello che ho detto, vero?"

Oh, merda. "Scusa, Harl. Onestamente... Non riesco a smettere di pensare a quanto sia stata una cattiva idea prenderti in giro per la pendenza."

Harlow sorrise, ma Black non era contento.

"Lowell, saresti un coglione se ti aspettassi davvero che io salissi tutte quelle scale. Saresti un coglione se non ti scusassi. Saresti un coglione se non ti sentissi forse un po' in colpa. Ma ovviamente non sei un coglione." Alzò il suo beverone a base di caffè e fece un gesto verso la borsa che lui portava, con tutta la cioccolata che si era fatta comprare. "Hai più che compensato per quei due minuti in cui mi sono sentita a disagio."

Black smise di camminare e si voltò verso di lei. "Questo... cambierà le cose tra noi?"

"Cosa? No."

"Bene."

"Lowell, mi piaci. Sei divertente, sei altruista e mi fai sentire al sicuro. So che quando sono con te non devo preoccuparmi che qualcuno mi dia fastidio, o di pensare troppo. Mi piace starti vicino. Sei intelligente, mi piace guardarti interagire con i bambini. Non vorrei che la mia mancanza di atletismo cambiasse qualcosa."

"Proprio come spero che il mio pessimo tentativo di fare una battuta non cambi nulla," le rispose.

"Fantastico. Ora, andiamo. Ho visto dei bellissimi pezzi di vetro colorato che voglio vedere, nella cooperativa di artisti."

Il sorriso di Black era genuino. Non sapeva perché le donne fossero così in fissa con lo shopping, ma era molto contento di aver trovato il tempo di farlo con Harlow quel giorno.

Altra cosa positiva della mattinata, Black aveva un'idea per il successivo "non appuntamento". Gliel'aveva data lei stessa. Non era sicuro di farcela prima della famosa cena, ma ci avrebbe provato.

———

Quella sera, dopo il lavoro e dopo che Lowell l'aveva accompagnata a casa, Harlow si sedette sul suo divano, fissando a lungo nel vuoto. La mattinata era iniziata in modo leggermente traballante, ma Lowell l'aveva rapidamente migliorata.

Pensare a quanto avesse perdonato facilmente Lowell per la sua battuta le fece ripensare a tutti gli altri brutti appuntamenti che aveva avuto.

Era stata troppo critica nei loro confronti? Non la pensava proprio così.

Decidendo che aveva bisogno di qualche consiglio, Harlow prese il telefono e compose un numero. Era tardi a casa, ma sapeva che a sua madre non sarebbe importato.

Il telefono squillò due volte prima di sentire la voce della madre. "Ehi, tesoro."

"Ciao, mamma."

"Va tutto bene? È tardi."

"Lo so. Sto bene. È solo che non ti sentivo da un po' e ho pensato di chiamarti per sapere come stavate tu e papà."

Chiacchierarono per venti minuti di argomenti generici.

Harlow si fece raccontare tutto del volontariato della madre al teatro locale e dagli spettacoli belli e brutti a cui aveva assistito gratuitamente. Venne a conoscenza del fatto che suo padre aveva iniziato a vendere online alcune delle cose che produceva nella sua falegnameria.

Alla fine, la madre disse: "Allora, perché non mi dici il vero motivo della tua chiamata? Va tutto bene con il tuo nuovo lavoro?"

Harlow sospirò. Chiaramente sua madre sapeva che non l'aveva chiamata solo per scambiare quattro chiacchiere.

"Il lavoro va bene. Mamma... come facevi a sapere che papà era l'uomo giusto per te?"

"Wow, è una domanda un po' a bruciapelo," le rispose la madre.

Harlow rise. "Lo so. Mi dispiace."

"Esci con qualcuno?"

"No!" disse subito Harlow. Poi alleggerì il suo tono. "Voglio dire, non proprio. Sai come la penso al riguardo. Ho avuto fin troppi appuntamenti sbagliati."

"Non proprio, eh?" chiese la madre, riprendendo le sue parole.

"Sto andando in giro con un tizio... Sono andata al liceo con lui. Lowell Lockard. Te lo ricordi?"

"Mmh, non posso dire di sì."

"Aveva un anno più di me, non frequentavamo le stesse lezioni. Era in quel club di annuari con me al terzo anno, avevo una cotta per lui. Si è arruolato in marina ed è partito per salvare il mondo subito dopo il liceo."

"E ora è a Colorado Springs?" le chiese la madre.

"Sì, è una lunga storia, ma ha lasciato la marina e possiede un poligono di tiro." Harlow pensò che non le spettasse raccontare a sua madre dell'altro lavoro di Lowell. "Comunque, sono successe delle cose strane al rifugio, l'ho chiamato per vedere se avrebbe dato una mano con qualche corso di autodifesa per le residenti. Una cosa tira l'altra, e abbiamo iniziato...ad andare in giro."

"Capisco."

Harlow non aveva idea di quello che sua madre "capiva", ma decise di ignorare quel dettaglio per il momento.

"Comunque, ho iniziato a pensare a te e a papà, e a come hai sempre detto che sapevi che lui era l'uomo per te dopo solo pochi appuntamenti. Come facevi a saperlo? È stato qualcosa che ha detto? O che ha fatto?"

"Non sono sicura di poterlo spiegare," disse sua madre con delicatezza. "È stata più una sensazione che altro. Quando non eravamo insieme, pensavo costantemente a lui. Quando pensavo a qualcosa di divertente, volevo condividerla con lui. Quando succedeva qualcosa di interessante nella mia vita, volevo chiamarlo, insieme a tutti i miei amici. Mi sentivo a mio agio con lui. Dopo un po' di tempo, non mi importava tanto di essere perfetta quando lo vedevo. Potevo indossare i miei vecchi pantaloni a zampa d'elefante e non mi preoccupavo di quello che avrebbe potuto pensare. Potevo dirgli qualsiasi cosa e sapevo che non avrebbe pensato che mi comportassi da sciocca."

"Ma come sapevi che ricambiava i tuoi sentimenti? Che anche lui voleva stare con te?"

"Lo abbiamo capito e basta, tesoro. Era una cosa non detta. Avevamo una chimica pazzesca, so che tutti i miei amici pensavano che sarei andata all'inferno per aver fornicato prima di sposarmi, ma il giorno più bello della mia vita è stato quando siamo andati a letto insieme per la prima volta."

"Eww, mamma, non voglio saperlo!" disse Harlow, arricciando il naso.

Sua madre ridacchiò. "Ehi, me l'hai chiesto tu! Ma seriamente... Sapevo che non importava cosa facessi o dove andavo, sapevo che potevo contare sul fatto che lui sarebbe stato lì per me, se ne avessi avuto bisogno. Ti ho mai raccontato la storia di quando la casa in cui vivevo con altre tre ragazze è stata svaligiata?"

Harlow emise un lungo sospiro. "No, mamma. Merda! Cos'è successo? Non posso credere che tu non me l'abbia mai detto prima."

"Calmati. Sto bene, come ben sai. Comunque, era circa l'ora di cena e dovevo incontrare tuo padre al centro commerciale per un appuntamento. Doveva lavorare, quella sera, e si era offerto di venirmi a prendere, ma la mia casa era fuori mano, così gli ho detto che ci saremmo visti lì. Comunque, mi stavo preparando e un uomo si è introdotto in casa. Aveva una pistola, ha fatto in modo che io e le mie coinquiline ci mettessimo tutte a letto, con lui in camera da letto, al piano di sopra. Eravamo così spaventate, poteva spararci o violentarci. Non avevamo idea di cosa fare. Quell'uomo camminava avanti e indietro, ovviamente fuori di testa, drogato o semplicemente malato di mente, borbottando e colpendosi la testa con la pistola di tanto in tanto."

"Comunque, credo che siamo state rannicchiati in quella stanza per circa un'ora, quando all'improvviso è apparso tuo padre. È entrato nella stanza e ha affrontato l'intruso. L'ha picchiato così forte che avevo paura che lo uccidesse. Io e le ragazze abbiamo dovuto allontanarlo. Gli ho chiesto come facesse a sapere che ero nei guai, lui mi ha detto che sapeva che qualcosa non andava nel momento in cui ha capito che non ero al centro commerciale per incontrarlo."

"Wow," disse Harlow. "È pazzesco."

"Sì. Quell'uomo è andato in prigione e tuo padre mi ha chiesto di sposarlo il giorno dopo. Ha detto che aveva quasi perso la testa quando si era reso conto di quello che stava succedendo. Quello che voglio dire è che stare con tuo padre mi fa sentire al sicuro. Non è che lui sia il miglior atleta, o che sia così abile con le armi. Ma quando la situazione si fa critica, so che farà tutto il necessario per proteggermi. Se questo significa affrontare un uomo armato e picchiarlo a sangue, lo farà. Se significa portarmi fino all'ingresso del supermercato per non farmi camminare sotto la pioggia dalla macchina alla porta, lo farà. Quella sensazione di avere un partner che vuole davvero il meglio per me è ciò che mi ha fatto capire che volevo passare il resto della mia vita con lui."

Harlow voleva piangere. Adorava suo padre, certo che lo adorava, ma non l'aveva mai visto sotto la stessa luce di sua madre, ovviamente. Era quasi impossibile pensare all'uomo calvo con la pancia affrontare un uomo con una pistola.

Ma allora... non si era sentita così, con lui, quando era piccola? Il padre poteva baciarle una bua e farla sentire subito meglio. Poteva comprarle un gelato e farle passare il broncio per una brutta giornata. E il momento in cui le leggeva una storia era sempre stato il momento clou delle sue serate.

Sua madre non aveva però reso più chiari i sentimenti di Harlow nei confronti di Lowell. In realtà l'aveva solo confusa di più.

"Ho capito che mi amava tanto quanto io amavo lui quando non ha esitato a rintracciarmi, dopo un minuto in ritardo," disse la madre, rispondendo finalmente alla prima domanda di Harlow. "La gente è sempre in ritardo. Se avessi avuto un appuntamento con un altro, chiunque altro non si sarebbe preoccupato. Avrebbe potuto semplicemente pensare che avessi disdetto. A quei tempi, non avevamo telefoni cellulari da tirare fuori e mandare un messaggio a qualcuno per scoprire cosa stesse succedendo. Ci teneva abbastanza a me da venire a cercarmi e vedere cosa c'era che non andava. È così che ho capito che lui era quello giusto per me."

Harlow sospirò. Dio, amava i suoi genitori. "Siete fortunati," disse.

"Sì, lo siamo. Ora parlami di Lowell."

"Non c'è molto da dire," squittì Harlow.

"Harlow," la rimproverò sua madre. "È la prima volta dopo anni che mi dici il nome di uno dei tuoi amici maschi. In effetti, credo che sia la prima volta che hai un amico maschio. Ho sentito parlare dei tuoi terribili appuntamenti, mi hai detto che hai giurato di non uscire più con nessuno per un bel pezzo. Ora mi chiami, mi dici che stai uscendo con un ex compagno di classe per il quale ti eri presa una cotta, e mi chiedi come facevo a sapere che tuo padre era quello giusto per me? Sputa il rospo."

"Ho solo... Ho paura."

"Di cosa?"

"Di non piacergli quanto lui piace a me. Di perdere la testa per lui, che poi mi dirà che gli dispiace, ma che vuole solo essermi amico. Mi ha detto che non cerca una relazione. E se io mi butto troppo a capofitto e lui mi ferisce?"

"Non c'è garanzia di nulla nella vita, Harlow," rispose la madre. "Quell'uomo avrebbe potuto uccidere me e le mie amiche. Se fosse successo, non saresti qui. Devi solo prendere ciò che la vita ti lancia, un giorno alla volta."

"Ma gli ho detto più e più volte che non esco con nessuno."

"E?"

"E a lui sta bene. Ci frequentiamo, ma non so come cambiare le cose, né se dovrei provarci."

"Vi frequentate?"

"Sì. Oggi siamo andati in una cittadina turistica molto carina e abbiamo fatto shopping. L'altro giorno mi ha portato a fare questo giro in bicicletta lungo la strada che porta alla cima di Pikes Peak. Mi accompagna al rifugio quando lavoro, presto andrò a casa sua per preparargli la cena, per ringraziarlo del suo aiuto con le residenti e del corso di autodifesa che ha offerto gratuitamente a tutte."

"Tesoro," disse la mamma con delicatezza, poi si fermò.

"Cosa?"

"Non credo che tu debba preoccuparti di cercare di cambiare lo status quo tra te e questo giovane."

"Perché?"

"Non sei stupida. Non so perché non riesci a vederlo," disse sua madre con una risata. "Tesoro, stai già uscendo con lui."

Harlow scosse la testa. "No, non è vero. Gli ho detto che non voglio uscire con nessuno." Ma non appena pronunciò le parole, si rese conto di quanto sembrassero stupide. Si diede uno schiaffo sulla fronte.

"Spero che quel suono sia stato tu che ti rendi conto di quello che sta succedendo," disse la madre.

"Oh, mio Dio. Sono uscita con lui senza rendermene conto," disse finalmente Harlow.

"Ding ding ding!" cantò sua madre. "Mi sembra che tu abbia tra le mani un vero gentiluomo. Era ora. Non mi è piaciuto sentire di quegli altri sfigati con cui sei uscita."

Harlow rise di cuore. "Devo dire qualcosa? Dovrei fargli sapere che lo so?"

"Lascia che le cose accadano e basta," disse la madre. "Non c'è bisogno di mettere un'etichetta su tutto. Sei sempre stata così, tesoro. Divertiti a passare del tempo con lui. Va bene?"

"Ci proverò." La mente di Harlow era ancora scombinata dalla consapevolezza che lei e Lowell Lockard si frequentavano.

"Ora, vuoi dirmi perché pensi che le residenti abbiano bisogno di lezioni di autodifesa? Siete al sicuro?"

Harlow passò i dieci minuti successivi a raccontare a sua madre cosa stava succedendo al rifugio, almeno per quanto ne sapeva, anche se non era molto. La rassicurò che Lowell e i suoi amici stavano indagando e che lei era in buone mani. Finì dicendo: "Sai quando hai detto che ti sentivi al sicuro con papà? È così che mi sento, quando sono con Lowell."

"Bene. Ho la sensazione che quando avrai davvero bisogno di lui, lui ci sarà per te. A differenza di quegli altri stronzi con cui sei uscita."

"Mamma!" esclamò Harlow.

La madre si mise a ridere. "Ti voglio bene, tesoro. Sono contenta che questo lavoro ti piaccia. So che non eri felice all'hotel di Seattle."

"Mi piace lavorare lì," confermò Harlow. "I bambini mi smuovono il cuore. Saluteresti papà da parte mia?"

"Certo. Mi aspetto altre chiamate, dovrai dirmi tutto del tuo giovane."

"Non è mio, mamma."

"Hmmm."

Harlow sapeva bene che non doveva continuare a insistere con la madre. Una volta che si era fatta un'idea su qualcosa, diventava testarda. "Ci sentiamo presto. Ti voglio bene."

"Ti voglio bene anch'io, piccola. Sii prudente."

"Lo farò. Buona serata."

"Ciao."

Harlow riattaccò il telefono e sospirò. Non sapeva se sentirsi meglio dopo aver parlato con sua madre, o se essere spaventata dalle rivelazioni che aveva avuto.

Senza darsi il tempo di pensarci, prese di nuovo il telefono, andò in internet per trovare una bella foto, poi la modificò. La foto era stata fatta dalla cima dell'Incline Manitou, guardando giù per i ripidi gradini. Disegnò un omino in cima con le braccia in aria, stile Rocky Balboa. Cliccò sul nome di Lowell e gli inviò la foto, con una faccina sorridente. Scrisse anche: **"Guarda! Sono arrivata in cima!"** Rimase un po' dubbiosa.

Mordendosi il labbro, attese un attimo e poi vide apparire i tre puntini che le facevano capire che lui stava scrivendo una risposta. In pochi secondi, il telefono vibrò.

Lowell: **Per la cronaca, non ho dubbi che avresti preso a calci in culo quelle scale, se avessi dovuto.**

Le lacrime negli angoli degli occhi la sorpresero. Harlow sbatté le palpebre, sorrise e rispose velocemente.

Harlow: **Dannatamente vero.**

Lowell: **Mi sono divertito stamattina... sai, dopo aver smesso di fare il cretino.**

Harlow: **Anch'io.**

Lowell: **Ci vediamo domani. Mandami un messaggio prima di uscire di casa.**

Harlow: **Lo farò. Dormi bene.**

Lowell: **Anche tu.**

Sorridendo ampiamente, Harlow si lasciò crollare sul divano, si portò un cuscino in faccia e gridò. Poi fece cadere il cuscino e disse dolcemente: "Sto uscendo con Lowell Lockard. Cazzo."

CAPITOLO SEDICI

I GIORNI successivi passarono relativamente bene e ciò rese Black nervoso. Non aveva visto Brian Pierce o i suoi amici, il che fece scattare il suo allarme interno, ogni giorno accompagnava Harlow da e per il rifugio. Aveva avuto qualche giorno per mettere in moto la sua prossima sorpresa per lei, sperava con tutte le sue forze di non rovinare tutto, come aveva rischiato di fare nel loro ultimo incontro.

Lei sarebbe andata a cena a casa sua il mercoledì successivo, ma lui non poteva aspettare. Harlow non era mai stata a casa sua, non riusciva a togliersi di testa l'idea che vederla passeggiare nel suo spazio vitale sarebbe stato in qualche modo appagante per l'anima. L'appartamento di Black non era niente di speciale. A differenza di Gray e Ro, non aveva una casa enorme che si affacciava su terreni pieni di alberi, però aveva un bel patio che usava il più possibile.

Ma prima di mercoledì... C'era la sua prossima sorpresa. Doveva solo convincerla a farsi venire a prendere all'alba, un'altra volta.

Era appoggiato al bancone della cucina del rifugio, con Harlow al suo fianco, a guardare Sammie e Milo che si occupavano dei piatti della cena. Li sciacquavano nel lavello e li mettevano in lavastoviglie.

"Quindi... Pensavo di venirti a prendere domattina, potremmo andare a fare qualcosa," disse ad Harlow, con la massima nonchalance. Non era sicuro di quanto a lungo avrebbe potuto farla franca organizzando appuntamenti senza che lei si rendesse conto di quello che stava succedendo.

Harlow si mise a ridere. "Quanto presto, questa volta?"

Black fece una smorfia. "Quattro e mezza."

"Comporta l'esercizio fisico, in qualche modo?"

Lui sorrise. "No."

"Sei sicuro? Non lo dici tanto per dire?"

"Dopo quello che è successo l'ultima volta, pensi che mentirei su questo?"

Lei inclinò la testa e lo guardò. "Se la metti così, probabilmente no. Ok, abbocco. Certo."

"Non te ne pentirai."

Harlow lo guardava con occhi così pieni di emozione che Black non sapeva nemmeno da dove cominciare a cercare di indovinare i suoi pensieri.

"So che non lo farò," disse lei dopo un po' di tempo. "Non ho dubbi sul fatto che non mi deluderai. L'hai dimostrato più e più volte."

Quelle parole riecheggiano nel cervello di Black. Aveva ragione. Non l'avrebbe delusa.

All'improvviso udirono un forte schianto, Black fece subito un passo avanti, riparando Harlow da qualsiasi cosa stesse succedendo e tenendola dietro di lui.

Sammie e Milo lo guardavano con occhi enormi. Una ciotola rotta giaceva sul pavimento ai loro piedi. Il ragazzino guardò rapidamente prima il volto di Black poi le sue mani – serrate in pugni sui fianchi – e scoppiò a piangere. Sammie, non sapendo per cosa piangesse il suo idolo, si unì subito a lui.

L'istante successivo, Jasper si mise di scatto tra Black e i bambini che piangevano.

"Calma," disse Black, allontanandosi dall'adolescente.

"Non l'hanno fatto apposta," ringhiò Jasper. "Non far loro del male."

Black si incazzò con Wyatt Newton, l'uomo che ovviamente aveva insegnato a Jasper a pensare che un pestaggio fosse una risposta appropriata per un piatto rotto.

L'ex Navy SEAL aprì le mani e distese le dita, poi alzò le braccia. "Nessuno farà del male a nessuno," disse con dolcezza, in quello che sperava essere un tono conciliante. "È stato un incidente. Gli incidenti accadono."

"Ti sei avvicinato a loro con i pugni serrati," lo accusò Jasper, immobile nella sua posizione.

"Stavo pensando a qualcos'altro, quando ho chiuso i pugni," disse Black all'adolescente. "Quando ho sentito lo schianto, mi sono fatto avanti per proteggere Harlow da qualsiasi cosa stesse succedendo. Mi ci è voluto un secondo per capire cosa fosse. Questo è tutto. Non avrei mai alzato una mano su nessuno. Mai."

Jasper spostò lo sguardo da Black ad Harlow. "Stai bene, Harlow?"

"Certo, Jasper," disse lei tranquillamente, Black sentì una manina appoggiata sulla parte superiore della schiena, mentre lei gli passava intorno, senza spingerlo via. "Io e Lowell stavamo parlando, non prestavo attenzione a quello che facevano i ragazzi."

"Cosa sta succedendo qui?" chiese Loretta entrando nella stanza, seguita da Lisa e Melinda.

"Sammie, sei ferita?" chiese Lisa a sua figlia.

"Milo? Cosa c'è che non va?" esclamò Melinda.

"È caduto un piatto. Ecco tutto," disse Black alle nuove arrivate. "Credo che stiano piangendo perché sono rimasti sorpresi. E perché pensavano che avrei potuto punirli. Ma

Jasper è venuto in loro difesa, ora tutti sanno che non sono arrabbiato. Harlow non è arrabbiata. Sono cose che succedono. I piatti si rompono. Non è un grosso problema." Teneva le braccia ai fianchi e guardava la bambina e il bambino che tiravano su con il naso. "Pensate di poter aiutare le vostre mamme a pulire la ciotola rotta, in modo che nessuno la calpesti e si tagli?"

Milo annuì, ma Sammie continuò semplicemente a fissarlo con grandi occhi.

"Stavi proteggendo Harlow?" chiese Jasper, molto confuso.

"Sì," gli disse Black. "So che è difficile fidarsi di qualcuno, ma puoi assolutamente fidarti di me, di Gray e degli altri. Passiamo la vita cercando di aiutare i bambini come te e le persone come tua madre e come le altre donne qui al rifugio. Siamo uomini addestrati, sappiamo che potremmo facilmente fare del male a quelli più piccoli di noi, ma non sarebbe giusto. Ho sentito lo schianto e non sapevo cosa stesse succedendo, quindi il mio primo istinto è stato quello di mettermi davanti a Harlow per proteggerla."

"Non ho bisogno di protezione," brontolò Harlow.

Black mantenne il contatto visivo con Jasper. Riuscì a vedere che le sue parole avevano colpito nel segno. Ci sarebbe voluto un po' di tempo, visto che ne aveva passate tante nella sua giovane vita, ma Black sperava che Jasper si rendesse conto che non tutti gli uomini erano come suo padre.

"Mi fido di lui," disse Harlow, mettendosi al fianco di Black. "Mi stava proteggendo, proprio come tu stavi proteggendo Milo e Sammie."

Finalmente, Jasper si rilassò. Annuì e tornò lentamente al tavolo della cucina, dove stava facendo i compiti.

Dopo qualche minuto, il disordine era stato ripulito e Milo e Sammie erano andati di sopra a prepararsi per andare a letto. Loretta si era agitata, Black vide che aveva dato di nascosto un piccolo pezzo di cioccolata ai ragazzini.

"Beh, è stato emozionante," disse Harlow, quando rimasero da soli.

"Odio che Jasper abbia sentito il bisogno di proteggere i suoi amici da me," disse Black.

Harlow gli mise una mano sul braccio. "Non prenderla sul personale. Ci vuole tempo per superare le lezioni imparate tanto duramente."

"Lo so. Ma non mi piace lo stesso."

"Sei un brav'uomo," gli disse Harlow, guardandolo con ammirazione.

In quel momento Black voleva davvero baciarla... ma lei pensava ancora che fossero amici. Non poteva uscire con lei.

Rilassando consapevolmente le mani per non stringere di nuovo i pugni, Black decise che il giorno successivo avrebbe fatto sapere ad Harlow che non solo uscivano insieme, ma che lo avrebbero fatto anche nell'immediato futuro.

Si erano trovati. Black andava d'accordo con lei, al momento era la persona con cui si sentiva più affine.

"Sei pronta per andare?" le chiese. Meat sarebbe passato vicino al rifugio di lì a poco per assicurarsi che tutto fosse a posto e per perlustrare la zona. Non c'erano stati altri incendi o fastidi, ma siccome nessuno era riuscito a scoprire l'identità di chi aveva appiccato l'incendio del distributore di benzina, non potevano abbassare la guardia.

"Sì, devo solo tirare giù le ciotole dei cereali, così i bambini non devono salire su nessun mobile per tirarli fuori dall'armadietto al mattino, poi devo mettere fuori la frutta e controllare che ci siano abbastanza latte e succo di frutta."

Black sorrise ad Harlow mentre si aggirava per la cucina, assicurandosi che tutto fosse pronto per la colazione del mattino, dato che lei non sarebbe stata presente. "Quando torna Zoe?"

"Dovrebbe tornare questa domenica. L'ho sentita al telefono con Loretta, poco fa. Non ho avuto modo di chiederle se tutto andasse bene."

"Sono sicuro che sta bene. Zoe te lo avrebbe detto, se ci fosse stato qualcosa di strano."

"Vero. Ok, penso di essere pronta," gli disse Harlow.

Black le prese la mano, senza pensarci. Le loro dita si intrecciarono in modo molto naturale, amando quanto fosse naturale. Harlow non si oppose né disse nulla, quindi doveva far piacere anche lei, non si era allontanata, quindi doveva gradire anche lei.

Lui aprì la porta d'ingresso e si guardò intorno, assicurandosi che fosse tutto a posto. Stava per avviarsi sul marciapiede, quando si fermò a fissare il lato dell'edificio.

Scritte in grandi lettere maiuscole rosse torreggiavano le parole: **VIA DI QUA.**

Sentì Harlow fare un respiro profondo, mentre vedeva anche lei quell'atto di vandalismo.

Black prese il telefono senza dire una parola e compose il numero di Meat.

"Sto arrivando," disse Meat.

"Bene, perché qualcuno ha scritto cagate sul muro del rifugio," disse Black.

"Cosa? Figli di puttana. Ok, ok, ho il portatile con me. Invece di passare di qui, vado a vedere cosa riesco a scoprire. Loretta è ancora sveglia? Devo parlarle, magari mostrarle i nastri e vedere se riconosce chi è stato."

Black si sentì subito meglio. Detestava che qualcuno si fosse avvicinato così tanto ad Harlow e alle altre. Mentre cenavano, qualcuno era là fuori a deturpare l'edificio.

Peggio ancora, non sapevano chi volesse che le donne e il rifugio se ne andassero, o perché. Il "chi" era probabilmente qualcuno che voleva l'edificio, ma Meat non era ancora riuscito a restringere il campo. Aveva ammesso di non aver avuto la possibilità di indagare troppo a fondo sui proprietari degli edifici circostanti, ma in superficie quelle proprietà sembravano essere state tutte acquistate da diversi costruttori o società.

Vedendo la paura sul volto di Harlow, anche se lei cercava di nasconderla con tutte le forze, Black prese una decisione.

Fanculo quello che diceva Rex.

Per Black, la priorità assoluta era fare una bella chiacchierata a quattr'occhi con Brian "Bear" Pierce. Quel problema sarebbe stato risolto una volta per tutte.

Sapeva che agire alle spalle di Rex era rischioso. Infatti, se Black avesse commesso anche un solo errore, avrebbe potuto mettere a repentaglio l'intera operazione dei Mercenari di Montagna, avrebbe potuto essere espulso dalla squadra. Ma sapeva di dover agire.

Inoltre, Black sapeva bene che tutti i suoi compagni erano ugualmente frustrati con Rex per il modo in cui sembrava sempre più distratto, ultimamente. Ma quella volta si trattava di un caso di una missione in corso, qualcosa che non era mai successo prima.

Arrow aveva radunato la squadra e aveva detto loro il poco che sapeva di Rex e di sua moglie. Non fu proprio uno shock scoprire che il loro supervisore era direttamente coinvolto contro il traffico di esseri umani, considerando quanto ci tenesse a rintracciare donne e bambini scomparsi. Ma forse quel dettaglio poteva spiegare la sua recente distrazione.

Black non poté fare a meno di chiedersi se il fatto che metà della squadra avesse trovato una donna con cui passare il resto della vita avesse risvegliato in Rex l'agonia di aver perso la propria moglie. Arrow era profondamente innamorato. Black aveva già visto le differenze nel modo in cui Gray, Ro e Arrow facevano il loro lavoro, ora che avevano qualcun altro da considerare; nello stesso modo, stava iniziando a vedere una differenza anche nell'atteggiamento di Rex.

Considerando il modo in cui Black si sentiva impotente riguardo alla situazione di Harlow, odiando di non avere tutte le informazioni necessarie per fermare le molestie e tenerla al sicuro, poteva solo immaginare come doveva sentirsi Rex, non sapendo se sua moglie era viva o morta.

A parte quella questione, però, non poteva perdonare la mancanza di attenzione del loro capo sul caso di Harlow. Anche se significava eludere le regole, Black non poteva più starsene seduto ad ignorare il ruolo di Bear in tutta quella faccenda.

"Lo apprezzo," disse Black a Meat. "Sono sicuro che Loretta sia ancora sveglia. Ha detto che aveva delle scartoffie da sbrigare. Mandale un messaggio e dille che stai arrivando, e che vorresti entrare per un po'. Ma per ora sembra tutto tranquillo. Non c'è nessuno in agguato. Rimarrò con Harlow nel parcheggio fino al tuo arrivo. Giusto per essere sicuri che vada tutto bene."

"Giusto. Sarò lì tra dieci minuti." Poi Meat riagganciò.

"Lowell?" chiese Harlow in modo incerto, mentre lui metteva via il telefono.

Black non le rispose, ma la tirò gentilmente lontana dalla porta e la chiuse a chiave. Dopo che aveva iniziato a scortare Harlow da e per il lavoro e a passare tanto tempo al rifugio, lei gli aveva dato la chiave. Guardando alla sua destra, poi a sinistra, Black non vide nulla di strano. Era buio, i lampioni facevano sembrare le ombre ancora più scure. Poi si girò e si diresse verso il parcheggio con un rapido scatto.

Harlow non disse una parola, si limitò a stringere la presa nella mano di lui e a seguirlo. Lui la tirò verso la sua Mustang e aspettò che aprisse la portiera. La fece sedere al volante, poi fece il giro dal lato del passeggero e salì.

"Perché succede tutto questo?" sussurrò lei, mentre erano seduti al buio nella sua auto.

"Non lo so," disse Black, detestava non avere risposte da darle.

"Devo chiamare Loretta e dirle cosa è successo? Dobbiamo dare una ripulita, in modo che i bambini non lo vedano. Forse io..."

"Shhhhh," la interruppe Black. "Meat avrà già chiamato e organizzato tutto, non ho dubbi che tirerà i fili per far venire qualcuno qui stasera stessa a occuparsi del muro."

"Davvero?"

"Davvero. Allora... quattro e mezza, domani mattina," le disse, nel disperato tentativo di non far trapelare la preoccupazione nel suo tono.

Harlow lo guardò a lungo. Non c'era da meravigliarsi che pomiciare in auto fosse molto comune. C'era qualcosa, nello stare seduti lì con Harlow, che sembrava particolarmente intimo.

"Cos'hai che non va, che ti alzi presto la mattina?"

"Quindi è un sì?" insistette lui.

Harlow sbuffò. "Certo che è un sì. Prometti dunque che non ci sarà nessuna forma di esercizio fisico?"

Lei glielo aveva già chiesto, ma lui le avrebbe risposto tutte le volte che lei aveva bisogno di sentirselo dire. "Promesso."

Lei girò la testa, guardando fuori dal parabrezza e mordendosi un labbro.

"Cosa c'è, piccola? Ti ho promesso, niente scherzi."

"Non è questo. È solo che..." lei lasciò cadere la frase.

Black riuscì a vedere il momento esatto in cui lei decise di non dire quello che aveva sulla punta della lingua. "Puoi dirmi o chiedermi qualsiasi cosa, Harl," la incoraggiò Black.

"Grazie per essere stato così gentile con Jasper, stasera."

Black desiderava sapere cosa voleva dire veramente, ma le lasciò cambiare argomento. "Certo. Quel ragazzino ne ha passate tante. Se non puoi fidarti di tuo padre, di chi ti puoi fidare?"

"Vai d'accordo con la tua famiglia, vero?" chiese lei.

"Sì, mio padre è fantastico. Lavora troppo, però."

"Un po' come qualcun altro che conosco," disse Harlow con un sorriso.

"Non lavoro troppo duramente," negò Black.

"Lowell, tu hai la tua attività, esci dal paese con un attimo di preavviso, mi sei venuto in aiuto quando mi conoscevi appena, ora passi la maggior parte delle tue giornate a vegliare su di me e sul rifugio. Sono sicura che ci sono cose che non so, passi del tempo con me, alcune mattine. Lavori decisamente troppo."

"Tu non sei lavoro," disse Black, senza girarci troppo attorno. "Semmai, mi fai trascorrere le giornate più velocemente, non c'è posto in cui preferirei stare, piuttosto che stare con te."

Le belle parole di Black aleggiavano nell'aria, ravvivando l'alchimia sempre presente tra loro.

Black non capì se fosse stato lui a sporgersi in avanti, o Harlow, ma ben presto furono a pochi centimetri l'uno dall'altra. Lui non riusciva a staccarle gli occhi dalle labbra. Lei se le leccò, rilasciando un alone di umidità che gli faceva un male benedetto.

Proprio mentre stavano per coprire quei pochi centimetri rimasti, qualcuno bussò al finestrino.

Harlow urlò di paura, anche Black si spaventò.

Voltandosi, videro Meat che sorrideva. Fece un piccolo cenno con la mano.

Con uno sguardo di rimpianto verso Harlow, Black disse: "Ferma lì." Poi si girò e uscì dall'auto. "Non ho ancora informato Loretta dei danni," disse a Meat, mentre camminavano davanti alla Mustang, tenendo d'occhio Harlow mentre parlavano.

"Me ne occupo io. Mi sta aspettando. Scatterò delle foto del muro e chiamerò alcune persone che conosco, che sistemeranno il tutto per stasera. Domani si metteranno al lavoro per pulire il muro, dopo che i ragazzi saranno andati a scuola."

"E la videosorveglianza?"

"Guarderò stasera, manderò a Rex i filmati e vedrò cosa mi può dire Loretta."

"Pensi che Rex farà più di quello che ha fatto finora?" chiese Black. Sapeva che Meat si sentiva allo stesso modo, per la mancanza di azione da parte del loro capo sul caso.

"Non lo so. Ma non mi piace l'evoluzione di questo caso, anche se non è stata ancora infranta nessuna legge, a parte quest'ultima bravata. Ho chiamato Gray mentre venivo qui, e se te la senti di fare una 'chiacchierata' con questo Bear, hai il nostro sostegno."

Black annuì. Cazzo, sì, se la sentiva. "Avevo già deciso che non potevo aspettare il permesso di Rex per farlo. Domani non va bene, ma magari tra qualche giorno?"

"Grandi progetti?" lo stuzzicò Meat.

"Sì, se proprio vuoi saperlo, io e Harlow usciamo domattina. Ci sono alcune cose di cui dobbiamo discutere."

"A proposito del rifugio, naturalmente," disse Meat con una risatina.

"Ma certo."

Ancora sorridendo, Meat aggiunse: "Giusto. Bene, mi metterò con gli altri e vedrò cosa possiamo fare per invitare Bear a fare una chiacchierata."

"Grazie, Meat," gli disse Black.

"Certo. Portala a casa," disse, con un cenno ad Harlow.

Black annuì e si diresse verso il lato del conducente della Mustang di Harlow, mentre Meat si dirigeva verso il rifugio. "Stai bene?" le chiese.

"Sì. Perché me lo chiedi?"

"Nessun motivo. Ti seguirò fino a casa."

Lei alzò gli occhi al cielo. "Lo sapevo, visto che mi hai seguita ogni volta che me ne sono andato da qui."

"Guida con prudenza, ci vediamo domattina."

"Ok. Lowell?"

"Sì, Harl?"

Lei si morse un labbro, poi gli rivolse un sorriso tenero. "Ci vediamo domani."

Black si avviò verso la sua Mazda. Avrebbe tanto voluto sapere cosa gli volesse dire, ma un parcheggio buio non era il luogo o il momento per lunghe conversazioni o per baciarsi... anche se lo desideravano entrambi.

"Calma, vecchio mio," mormorò tra sé e sé mentre saliva in macchina e avviava il motore.

Il giorno seguente sarebbe andato tutto meglio.

CAPITOLO DICIASSETTE

HARLOW APPOGGIÒ la testa sul sedile dell'auto di Lowell e lo fissò. Stava cominciando a diventare un'abitudine... che le piaceva. Era già andato a prenderla alle quattro e mezza di mattina, in precedenza. Così Harlow aveva preso il suo thermos con del caffè per il viaggio, indossava jeans, una maglietta a maniche lunghe e un paio di scarpe da ginnastica. Lowell indossava jeans neri e una maglietta bianca sotto una camicia abbottonata. Sembrava che si fosse appena passato una mano tra i capelli neri, invece di pettinarli, e aveva una leggera ricrescita di barba.

Aveva un aspetto molto attraente.

Harlow non riusciva a togliersi dalla testa la conversazione che aveva avuto con la madre. La sera prima aveva quasi baciato Lowell. Si sarebbe imbarazzata, se non avesse letto lo stesso identico desiderio riflesso negli occhi di lui.

Il pensiero che Lowell Lockard volesse baciarla era quasi sufficiente per farle tirare fuori un quaderno e iniziare a disegnare cuori e a scarabocchiare *Harlow + Lowell* dappertutto.

Ma si accontentava di sapere che sicuramente vedeva interesse, nei suoi occhi scuri, quando la guardava. E poi eccolo lì che andava a prenderla, di nuovo, per qualcosa che faceva molta attenzione a non chiamare appuntamento.

A pensarci bene, tutti i brutti appuntamenti di Harlow erano avvenuti nel pomeriggio o alla sera. Non poteva certo dire nulla di male sugli appuntamenti avuti la mattina presto.

"Hai dormito bene?" le chiese tranquillamente mentre guidava.

"Sì, non c'è male. Tu?"

Lowell fece spallucce. "Meat ha chiamato circa mezz'ora dopo che sono tornato a casa per parlare di alcune cose."

Dal momento che lui non proseguì, Harlow chiese: "Quali cose?"

Lowell sembrava a disagio, il che rese Harlow nervosa.

"Nulla di cui voglio parlare questa mattina. Voglio che tu ti rilassi e ti diverta. Ci sarà tempo per altre cose, più tardi."

Ok, quel commento non era di buon auspicio, ma Harlow non ebbe la possibilità di protestare, di dire a Lowell che era una donna adulta in grado di affrontare tutto quello che aveva da dirle, perché si fermarono da qualche parte.

"Perché siamo qui?"

"Qui" era il *Colorado Springs Hotel Eleganté Conference and Event Center*. Harlow non ne aveva mai sentito parlare, ed era completamente confusa sul perché si trovassero in un hotel.

"Vedrai," disse Lowell con un sorriso mentre spegneva il motore.

Scuotendo la testa per il suo sorriso e per il modo in cui amava farle sorprese e cose del genere, Harlow decise di fidarsi di lui mentre guardava Lowell camminare intorno alla parte anteriore della macchina. Doveva ammettere che, anche se non le erano mai piaciute le sorprese in passato, a causa di quello che aveva dovuto sopportare con quella masnada di sfigati, con lui iniziava ad apprezzarle. Ad apprezzarle davvero tanto.

Lowell le aprì la portiera, la aiutò a farla uscire dal veicolo e poi le diede la mano mentre la accompagnava verso la porta d'ingresso dell'albergo. Harlow amava la naturalezza con cui si davano la mano. Come se lui non ci avesse nemmeno pensato.

Entrarono nell'atrio, Harlow si bloccò di fronte al cartello sul tavolino di fronte a loro.

"Non l'hai fatto davvero."

Lui sorrise "Ebbene sì. Hai detto che non avevi problemi, così ho pensato, 'perché no'?"

Il cartello recitava: "GIRO IN MONGOLFIERA RAINBOW RYDERS."

"Saliamo in mongolfiera?" chiese lei.

"Se per te va bene."

Harlow sorrise di gioia. "Sì, va più che bene! Ho sempre voluto farlo. Non posso crederci!"

"Andiamo, allora. Facciamo la registrazione e proseguiamo," disse Lowell.

Harlow gli tirò la mano e si bloccò di nuovo, lui si voltò a guardarla con preoccupazione. "Va tutto bene?"

Senza pensarci, Harlow gli si avvicinò e lo baciò.

Lo sorprese così tanto che Black indietreggiò di un passo, prima ancora di riuscire a muoversi. Ma non appena le loro labbra si incontrarono, Black le avvolse un braccio intorno alla vita e la tirò a sé, facendola praticamente cadere contro di lui.

Poi inclinò la testa e la baciò con passione.

Harlow non era inesperta, quando si trattava di baci. Aveva avuto la sua dose di buoni baci, grandi baci, anche disgustosi. Ma niente, in confronto alla sensazione delle labbra di Lowell contro le sue. Sentiva la sua barba contro il viso, mentre la baciava. Le venne subito la pelle d'oca lungo le braccia e il retro del collo, chiuse gli occhi per assaporare appieno il primo assaggio delle labbra di Lowell.

Lui le portò la lingua sulle labbra, lei le aprì avidamente. Invece di immergersi all'interno e di sbranarla, la tormentò con la lingua, leccando e ritraendosi, convincendola a sciogliersi e a lasciarlo entrare più profondamente.

Quando lei gemette a bassa voce e si rilassò completamente contro di lui, lui le mise una mano sul retro del collo e la baciò come se non ci fosse un domani. Si era stancato di giocare. Le divorò la bocca; lei amava ogni secondo in cui lui prendeva il controllo.

Solo quando sentì qualcuno che sussurrava "prendetevi una stanza", Harlow si ricordò di dove fossero.

Anche Lowell udì il commento, perché si staccò dalle labbra di lei ma non le tolse la mano dal collo o dalla vita. La fissò semplicemente, come se la vedesse per la prima volta.

Sentendosi un po' a disagio, e avendo bisogno di riempire il silenzio, Harlow sbottò: "Spero che il mio alito non sia terribile per il caffè."

Lui sorrise e scosse la testa. "No, piccola. Sei perfetta. Se potessi imbottigliare la sensazione che ho provato mentre ti baciavo, nessuno avrebbe più bisogno di bere caffè per affrontare la giornata."

Harlow arrossì.

Lowell sorrise e le chiese, "Sei pronta?"

"Come non lo sarò mai, credo." Pensava che si sarebbe sentita in imbarazzo, ma Lowell la metteva sempre a suo agio. Non l'aveva fissata in modo strano, non aveva fatto allusioni sessuali, si era limitato a prenderle di nuovo la mano e si era avvicinato al bancone della reception per fare la registrazione.

Nel giro di quindici minuti, stavano salendo su un furgone per essere portati al sito di lancio. Una volta arrivati, Harlow vide che tre mongolfiere erano a terra, pronte per essere gonfiate. Osservò affascinata Lowell che si impegnava ad aiutare nei preparativi, presto furono scortati in un grande cesto di vimini con altre due coppie.

Harlow guardò verso l'alto, nel buco spalancato del pallone, e non riuscì a controllare il sorriso sciocco sul suo viso. Il loro pallone era giallo, con strisce di diversi colori e il logo Rainbow Ryders al centro. Il rumore dei fornelli che si accendevano per far sollevare il pallone era forte, nella quiete del mattino.

Si rivolse a Lowell, sorridendo di più. "Porca miseria, è fantastico!"

Lowell le sorrise e le baciò la fronte. "Sì."

Poi lei si voltò e si tenne al bordo del cestino, mentre il pilota spiegava le raccomandazioni dell'ultimo minuto. Prima che se ne accorgessero, si stavano sollevando da terra... molto lentamente. Harlow sentiva Lowell in piedi dietro di lei. Le sue mani si posarono accanto a quelle di lei, sul bordo della mongolfiera, e lei si sentì completamente circondata da lui.

Sentiva vagamente il pilota parlare con loro di quello che stava facendo e di dove avrebbero fluttuato quella mattina, ma non poteva fare altro che fissare la vista del monte Pikes Peak immerso nella luce del mattino, mentre si alzavano lentamente in aria.

Harlow sospirò di soddisfazione e si appoggiò a Lowell, lui le mise una mano sulla pancia. Non era mai stata così soddisfatta in vita sua come in quel momento.

Il viaggio sembrò durare tanto, ma allo stesso tempo finì troppo presto; il pilota li stava già guidando verso un grande campo aperto. Gettando al vento la prudenza, Harlow si voltò tra le braccia di Lowell.

Lui la fissò intensamente, invece che prestare attenzione all'impressionante panorama che aveva di fronte. "Era tutto come speravi?"

"Devi smetterla di farmi fare le cose, quando dico qualcosa di sconsiderato," rispose lei. "Per favore, dimmi che non hai organizzato un lancio di paracadutismo."

"Vuoi andare a fare paracadutismo?" le chiese Lowell.

Lei arricciò il naso e scosse la testa.

Lowell ridacchiò. "Allora no, non lo organizzerò."

"E va bene. Ma non so come me la caverò..."

Lowell scosse immediatamente la testa. "Non devi cavartela in nulla, Harl. Non è una gara."

Decidendo che avrebbe chiarito le cose - anche se quello non era esattamente il posto migliore, non con le altre coppie in giro e con il rumore del bruciatore che si accendeva e si spegneva a intermittenza - Harlow fece un respiro profondo. Si leccò le labbra, poi disse: "Questo è stato uno dei migliori appuntamenti della mia vita."

Poi trattenne il respiro, per aspettare la sua reazione.

Era abbastanza sicura che lui non sarebbe rimasto troppo scioccato dalle sue parole. Per quanto lei fosse stata lenta a capire, era più che ovvio che si frequentavano, anche se il loro corteggiamento non era stato convenzionale.

"Anche per me," le disse semplicemente.

Lasciando uscire l'aria che aveva in petto, Harlow gli sorrise.

"Quindi alla fine hai capito, eh?" le chiese. Le fece scivolare un pollice su e giù per il fianco, facendo attenzione a premere abbastanza forte da non farle il solletico.

Lei fece spallucce. "C'è voluta mia madre, per farmelo notare."

"Non sei spaventata?" le chiese.

"Non proprio. Voglio dire, lo capisco. Ti avevo detto a chiare lettere che non volevo uscire con te. Sei scivolato sotto il mio radar così facilmente che non mi sono nemmeno accorta di cosa stava succedendo."

"È quello in cui sono bravo, bambina," le disse senza presunzione.

"Lo vedo," gli disse. "Ma per la cronaca, puoi massaggiarmi i piedi, ma non sono sicura che tu voglia fare sesso con loro; rubare tovaglioli dai ristoranti è fuori questione; e se hai bisogno di masturbarti, i miei peluche sono off-limits."

Lowell gettò la testa all'indietro e rise, e Harlow trovò la curva del suo collo estremamente affascinante. Non ebbe quasi il tempo di soddisfare la propria curiosità prima che lui abbassasse la testa e la baciasse. Fu un bacio breve e veloce, a differenza del primo che si erano scambiati quella mattina, ma non fu certo meno emozionante. "Capito," disse lui.

"Ok, gente, ci stiamo preparando per atterrare. Tenetevi forte!" annunciò il pilota.

Lowell la girò delicatamente e, ancora una volta, si appoggiò dietro di lei. Harlow poteva sentirlo contro la schiena, i fianchi, le cosce. Lui si mise contro di lei, sostenendola, e lei capì in quel momento di essere in difficoltà. Poteva facilmente innamorarsi di lui... anche se in realtà, lo amava già. Era pazzesco, perché lui le aveva subito detto che non cercava una relazione a lungo termine, e anche solo pochi giorni prima anche lei avrebbe detto la stessa cosa.

Ma stando lì, al sicuro tra le braccia di Lowell, sapeva senza dubbio che lui non avrebbe mai permesso che le accadesse qualcosa di male, se avesse potuto evitarlo. Proprio quello che suo padre provava per sua madre.

Harlow aveva la sensazione di essere riuscita a trovare l'uomo con cui avrebbe dovuto passare il resto della sua vita. Il problema era che non era sicura che lui provasse la stessa cosa.

Scuotendo la testa e dicendo a se stessa di prendere le cose un giorno alla volta, Harlow giurò di godersi il tempo che passava con Lowell, non importava quanto sarebbe durato.

Era una persona pratica. Sapeva di piacergli, ma se le cose si fossero fatte ancora più serie, lui si sarebbe tirato indietro? Avrebbe deciso di non voler continuare una relazione a causa dell'aspettativa del matrimonio? Harlow non ne aveva idea, ma era disposta a correre il rischio.

Il pensiero di dover rientrare nel gioco degli appuntamenti la ripugnava. Lowell era riuscito a scivolare furtivamente dentro il suo cuore e a renderlo estremamente indolore, andava bene così.

————

Black incrociò le braccia sul petto e si costrinse a rimanere dov'era. Era di nuovo al rifugio, a guardare Harlow finire in cucina prima che lei se ne andasse con lui.

Gli ultimi giorni erano stati fantastici. La mattina del giro in mongolfiera, finalmente, aveva assaggiato Harlow, era tutto quello che aveva sognato... e anche di più. Harlow si era sentita bene, tra le sue braccia. E ogni volta che l'aveva vista, da allora, le aveva rubato altri baci.

Aveva letteralmente fame di lei.

Quel pomeriggio l'aveva scortata all'interno del rifugio, poi era andato a parlare con Meat e gli altri mentre lei era impegnata in cucina. Il giorno successivo, Arrow e Ball sarebbero andati a stanare Brian Pierce e lo avrebbero "invitato" a parlare con loro. Black si sarebbe incontrato con loro e con il resto della squadra per vedere cosa potevano scoprire da lui. Black non aveva problemi a usare le mani, non sarebbe stata certo la prima volta che ricorreva a metodi non proprio convenzionali per ottenere informazioni, non voleva uccidere quel tizio - voleva solo farsi dire tutti i dettagli del caso, e più in fretta Bear avrebbe vuotato il sacco, più in fretta l'avrebbero lasciato andare.

Con quel piano, Black si sentiva un po' più calmo. L'ultima cosa che voleva era che succedesse qualcosa ad Harlow o a qualcuna delle residenti del rifugio per donne. Ultimamente aveva frequentato molto il rifugio, ormai conosceva tutti. I bambini erano adorabili, erano un ottimo promemoria del perché lui e i Mercenari di Montagna svolgevano il loro lavoro.

Ogni tanto dedicava qualche ora al poligono di tiro e

anche lì le cose andavano bene. Aveva ottimi dipendenti e manager, non avevano bisogno di lui per far funzionare il posto in modo efficiente.

Dato che ultimamente Rex sembrava distratto, non c'erano altri casi all'orizzonte. Così Black era libero di concentrarsi su Harlow e su qualsiasi cosa stesse succedendo al rifugio. Forse non c'era nulla di preoccupante. Forse Rex aveva ragione a non sembrare eccessivamente pensieroso. Ma Black non la pensava così. Aveva uno strano presentimento, e non era mai un buon segnale.

Per il momento, però, doveva mettere da parte le sue sensazioni. Quella sera Black aveva il famoso appuntamento con Harlow nel suo appartamento, lei gli avrebbe preparato una bella cenetta e poi, sperava, si sarebbero baciati a lungo. Non aveva fretta di portarla a letto, però. Si stava godendo il corteggiamento. Ora che lei era consapevole del fatto che uscivano insieme e che le andava bene, potevano valutare l'evoluzione della loro relazione. Black aveva la sensazione che le cose si sarebbero mosse abbastanza velocemente, se la chimica tra loro si fosse confermata esplosiva, vedendo quanto era stato caldo il loro primo bacio.

Non aveva idea di quanto tempo avesse aspettato che Harlow finisse i preparativi per la cena, ma non gli importava. Poteva stare lì a guardarla per ore. Aveva chiacchierato con alcune delle residenti, Kristen, Melinda e Sue. Kristen gli aveva detto che lei e Sue avevano trovato un appartamento che potevano permettersi, se avessero condiviso l'affitto. Era contento che fossero riuscite a rimettersi in piedi abbastanza per avere un posto tutto loro.

Melinda non era ancora del tutto a posto, ma al momento era soddisfatta, perché Milo sembrava andare molto meglio a scuola. Prima di trasferirsi nel rifugio, i suoi voti erano in costante discesa a causa degli abusi subiti a casa dal suo ex. Ma stavano lentamente migliorando, ora che lui aveva più stabilità nella sua vita e che suo padre era fuori dai giochi.

Loretta entrò in cucina e Black si irrigidì immediatamente.

Guardandola in faccia, si capiva che c'era qualcosa che non andava. Lei cercava di nasconderlo, ma era ovvio, almeno per lui.

"C'è un profumo delizioso, qui dentro," disse con un tono chiaramente troppo allegro.

Anche Harlow si accorse che qualcosa non andava, perché posò lo strofinaccio che teneva in mano e si avvicinò alla sua capa. "Va tutto bene?"

"Certo," disse Loretta.

Harlow si accigliò e guardò Milo e Sammie, che erano seduti al tavolo vicino, poi la piccola Jody, che stava giocando con delle Barbie di seconda mano in un angolo. "Sei sicura?" le chiese tranquillamente.

"Sono sicura," disse Loretta. "Ne parleremo domani. Ti ho dato la serata libera, devi andare. Hai fatto molto di più del dovuto, mettendo le lasagne nel forno, credo che riusciremo a toglierle prima che si brucino." Sorrise per far sapere ad Harlow che stava scherzando.

"Vado, vado," disse Harlow, restituendole il sorriso. Poi abbassò la voce. "Ma sai che se hai bisogno di qualcosa, non devi far altro che chiamare."

"Lo so, bambina. Grazie. Non preoccuparti per noi. Edward dovrebbe essere qui tra circa mezz'ora e ho il numero di Black, così come quello dei suoi amici, tutti salvati in rubrica, non si sa mai."

Black voleva parlare con Loretta in privato per scoprire cosa la preoccupava, ma quando notò la sua reazione stressata alle domande di Harlow lasciò perdere. Doveva cercare di ottenere da quel Brian Pierce le informazioni di cui avevano bisogno, per poter avere qualcosa di positivo da dire a

Loretta. Doveva essere stressante, avere la responsabilità di tutte le donne e i bambini che vivevano nel rifugio.

"Le lasagne dovrebbero andare per altri quaranta minuti circa. Oggi ho cotto del pane fresco, quindi quando mancano dieci minuti, spalmaci sopra un po' di burro all'aglio che ho già preparato, poi mettilo dentro con le lasagne per circa cinque minuti. Se vuoi, puoi cospargere un po' di formaggio. C'è un'insalata in frigo e per dessert ho fatto il budino al cioccolato."

A Black venne l'acquolina in bocca. Non era il miglior cuoco, ma se la cavava. In genere, mangiava quando aveva fame e non gli importava molto di quello che si metteva in bocca. Ma stare vicino a Harlow gli aveva fatto cambiare idea sul cibo. Le cose che preparava lei erano assolutamente deliziose. Faceva sempre venire l'acquolina in bocca. Decise di aggiungere trenta minuti al suo programma di allenamento, perché con Harlow che cucinava per lui, aveva la sensazione che ne avrebbe avuto bisogno.

"Ce la faremo, tranquilla," disse ancora Loretta ad Harlow. "Sciò, ragazza. Sciò!"

Harlow rise, poi abbracciò Loretta. "Grazie per avermi dato la serata libera. So di aver lavorato da sola quando ho iniziato, ma avevo dimenticato quanto sia di aiuto Zoe."

Black osservò bene il volto di Loretta, per decifrarle le vere emozioni nascoste. Sembrava che Harlow le avesse appena detto che era morto qualcuno.

Ma quando Harlow si tirò indietro dall'abbraccio, Loretta tornò a sorridere.

"Chiama se hai bisogno," disse ancora Harlow. "Tornerò domani, probabilmente verso le dieci e mezza circa."

"Divertitevi stasera. Parleremo domani," le disse Loretta.

Harlow annuì e si voltò verso Black. "Pronto?"

Lui annuì. Era super curioso di sapere cosa Loretta volesse dire ad Harlow, ma non era il momento di fare pressioni.

Mentre Harlow andava a prendere la sua borsa, si avvicinò a Loretta e le disse dolcemente: "Meat verrà da noi dopo cena. Se hai bisogno di qualcosa, qualsiasi cosa, prima di allora, non esitare a chiamare."

"Grazie," disse Loretta. "È stato bello avervi intorno. Non solo fa sembrare questo grande e vecchio posto più sicuro, ma fa bene ai bambini e alle donne vedere come dovrebbero comportarsi gli uomini."

Black annuì, poi si chinò spontaneamente e le baciò una guancia. Sorrise quando lei arrossì.

Quando Harlow tornò da loro, Loretta disse: "Faresti meglio a stare attenta, potrei rubarti l'uomo da sotto il naso, se ti distrai troppo!"

Harlow prese Black per un braccio e rispose: "Non funzionerebbe mai, tra voi due. Lui è una persona mattiniera come me!"

Loretta ridacchiò. "Accidenti."

Black scosse la testa sorridendo. "Pronta?" chiese Harlow.

"Sì." Harlow si girò e gridò: "Ci vediamo tutti domani!"

Tutti la salutarono con la mano. Mentre Black la accompagnava nel rifugio, gli scappò da ridere perché lei ci mise un'eternità ad uscire dalla porta. Doveva assicurarsi che tutti avessero tutto ciò di cui avevano bisogno, doveva parlare con ogni residente prima di andarsene.

Black chiuse a chiave la porta d'ingresso dietro di loro e lei disse: "Questa è una novità."

"Cosa?"

"Andarsene, quando fuori è ancora giorno," disse lei.

"Non significa che sia più sicuro," la avvertì Black.

Come si aspettava, Harlow alzò gli occhi al cielo. "Lo so. Ma sicuramente non è così spaventoso come la notte."

"Ehi!" gridò una voce, Black si irrigidì subito. Si voltò, tenendo Harlow dietro di sé, per guardare dall'altra parte della strada.

Tutti e quattro gli uomini su cui stavano indagando ciondolavano sulle panchine fuori dal salone di tatuaggi. Elliott, Malcolm, Brody e Brian si rilassavano lì, come se non avessero un altro posto dove stare, probabilmente era proprio così.

Black non rispose, rimase lì a fissare il quartetto.

"Solo per salutare un quartiere amichevole," urlò Elliott.

"Sì... perché vogliamo assicurarci che in questo quartiere non ci siano estranei," disse Malcolm.

Black assunse un'espressione arrabbiata, ovviamente cercavano di provocarlo, ma non sapevano cosa stessero rischiando.

"Andiamo via," lo esortò Harlow, tirandolo la camicia. "Andiamocene e basta."

Lui fulminò quegli uomini con uno sguardo, prima di mettere un braccio intorno alla vita di Harlow e voltare le spalle. Non aveva dubbi che l'avrebbe sentito, se avessero deciso di attaccarli di sorpresa alle spalle. Inoltre, non pensava che avessero le palle per attaccarlo. Non in pieno giorno, almeno.

Brian, altrimenti noto come Bear, gridò un ultimo affronto. "Ehi, puttana, se vuoi scoparti un vero uomo, fammelo sapere!"

Black strinse i denti e si chiese se dovesse riempire di botte quel fallito. Sapeva di poter sconfiggere tutti e quattro gli uomini, anche se non combattevano lealmente. Era stato un Navy SEAL e aveva imparato un paio di trucchi anche dai suoi amici.

Ma attraversare la strada per affrontarli significava lasciare Harlow vulnerabile. Mossa sbagliata.

"Ignoralo," disse Harlow con dolcezza, afferrando il passante della cintura sul retro dei suoi jeans. "Per favore?"

"Va tutto bene," le disse, rifiutandosi di voltarsi e di dare a Brian quello che voleva: attenzione. "Non lo prenderò a calci in culo."

"Ma vorresti farlo," scherzò lei.

"Non ne hai idea. Ma sai cosa voglio di più?"

"Cosa?" chiese lei, guardando verso di lui mentre camminavano rapidamente verso il parcheggio e la sua auto.

"Voglio te nel mio appartamento. Nella mia cucina. Sorridente e felice. Rilassata."

Harlow sorrise. "Mi piace."

Black sbloccò le serrature della sua auto e le tenne aperta la portiera. Si assicurò che lei fosse sistemata comodamente all'interno, prima di chiuderla e di dirigersi verso il volante. Dopo essersi seduto, con le portiere di nuovo bloccate, le disse distrattamente: "Dovresti sapere che stasera non cucinerai per me."

"Cosa? Lowell, era questo l'accordo!" sbuffò lei.

Black fece spallucce, per niente pentito. "Se pensi che ti inviterò a casa mia, e poi ti guarderò mentre mi fai da schiava mentre prepari la cena, sei matta."

"Stavo per fare la *bourguignon* di manzo. È facile da preparare, e non sarei stata schiava di nessuno."

"Non mi interessa. La prima volta che sei nel mio spazio, non cucini per me. Ho comprato delle bistecche e del pollo, se preferisci. Le griglierò, poi ci sistemeremo e guarderemo un film o qualcosa del genere. Ti voglio rilassata, Harl."

"Cucinare è rilassante per me," insistette lei.

Black alzò la mano e le tolse una ciocca di capelli dal viso. Poi, prima di incontrare i suoi occhi, le accarezzò le punte viola. "Lo so. Ma mi sto comportando da egoista. So come diventi quando cucini. Tutti scompaiono, non riesci a concentrarti su nient'altro. È adorabile. Ma per stasera voglio che ti concentri su di me. Su di noi."

"Oh," disse lei. Era più un soffio d'aria, che una parola. "Ok."

"Ok," ripeté Black, poi rivolse la sua attenzione alla strada.

Ci impiegarono circa quindici minuti per raggiungere il complesso residenziale di Black. Aveva preso in considerazione l'acquisto di una casa, di recente, ma odiava pensare alla manutenzione che avrebbe richiesto. Non gli piaceva il giardinaggio e non voleva doversi preoccupare che il posto rimanesse vuoto, ogni volta che andava in missione.

Si fermò nel parcheggio e sentì Harlow inalare rumorosamente. "Wow, questo complesso è stupendo!"

Non aveva torto. C'era una grande piscina al centro degli edifici, che erano strategicamente posizionati intorno alle dolci colline della zona. "Aspetta di vedere la vista dal mio balcone," le disse Black. "Sicuramente non assomiglia per niente a dove siamo cresciuti."

Harlow ridacchiò. "Questo è sicuro."

"Ho dovuto aspettare tre mesi in più per avere a disposizione l'appartamento perfetto, ma quando mi sveglio con il sole che splende su Pikes Peak, ne vale la pena." Black si fermò nel suo posto auto e si ripromise di contattare il front office per ottenere un pass da visitatore per Harlow. La aiutò a uscire dall'auto e la accompagnò alla porta del suo edificio.

Proprio quando stavano per entrare, Black sentì un'altra macchina accostare.

Guardando in quella direzione per abitudine, si bloccò.

Avrebbe riconosciuto quell'Audi nera ovunque. Dietro c'era un vecchio pick-up malconcio.

"Cazzo," imprecò Black sottovoce.

"Cosa? Cosa c'è che non va?" chiese Harlow, confusa.

"Sembra che la nostra seratina rilassante per due sia appena andata a puttane."

"Perché?"

Black fece un cenno verso il parcheggio. "Perché abbiamo compagnia."

Harlow si voltò a guardare dove stava indicando lui. Gray, Allye, Ro, Chloe, Arrow e Morgan stavano uscendo dalle due auto. Gli uomini avevano un ghigno stampato sul volto e le donne sorridevano felici.

Gray si avvicinò a loro e tese una mano al suo amico. Black la scosse, ma scosse anche la testa allo stesso tempo. "Ho sentito che stavi facendo una grigliata," disse Gray. "Ho pensato di rilassarmi un po' con voi."

"Abbiamo portato del cibo," disse Allye, per scusarsi in qualche modo.

"Ho fatto i brownies," disse Morgan con un sorriso. Arrow mise un braccio intorno alla sua donnina. Lei teneva in mano una teglia di vetro con i suoi brownies, Arrow aveva una busta della spesa nella mano libera.

"Ho portato l'alcol," disse Chloe trionfante. Teneva in mano una bottiglia di tequila e margarita mix.

"Ehi, Black," disse Ro con un sorriso. Portava anche una borsa della spesa piena fino all'orlo di cibo sufficiente a sfamare tutti.

Sapendo che i suoi piani per la serata erano cambiati, Black sospirò. "Beh, non stiamo qui fuori tutto il pomeriggio, abbiamo bistecche e pollo da grigliare."

"Ciao!" salutò Harlow. "È bello rivedervi tutti."

"E giusto perché tu lo sappia, solo perché abbiamo portato del cibo non significa che ci aspettiamo che tu lo cucini per noi," le disse Allye. "Black ci ha detto che sei una chef straordinaria, ti ho cercata online. Sono impressionata."

Mentre si dirigevano all'interno, Harlow rifiutò gli elogi di Allye. "Non mi dispiacerebbe. Adoro cucinare. Abbastanza ovvio, visto che ne ho fatto il lavoro della mia vita."

"No. Si sono autoinvitati, quindi possono cucinare il loro dannato pasto," disse Black, sapendo di sembrare più scontroso di quanto avesse voluto.

Ro ridacchiò. "Se ci avessi permesso di invitarla a casa nostra, non avremmo dovuto presentarci di punto in bianco," lo rimproverò.

Black non voleva affrontare quel momento. Aveva rifiutato ripetutamente gli inviti dei suoi amici, dicendo loro che lui e Harlow non uscivano insieme, che stavano semplicemente discutendo di quello che stava succedendo al rifugio. Loro ovviamente non gli credevano e avevano preso in mano la situazione.

Black si fermò all'ingresso, trattenendo Harlow, dopo che tutti gli altri erano entrati. "Ora è la nostra occasione per fuggire," le disse scherzando, ma non troppo. Lei si voltò verso di lui, e lui rimase colpito da quanto era bella. Non per quello che indossava, non per il trucco, o per la mancanza di trucco. Era semplicemente lei. I suoi capelli eclettici, i suoi occhi azzurri, la sua personalità.

"Se te ne andassi, non te lo perdonerebbero mai," gli disse. "E poi non mi dispiacerebbe conoscerli meglio. Non ho ancora incontrato molte persone qui..."

Improvvisamente, sentendosi uno scemo, la avvicinò a sé e le baciò la testa. "Piaci già a tutti, Harl. Non sentirti come se dovessi conquistarli."

"Anche a me piacciono... almeno, quel poco che ho visto di loro l'altra sera in quella specie di escape room."

"Venite anche voi?" li chiamò Arrow.

"Sei pronta?" chiese Black ad Harlow, ignorando il suo amico.

"Prontissima," disse lei con un piccolo sorriso.

Black la prese per mano e seguì i suoi amici fino agli ascensori. Non sapeva cosa avrebbe portato la notte, ma probabilmente non avrebbero pomiciato sul suo divano, come sperava.

Ma avrebbe potuto passare del tempo con Harlow, quindi sarebbe stata una bella serata, non importava come sarebbe andata a finire.

CAPITOLO DICIOTTO

"Dimmi, sei riuscita a vedere spesso Nina da quando ti sei trasferita qui in modo permanente?" chiese Harlow a Morgan.

Si era fatto tardi. La cena era stata cucinata e consumata con soddisfazione da tutti. Le ragazze avevano continuato a bere margarita, tranne Allye, che beveva acqua.

In quel momento erano distese sul suo divano oversize, quello su cui Black aveva sperato di sdraiarsi con Harlow, per pomiciare e per conoscersi meglio. Morgan aveva appena finito di raccontare ad Harlow e agli altri della bambina, Nina, che era stata salvata e riportata a casa da Santo Domingo insieme a lei.

Non c'erano molti posti a sedere nell'appartamento, motivo per cui in genere Black non invitava molta gente a casa. Lui e gli altri ragazzi erano in piedi in cucina, lasciando alle donne un po' di tempo al femminile.

"Allora... vuoi negare ancora per molto che stai uscendo con Harlow?" chiese Gray con un sorriso compiaciuto.

Black staccò gli occhi da Harlow e guardò il suo amico. Scosse la testa. "Lo so che siete venuti qui apposta stasera, stronzi. Per prendermi per il culo."

Ro sorrise e sorseggiò la sua birra. "No, non completamente."

"Ma seriamente, sembra che le cose tra voi due stiano andando bene," osservò Arrow. "Pensavo avessi detto che lei era spaventata all'idea di uscire con qualcuno, e che si rifiutava di rimettersi in gioco."

"Era così. È ancora così. Ma sono volato sotto il suo radar."

"Sapevo che l'avresti fatto," disse Arrow sorridente. "In effetti, avevo puntato cinquanta dollari su di te."

Black fulminò i suoi amici con uno sguardo. "Avete scommesso sul fatto che sarebbe o meno uscita con me?!"

Gray e Ro sembravano solo un po' imbronciati. "Devi ammettere che è insolito che una pollastrella non voglia avere niente a che fare con te," disse Gray.

"Se tu avessi avuto degli appuntamenti come quelli che ha avuto lei, non la penseresti così. Uno stronzo è andato a casa sua per cena e si è fatto una sega su uno dei suoi peluche." Black fu scosso da un brivido. "Dio, non riesco a immaginare quanto abbia rischiato uscendo con quel cretino. Perché sappiamo tutti che forse non si è fermato lì."

Simultaneamente, il sorriso sparì sul volto di tutti gli uomini.

"Stai scherzando, cazzo?" chiese Ro accigliato.

"E questa è solo la punta dell'iceberg. Vi ho raccontato del tizio drogato e dell'inseguimento. Una volta che Harlow mi ha spiegato perché non usciva più con nessuno, l'ho capita. E onestamente, per un po' mi andava bene così. Ma più la conoscevo e più mi piaceva. E il resto lo sapete. Ho iniziato a fare il furbo e a portarla agli appuntamenti senza chiamarli così. Finalmente ha capito cosa stava succedendo."

"Si è arrabbiata?" chiese Arrow.

"No, più che altro è imbarazzata per non essersene resa

conto prima. Immagino che abbia parlato con sua madre e che abbia fatto due più due."

"Lo sai che sei fottuto, vero?" chiese Gray.

"Beh, lo spero," scherzò Black.

"Dico sul serio. Puoi scherzare quanto vuoi, ma lei non è come le altre donne con cui sei uscito. È una da sposare."

Black alzò gli occhi al cielo e bevve un bel sorso di birra. "Come vuoi. Solo perché tu e Allye siete sul punto di sposarvi, non significa che il resto di noi sia sul punto di fare lo stesso."

"Io l'ho già fatto," disse Ro.

"Sposerei Morgan domani, se me lo chiedesse," aggiunse Arrow.

"Io ho l'anello che mi brucia in tasca, per così dire," aggiunse Gray. "Sto solo aspettando il momento giusto per chiedere ad Allye di sposarmi... sapete, visto che porta in grembo mio figlio e tutto il resto, ho pensato che dovremmo ufficializzare."

Black rimase a bocca aperta per l'annuncio di Gray. "Ma davvero?"

"Davvero," confermò Gray. "Perché pensate che non sta tracannando margarita con le altre?"

"Cazzo!" esclamò Arrow. "Congratulazioni, amico!"

"Davvero, è maledettamente fantastico!" aggiunse Ro.

Black appoggiò la birra e diede a Gray un abbraccio sincero. "Congratulazioni," disse, dopo essersi allontanato. "Dovete essere al settimo cielo."

"Sì. Non ha genitori con cui condividere la notizia, quindi spero di andare presto a trovare mia madre, così le daremo ufficialmente il lieto annuncio. Allye è solo al secondo mese, quindi vogliamo aspettare un altro mese per far sapere a mia madre che diventerà nonna. Troverò il tempo di chiederle di sposarmi, prima o poi."

"Lavoraci," gli consigliò Arrow. "Se vuoi sposarti prima

che arrivi il pupo, devi pianificare le cose in fretta. Nessuna donna vuole sembrare incinta nelle foto del suo matrimonio."

"Oh, abbiamo parlato di che tipo di cerimonia vogliamo," lo rassicurò Gray. "Vogliamo qualcosa di basso profilo, a casa, con la sola presenza dei nostri amici più stretti."

"Tuttavia, c'è molto da pianificare," insistette Arrow. "La torta, gli inviti, la musica... è una storia infinita."

"Sembra che tu sappia di cosa stai parlando," disse Ro con un sorrisetto. "C'è qualcosa che vuoi dirci?"

Tutti si misero a ridere, ma Arrow si limitò a fare spallucce. "Ve l'avevo detto che sposerei Morgan domani, se potessi."

Black disse: "Beh, ho appena iniziato a uscire con Harlow. Non stiamo organizzando matrimoni e decidendo quanti bambini vogliamo."

"Sì, sì," disse scettico Gray.

"Ti dico di no," ripeté Black.

"Senti, dico solo che non ti ho mai visto comportarti così con altre donne. Non che tu sia uscito con qualcuna di recente. Lei è diversa. Con lei sei diverso. Se dovessi tirare a indovinare, direi che lei è quella giusta per te."

Black scosse la testa. "Non fare lo sdolcinato del cazzo con me. Solo perché voi ragazzi avete conosciuto tutte donne a cui volete fare la proposta dopo una settimana, non significa che per me sia lo stesso. Usciamo insieme. Mi piace passare del tempo con lei, ma se domani mi dicesse che non mi vuole più, va bene, pazienza, fine della storia."

"Davvero?" chiese Arrow. "Eppure sei stato tu ad affrontare Rex, perché non ha fatto tutto quello che pensi dovrebbe fare per questo caso."

"E tu hai rifiutato di farci scortare Harlow al lavoro," aggiunse Gray.

"Per non parlare del fatto che non vedi l'ora di mettere le

mani su questo Brian perché le ha detto delle stronzate," proseguì Ro.

"Sto proteggendo tutti quelli che sono in quel rifugio," protestò Black. "Avete sentito cosa ha detto. Ha minacciato lei e tutti quelli che vivono lì. Noi proteggiamo le donne e i bambini. È quello che fanno i Mercenari di Montagna."

"Bene. Mettiamola in un altro modo," disse Gray. "Eri preoccupato per Allye quando sei venuto a prenderci nell'oceano, vero?"

"Certo," disse Black.

"Hai scherzato con lei e l'hai aiutata tenendola occupata, mentre la portavamo a riva."

"E allora?" Black non sapeva dove volesse andare a parare il suo amico, ma non vedeva l'ora che arrivasse al punto.

"Quando siamo arrivati, non abbiamo avuto il tempo di assicurarci che fosse tutto a posto. Abbiamo dovuto lasciarla con un uomo con cui Rex lavorava, sperando che fosse in buona salute e che il tipo la riportasse a San Francisco sana e salva."

"Cazzo, sputa il rospo," ringhiò Black.

"E se fosse stata Harlow?" Gray sapeva già la risposta alla sua stessa domanda, mentre guardava Black. "E se i ruoli fossero stati invertiti, e fosse stata Harlow a trovarsi in mezzo all'oceano, e se tu l'avessi salvata e poi avessi dovuto lasciarla indietro?"

"Ma non era lei," disse Black, con una sensazione di malessere nelle viscere.

"Ma avrebbe potuto esserlo. E se fosse stata Harlow quella che abbiamo trovato in quella capanna a Santo Domingo? E se suo fratello avesse cercato di ucciderla? Saresti così *blasé* su di lei, come lo sei adesso? Sarebbe solo un'altra donna che abbiamo salvato?" chiese Gray.

"Conosco Harlow da molto tempo," ribatté Black. "Non è un'estranea. È diverso."

"Ma davvero? Di solito sei un uomo protettivo, Black," continuò Gray. "L'abbiamo visto tutti. Ma non così tanto. Non come lo sei con lei. Diavolo, non puoi nemmeno passarle accanto senza toccarla. Sulla spalla, sulla mano, qualcosa. Puoi stare onestamente qui, davanti a noi, e dirci che ti andrebbe bene uscire con lei per un po', per poi lasciarla andare per la sua strada?"

"Non posso rispondere perché abbiamo appena iniziato a vederci. È come se ti chiedessi se pensi che romperai mai con Allye. Non è una domanda giusta," ribatté Black.

"Puoi inventarti tutte le scuse che vuoi, ma saranno sempre e solo questo. Scuse. Senti, che c'è di male a volere di più? Perché entri in una relazione pensando che finirà? Perché non vedi come potrebbero svilupparsi le cose?"

Black bevve un altro sorso della sua birra e pensò alla domanda di Gray. Non voleva che le cose finissero con Harlow. Era solo che... finivano sempre. Si annoiava. La donna diventava appiccicosa. Qualcosa di lei gli dava sui nervi. Raramente le sue relazioni duravano più di qualche mese. C'era una ragione per cui i suoi amici lo paragonavano al protagonista della sitcom "Seinfeld".

Ma... era già passato quasi un mese e mezzo, con Harlow. Certo, la loro relazione non era stata esattamente "normale", ma aveva passato molto tempo con lei, il suo interesse era solo aumentato. Aveva fatto di tutto per pianificare le cose che avrebbero dovuto fare insieme e che lei avrebbe apprezzato. La voleva, tutta, quasi sempre, ma in realtà la cosa più importante per lui era passare del tempo con lei. Gli piaceva starle vicino. Gli piaceva vederla interagire con gli altri al rifugio. Gli piaceva farla ridere.

"Vedo che sta afferrando," disse sfacciatamente Ro.

"Vaffanculo," borbottò Black.

Gli altri uomini sorrisero.

"E se mi chiedete di immaginare Harlow in qualsiasi altra

situazione incasinata in cui ci siamo trovati, o se mi suggerite che si troverà mai in una situazione come quelle da cui salviamo regolarmente le donne, vi prendo a calci in culo. Tutti voi," li avvertì Black.

"Ve l'avevo detto," disse Gray, rivolto a Ro e ad Arrow. "Guardate com'è troppo protettivo... proprio come io ero con Allye, come tu eri con Morgan, e tu con Chloe."

"Bene. Pensare che Harlow è in pericolo mi fa venire voglia di fare del male a qualcuno. Ecco perché dobbiamo prendere questo Brian e chiudere questa merda di storia, ora," sbottò Black. Poi continuò a raccontare quello che Brian e i suoi amici avevano detto mentre lui e Harlow lasciavano il rifugio, quel pomeriggio.

"Rex non vede ancora alcun motivo per andare a prendere Brian," disse Arrow.

"Si sbaglia," disse Black senza mezzi termini. "Non so cosa gli stia succedendo, ma è distratto. Meat ha detto che ha dovuto chiedergli due volte le informazioni supplementari che aveva raccolto su Wyatt Newton. E questo non è da Rex."

"Meat ha qualche notizia sul controllo dei precedenti di Edward? O su Loretta?" chiese Ro.

"Non che io sappia. Non mi piace," disse Gray. "Sono con Black. So che è ansioso perché vuole proteggere Harlow, ma non abbiamo un bel niente che chiarisca questo caso. Quindi andremo a prendere Brian e vedremo cosa riusciremo a scoprire. E diremo a Rex cosa abbiamo fatto solo dopo averlo fatto, e dopo che avremo le informazioni che ci servono. Ma Black, devi mantenere il controllo," lo avvertì Gray. "So che vuoi prendere a calci in culo questo tizio, e puoi fare le tue cose e minacciarlo e fargli credere che non vedrà mai più la luce del giorno... ma sai che non puoi ucciderlo, vero?"

Black sospirò mentre si avvicinava al lavandino e versava il resto della sua birra. "Lo so," disse a malincuore. "Sono arrabbiato con lui, ma non sono un idiota. L'ultima cosa di cui abbiamo bisogno è che la nostra merda si ritorca contro le signore del rifugio. Ma se inizia a blaterare di Harlow, voi ragazzi dovete fare in modo che io non esageri troppo."

"Sai che lo faremo," disse Arrow.

"Certo," concordò Ro.

"Ti copriremo le spalle," disse Gray. "Nessuno molesta una delle nostre donne e la fa franca indenne."

Black voleva protestare per l'espressione "loro donne" nei confronti di Harlow, ma siccome cercava di essere onesto con se stesso... ammise che gli sembrava giusta.

Harlow era *sua*. Forse non per sempre. Forse solo finché non sarebbe tornata in sé, capendo che lui era tutt'altro che perfetto.

Ma lui sotto sotto sperava che rimanesse sua per un *bel* po' di tempo.

———

"Allora... tu e Black, eh?" chiese Morgan.

Harlow sorrise timidamente alle sue nuove amiche. Era nervosa di frequentarle perché sembravano tutte molto più organizzate e sofisticate di lei. Allye era una bellissima ballerina, Chloe era una milionaria e Morgan era... beh, era la donna più forte che Harlow avesse mai incontrato. Chloe e Allye avevano passato un brutto periodo, ma sapere che Morgan era sopravvissuta a tutti quegli orrori l'aveva colpita profondamente.

Harlow non si sentiva così forte. Non sarebbe mai stata così coraggiosa da sopportare quello che le altre donne avevano vissuto, riuscendo ad essere comunque divertente, estroversa e amichevole. Si può dire che quelle donne la intimidivano a morte. Lei non era una persona speciale. Aveva genitori affettuosi, era cresciuta a Topeka, per l'amor di Dio, e si guadagnava da vivere facendo da mangiare. Non voleva essere famosa, non voleva essere ricca, voleva solo poter rendere felici le persone cucinando loro dei buoni pasti.

"Conoscevo Lowell al liceo," disse Harlow, rispondendo alla domanda di Morgan. "Era un anno più grande di me, eravamo insieme nel club che organizzava la pubblicazione degli annuari. Era lì solo perché cercava di avere qualcosa sul suo curriculum che fosse interessante per i reclutatori."

"Non riesco proprio a immaginare Black come un liceale," disse Allye. "Voglio dire, la prima volta che l'ho incontrato, mi ha raccolto in mezzo all'Oceano Pacifico. Era vestito di nero ed era super educato. Scommetto che era popolare, vero?"

Harlow annuì. "Estremamente. Mi ha sorpreso che mi abbia rivolto la parola, a quel tempo. Era simpatico."

"Ti piaceva!" esclamò Chloe un po' troppo forte.

"Shhhhh!" la rimproverò Harlow, guardando nervosamente verso la cucina, dove gli uomini stavano avendo quella che sembrava un'intensa conversazione.

"Vero?" aggiunse Chloe, un po' più dolcemente.

"Beh, ecco," disse Harlow. "A chi non piacerebbe?"

Si misero tutte a ridere.

"Ma sapevo che non mi avrebbe mai guardato due volte. Inoltre, si stava laureando e stava andando a salvare il mondo. Non so dirvi quanto sia rimasta sorpresa quando l'ho visto nel rifugio la prima volta. E lui si è ricordato di me! Ero scioccata. Sul serio. Non assomiglio per niente a com'ero al liceo."

"Hai un nome particolare," le disse Allye. "Certo che si ricordava di te."

Harlow scosse la testa. Non aveva intenzione di discutere, ma sapeva che probabilmente non era così. "Comunque, poi mi ha dato il suo numero, e sono quasi morta. Volevo chiamarlo praticamente ogni giorno, ma non riuscivo a pensare a una buona ragione. Insomma, gli ho chiesto dei corsi di tiro per principianti, ma non è che avessi fretta di sparare davvero. Ma poi, quando le altre donne hanno iniziato ad essere molestate, e nessuno sapeva cosa fare, ho pensato che avrei dovuto chiamare. Per il loro bene."

"E ora uscite insieme," disse Chloe. Quando Morgan scosse la testa per l'esasperazione, la milionaria si difese. "Ehi, voglio arrivare subito alle cose belle. Non sappiamo per quanto tempo i nostri uomini staranno lì a chiacchierare, voglio sapere di questi non-appuntamenti che hanno avuto."

"Lo sai?" chiese Harlow, sorpresa.

"So quello che mi ha detto Ro. Black ha detto loro che hai avuto delle brutte esperienze con gli appuntamenti, quindi ti portava a degli appuntamenti di nascosto."

Harlow ridacchiò di nuovo. Sì, era andata esattamente così. "Quindi tutte voi sapevate che uscivo con Lowell prima di me, eh?"

Morgan sorrise e fece spallucce.

Allye annuì.

Chloe disse: "Sì, è così che funziona, stando con uno dei Mercenari di Montagna. Niente è un segreto, tutti sappiamo tutto di tutti. Per esempio, sapevi che Black ha ricevuto il suo soprannome quando il primo giorno del campo di addestramento ha sbattuto contro una porta e si è fatto un enorme occhio nero? Le altre reclute hanno cominciato a chiamarlo Blackie, alla fine è diventato Black e così è rimasto."

Harlow non lo sapeva. Scosse la testa, affascinata.

"E il cognome di Ball è Black, quindi si potrebbe pensare che la gente lo chiami così, ma quando era nella Guardia Costiera, aveva la reputazione di sapere sempre quando stava per scoppiare un casino, e tutti dicevano che rimbalzava come una palla non appena succedeva qualcosa. A quanto pare per questo poi l'hanno chiamato 'Ball[1]'."

Era affascinante imparare quelle piccole cose sui maschioni nell'altra stanza. Harlow ascoltava, assorbita, conservando ogni briciolo di informazione ricevuta.

"Avete sentito perché Ball ha lasciato la Guardia Costiera?" sussurrò Morgan.

Harlow era tentata di dire qualcosa su come non fosse bello parlare degli uomini in quel modo, ma d'altra parte, voleva davvero saperlo. Rimase in silenzio mentre Morgan continuò.

"Una sera ho sentito Arrow parlare con lui al telefono. Ho sentito solo la parte di Arrow nella conversazione, ma si stava commiserando con Ball per una donna che aveva fatto un casino in una missione a cui avevano partecipato. Immagino che avessero inseguito una barca nel Golfo del Messico e che lei avesse fatto qualcosa di inappropriato. Quando sono andati ad ammanettare i cattivi, uno ha tirato fuori una pistola che la donna non aveva notato e ha sparato a Ball."

"Porca miseria, davvero?" chiese Allye. "Non lo sapevo."

Morgan annuì. "Il braccio di Ball non è mai stato più lo stesso, e di conseguenza è stato congedato con onore dalla Guardia Costiera. Poi si è unito ai Mercenari di Montagna."

Harlow era dispiaciuta per Ball. Sembrava davvero un bravo ragazzo, era tremendo che gli avessero sparato. Era tremendo che fosse successo perché qualcun altro non aveva fatto bene il suo lavoro, ed era ancora più tremendo il fatto che fosse stato scaricato a causa delle azioni di qualcun altro. In vita sua aveva incontrato delle donne decisamente toste. Agenti di polizia che potevano far fuori un uomo tre volte più grande di loro. Donne pompiere che non esitavano a correre in un edificio in fiamme. Soldatesse che combattevano per il loro paese con lo stesso orgoglio dei loro colleghi uomini.

Guardò verso la cucina di Lowell, dove lui e i suoi amici stavano ancora parlando.

Seguendo il suo sguardo, Allye le disse: "Non sentirti in colpa. Giuro che a volte i nostri uomini spettegolano più di noi. Guardateli lì, mentre chiacchierano." Fece un cenno verso la cucina.

"Probabilmente stanno parlando di Meat, e del fatto che passa più tempo al computer che a parlare con persone in carne ed ossa," scherzò Morgan.

"Forse ha un'amante segreta che non ha mai incontrato, e l'unico modo in cui comunicano è via internet," disse Chloe con un sorriso.

Si misero tutte a ridere.

Poi Allye fece un respiro profondo e disse: "Oppure stanno parlando del fatto che sono incinta, e Gray probabilmente sta cercando di farsi venire delle idee su come farmi una proposta di matrimonio in qualche modo grandiosa e di grande effetto."

Rimasero tutte in silenzio all'annuncio di Allye, poi Chloe e Morgan urlarono in preda all'eccitazione e nella fretta di congratularsi saltarono letteralmente sulla ballerina.

Harlow non gridò, ma si precipitò ugualmente per aggiungere i suoi abbracci.

"Sei incinta?" chiese Chloe, una volta recuperato il controllo.

Allye annuì. "Da circa due mesi. Non abbiamo detto niente prima d'ora perché, sapete... volevamo essere sicuri. Ma voi siete le mie amiche, e come hai detto tu, Chloe, non esistono segreti tra i Mercenari di Montagna."

"È davvero incredibile," disse Morgan con un enorme sorriso. "Congratulazioni!"

"Immagino sia per questo che non bevi con noi," disse Harlow.

"Sì, anche se sono super invidiosa di voi, amiche mie."

"Perché?" chiese Morgan.

"Perché so come diventa Gray quando mi ubriaco. Non riesce a togliermi le mani di dosso," disse Allye con un sorriso soddisfatto.

"Anche lui?" chiese Chloe.

"Non è fantastico?" chiese Morgan.

"Non saprei," disse Harlow.

Le altre tre donne si voltarono a fissarla. "Immagino che questo risponda alla domanda su come Black sia a letto," disse Allye. "Prende le cose con calma, eh?"

Harlow annuì.

"Non credo che ci siano dubbi su come sarà a letto," disse Chloe. "Non con il modo in cui l'ha guardata tutta la sera."

"Come mi ha guardato?" chiese Harlow. Sapeva che stava arrossendo, ma aveva bisogno di sentire la risposta.

"Come se fosse stato nel deserto per settimane, e tu fossi un bel bicchierone d'acqua," le disse Morgan.

Sentendosi avvampare, Harlow non riuscì a trattenere il "davvero?" che le uscì spontaneo.

"Davvero," confermò Allye con un sorriso. "Immagino che abbiamo deciso di imbucarci prematuramente alla vostra cenetta intima."

"Beh, uh... Non credo che stasera sarebbe stata la sera magica," disse onestamente Harlow. "Voglio dire, non fraintendermi, non vedo l'ora, ma ci siamo solo baciati. Non credo che passeremmo da pochi baci al sesso vero e proprio, in così poco tempo."

"Non trattenere il respiro," disse Chloe fingendo innocenza, guardando il soffitto.

Scoppiarono tutte a ridere di nuovo. Dopo essersi riprese, Chloe e Morgan iniziarono a bombardare Allye di domande sulla sua gravidanza e sul perché pensava che Gray stesse parlando con gli altri di come farle una proposta di matrimonio.

Harlow si lasciò andare nei suoi pensieri. Era felice di essere stata accolta nel gruppo, ma una parte di lei sentiva già la voglia di uscire con Lowell. Non vedeva l'ora di cucinare con lui e di accoccolarsi sul divano. Era stata sincera con le ragazze quando aveva detto che non pensava che quella fosse la notte in cui avrebbero fatto l'amore per la prima volta, ma non significava che non fosse delusa perché non potevano passare del tempo insieme da soli.

"Questi posti sono occupati?" chiese Arrow, da dietro il divano.

"Quali posti?" chiese Allye. "Non c'è abbastanza spazio per tutti, in questo appartamento."

"Nessuno ti ha chiesto di venire," la prese in giro Black, mentre girava intorno al divano. Si chinò e afferrò la mano di Harlow. La tirò in piedi, si sedette, poi la fece sedere sulle sue ginocchia. Le sostenne la schiena con una mano e le appoggiò l'altro braccio sulle cosce.

Harlow sbatte le palpebre, sorpresa. Gli ci erano voluti solo dieci secondi per sistemarla sul divano. Non le aveva nemmeno rovesciato il cocktail, mentre la spostava. Voleva essere irritata, ma come poteva? Fino a pochi secondi prima sentiva la mancanza delle coccole di Black, ed eccolo lì tutto per lei.

"La prossima volta siete tutti invitati da noi," disse subito Ro. "E faremo in modo che ci siano anche Ball and Meat."

"Sembra strano, senza di loro," concordò Morgan.

"Dovremmo andare," disse Gray ad Allye, con dolcezza. "Ti senti bene?"

"Sto bene tesoro. Sono incinta, non malata," lo rimproverò.

Lei si alzò in piedi, Gray fu immediatamente al suo fianco. Le mise una mano sulla pancia e l'altra sul retro del collo. "Uhm, va bene."

Harlow amava le battute che volavano non solo tra le coppie, ma anche tra tutti gli amici. Era ciò che le era sempre mancato nella vita. Gli amici. Veri amici con cui uscire, con cui ubriacarsi e con cui parlare. Senza pensarci, si chinò un po' e appoggiò la testa sulla spalla di Lowell. Il braccio di Lowell le si strinse attorno, lei sapeva senza dubbio che lui l'avrebbe sostenuta per non farla cadere dal suo grembo. Era molto comoda, non solo perché aveva bevuto.

Gli altri concordarono sul fatto che fosse ora di andare, Harlow notò che Lowell non protestò. Si chiese se gli fosse mancato il momento delle coccole, tanto quanto era mancato a lei.

"Conosciamo la strada," disse Gray, dato che Black non si alzava per accompagnarli alla porta.

"Lo so, bello," disse Black.

Scoppiarono tutti a ridere. Le donne si promisero che si sarebbero messe presto in contatto, visto che si erano scambiate i numeri di telefono.

"Chiuderò la porta per te," disse Ro.

"Lo apprezziamo," gli disse Black.

Finalmente, eccoli da soli. Harlow non si mosse dal suo posto sopra Lowell. Al contrario, si sentiva fusa con lui.

"Ti sei divertita stasera?"

Lei annuì. "Sì."

"Sembri sorpresa," osservò Lowell.

"È solo che... sono tutti così con i piedi per terra. Mai in un milione di anni avrei pensato che avrei bevuto con Morgan Byrd. Voglio dire, ho visto quel programma in cui è stata intervistata, e se fosse successo a me, probabilmente sarei ancora in un ospedale psichiatrico a cercare di affrontare tutta la merda che ho passato."

"No, non è vero," disse Lowell.

"Non puoi saperlo," protestò Harlow.

"Sì invece. Hai una forza incredibile, dentro di te. Non viene a galla molto spesso, perché non ne hai bisogno, ma ogni volta che uno di quegli stronzi intorno al rifugio ti dice stronzate, o fa qualcosa, il tuo primo pensiero è per gli altri. Vuoi sapere come se la sta cavando Loretta. Se i ragazzi lo sapevano. Se le donne avevano visto qualcosa. Non ho alcun dubbio che tu possa fare di più che occuparti di qualsiasi cosa ti venga in mente."

"Grazie," sussurrò Harlow.

"Sembri stanca."

"Per un buon motivo, mi sono alzata alle cinque e mezza stamattina. Forse svegliata dal mio telefono che mi avvertiva di un messaggio di buongiorno," disse Harlow, sbadigliando.

Anche Lowell sbadigliò.

Harlow ridacchiò. "Immagino che gli sbadigli siano davvero contagiosi."

"Sì, perché non chiudi gli occhi per un po'?" le chiese.

"Dovrei andare. So che hai delle cose da fare, domani."

"Solo per un po'," le disse. Ti sveglierò tra un po' e ti porterò a casa. Non mi sembra di aver avuto modo di passare del tempo con te stasera."

"Siamo stati insieme praticamente tutto il giorno," gli disse lei.

"Ma ho dovuto condividerti con tutti."

"Wow, che cosa carina da dire."

"Mhmm," mormorò Lowell. "Voglio bene ai miei amici, ma non vedevo l'ora di passare tutta la serata con te. Invece mi hanno fatto il terzo grado e ho dovuto dividere con loro le bistecche che ho comprato."

"Ma abbiamo avuto in cambio dei brownies," scherzò Harlow.

"Quindi preferisci i brownies alla mia compagnia?" le chiese.

"No." Harlow si rizzò a sedere e lo guardò negli occhi. "Sono stata benissimo con te negli ultimi giorni. Dalla mongolfiera al guardarti giocare con le bambole insieme a Jody, a vederti ridere e scherzare con le tue amiche, a conoscere le altre donne. Ma stare seduti qui così, solo con te, è la ciliegina sulla torta."

Lui le portò una mano al collo e la esortò ad appoggiarsi

di nuovo sulla sua spalla. "Chiudi gli occhi. Come avevi detto l'altra volta... Riposi gli occhi? Bene, tesoro. Fallo."

"Ok." Non c'era letteralmente nessun'altra risposta che Harlow potesse dare.

———

Nolan Woolf guardò un uomo che lasciava il rifugio e sogghignò. Nell'ultima settimana aveva cominciato a sedersi al terzo piano dell'edificio accanto al rifugio, osservando chi andava e chi veniva. Aveva imparato facilmente la routine degli uomini. Non cercavano di nascondere se stessi o quello che stavano facendo.

Se Loretta Royster pensava che assumere guardie del corpo avrebbe tenuto al sicuro il suo prezioso edificio, si sbagliava.

Asciugandosi una goccia di sudore dalla fronte, Nolan si accigliò vedendo l'uomo che camminava sul marciapiede verso il parcheggio. Aveva una borsa a tracolla con un computer, e sembrava che fosse in missione per andare da qualche parte. Per fare qualcosa. Per cercare qualcosa.

Nolan sentiva che la sua occasione stava svanendo. Loretta non aveva ancora risposto a nessuna offerta per l'acquisto dell'edificio. Non sapeva perché stesse temporeggiando, considerando le molestie. Ma non importava....

Avrebbe messo in moto l'altro suo piano. Gli avevano già assicurato che era tutto pronto. Le accuse erano state prese sul serio e si stava indagando.

Il governo non aveva mai in simpatia la gente che si appropria indebitamente dei fondi destinati ai servizi sociali.

Perché non aveva fatto prima la denuncia anonima?

Senza soldi, Loretta Royster non sarebbe riuscita a rimanere in affari. Avrebbe dovuto prendere sul serio le offerte di acquisto della sua proprietà. E al momento giusto, Nolan avrebbe fatto un'ultima offerta, appena un po' più alta delle altre, solo per essere sicuro che lei lo scegliesse. Poteva offrire più di quanto valesse l'edificio, ma quello lo avrebbe solo fatto apparire più sospetto. Soprattutto se le guardie del corpo che erano in agguato fossero riuscite a indagare troppo a fondo.

Loretta avrebbe dovuto accettare la sua offerta per l'edificio, così lui non avrebbe dovuto ricorrere a tutti i sotterfugi e la sua reputazione non sarebbe stata sull'orlo della rovina.

CAPITOLO DICIANNOVE

IL GIORNO SUCCESSIVO, dopo aver preparato il pranzo, Harlow entrò nell'ufficio di Loretta al terzo piano e chiuse la porta alle sue spalle. Era uno spazio accogliente con una finestra che si affacciava sul vicolo sul lato posteriore dell'edificio. Su una parete c'erano delle librerie, piene di libri e tomi vari, un posto a sedere sotto la finestra e una grande scrivania di legno lungo un'altra parete.

Loretta era seduta dietro la scrivania, con un aspetto molto cupo.

Immediatamente a disagio, Harlow si sedette su una delle due sedie davanti alla scrivania. Non aveva mai visto Loretta così seria.

"Prima di tutto," iniziò subito Loretta, "voglio scusarmi per quello che è successo al negozio, per la carta di credito non funzionante. In qualche modo è stata annullata. Quando ho chiamato per informarmi, la banca si è scusata, ma hanno detto che qualcuno aveva contestato un addebito, così l'hanno annullata."

"Va tutto bene," disse Harlow. "Lowell ha detto che era felice di aiutare."

Loretta annuì. "Come ben sai, Pronto Speranza è una no-profit. Ricevo denaro dallo Stato per mantenere questo posto in funzione." Si strinse una mano tra i capelli e continuò. "Ieri mi è giunta voce che c'è stata un'accusa anonima di appropriazione indebita dei fondi che ricevo."

Harlow si raddrizzò sulla sedia, arrabbiata. "Ma è una bugia!" esclamò.

"Grazie, bambina." Dopo una breve pausa, Loretta sospirò. "Certo che non è vero, ma lo Stato prende sul serio accuse del genere. Hanno congelato i conti del rifugio, durante l'indagine. Anche le sovvenzioni che ho ricevuto sono state bloccate fino a quando non sarà tutto chiarito."

"Non è giusto!" disse Harlow, sentendo un dolore nel petto. "Possono davvero farlo? Dar retta a qualche lamentela anonima a caso, e far soffrire te e tutti quelli che vivono qui mentre indagano? Che ne è stato dell'innocenza fino a prova contraria?"

Loretta sembrava rattristata. "Possono davvero. L'indagine potrebbe durare mesi, anche se io collaboro completamente con loro e lascio vedere tutti i documenti contabili."

"Che ne dici di un avvocato? Avere un avvocato sveltirebbe le pratiche le cose?" chiese Harlow.

"Forse."

"Cosa posso fare per aiutarti?"

Loretta le regalò un sorriso triste. "Che tu sia benedetta, Harlow. Invece di preoccuparti per te stessa, naturalmente la prima cosa che vuoi fare è aiutare il prossimo. Non sono sicura che ci sia molto da fare, a questo punto."

"Possiamo fare delle raccolte di fondi. Possiamo coinvolgere la comunità," insistette Harlow.

"Sei così dolce. Ma... ecco il punto... Non sono sicura di voler combattere."

"Cosa? Perché no? Non hai fatto niente di male!"

"Lo so, e i revisori dei conti alla fine lo vedranno. Ma la

verità è che sono stanca. Ho sessantacinque anni. Non ricordo l'ultima volta che sono stata in vacanza. Ho dato tanto della mia vita a questo posto, e francamente, pensare di andare in pensione è un po' un sollievo. Non dovrò più preoccuparmi quando arriverà una nuova persona, chiedendomi come posso farla sentire al sicuro, e non dovrò più occupare il tempo dei Mercenari di Montagna. So che decidere di lasciar andare questo posto potrebbe farmi sembrare egoista, ma non posso fare a meno di sentirmi come se questo fosse un segno."

Harlow non poteva incolpare Loretta, se desiderava vivere gli anni della pensione in relativa tranquillità. Gestire il rifugio era un'impresa dura, anche lei se ne era accorta. Loretta lo faceva da sola, da anni.

"In realtà, è da un po' di tempo che penso di andare in pensione, prima ancora che mi dicessero che ero sotto inchiesta. Pensavo di aspettare un altro paio d'anni. Ho ricevuto diverse offerte per l'edificio. Con quei soldi avrei potuto permettermi di comprare un appartamento, o magari trasferirmi in Florida in una di quelle comunità di pensionati."

"Hai ricevuto offerte di vendita?" chiese Harlow. "Non lo sapevo."

"Non ho cercato di mantenere il segreto. Non stavo pensando seriamente di vendere, quindi non ho parlato delle offerte. Ma ora penso che forse sia il momento di farlo."

Harlow voleva essere felice per Loretta, ma non poteva fare a meno di pensare a se stessa. Amava lavorare lì. Amava sentire di fare la differenza nella vita di quelle donne e di quei bambini. Avrebbe dovuto trovare un nuovo lavoro. "Zoe lo sa?" chiese Harlow.

"Sì. Ho parlato con lei stamattina, prima che tu entrassi. Si è licenziata. Dopo aver trascorso del tempo con sua figlia e il suo nuovo nipotino, ha deciso di trasferirsi a Pueblo per stare più vicina a loro. Ora potrà viziare i suoi nipoti cucinando per loro."

Harlow sentì una stretta allo stomaco. "E io?" chiese tranquillamente. Harlow non poteva dire di più. Sapeva che se l'avesse fatto, probabilmente sarebbe crollata.

"Mi dispiace tanto, Harlow. Non ti ho assunta pensando che sarebbe successo tutto questo. Non farei mai una cosa del genere a nessuno. Farò tutto ciò che è in mio potere per aiutarti a trovare un altro lavoro. Ho ancora molte conoscenze a Colorado Springs. Per quanto riguarda il lavoro qui, posso pagare le ore di lavoro part-time a breve termine. Penso che la cena sia il pasto più importante. Tutti se la sono cavata bene per colazione, anche senza Zoe. Se si può fare in modo che ci siano cose facili da preparare per il pranzo, e magari anche continuare a preparare i pranzi dei bambini, sarebbe fantastico. Penso che sia importante continuare a fare le nostre cene di gruppo durante la settimana, ma avresti i fine settimana liberi."

Harlow non riuscì a trattenere le lacrime che le sgorgarono dagli occhi.

"Oh Signore, ti prego, non piangere! Mi farai ricominciare da capo," disse Loretta, con voce soffocata.

Non riuscendo a sopportare il pianto della donna più anziana, Harlow si alzò e si mise dietro la scrivania per confortare Loretta. Si inginocchiò e la abbracciò intorno alla vita. Passarono alcuni momenti così, prima che l'una o l'altra potesse parlare.

"Certo che resterò per aiutare," le disse Harlow. "Mi dispiace tanto. Cosa succederà a tutti quelli che vivono qui?"

Loretta le fece una carezza sulla guancia. "Sapevo fin dal primo momento che ti ho incontrato che saresti stata adatta a questo posto. La cucina è il cuore e l'anima di ogni casa, e tu l'hai resa una vera casa per tutti gli ospiti del rifugio. Sto lavorando con alcune delle mie conoscenze per assicurarmi che tutti abbiano un posto dove andare. Purtroppo, alcuni dei ragazzi dovranno cambiare scuola, ma almeno credo di poter trovare una casa per tutti."

"Lo sanno già?"

"La maggior parte sì. I bambini no, però. Aspettiamo a dirglielo finché non avremo un appuntamento per il trasloco. È inutile lasciare che si stressino sulla situazione più a lungo del necessario."

"Stai bene?" chiese Harlow, alzandosi e andando a sedersi sulla sedia che aveva lasciato.

"Ho vissuto in questo posto per quella che sembra un'eternità. Lo sapevi che questo era un hotel?"

Harlow aveva già sentito la storia in precedenza, quando aveva fatto il colloquio per il posto di chef, ma scosse la testa, incoraggiando Loretta a continuare a parlare.

"Ho passato del tempo proprio nella cucina in cui lavori oggi. Ho aiutato mia nonna a preparare la colazione per gli ospiti. Adoro questo vecchio edificio fatiscente. Conserva tanti bei ricordi, anche brutti. Amo quello che ho fatto qui, aiutando donne e bambini che avevano bisogno di un posto sicuro dove stare per un po', ma pensare a quanto erano spaventati appena arrivati, e quanto erano terrorizzati i bambini, mi spezza il cuore anche oggi."

Harlow si unì al cuore di Loretta. Era una delle persone più generose che avesse mai incontrato in vita sua, ma anche le persone altruiste avevano bisogno di tempo per se stesse. Era tremendo il fatto che qualcuno avesse macchiato la sua reputazione e che avesse fatto congelare i fondi del rifugio. Era anche delusa per il fatto che Loretta non cercasse di combattere quelle accuse, ma capiva come si sentiva la sua ormai ex datrice di lavoro.

Ciò non significava che non fosse stressata. Harlow si era trasferita a Colorado Springs per fare qualcosa di diverso. L'ultima cosa che voleva era tornare alle corse sfrenate di uno chef in un ristorante affollato.

Per un attimo pensò di acquistare l'edificio da Loretta stessa, ma respinse subito l'idea. Non aveva i soldi, e ovviamente ci volevano molti capitali per far funzionare il posto senza problemi. Chi poteva sapere se sarebbe stata in grado di ottenere dallo Stato le stesse sovvenzioni e gli stessi aiuti ricevuti da Loretta, considerata soprattutto l'accusa di appropriazione indebita di fondi pubblici?

Doveva iniziare a cercare un altro lavoro, forse uno che prevedesse di lavorare con donne e bambini. Non voleva tornare alla vita del ristorante, ma avrebbe dovuto farlo, se costretta.

"Ti sarei grata se mantenessi il segreto, per ora," disse Loretta. "La maggior parte delle residenti lo sa, ma l'ultima cosa che vorrei è che uno dei bambini sentisse qualcuno che ne parla. Soprattutto Jasper. Ha appena iniziato ad ambientarsi... A fidarsi. E questa notizia lo distruggerebbe."

"Posso dirlo a Lowell?" chiese Harlow.

Loretta sospirò. "Avevo sperato di mantenere il silenzio un po' più a lungo, ma non è giusto tenerlo nascosto. Non dopo il modo in cui si sono fatti avanti per cercare di capire chi c'è dietro le molestie che abbiamo subito. Sì, puoi dirglielo. Lui e Rex potrebbero avere delle conoscenze che puoi usare anche per trovare un nuovo lavoro."

"Grazie," disse Harlow. Si alzò e disse: "Probabilmente dovrei scendere e iniziare a preparare la cena, così avrete tutto pronto a partire da quando uscirò stasera."

"Cosa mangiamo?" chiese Loretta, cercando ovviamente di ristabilire l'equilibrio tra loro.

"Vitello al Marsala, casseruola di fagiolini, torta degli angeli con fragole per dessert."

"Forse dovrei assumerti come chef personale quando andrò in pensione," scherzò Loretta.

Harlow le fece un piccolo sorriso e si voltò verso la porta.

"Mi dispiace molto," disse Loretta, mentre Harlow stava per uscire.

Non sapendo cos'altro dire, Harlow si limitò a fare un cenno e si diresse verso la cucina.

Black si fece scrocchiare le nocche mentre guardava Brian "Bear" Pierce.

Non faceva più tanto l'arrogante. Era su una sedia di legno, con le braccia legate dietro la schiena e le gambe legate saldamente alla sedia.

Black se lo stava lavorando da almeno un'ora. Avrebbe potuto proseguire a lungo. Non si sentiva nemmeno stanco, ma sapeva che continuare a torturare quel teppista sarebbe stato inutile. Era ovvio che avevano già ottenuto tutto quello che volevano da lui.

Diventare un torturatore non era certo in cima alla lista delle cose che Black voleva fare. Mentre era in Marina, era stato addestrato su come resistere alle comuni tecniche di tortura che il nemico avrebbe potuto usare per farlo parlare. Era stato catturato solo una volta, ma aveva resistito. Black non aveva ceduto, aveva anzi acquisito un nuovo apprezzamento per le tecniche che potevano essere usate per spezzare un uomo.

Le aveva usate più di una volta, durante il suo lavoro con i Mercenari. Non ne andava fiero, ma quando le cose si facevano difficili, ottenere un'informazione era la cosa più importante, poco importava il metodo.

Gray, Ball, Arrow e Ro stavano dietro a Black, mostrando un fronte unito a Brian. Meat era al rifugio. Era arrabbiato perché si stava "perdendo il divertimento," ma era un po' confortato dal fatto che era sul punto di scoprire nuove informazioni.

Brian aveva ammesso di non sapere il nome dell'uomo che aveva assunto lui e i suoi amici, ma lo aveva descritto fino al neo sul lato del collo. Naturalmente, sapere che l'uomo aveva i capelli castani, gli occhi marroni, era "di mezza età" e aveva la pancia gonfia non era esattamente il tipo di informazioni che avrebbero aiutato a stanarlo.

"Sono stufo di tutto questo," disse Gray. "Non ci sta dicendo niente di utile."

Black sapeva che il suo compagno di squadra stava cercando di spaventare Brian, così resse il gioco. "Allora, cosa devo fare?"

"Tagliagli l'orecchio," disse Ro.

"Cosa? No! Non ti avvicinare!" gridò Brian con tono acuto, in preda al panico.

"No...non l'orecchio," aggiunse Arrow. "Tagliagli un pollice."

"Merda! No!" Brian iniziò a lacrimare, mentre una grande macchia si spargeva tra le sue gambe.

"Ti sei appena pisciato addosso?" lo schernì Ball.

"Sentite, vi dico quello che so! Lo giuro! Il tizio con il neo mi ha incontrato un paio di volte e mi ha detto di molestare, insieme ai miei amici, tutti quelli che vivevano nel palazzo."

Black si chinò su Brian, cercando di non inalare troppo profondamente, dato che l'uomo puzzava seriamente di paura, piscio e altri olezzi schifosi. "Perché?" chiese il Black, con un tono basso e duro.

"Vuole l'edificio!" gridò Brian. "Mi ha dato un paio di centinaia di dollari e ha promesso a me e ai miei amici appartamenti gratis, quando saranno costruiti. Ma ha detto che non poteva iniziare a costruire quelle dannate cose finché non fosse diventato proprietario dell'edificio."

Black si sollevò e tese una mano a Ro. "Passami il tuo coltello."

"No!" urlò Brian. "Sto dicendo la verità!"

"Sappiamo già degli appartamenti," disse Black all'uomo tremante. "Non ci stai dicendo nulla di nuovo."

"Li possiede tutti!" continuò a sbraitare Brian. "Tutti, tranne il rifugio! Ha fatto alcune offerte, poi ha sentito che altri investitori della zona le stavano inviando offerte per l'edificio, ma la vecchia non ha risposto a nessuno. Non può ottenere i permessi per costruire e iniziare a fare soldi con lo Stato, finché non possiede tutti gli edifici dell'isolato. Ha detto qualcosa a proposito di assicurarsi che lei non avesse altra scelta che vendere, e vendere a lui."

Quella era una notizia per Black. Per quanto ne sapevano, gli edifici erano stati tutti acquistati da diverse società. Per non parlare di tutto ciò che il misterioso contatto avrebbe fatto, o aveva già fatto, per costringere Loretta a vendere.

Black vide Gray scivolare fuori dalla stanza, presumibilmente per chiamare Meat con le nuove informazioni. Si fece scrocchiare di nuovo le nocche. "Ora, che ne dici di discutere del tuo atteggiamento nei confronti delle donne e dei bambini che vivono nel palazzo?" chiese Black.

"Stavo solo facendo quello che mi è stato detto di fare," disse Brian. "E poi, sono solo delle pollastrelle."

"Pollastrelle?" chiese Black. "Che cazzo vuol dire?"

"Andiamo, lo sai. Flirtano e fanno le timide e stronzate varie, poi, quando arriva il momento di tirarlo fuori, tutte a dire: 'Ho detto di no'."

A Black non piacque quel discorso, né il fatto che Brian sembrasse aver ripreso fiato e un po' di coraggio. "Quindi stai dicendo che va bene prendere quello che pensi che offrano, anche se dicono di no?"

"Beh, sì. Lo vogliono. Lo vogliono sempre."

Bene, ora aveva superato il limite. Black annuì a Ball e Ro, che si spostarono dietro Brian e gli tirarono su la testa, obbligandolo a guardare l'uomo davanti a lui.

"Cosa ti dà il diritto di costringere una donna a fare sesso? Non mi interessa se ti sta implorando di fare l'amore con lei: se dice di no, tu ti fermi. Punto," disse Black, pur sapendo che Brian non avrebbe cambiato idea solo perché gliel'aveva detto lui. "E cosa ti dà il diritto di terrorizzare le altre persone? Te lo dico io cosa... niente. Pensi che siccome sei più grande e più cattivo di loro, puoi fare quello che vuoi? Pensi che sia divertente far piangere qualcuno? Ti piace che la gente abbia paura di te?"

Black si appoggiò, mettendo le mani sulle cosce di Brian e caricando tutto il suo peso. Brian gridò di dolore mentre Black faceva pressione sui piccoli tagli che gli aveva fatto alle gambe, in precedenza, Ro e Ball lo tenevano fermo mentre Black continuava.

"Ho una notizia per te, Bear. C'è sempre qualcuno più grande e più cattivo. Nel tuo caso, siamo io e i miei amici. Pensi che siamo dei bravi ragazzi che non conoscono le regole del tuo mondo, ma ti sbagli. Non abbiamo bisogno di regole, perché possiamo andare ovunque e fare tutto quello che vogliamo. Non sei nient'altro che un pezzo di merda sotto le suole delle nostre scarpe. Quindi ecco un consiglio: non farti più vedere. Se ti becchiamo, questo piccolo intermezzo ti sembrerà una giornata alle terme. E se pensi che stia scherzando, sappi che potrei assolutamente ucciderti proprio qui, proprio ora."

Black fece scattare una mano alla gola di Brian e gli strinse il collo. Lo guardò, mentre il viso di Bear cominciava a diventare rosso e gli si allargavano gli occhi.

"Nessuno saprebbe che fine hai fatto. Nessuno troverebbe mai il tuo corpo. La tua famiglia si chiederebbe cosa è successo. Tuo figlio - sì, sappiamo di tuo figlio - non saprebbe mai che razza di canaglia fosse suo padre, il che probabilmente sarebbe un regalo per lui. Nessuno sentirebbe la tua mancanza. Se vuoi continuare a respirare, trovati un altro posto dove stare. Non incontrerai più il tuo contatto. Dimenticherai che il rifugio esiste. Hai capito?"

Quando Brian annuì, come meglio poteva con una mano intorno alla gola, Black lo lasciò andare bruscamente. Brian respirava ansimando, quando Ball e Ro gli lasciarono andare la testa, questa gli cadde immediatamente sul petto, come se fosse troppo pesante perché lui la reggesse più a lungo.

Black si tirò indietro. Era ancora frustrato dal fatto che non fossero riusciti a ottenere più informazioni, ma era soddisfatto di aver spaventato abbastanza quel coglione; non sarebbe più stato un problema per le donne del rifugio. Non avrebbe più dato fastidio ad Harlow.

Black si tappò il naso per la puzza di piscio che veniva da Brian. Era davvero incredibile come il grande bullo si fosse trasformato in poltiglia nel momento in cui qualcuno di più forte e più cattivo gli aveva messo le mani addosso. Annuì ai suoi amici, estrassero i coltelli e liberarono Brian. Questi cadde subito di lato, sul pavimento di cemento, emettendo un lamento.

Si allontanarono tutti di qualche passo dal patetico uomo sdraiato per terra, per fare il punto della situazione senza fargli sentire nulla.

"Fai paura," gli disse Ball. "Giuro, potrei picchiare qualcuno tutto il giorno e non si romperebbe comunque, ma basta un tuo sguardo con un coltello in mano e il colpevole inizia sempre a cantare come un canarino. È spaventoso."

Ignorando il suo amico, Black disse: "Dobbiamo parlare con Loretta e scoprire i dettagli delle offerte che ha ricevuto."

"Chiamerò Rex," disse Ball.

"Non sarà contento," avvertì Ro.

"Lo so. Ma abbiamo avuto più informazioni, speriamo che Meat possa farci qualcosa, una volta che avrà parlato con Gray. Rex avrebbe dovuto fare più attenzione e scavare di più, così forse non avremmo dovuto ridurci a trovare le informazioni a modo nostro," disse Ball.

"Vai," gli ordinò Arrow. "Ci penseremo noi a ripulire questa merda."

Black annuì e si voltò per andarsene. Doveva cambiarsi i vestiti e farsi una doccia, prima di dirigersi verso il rifugio.

Aveva bisogno di vedere Harlow. Aveva bisogno della sua luce per combattere l'oscurità che gli tormentava l'anima. Era bravo in quello che faceva, ma c'era un prezzo da pagare. Normalmente, avrebbe impiegato giorni prima di sentirsi di nuovo normale. Ma aveva la sensazione che il solo fatto di essere vicino ad Harlow lo avrebbe premiato. Gli avrebbe fatto ricordare il motivo per cui aveva compiuto quell'azione; per proteggere lei e tutte le altre persone che non avevano le capacità necessarie per proteggersi da sole. Avrebbe usato ognuna delle sue abilità per assicurarsi che Brian e i suoi amici non disturbassero più nessuno. Era già abbastanza brutto che usassero le parole per spaventarle. Ma il pensiero che le toccassero era davvero ripugnante.

Black uscì dal magazzino senza voltarsi. Sapeva che i suoi compagni di squadra si sarebbero sbarazzati di ogni prova possibile. Il proprietario dell'edificio era il padre di un'adolescente scappata di casa che i Mercenari avevano trovato dopo che era scomparsa da tre mesi. Era stata trovata a New York con un uomo più grande di lei di trent'anni, completamente strafatta di droga. L'avevano portata a casa e l'ultima volta che l'avevano sentita, stava seguendo alcuni corsi al college della comunità locale e si stava lentamente acclimatando alla sua nuova vita.

Suo padre aveva offerto l'uso di alcuni dei suoi magazzini, senza fare domande, ogni volta che i Mercenari di Montagna ne avevano bisogno. La squadra aveva approfittato molto spesso dell'offerta, avere quel collegamento era tornato sicuramente utile.

Come si aspettava, Black non fu in grado di raggiungere il rifugio troppo in fretta. Rex lo chiamò non appena uscito dalla doccia. "Parla Black."

"Quale cazzo è il tuo problema?"

"Ho fatto quello che andava fatto."

"Stronzate. Hai messo a repentaglio la mia intera organizzazione!"

"Col cavolo che l'ho fatto. Sai che sono discreto. Sai che non farei mai nulla che possa nuocere ai Mercenari di Montagna."

"Hai rapito un civile innocente, l'hai picchiato a sangue e l'hai minacciato. Quale parte di tutto questo pensi che vada bene?"

Black esplose. Era sempre stato rispettoso con Rex, ma aveva raggiunto il suo punto di rottura. "Forse se tu avessi fatto il tuo lavoro, non avrei dovuto farlo io per te. Forse, se avessi fatto ricerche su Brian Pierce come hai detto che avresti fatto, avresti scoperto chi pagava lui e i suoi stronzi per molestare Harlow e tutte le altre al rifugio. Così io non avrei dovuto intervenire."

"Non dirmi come fare il mio lavoro," sibilò Rex.

"Non lo farei se tu lo facessi davvero!" insistette Black. "Senti, io ti rispetto, Rex. Ma tu non sei stato presente in questo caso, e lo sai. Ti sta succedendo qualcosa, va bene, ma questo non dovrebbe significare che lasci me e gli altri nei guai. Abbiamo bisogno di te. Abbiamo bisogno della tua competenza. Possiamo fare i prepotenti tutto il giorno e andare in qualsiasi paese dimenticato da Dio, dove ci mandi a recuperare donne e bambini, ma non possiamo farlo senza che tu ci copra le spalle. E in questo momento, sembra proprio che tu ci abbia abbandonato."

"Sai che non è vero."

"Ah davvero? Parlami di Brian Pierce, Rex. Ha una famiglia? Sorelle? Dove vivono i suoi genitori? Dove è andato al liceo? Chi sono i suoi migliori amici? Ha un lavoro? Quanti soldi ha sul suo conto in banca? Queste sono tutte cose che avresti già dovuto scoprire. Sarebbero bastati pochi clic sul tuo computer. Ma non l'hai fatto. Aspettavamo che tu ci dicessi quello che ci serviva sapere, invece abbiamo dovuto scoprire le informazioni da soli."

"Cazzo," imprecò Rex.

"Non sappiamo ancora tante cose su quello che sta succedendo," disse Black al suo mentore e amico. Non l'aveva mai incontrato di persona, gli aveva parlato solo al telefono. Diavolo, non sapeva nemmeno come fosse la vera voce di Rex, visto che la camuffava sempre. Ma lo considerava comunque un amico e si fidava di lui.

"Abbiamo bisogno di te, Rex. C'è qualcosa di grosso in ballo, e siamo vicini a scoprirlo, ma abbiamo bisogno del tuo aiuto. Ti conosco, amico. Se succedesse qualcosa a una delle donne in quel rifugio, o ai bambini, non te lo perdoneresti mai. Non sto dicendo che qualsiasi cosa ti stia succedendo non sia importante. Sono sicuro che è importante, come qualsiasi altra cosa tu abbia mai fatto. Tutto quello che ti chiedo è di prestare attenzione a questa situazione, in questo momento. Una volta che l'avremo capito, potrai fare tutto quello che devi fare. Diavolo, chiedici di aiutarti. Tutti noi lasceremo perdere tutto il resto, se hai bisogno di assistenza, ma non lasciarci qui ad aspettare."

Black stava in piedi in mezzo alla sua camera da letto, con solo un asciugamano intorno alla vita, aspettando che il suo capo gli dicesse qualcosa.

"Hai ragione," disse Rex in tono sommesso. "È vero. Ero preoccupato... e mi dispiace. È una lunga storia, che condividerò con voi ad un certo punto, ma non ora. E comunque non importa, perché la pista che pensavo di avere su un caso irrisolto non è andata da nessuna parte. Di cosa hai bisogno?"

Black sospirò. Era strano dover dire al suo responsabile

cosa stava succedendo nel caso che seguivano. Di solito, era Rex che passava loro informazioni. Per Rex, chiedere ciò di cui avevano bisogno era come ammettere di aver fatto un errore. "Chiunque sia il contatto, ha fatto qualcosa, o sta per fare qualcosa, per cercare di costringere Loretta a vendere l'edificio. Dobbiamo sapere di cosa si tratta."

"E le altre cose che ti ha detto Pierce?" chiese Rex.

"Gray ha dato questa informazione a Meat. Abbiamo la descrizione di un uomo di mezza età che ha assunto lui e i suoi amici per molestare le residenti. Ho fatto tutto quello che mi è venuto in mente per fargli dire il nome dell'uomo, ma alla fine credo che Brian non lo sappia davvero. Meat userà il suo software di riconoscimento facciale per vedere cosa riesce a trovare. Scaverà più a fondo di quanto non abbia già fatto per scoprire chi è il proprietario di tutte le società che hanno acquistato gli edifici circostanti. A quanto pare, dietro a tutto questo c'è la stessa persona, presumiamo il misterioso contatto che ha assunto Brian e i suoi amici. Se Meat ha bisogno di aiuto, gli dirò di chiamarti."

"Bene. E, Black?"

"Sì?"

"Hai ragione. Non me lo perdonerei mai se succede qualcosa a quelle donne e a quei bambini. Grazie per aver fatto ciò che andava fatto."

"Sì, ok."

"Un'altra cosa," disse Rex.

Black trattenne un sospiro di frustrazione... A malapena. "Cosa?"

"Forse non ho fatto molto, ma non ero così scollegato da non aver preso l'iniziativa di indagare su Harlow Reese."

Black digrignò i denti così forte da farsi subito venire il mal di testa. "Non ti ho chiesto di farlo. E non lo apprezzo."

"Sia come sia, l'ho fatto comunque. Proprio come ho fatto con Allye, Chloe e Morgan. Nessuno prende per il culo i miei uomini, e so che voi tutti non la vedete in questo modo, ma io vi proteggo tanto quanto proteggo le donne e i bambini che salviamo."

Black rimase in silenzio.

"Per la cronaca, mi piace. È candida come la neve. Non ci sono assolutamente fantasmi in agguato nel suo passato. Non è uscita con nessuno troppo a lungo per diventare un problema. Non è sepolta nei debiti. Torna a casa a Topeka per Natale ogni anno, è un'ottima cuoca, se le recensioni dei ristoranti in cui ha lavorato sono oneste. Se te la lasci scappare, mi interrogherò seriamente sulla tua sanità mentale."

"Vaffanculo," disse Black senza calore. Era incazzato perché Rex aveva controllato Harlow, ma allo stesso tempo era sollevato nel sentire che lei non aveva avuto un'infanzia terribile o che non era inseguita dai pazzi con cui era uscita. Sapeva già che era una cuoca fantastica, non gliene fregava un cazzo di quanti soldi avesse. Ma... sapeva che Rex aveva fatto ciò che era necessario per coprire le spalle dei suoi Mercenari.

"Vedrò cosa posso scoprire su questo misterioso contatto."

"Lo apprezzo," disse Black.

"A più tardi."

Black riagganciò senza salutare il suo responsabile. Non sapeva cosa stesse succedendo a Rex, ma almeno sembrava più connesso.

Era ancora turbato per l'accaduto con Brian, aveva bisogno di vedere Harlow il prima possibile, soprattutto dopo l'intensa conversazione con Rex.

Si vestì rapidamente, chiamò Gray per aggiornarlo sulla situazione con Rex. Poi chiamò Meat per avvertirlo che stava andando al rifugio. Erano le cinque e mezza e Harlow in teoria preparava la cena per le residenti.

Il suo amico rispose al primo squillo. "Meat."

"Ehi, sono Black. Volevo dirti che sto arrivando."

"Fantastico. Dopo aver parlato con Gray, ho incontrato Loretta e ho ricevuto le copie di tutte le offerte che ha ricevuto sul palazzo. Si è scusata per non averci parlato prima delle offerte, ma dato che non pensava di vendere, non pensava fosse rilevante."

"Sta pensando di vendere, ora?" chiese Black.

"Merda, mi sono dimenticato... non lo sai. A quanto pare, è stata accusata di aver rubato dei soldi dal rifugio. Qualcuno l'ha denunciata in forma anonima. Tutti i suoi fondi sono stati congelati mentre lo Stato indaga sulle accuse. Non ha più i fondi per gestire Pronto Speranza. Il posto sopravviveva per lo più grazie alle sovvenzioni, ma ora che i soldi del governo si sono fermati, Loretta non ha più abbastanza capitale per farcela durante una lunga indagine."

"Cazzo! Deve essere quello di cui parlava Brian. Ha detto che il suo contatto avrebbe fatto qualcosa per far sì che Loretta volesse vendere." Black era sorpreso di quanto tutto stesse accadendo in fretta. Harlow doveva essere devastata.

"Sì," disse Meat. "Ovviamente, sa che avrebbe dovuto dirci che aveva già ricevuto offerte prima d'ora. Avrei già potuto fare ricerche sui potenziali acquirenti e magari stroncare tutto questo sul nascere. Ad ogni modo, nessuna delle offerte si distingue a prima vista. Sono tutte nella stessa zona e provengono da costruttori noti della zona. A questo punto, nessuna sembra provenire da qualcuno che possiede gli edifici intorno a lei, il che è strano, se si considera che qualcuno vuole costruire appartamenti. Ma sto indagando più a fondo anche su questo. Perché ho la sensazione che chiunque ci sia dietro sia proprio qui, vicinissimo. Devo solo trovarlo."

"Bene."

"Oh, e lei non è qui."

"Cosa? Chi?"

"Harlow. Non è qui," disse Meat. "Si è incontrata con Loretta per un po' dopo pranzo, poi è scesa di sotto con uno sguardo tristissimo. Suppongo che abbia scoperto che Loretta sta per chiudere il rifugio."

"Dov'è?" gridò Black, che si sentì improvvisamente male. Non riusciva a credere che se ne fosse andata senza mandargli un messaggio. Sapeva che Bear non sarebbe stato un problema, dato che al momento non era in grado di fare molto, ma avrebbe potuto contattare i suoi amici.

"Dopo aver preparato la cena, è andata a casa," disse Meat. "E sì, l'ho accompagnata alla sua macchina. Non c'era traccia di quei teppisti, non che la cosa mi sorprenda. Probabilmente sono troppo spaventati per guardare di nuovo il rifugio."

"Hai almeno provato a farla restare?" chiese Black.

"No, perché avrei dovuto? C'è qualcosa che devo sapere?"

Piuttosto che approfondire con Meat - perché più a lungo rimaneva al telefono a fare domande, più ci metteva ad arrivare da Harlow - gli chiese: "Quando se n'è andata?"

"Circa venti minuti fa. Ha detto che aveva mal di testa e Loretta le ha detto di andare a casa."

"Pensavo che domani avesse il giorno libero. Zoe dovrebbe tornare."

"Non lo so, amico. Ti sto solo dicendo quello che è stato detto," gli disse Meat. "Loretta non mi ha detto niente di Zoe o Harlow, da quando ho saputo della sua situazione finanziaria ho la testa incastrata nel mio portatile."

"Dannazione. Vado là," disse, con una spiacevole sensazione allo stomaco. "Però devo parlarti di nuovo."

"Vai da Harlow," gli ordinò Meat.

Black era già diretto verso la cucina per prendere le chiavi della macchina. "Lo sto facendo. Ma sappi che oggi ho parlato anche con Rex. Dovrebbe aver tirato fuori la testa dal culo. È tornato a bordo."

"Fottutamente fantastico," rispose Meat. "Era ora. Ero

troppo incasinato, a fare tutte le stronzate di ricerca per entrambi."

"Esattamente. Dovrebbe vedere se riesce a rintracciare l'identità del misterioso contatto. Non sono convinto che troverà qualcosa, ma immagino che ti chiamerà, così potrai aggiornarlo."

"Sarà fatto," disse Meat. "Ci vediamo domani. Stai attento."

Black si bloccò. Se Meat arrivava a dirgli di fare attenzione, c'era qualcosa che non andava. "Perché? Cosa non mi stai dicendo?"

"È solo una sensazione. L'aria è pesante per l'attesa. Sta per succedere qualcosa. E non va bene."

Black annuì. Lo sentiva anche lui. Aveva pensato che fosse solo per quello che aveva fatto poco prima, per la scarica di adrenalina che gli si era scatenata con l'interrogatorio. "Anche tu fai attenzione," lo rassicurò il suo amico.

"Certo. Ball viene a darmi il cambio più tardi, e si fermerà per la notte."

"Bene. Mi terrò in contatto."

"Idem."

Black chiuse la chiamata, prese le chiavi e si infilò il portafoglio nella tasca dei jeans. C'era qualcosa che non andava con Harlow; non usciva mai prima dal lavoro. Non gli piaceva non sapere tutto.

Avrebbe anche preferito che lei non avesse lasciato il rifugio senza mandargli un messaggio. Non riusciva a togliersi dalla testa l'idea che Bear potesse aver chiesto ai suoi amici di vendicarsi. Aveva bisogno di vedere con i suoi occhi che lei stava bene. Se le fosse successo qualcosa, non se lo sarebbe mai perdonato.

Sì, aveva bisogno della sua positività e della sua felicità per scacciare le ombre dentro di sé, ma aveva un bisogno maggiore di assicurarsi che lei stesse bene.

Compose il numero di Harlow mentre si dirigeva verso la sua auto, aspettando con impazienza che lei rispondesse, ma dopo infiniti squilli, partì la segreteria.

Ancora più preoccupato, Black saltò in macchina. Doveva assolutamente andare a casa di Harlow e vedere con i suoi occhi che era al sicuro.

Non mettendo più in discussione i suoi sentimenti, sospettando sempre più che Gray avesse ragione – ovvero che Harlow fosse la donna con cui voleva passare il resto della sua vita – Black guidò come un pazzo per arrivare al suo appartamento il prima possibile. Era ora di farle sapere esattamente cosa provasse per lei.

CAPITOLO VENTI

HARLOW SI ERA APPENA SEDUTA sul suo divano con una tazza di tè, quando qualcuno bussò alla sua porta. Era tentata di ignorare chiunque fosse, ma la cortesia che sua madre le aveva insegnato era troppo radicata.

Sospirando, appoggiò il tè sul tavolo accanto al divano e si alzò.

Il suo visitatore bussò di nuovo e disse: "Harlow? Sei lì dentro? Apri la porta."

Lowell.

Correndo, lei si precipitò alla porta. "Arrivo!" gridò. Era entusiasta che lui fosse lì. Lowell era proprio quello di cui aveva bisogno in quel momento. Era stata depressa tutto il pomeriggio ed era preoccupata non solo per Loretta, ma anche per tutti i "suoi" figli e le donne che vivevano nel rifugio. Non aveva idea di dove sarebbero andati o di cosa avrebbero fatto. Non aveva dubbi che Loretta avrebbe fatto il possibile per garantire che fossero tutti al sicuro, ma odiava il pensiero di non vederli più tutti i giorni.

Sbloccando il catenaccio e girando il pomello della porta, Harlow aprì rapidamente la porta.

"Ciao!" gli disse brillantemente.

Senza dire una parola, Lowell le passò accanto, lasciandola a guardargli le spalle mentre lui si insinuava nel suo appartamento.

Chiudendo lentamente la porta, Harlow si girò e seguì Lowell. Quando lo raggiunse, era in piedi in cucina, con i palmi delle mani appoggiati sul bancone, la testa abbassata.

Aveva le nocche livide, ma per il resto sembrava a posto. "Lowell?" gli chiese. "Stai bene?"

Lowell allora alzò lo sguardo. I suoi occhi scuri la immobilizzarono. "Perché hai lasciato il rifugio in anticipo?" le chiese.

Avvertendo una sensazione spiacevole, Harlow incrociò le braccia sul petto. Aveva avuto una giornata terribile, lui che irrompeva nel suo appartamento e si comportava in modo scortese non era esattamente quello che si aspettava.

"Non mi è permesso fare niente senza la tua approvazione?" gli chiese.

Invece di fargli capire che stava facendo un po' lo stronzo, le sue parole sembrarono farlo arrabbiare ancora di più. "No, non quando Brian Pierce e i suoi amici sono lì fuori determinati a molestarti semplicemente perché lavori al rifugio."

"Chi?" chiese Harlow, confusa.

Ma Lowell non sentì quella domanda, o decise di ignorarla, e così continuò. "D'ora in poi, finché non ti dirò diversamente, mi manderai un messaggio ogni volta che andrai da qualche parte. Voglio sapere dove sei, in ogni momento."

"Non credo proprio," disse Harlow con tono secco.

"È così che andrà, Harlow, e tu devi solo accettarlo."

Lei scosse la testa. "Vattene."

"No," disse Lowell, drizzando la schiena e mettendosi nella stessa posizione, incrociando le braccia sul petto.

"Dico sul serio, Lowell. Non puoi venire qui a fare lo strano e poi comportarti come se ti appartenessi. Nessuno mi possiede. Ho trentaquattro anni e vivo da solo da molto tempo. Non sono una bambina, e non puoi dirmi cosa fare."

Lui lasciò cadere le mani e fece un passo verso di lei.

Istintivamente, Harlow si allontanò, inciampando immediatamente nei suoi stessi piedi. Urlò e cadde, atterrando sul sedere e sulla mano che aveva fatto in tempo a mettere sotto per attutire la caduta.

Un attimo prima era per terra che si massaggiava il polso dolorante, quello dopo era tra le braccia di Lowell che la stava portando sul divano.

"Mettimi giù!" protestò lei, senza troppa convinzione. Da un lato, amava avere le braccia di Lowell intorno a sé. Non le era capitato spesso di essere portata in braccio, in vita sua. Ma d'altra parte era arrabbiata con Lowell. Non aveva idea di cosa fosse successo all'uomo di cui si stava innamorando, ma lo stronzo arrabbiato ed esigente in piedi nella sua cucina l'aveva messa a dura prova. L'ultima cosa che voleva era un uomo che le dicesse cosa poteva o non poteva fare. Soprattutto dopo aver avuto una giornata orribile.

Invece di lasciarla andare, Lowell si sedette sul divano con lei in grembo. Non appena lui toccò il divano con il sedere, lei fece per alzarsi, ma Lowell le avvolse un braccio intorno alla vita e la tenne ferma, prendendole il polso con la mano libera. "Quanto è grave?" le chiese.

"Non è niente."

"Fammi vedere," le disse.

Sospirando, sapendo che non l'avrebbe lasciata andare se non dopo averle esaminato il polso, Harlow si lasciò guardare. Lui manipolò delicatamente l'articolazione, osservandola in viso mentre la visitava, cercando di assicurarsi che non sentisse dolore mentre muoveva il polso avanti e indietro.

"Sono maldestra," disse lei dopo un po'. "Va tutto bene."

"Non sei caduta perché sei maldestra," disse Lowell a

bassa voce. "Sei caduta perché ti ho spaventata e stavi cercando di scappare da me. Mi dispiace, Harlow."

Lei non rispose, perché aveva ragione. Era stata spaventata da lui. Tra lo sguardo e il tono duro della sua voce, aveva rimesso in dubbio tutto quello che sapeva di lui, e questo le faceva schifo.

"Non ti farei mai del male," le disse. "Mai. Sono venuto stasera perché avevo bisogno di vederti. E ti ho spaventata. Mi dispiace, piccola. Mi dispiace tanto, cazzo." La sua voce si spezzò sull'ultima parola, il che fu sufficiente a intenerire Harlow.

Non l'aveva toccata. Non aveva alzato le mani. Non aveva nemmeno alzato la voce. Sì, era stato prepotente ma, col senno di poi, lei non ne era affatto sorpresa. Era stato così fin da quando lei lo aveva chiamato per chiedere aiuto. Ma quella sera c'era qualcosa di diverso. Era ovviamente quello a cui aveva reagito.

"Che cosa è successo?" gli chiese, avvolgendogli un braccio attorno alle spalle e appoggiandosi a lui. Lui le teneva in mano il polso dolorante, accarezzandola con un pollice.

"Ero un SEAL," disse lui.

Harlow apparve leggermente confusa. "Sì."

"Ho fatto molte cose di cui non vado fiero. Ma le rifarei ancora tutte, per tenere al sicuro i miei amici, il mio paese."

"Lo so," disse Harlow, calmandosi. Non sapeva proprio dove volesse andare a parare.

"Una delle cose in cui spicco sono gli interrogatori. Mi sembra di avere il talento di farmi dire dalle persone cose che normalmente non direbbero ad anima viva."

Rimasero in silenzio per un po', Harlow sentì le parole penetrarle sottopelle. All'improvviso, le nocche ammaccate di Lowell avevano un senso. Non aveva idea di chi avesse interrogato quel giorno, ma la cosa lo stava influenzando.

Harlow pensò che forse avrebbe dovuto essere inorridita.

Forse doveva essere disgustata dal fatto che Lowell ricorresse alla violenza per ottenere informazioni. Ma non sentì alcun fastidio.

"Ecco perché vuoi che ti dica sempre dove sono, vero? Perché oggi hai scoperto qualcosa?"

Lowell annuì.

"Ok."

"Va bene?"

"Sì, non ho idea di cosa sia successo o con chi hai parlato, ma è ovvio che hai sentito qualcosa che non ti è piaciuto. Non voglio essere aggredita, quindi cercherò di ricordarmi di mandarti un messaggio per farti sapere i miei piani."

"Grazie, piccola," mormorò lui, baciandola dolcemente sulla fronte.

"Ma... Non so per quanto tempo ancora resterò qui."

Lowell si tirò indietro e la fissò dubbioso. "Spiegati meglio."

"Beh... proprio come te, anche io non ho avuto una bella giornata. Loretta sta chiudendo il rifugio. Ha problemi di soldi. Dovrò trovare un nuovo lavoro. Ho scoperto che mi piace molto lavorare in un rifugio, insomma qualcosa che non sia un ristorante, ma se non riesco a trovare niente di simile qui, potrei dover tornare a casa, a Topeka. Là posso stare più vicino ai miei genitori e sperare di trovare un lavoro."

"No. Non puoi andartene."

Harlow fissò Lowell e si sforzò di tenere a freno il suo temperamento. "Non è una decisione che spetta a te, Lowell," disse, con un accenno di esasperazione.

Ovviamente lui lo percepì, perché scosse la testa. "Lo so. Non intendevo usare quel tono. Voglio dire... Non voglio che tu te ne vada. Mi sento come se non avessimo nemmeno cominciato a scalfire la superficie di quello che potremmo avere insieme."

"Ma non sarebbe meglio finirla ora, prima di andare troppo in profondità? Farà meno male."

"Ho la sensazione che non avrà importanza se mi lasci ora, o tra un mese, o tra un anno," disse onestamente Lowell.

Harlow sentì il battito cardiaco accelerare. "Cosa stai dicendo?" gli chiese.

Lowell la spostò dalle sue ginocchia fino a metterla cavalcioni. Le prese la faccia tra le mani e la guardò negli occhi mentre diceva: "Dopo quello che ho fatto oggi, il mio unico pensiero era di vedere te. Solo tu potevi togliermi l'oscurità che sentivo nell'anima. Una parte di me si è divertita a terrorizzare Brian oggi, Harlow. Mi è piaciuto vedere il terrore nei suoi occhi. Mi è dispiaciuto che sia crollato così facilmente. Volevo passare più tempo a fargli del male, a spaventarlo, proprio come lui aveva fatto con te. Quando tutto è finito, però, ho sentito insinuarsi la vergogna per il modo in cui mi piaceva interrogarlo, l'unica cosa a cui riuscivo a pensare era arrivare da te. Sapevo che vedere il tuo sorriso, vederti muoverti in cucina, mi avrebbe rimesso in sesto," le spiegò. "Ho bisogno della tua bontà per bilanciare la cattiveria dentro di me. È lì. Ma non ti farò mai del male, Harl. Mai. La tua bontà annulla la mia cattiveria."

"Non sei cattivo," protestò lei, massaggiandosi il polso.

Lui serrò le labbra, poi disse: "Lo sono. A volte. Per fortuna non vedrai mai questo mio lato, cazzo. Nessun uomo fa quello che ho fatto io, se non ha un po' di cattiveria nell'anima. Non ho mai voluto una relazione perché... Credo di non aver mai voluto contaminare una donna. Ma non sento questa cosa, con te."

"No?" Harlow era decisamente confusa.

"No. Non capisci? In qualche modo, hai la capacità, solo essendo te stessa, di far sparire la merda dentro di me. Ti guardo e mi sento tranquillo. Bilanciato. Ho bisogno di te, Harlow."

Lei deglutì rumorosamente. Riusciva a capire cosa intendesse dire. Non le stava dicendo solo delle belle parole. Gli portò una mano verso una guancia, accarezzandola. Quando lui chiuse gli occhi e spinse il viso verso la sua mano, Harlow si sciolse.

"Sono tua," gli disse dolcemente.

Lui spalancò subito gli occhi. "Davvero?"

Lei annuì.

"Dobbiamo parlare di Loretta e del tuo lavoro... ma in questo momento non riesco a pensare ad altro che a spogliarti e a stare dentro di te."

Lei si mosse sulle sue ginocchia, quelle parole carnali la fecero bagnare all'istante. Sognava di stare con Lowell da molto tempo. All'inizio erano i sogni da scolaretta, ma nell'ultimo mese erano diventati i sogni di una donna matura. "Sì," gli disse semplicemente.

Lowell non chiese altro. Non le infilò la mano sotto la camicetta. La baciò dolcemente e poi la aiutò ad alzarsi. Una volta in piedi accanto a lei, Lowell le prese una mano e strinse con delicatezza. "Dov'è la tua stanza?" le chiese.

Senza parlare, Harlow si diresse verso il corridoio della zona giorno. Oltrepassò un piccolo bagno, una stanza per gli ospiti e andò dritta verso la porta in fondo. La aprì e aspettò che lui facesse un commento sulla sua camera da letto.

Era la quintessenza di Harlow. Disordinata, ma confortevole. C'era una libreria contro una parete, piena di libri. Romanzi, libri di ricette, riviste e qualche foto qua e là. Accanto c'era una cassettiera, un paio di cassetti aperti a metà. Il letto non era fatto, il piumone viola scuro tirato indietro a metà del materasso e una sfilza di cuscini accatastati in cima. Lowell sapeva che se avesse guardato nel suo bagno, avrebbe visto i flaconi della lozione alla vaniglia sparsi su tutto il lavandino.

Ma dopo un solo sguardo sommario alla stanza, Lowell

aveva occhi solo per lei. La girò di spalle al letto e la spinse leggermente. Lei avrebbe dovuto sentirsi a disagio, ma l'intensità degli occhi di Lowell la calmava.

Era ovvio che la voleva. Non stava giocando. Non stava facendo l'evasivo. Il suo bisogno era proprio lì, cristallino, perché lei lo vedesse. Era inebriante, la faceva sentire come una bella sirena, piuttosto che la solita semplice Harlow.

Quando toccò il letto con la parte posteriore delle ginocchia, lei si bloccò, ma non disse nulla. Lui le accarezzò i fianchi e le afferrò l'orlo della camicetta. Si fermò, come per chiederle il permesso; seguendo il suo esempio, Harlow non disse nulla, alzò semplicemente le braccia sopra la testa e incontrò i suoi occhi senza imbarazzo.

———

Black voleva strapparsi i vestiti di dosso e infilarsi dentro di lei, così in profondità che lei non sarebbe mai riuscita a dimenticarlo. Ma si costrinse ad andarci piano, per mostrarle quanto significasse per lui.

Gray aveva proprio ragione; Harlow era diversa da qualsiasi altra donna che avesse mai incontrato. Non sopportava il pensiero che lei fosse in pericolo. Se lei gli fosse stata portata via, come Allye era stata portata via a Gray, non sarebbe stato letteralmente in grado di gestire la situazione.

Quella sera aveva fatto il prepotente nell'appartamento di Harlow, era stato un vero stronzo. Avrebbe potuto essere più gentile. Doveva dirle che era in pericolo ed era preoccupato per la sua sicurezza. Invece, le aveva chiesto di dirgli dove si trovava a tutte le ore del giorno, come un maniaco. Poi l'aveva spaventata così tanto che si era allontanata da lui... e così si era fatta male. Quell'incidente lo aveva fatto uscire dalla nebbia che lo confondeva più velocemente di quanto avrebbe potuto fare qualsiasi altra cosa.

Il fatto che lei fosse nella sua camera da letto con lui, in quel momento, era un vero e proprio miracolo. Un miracolo che non avrebbe mai dato per scontato.

Le sollevò lentamente la camicetta sopra la testa, mantenendo il contatto visivo con lei. Solo dopo aver lanciato l'indumento dietro di sé, abbassò lo sguardo. Quelle tette erano perfette. Grosse e piene, quasi strabordavano dal pizzo rosa che le racchiudeva.

Black poteva sentire l'oscurità che lo avvolgeva. Gli diceva di afferrarle quei seni deliziosi e di spremerli fino quasi a farla gridare. Ma si costrinse ad aspettare. A possederla semplicemente con gli occhi.

Come se potesse vedere dentro di lui il bisogno quasi fuori controllo, Harlow sorrise e gli prese le mani. Se le poggiò sul petto e le tenne lì. "Toccami, Lowell," gli disse dolcemente. "Lo voglio. Ho bisogno di te."

Prendendo un respiro profondo, Black mantenne il controllo. Le toccò delicatamente le tette, amando come i capezzoli di lei si indurirono immediatamente sotto il pizzo. Poi si avvicinò ancora di più ad Harlow, slacciandole il reggiseno. Le coppe caddero immediatamente, e all'improvviso ebbe le mani piene di carne lussureggiante.

Black gemette.

Il mostro dentro di lui aveva finito di aspettare. Non voleva più essere nobile.

Con l'ultimo briciolo di buonsenso rimasto, Black si allontanò da Harlow e si tolse la camicia. "Togliti tutto," le ringhiò, mentre si slacciava i jeans.

Fu più che sollevato quando lei fece quanto richiesto, cercando il bottone dei suoi pantaloni. In pochi secondi, Black era nudo. Afferrò il suo portafoglio e tirò fuori un preservativo. Senza dire una parola, lo aprì e lo fece rotolare giù per il suo uccello, duro come la roccia. Non riusciva a ricordare di aver mai desiderato così ardentemente una donna... in modo quasi disperato.

Harlow era in piedi davanti a lui, completamente nuda, lui cadde immediatamente in ginocchio davanti a lei. Guardandole il corpo sinuoso, non riusciva a dire una parola. Non si era mai sentito così fuori posto. Anche nel bel mezzo della battaglia, era sempre stato lucido. Ma non aveva mai visto niente di così bello come Harlow senza veli.

Le afferrò lentamente i fianchi. La tirò verso di lui e si divertì con il piccolo lamento che le sfuggì dalla bocca, mentre si avvicinava. La tenne al sicuro, si sentì tremare quando lei gli mise le mani sulle spalle. Finalmente fu Black ad avere la pelle d'oca.

Poteva sentire l'odore dell'eccitazione di lei. I peli pubici biondi erano tagliati ordinatamente intorno alla passera, lui non riuscì a trattenersi dal piegarsi in avanti per annusarla. Black sentì un altro rantolo uscire dalla bocca di lei, ma era la sua mano che gli accarezzava la spalla e la testa a dirgli quanto lei lo desiderasse.

"Sì. Dio, ti prego, Lowell."

Il suo vero nome, uscito da quelle labbra setose, fu il punto di svolta. Era sempre stato Black. Fin dal campo di addestramento, tutti lo chiamavano così. Tutti, tranne Harlow. Per lei era Lowell. Non era un soldato. Non era un uomo che l'aveva salvata da un destino orribile. Era solo Lowell.

Le mise le mani sulla parte interna delle cosce, spingendole verso l'esterno senza mezzi termini. Lei ridacchiò e acconsentì al tacito comando. Il profumo di lei si intensificava. Black si chinò in avanti e, senza alcun preliminare, le fece scorrere la lingua tra le grandi labbra.

Harlow iniziò a tremare, lui sentiva i muscoli delle cosce di lei tesi. Al primo assaggio della sua passera, era già cotto.

Black la divorò, quasi disperatamente, chiudendo gli occhi

per vivere appieno l'estasi della donna tra le sue braccia. La sentiva a malapena gemere, sentiva a malapena il modo in cui le unghie di lei gli scavavano nella spalla e l'altra mano gli premeva contro il retro della testa, spingendolo avanti. Tutta la sua attenzione era rivolta a leccare i succhi che le gocciolavano tra le gambe.

Quando lui rivolse la sua attenzione dalla sua fessura al sensibile fascio di nervi, lei gli si scagliò contro, facendogli quasi perdere la presa. Non volendo prendersi il tempo di lasciarla sdraiata a letto, avendo bisogno che lei gli si concedesse completamente, Black le sollevò una delle cosce e la se la mise sulla spalla. Lei ansimò, sorpresa.

"Non ti lascerò cadere," le mormorò prima di muoverle una mano sul culo per tenerla ferma. Fece scivolare un dito dentro di lei con l'altra mano, meravigliandosi di quanto fosse stretta, mentre con la bocca riprendeva l'assalto al clitoride.

"Oh, cazzo... Lowell," gemette lei, mentre lui la leccava.

Sentì i muscoli interni di lei che si stringevano intorno al dito, il solo pensiero di come si sarebbe sentito il suo uccello standole dentro minacciò di farlo venire subito. Lowell spingeva le dita dentro e fuori lentamente, mentre lei fremeva nella sua presa.

Harlow cominciò a spingere contro di lui, le ci vollero tutte le forze per tenere la bocca chiusa, mentre si dimenava per tutte quelle sollecitazioni.

Black raddoppiò i suoi sforzi per farla venire. Voleva vederla in faccia, mentre aveva un orgasmo. Alzò la testa e la fissò negli occhi; lei lo stava già fissando, nel momento in cui i loro occhi si incontrarono, Black giurò di aver sentito lo scatto di una scintilla. Era un pensiero fantasioso, ma non gli importava nemmeno.

Le tirò fuori le dita dal corpo e le premette il clitoride. Imparò rapidamente che la stimolazione diretta era più efficace dello sfregamento. Premette sempre più forte sul clitoride mentre spostava l'altra mano verso il basso. La penetrò con il mignolo e fu ricompensato dalla spinta più forte contro il dito sul clitoride.

"Proprio lì! Oddio, sì. Lowell, sto... Merda, sto venendo!"

Black la teneva praticamente in piedi mentre lei si librava su di lui, ma non aveva mai visto niente di più erotico e bello in vita sua. Mantenne la pressione sul clitoride mentre lei raggiungeva il limite. I suoi capezzoli erano turgidi sul petto, il suo viso arrossato. Gli afferrò la testa e la spalla, come se fossero le uniche cose che le impedivano di frantumarsi in un milione di pezzi.

Harlow stava ancora tremando quando lui le abbassò la gamba, si alzò in piedi e la sollevò sul letto. Non aspettò che si fosse sistemata, salì sul letto con lei e le aprì le cosce con le ginocchia. Usò la punta dell'uccello per accarezzare il clitoride ancora sensibile e aspettò che lei lo guardasse.

Quando gli occhi di lei, blu oceano, incontrarono i suoi, Black posizionò l'uccello alla sua apertura. Lei aprì ancora di più le gambe, per dargli il benvenuto. "Scopami, Lowell," gli sussurrò. "Ho bisogno di sentirti dentro di me."

Quello era il permesso che gli serviva. Black affondò dentro di lei con una sola spinta. Non si fermò finché non sentì le palle rimbalzare contro il culo di lei. Gemette a bassa voce e le seppellì il viso nel collo, cercando di ottenere il controllo dei suoi sensi sopraffatti.

La sentì stringerlo dall'interno, Harlow serrò le labbra. Profumava di vaniglia e lussuria, un profumo che lui avrebbe associato per sempre a quella prima volta che facevano l'amore. Sentiva la pelle liscia di lei contro la propria, i suoni che lei emetteva lo eccitavano ancora di più.

Leccandosi le labbra, Black poteva ancora assaporarla.

Lei gli afferrò i fianchi il più possibile, con lui sopra che la immobilizzava. "Muoviti," gli ordinò.

"Sono aggrappato a un filo qui, piccola," le mormorò nel collo. "Dammi un secondo."

"No," disse lei. "Usami per far uscire l'oscurità. Dammela."

Black si bloccò. Non capiva cosa gli stesse chiedendo.

"Purifica la tua anima," sussurrò lei, accarezzandogli il viso. "Prendimi con forza... e fai uscire tutto."

Black non avrebbe potuto trattenersi, se la sua vita fosse dipesa da quel momento. Si alzò sulle mani e si inginocchiò sopra di lei e disse con voce: "Dimmi se ti faccio male."

"Non potresti mai farmi del male."

"Dico sul serio, Harl. Se sono troppo rude, fermami. Non mi perdonerò mai se ti faccio del male."

"Stai zitto e scopami, Lowell."

E lui lo fece.

L'aveva avvertita.

Le aveva detto che aveva del nero nell'anima.

Ma lei non l'aveva ascoltato, o non gli aveva creduto.

Ormai era troppo tardi.

Tirandosi indietro, Black rimase con solo la punta dell'uccello dentro di lei.

Poi spinse con forza. Lo fece di nuovo. E di nuovo. Riusciva a malapena a sopportare il piacere che gli scorreva nel corpo. Lei si incastrava così bene con lui, stringendogli il cazzo mentre lui si tirava indietro, come se non volesse mai lasciarlo andare.

Non sentendosi abbastanza a fondo, Black le mise una mano sotto il ginocchio e le spinse la gamba in su, fino a farle appoggiare la caviglia sulla propria spalla. Lì. Quando premette di nuovo dentro di lei, quella volta, sentì di raggiungere una nuova profondità.

Lei si lamentava sotto di lui, premendo in alto quando lui si spingeva in avanti.

Ficcandole la mano sotto il culo, Black la teneva ferma

mentre la martellava. Quando sentì le palle stringersi, preparandosi a sparare il loro carico, spostò la mano dal culo di lei al punto in cui erano uniti. Raccogliendo alcuni dei suoi abbondanti liquidi che stavano gocciolando lungo l'uccello, cominciò ad accarezzarle il clitoride. Con forza.

Lei gridò e si mosse sotto il suo tocco, ma lui non si fermò. Non la lasciò andare. Harlow gettò la testa all'indietro, inarcando il busto per il secondo orgasmo.

Black resisté il più a lungo possibile, amando la sensazione del suo spasimo intorno al suo uccello di granito, ma era inevitabile che l'orgasmo di lei scatenasse anche il suo. Si appoggiò su di lei con entrambe le mani, spinse all'interno del suo corpo fino in fondo e urlò quando arrivò al culmine.

L'orgasmo durò un sacco, ma alla fine Black si sentì ammorbidire dentro di lei. Non volendo ancora tirarsi fuori, non curandosi nemmeno che il preservativo potesse rompersi, le sollevò la gamba dalla spalla e crollò sopra di lei. Sentì le mani di Harlow stringergli la schiena, rimasero così per alcuni istanti. Entrambi persi in quella sensazione.

Infine, Black fece un respiro profondo e si sentì scivolare fuori da lei. Non fu una sorpresa, perché era estremamente bagnata.

Non vedeva l'ora di entrare di nuovo dentro di lei e sentire i loro liquidi combinati, mentre si riprendeva.

Il pensiero avrebbe dovuto spaventarlo. Non sarebbe mai entrato in una donna senza preservativo. Mai. Ma il pensiero di fondersi totalmente con Harlow era abbastanza eccitante da fargli ricominciare a indurire il cazzo.

Scendendo velocemente da lei, Black si allontanò dal letto e andò in bagno per occuparsi del preservativo. Tornò in pochi secondi, sollevato nel vedere che Harlow non si era mossa. Giaceva dove lui l'aveva lasciata, di lato al letto, sopra le coperte, completamente nuda. Le sue gambe erano attorcigliate al lenzuolo, aveva gli occhi chiusi.

Se avesse potuto scattarle una foto in quel momento senza sembrare un completo pervertito, l'avrebbe fatto. Ma non ne aveva bisogno. Non avrebbe mai dimenticato il suo aspetto in quel momento. Soddisfatta, felice, rilassata.

"Vieni, piccola," le disse, mentre tornava sul letto. "Vieni quassù."

Lei brontolò, ma gli permise di spostarla in modo che la sua testa fosse rivolta nella giusta direzione. Lui sollevò lenzuolo e il piumone e si infilò sotto con lei. La tirò tra le braccia e lei lo abbracciò. Gli posò la testa sul petto, sopra il cuore, e gli mise una mano sulla pancia. Una delle sue gambe si agganciò a lui. Black si sentiva circondato da lei, non era mai stato meglio in vita sua.

"I demoni se ne sono andati?" chiese lei dopo un attimo, mentre si rilassavano l'uno nelle braccia dell'altra.

"Sì, piccola. Se ne sono andati."

"Bene," mormorò lei.

Black sapeva che dovevano parlare del rifugio e dei progetti di Loretta, ma non voleva interrompere quel momento di intimità. Per una volta, in vita sua, decise di essere egoista. Gli piaceva avere Harlow tra le braccia in quel modo. Gli piaceva sapere che l'aveva soddisfatta a tal punto che lei era quasi sciolta sopra di lui.

Aveva fatto un casino quella sera. Di nuovo. L'aveva quasi respinta con le sue parole pesanti. Ma il pensiero che le succedesse qualcosa, di come Brian l'avesse molestata, di quello che lui aveva fatto a Brian... tutto lo aveva colpito duramente.

Lezione imparata. Harlow era una donna adulta. Una donna adulta e vaccinata. Non era un'adolescente o una ragazzina a cui bisognava dire come vivere la sua vita. Doveva stare attento per ricordarselo in futuro. Voleva solo tenerla al sicuro.

Ridacchiando internamente, finalmente capì quello che Gray gli ripeteva di continuo. Che quando avrebbe trovato la donna che doveva essere sua, l'avrebbe capito. Voleva passare ogni notte proprio in quel modo. Tenendo Harlow contro di lui, sentendo il suo respiro caldo contro il petto. Non riusciva a immaginare di stare con qualcun'altra. Mai. Era protettivo come l'inferno nei confronti di Harlow e avrebbe fatto tutto il necessario per tenerla al sicuro, felice e in salute.

Non gli importava di nient'altro. Non dei suoi affari, non dei Mercenari di Montagna.

Grato del fatto di essere arrivato a Brian prima che lui o i suoi amici avessero potuto fare qualcosa di più che molestare verbalmente Harlow, Black si rilassò. Per il momento si sarebbe goduto ogni secondo, tenendo tra le braccia la sua donna, nuda e soddisfatta.

———

Dall'altra parte della città, Nolan Woolf sedeva nel suo ufficio e guardava con odio l'e-mail che aveva appena ricevuto da uno dei suoi amici costruttori.

Loretta Royster stava negoziando con qualcun altro per vendere il suo immobile.

No. Cazzo, no! Era inaccettabile. Voleva spingerla ad accettare la sua offerta, non quella di qualcun altro. Sapeva per certo che l'offerta dell'altro coglione era inferiore a quella che aveva presentato lui a quella vecchia puttana. Come osava agire alle sue spalle e cercare di negoziare con qualcun altro!

Se non avesse ottenuto quell'edificio, tutti i suoi piani sarebbero andati in fumo. Tutti i soldi che aveva speso per formare delle società fittizie dietro cui nascondersi sarebbero stati inutili.

Aveva bisogno di quell'edificio.

E l'avrebbe avuto. In un modo o nell'altro.

Nolan Woolf vinceva sempre, alla fine. Sempre.

CAPITOLO VENTUNO

HARLOW RIMASE sveglia accanto a Lowell per almeno un'ora. Si era svegliata presto e non era riuscita a riprendere sonno. Era stanca, ma quando si era resa conto di essere ancora rannicchiata contro Lowell, ogni speranza di addormentarsi di nuovo era scomparsa in una nuvola di fumo.

Lui respirava profondamente, con la bocca leggermente aperta. La barba sfatta lo faceva solo sembrare più intenso.

Una volta pensata quella parola, non riuscì a smettere di pensarci. Intenso. Gli si addiceva. L'aveva presa in modo rude la sera prima, ma lei ne aveva amato ogni secondo. L'aveva implorato di continuare, infatti.

Lowell aveva paura di farle del male, ma Harlow sapeva che lei poteva stargli dietro. Ne aveva bisogno. E lui aveva bisogno di lei. Nessuno aveva mai avuto bisogno di lei in vita sua, ed era una sensazione inebriante. Aveva visto l'oscurità di cui lui parlava, in agguato nei suoi occhi, ma nel momento in cui lui l'aveva toccata con le labbra - arrossiva solo a pensarci - l'oscurità si era attenuata.

Mentre lui la prendeva, tutto quello che lei aveva visto sul suo volto erano il desiderio e... osava forse dirlo?

L'amore.

Era troppo presto, naturalmente, ma sapeva quello che aveva visto.

Era stata categorica sul fatto di non uscire con nessuno, ma in qualche modo Lowell era scivolato sotto i suoi scudi e si era fatto strada. Aveva detto che se lei lo avesse lasciato, non si sarebbe più ripreso. La cosa assurda era che lei provava già la stessa identica emozione nei suoi confronti.

Non voleva lasciare Colorado Springs. Se la raccontava, dicendo che amava la zona, che voleva esplorare di più i sentieri escursionistici, che amava il fatto che moltissime delle persone che aveva incontrato fossero simpatiche e aperte. Ma la verità era che Lowell era il vero motivo per cui voleva restare.

Sospirando, Harlow capì che doveva alzarsi. Aveva un milione di cose da fare: cercare un altro lavoro era in cima alla lista, ma non riusciva a muoversi.

Alla fine, Lowell si mosse. Lei lo guardò passare dal sonno all'essere completamente sveglio e consapevole di ciò che lo circondava in un batter d'occhio. Pensò che fosse dovuto al fatto di essere un ex SEAL e di lavorare con i Mercenari di Montagna.

"Ehi," gli disse, sentendosi timida per qualche strano motivo.

"Ehi," le rispose. "Tutto bene?"

Harlow sorrise e annuì. "Sì, va tutto bene."

"Io non ho..." Si incasinò con le parole, ciò la fece innamorare ancora di più. "Non ti ho fatto male ieri sera, vero?"

Harlow alzò una mano e gli accarezzò una guancia, cedendo al suo bisogno di toccare la sua barba sfatta. "No, Lowell. Non mi hai fatto male."

"Bene. Probabilmente avrei dovuto prepararti un bagno caldo ieri sera, ma mi hai messo troppo al tappeto e non riuscivo a pensare lucidamente."

Lei sorrise. "Nemmeno io. Hai fame?"

Subito dopo averlo chiesto, lo stomaco di Lowell brontolò.

Harlow ridacchiò. "Immagino di sì," disse lui.

"Mi alzo e ti preparo qualcosa prima di farti andare."

Lowell le impedì di uscire dal letto, mettendole una mano sul braccio. "Dobbiamo parlare."

Oh, merda. Harlow odiava quando gli uomini dicevano così. Non significava mai nulla di buono. "Ok."

Probabilmente Lowell percepì la tensione di Harlow, perché ammorbidì il tono e disse: "A proposito del rifugio e del tuo lavoro, Harl."

"Oh. Sì."

"Per quanto mi riguarda, sei ufficialmente la mia ragazza, io sono ufficialmente il tuo ragazzo," proseguì lui. "Possiamo lavorare sui dettagli di ciò che significa, ma in poche parole, voglio passare più tempo possibile con te. Qui da te, oppure da me. Ti farò sapere il più possibile quali sono i miei piani durante il giorno, spero che tu faccia lo stesso. Non lo dico per fare lo stronzo, ma perché sono preoccupato per te e per la tua sicurezza. Non sono un uomo facile con cui stare," la avvertì. "Sarò troppo protettivo. Ti farò incazzare, ma è per via delle cose che ho visto e fatto. Ho la sensazione che mi preoccuperò per te ogni secondo che non saremo insieme. Cercherò di arginare la cosa, ma sappi ancora una volta che non sono io a controllare te, agisco così solo perché voglio che tu sia al sicuro. Non so cosa farei se ti succedesse qualcosa."

"Non mi succederà niente," disse Harlow. "Ho un fidanzato cazzuto che ha degli amici altrettanto cazzuti."

"Questo non significa che non ti possa accadere nulla," la avvertì. "Guarda cosa è successo ad Allye e alle altre. Tutto può succedere. Ora che ci penso, non sono mai riuscito a farti quella lezione al poligono di tiro che mi avevi chiesto. La faremo presto."

"Lowell..." protestò Harlow, ma lui continuò come se lei non avesse parlato.

"E poi ti farò entrare anche in un corso di autodifesa. Le cose che ho mostrato alle residenti del rifugio vanno bene, ma niente è così efficace come usare effettivamente i tappetini e praticare i calci e le mosse su un vero avversario."

"Lowell!" ci riprovò lei.

"Cosa?" le chiese.

"Che ne dici se mi alzo e faccio colazione prima che tu inizi a pianificare la settimana e mi trasformi in un ninja?"

"Dovremmo fare la doccia insieme," le disse, alzando le sopracciglia in modo suggestivo.

Arrossendo, Harlow scosse la testa.

"Stai davvero arrossendo dopo ieri sera?" le chiese con tono divertito.

"Sì," gli rispose, anche se pensava fosse una domanda retorica. "È diverso, alla luce del giorno."

"Non lo è, ma ti darò un po' di tempo per abituarti a me. A questo," disse Lowell, gesticolando, indicando il letto, dove erano ancora accoccolati insieme sotto il lenzuolo. "Ma devi sapere che non ho mai visto niente di così bello in vita mia come te ieri sera, quando ti sei sciolta tra le mie braccia... due volte. Grazie per il regalo, piccola. Ne farò tesoro per il resto della mia vita."

Harlow sapeva di stare arrossendo ancora di più, ma riuscì a fargli un piccolo sorriso. "Grazie per avermi mostrato il vero te. Non ho paura di te, Lowell. So che hai passato dei momenti di merda nella tua vita, ma non nascondermeli. Non mi piace che tu debba fare cose che ti mettono in quello stato mentale, ma sarei un ipocrita se ti dicessi di smettere. Il mondo ha bisogno di più uomini come te. Ma se posso aiutarti ad affrontare l'umore in cui ti senti quando le cose si fanno troppo intense, bene. Se hai bisogno di spazio o di tempo con i tuoi amici per parlarne, bene, ma per favore non escludermi."

"Non lo farò. Promesso."

"Bene. Ora, lasciami andare, così posso vestirmi e prepararci qualcosa da mangiare prima di continuare la giornata."

Si chinò per baciarla, Harlow girò la testa di lato. "No! Fiato mattutino, Lowell!"

Lui ridacchiò e la baciò sulla guancia. Alzò una mano e le accarezzò un seno, strizzandole il capezzolo tra le dita.

Lamentandosi, Harlow disse: "Non è giusto."

Alzando le spalle, Lowell non disse una parola, buttò indietro le coperte e scivolò verso il basso. Le prese il capezzolo in bocca e lo succhiò. Dopo un po', si spostò dedicando all'altro capezzolo la stessa attenzione. Alla fine, sollevò la testa e le sorrise. "Non mi dispiace non poter baciare le tue labbra al mattino, Harl. Posso trovare altre cose da baciare." Senza aspettare risposta, scese ancora di più verso il basso. Lei allargò le gambe avidamente per lui, mentre lui si sistemava tra le sue cosce.

Harlow non rispose neanche, era già senza fiato perché lui aveva iniziato di nuovo a leccarle la passera.

Quasi trenta minuti dopo, Lowell la lasciò uscire finalmente dal letto. Harlow tremava, ma sorrideva da un orecchio all'altro. Non si erano baciati sulla bocca - ovviamente - ma lui l'aveva fatta venire due volte con le labbra e con la lingua, prima di prenderla da dietro. Lei avrebbe accettato quel saluto al posto del bacio del buongiorno in qualsiasi momento.

Dopo colazione, Harlow raccontò a Lowell tutto quello che Loretta le aveva detto del rifugio, il giorno prima; la storia del credito misteriosamente congelato, le accuse contro di lei. Gli spiegò come Loretta si sentisse sollevata all'idea di andare in pensione, ma allo stesso tempo colpevole. Gli disse che Zoe non sarebbe tornata, che aveva ridotto le sue ore di lavoro e che Loretta avrebbe accettato una delle offerte che aveva ricevuto per l'edificio.

"Loretta ha detto che era abbastanza sicura di poter trovare un posto per tutti nel rifugio, però, e questo è un bene. Lavorerò solo a cena dal lunedì al venerdì, e non nei fine settimana."

"Vedrò cosa posso fare per aiutarti a trovare un altro lavoro," disse Lowell.

Harlow voleva rifiutare la sua offerta, ma sapeva che sarebbe stata un'idiota se l'avesse fatto. "Lo apprezzerei molto. Loretta ha detto che mi avrebbe aiutato anche lei. Probabilmente potrei trovare lavoro in uno dei ristoranti di lusso in centro, ma mi piace lavorare con donne e bambini. Mi sento necessaria. Mi piacciono i legami che ho stabilito con loro. La trovi una cosa sciocca?"

"Certo che no," la rassicurò. "So che ci sono alcuni altri rifugi nella zona. Ci metterò una buona parola. C'è anche un rifugio per i senzatetto in centro, ma non mi sembra che ti piaccia molto."

Harlow scosse la testa. "No, e non è perché non mi piacciono le persone che ci vanno, ma non è così personale come sedersi a tavola una sera dopo l'altra con un gruppo di persone che cercano di rimettersi in piedi. Questo fa di me una stronza?"

"Certo che no," disse Lowell. "Non ci sono così tante opzioni disponibili per quello che preferisci fare, tornare a fare lo chef di un albergo sarebbe più facile, ma ci inventeremo qualcosa. Forse possiamo trovare una casa per adulti con disabilità mentale o posti di soggiorno assistito che hanno bisogno di uno chef."

Era bello sentirlo parlare di lei come parte di un "noi", invece che di un "tu".

"Grazie, Lowell."

"Quando vuoi," le disse. "Ora, odio doverlo fare, ma devo andare. Devo incontrarmi con gli altri e scoprire quali informazioni hanno scoperto durante la notte. Starai bene qui, finché non sarà ora di andare al lavoro?"

"Certo," disse, agitando una mano. "Sono una donna. Penso di poter sopportare di non starti vicino per qualche ora."

Lui ringhiò e le portò le mani ai fianchi per farle il solletico. "Pensi di farcela, eh?"

Strillando, Harlow cercò di dimenarsi, ma lui era troppo forte. "Fermo! Ok, ok, mi struggo quando non sono con te, non sarò completa finché non saremo di nuovo insieme," disse lei, ridendo con sarcasmo.

Lowell smise di farle il solletico e la abbracciò stretta. "Bene. Questo è quello che voglio sentire."

Harlow sentì il suo uccello duro contro di lei, così iniziò a strusciarsi, vendicandosi per il solletico. "Ehi, è una chiave inglese quella che hai in tasca o sei solo contento di vedermi?"

"Birichina," si lamentò lui per finta. "Vieni qui." Poi la baciò.

Un bacio lungo e lento che le fece sentire la mancanza di Lowell prima ancora che lui mettesse piede fuori dalla porta.

"Mandami un messaggio, quando sei pronta per andare al rifugio."

"Probabilmente sarà intorno alle tre, o giù di lì. Credo che Loretta abbia un incontro con un riccone che viene a parlare con le donne questo pomeriggio, prima di cena. La settimana scorsa è venuto un avvocato a discutere sul perché sia importante avere un testamento, questa settimana viene un investitore o qualcosa del genere."

"Credi che continuerà le lezioni di educazione, ora che venderà?" chiese Lowell.

Harlow annuì. "Non so perché non avrebbe dovuto. Non ha detto nulla al riguardo, in un modo o nell'altro dovrà continuare. Ho dimenticato di chiederglielo. Comunque, mi farò aiutare dai ragazzini a preparare il pranzo per domani o qualcosa del genere mentre le loro mamme ascoltano l'ospite." Il pensiero che non avrebbe più preparato il pranzo per i bambini la rese di nuovo triste.

Mettendole un dito sotto il mento, Lowell le disse: "Sei incredibile, Harl. E sono un bastardo fortunato ad essere quello che condivide la tua vita e il tuo letto."

Harlow scosse la testa. "Sei proprio un ragazzo."

"Cosa?" chiese, fingendo di essere confuso. "Che cosa ho detto?"

"Sì, ok. Comunque, i miei piani sono di fare stamattina una ricerca preliminare online e vedere quali lavori sono disponibili, pianificare i pasti al rifugio per la prossima settimana e fare una lista della spesa. Me ne andrò da qui verso le due e mezza. Domani devo andare al supermercato, ma prima devo parlare con Loretta e vedere se ha dei contanti da usare."

"Ci incontreremo lì," le disse Lowell. "Stai attenta."

Harlow alzò gli occhi al cielo. "Certo. Non succederà nulla nelle prossime..." guardò l'orologio "...cinque ore prima di rivederti."

Lowell fece una smorfia. "Una cosa che si impara nel mio mestiere è di non tentare mai il destino, dicendo una cosa del genere. Ci sentiamo presto."

"Ciao."

La baciò ancora una volta prima di dirigersi verso la porta. Indossava gli stessi vestiti della sera prima, ma lei sapeva che Lowell avrebbe fatto una sosta nel suo appartamento prima di incontrare il resto dei suoi amici al The Pit.

Dopo aver saputo quello che lui aveva fatto a Brian il giorno prima, Harlow si sentiva più sicura che mai. Dubitava che i teppisti la molestassero ancora. Ma se Lowell avesse voluto accompagnarla dal parcheggio alla porta, non lo avrebbe fermato. Voleva godersi ogni secondo del tempo con lui.

———

"Chi cazzo ha annullato le sue carte di credito?" chiese Ball.

Tutta la squadra era riunita al solito tavolo al The Pit, anche se bevevano caffè al posto delle birre.

"Sarà stato questo misterioso contatto," disse Black. "Harlow mi ha detto che quando Loretta ha chiamato la banca per sapere cosa stava succedendo, le hanno detto che qualcuno aveva chiamato e aveva usato il loro sistema automatico per contestare l'addebito sulla carta."

"Giusto," disse Ball. "Molte banche a quel punto chiudono automaticamente la carta e ne emettono una nuova."

"Il problema con la carta era collegato alla segnalazione anonima relativa ai fondi pubblici che il no-profit?" chiese Ro.

"Direi proprio di sì," rispose Meat. "Sono stato sveglio quasi tutta la notte; da quello che sono riuscito a scoprire, direi che la stessa persona ha fatto entrambe le cose."

"Spiegati meglio," gli ordinò Arrow.

"Giusto. Ora sappiamo che Loretta ha ricevuto diverse offerte per l'edificio. Non ce l'aveva detto prima perché non le riteneva rilevanti, visto che non voleva vendere. L'edificio non era nemmeno sul mercato."

"Allora la gente come le inviava, le offerte?" chiese Black.

"Solo perché una casa non è sul mercato non significa che qualcuno non possa offrirsi di comprarla," disse Meat con pazienza. "Qualcuno potrebbe andare a casa di Gray, bussare alla porta e offrirgli un milione di dollari per la casa."

"Vero," disse Black. "Vai avanti."

"Dato che non sapevamo delle offerte, non abbiamo fatto il collegamento tra le molestie e l'edificio. Ma poi abbiamo scoperto, guardando quel video di Brian che minacciava

Harlow, che qualcuno progettava di costruire abitazioni a basso reddito nella zona. Quando ho controllato i registri, tutti gli edifici sembravano essere stati acquistati da persone e società diverse. Solo dopo aver sentito parlare dei problemi finanziari di Loretta ho iniziato a indagare più a fondo. L'avrei fatto prima, ma con Rex che non mi aiutava, ero immerso nel tentativo di finire di controllare tutti gli ex e tutto il resto."

"Nessuno ti sta dando la colpa," disse Arrow.

"Lo so. Comunque, ho usato alcune delle mie tecniche più creative per scoprire chi fosse il proprietario delle varie aziende - e ogni azienda è stata gestita dallo stesso avvocato. Quando ho controllato i suoi documenti finanziari, ho trovato diversi depositi effettuati negli ultimi due mesi dalla stessa persona." Meat si fermò, per fare una pausa ad effetto.

"Chi?" ringhiò Black, impaziente.

"Nolan Woolf."

"Chi?" chiese Gray.

"Lo conosciamo?" aggiunse Arrow.

"Nolan Woolf è un imprenditore edile noto per la costruzione di immobili di merda e per il fatto che non gliene frega un cazzo quando le cose vanno male."

"Quindi è lui il proprietario di tutti gli altri edifici dell'isolato?" chiese Ball.

"Sì, compreso il distributore di benzina che è andato in fiamme," disse Meat.

"Perché dovrebbe bruciare il suo stesso edificio?" chiese Gray. "Per l'assicurazione?"

"Ad oggi, non ha ancora chiesto i soldi dell'assicurazione," rispose Meat.

"Il che è sospetto," commentò Arrow.

"Sì, ma penso che l'incendio sia stato un fattore completamente intimidatorio," disse Meat. "Ascoltatemi. Ha assunto Brian e i suoi amici per iniziare a molestare le residenti, per cercare di spaventarle a tal punto da cacciarle via. Gli era stato detto di non fare del male alle donne e di non toccarle, solo di infastidirle. Le molestie si sono trasformate in minacce, probabilmente perché Brian è uno stronzo non perché Nolan gli ha detto di fare qualcosa. Ha fatto un'altra offerta per l'edificio subito dopo aver dato fuoco al distributore di benzina, probabilmente pensando che Loretta sarebbe stata pronta ad accettarla. Ma o non si è reso conto che stava ricevendo altre offerte, o Loretta è più testarda di quanto lui non si immaginasse. In ogni caso, in qualche modo ha ottenuto i dettagli della sua carta di credito e gliel'ha bloccata. Di nuovo, semplici molestie."

"Poi gli è venuta l'idea di interrompere il suo flusso di denaro," interruppe Black, riprendendo lo scenario. "Ha fatto la segnalazione anonima, quando il governo ha congelato tutti i fondi, ha pensato che Loretta avrebbe dovuto accettare la sua offerta."

"Esattamente," disse Meat, appoggiato allo schienale della sedia con un enorme sorriso sul viso.

"Che casino questa indagine," disse Gray con un sospiro. "Abbiamo perso tempo a controllare tutti quegli ex."

"Dobbiamo chiamare Rex," disse Black. "Doveva capire chi fosse il contatto di Brian. Dobbiamo dargli il nome di Woolf, se non ce l'ha già."

Emisero tutti un sospiro.

"Beh, è fuori come un balcone," disse Ball.

"Chiamalo," ripeté Black. "Gli ho parlato ieri. È tornato in sé."

"L'hai fatto rinsavire?" chiese Gray.

Tutti sapevano che non era esattamente una cosa intelligente mettersi contro il loro capo.

Black fece un cenno con la testa. "Ero stufo di vederlo distratto. Ha detto che stava lavorando a qualcosa, ma è andato tutto in merda."

"Riguarda la moglie?" chiese Arrow.

Si voltarono tutti a guardarlo.

"Vi ho detto che ha dato vita ai Mercenari di Montagna perché sua moglie è scomparsa," disse Arrow con calma. "Un giorno era con lui, quello dopo era sparita senza lasciare traccia. I poliziotti non avevano indizi e anche con una grossa ricompensa non hanno avuto nessuna soffiata che si sia rivelata utile. Ha assunto un detective privato, aveva trovato quelle che pensava fossero le sue tracce, ma le ha perse quando i colpevoli hanno lasciato gli Stati Uniti. Il suo corpo non è mai stato trovato, Rex è convinto che sia ancora là fuori da qualche parte. Sono sicuro che non ha mai smesso di cercarla."

"La metà dei casi su cui lavoriamo sono di persone che ci assumono per trovare i loro cari, ma l'altra metà provengono dalla missione di Rex per cercare la propria moglie. Segue le piste e inevitabilmente trova altri bambini e donne scomparsi. Da quanto ho capito, Rex e sua moglie erano follemente innamorati, ma quando i poliziotti non hanno trovato alcuna traccia di lei, a un certo punto hanno pensato che lui potesse averla uccisa."

"Allora, Black, pensi che Rex non sia stato d'aiuto in questo caso perché cercava sua moglie?" chiese Meat.

Black scosse la testa. "Forse. Non l'ha detto. Mi ha detto solo che la pista che aveva non ha funzionato."

"Beh, merda. Che cazzo," disse Ro.

"Forse quando tutto questo sarà finito potremmo convincerlo a lasciarci lavorare sul caso di sua moglie," disse Ball.

"Rex non ci ha detto niente," disse Gray, scuotendo la testa. "Cosa ti fa pensare che gli andrà bene se ci sediamo a scavare nella sua vita personale, come facciamo di solito quando indaghiamo su un caso?"

"Perché dopo tutti questi anni, e con tutta la sua esperienza e le sue conoscenze, non l'ha ancora trovata," disse sinteticamente Arrow. "Non dico che avremo fortuna, ma che male può fare? Rex è ovviamente incasinato per non avere informazioni sulla moglie. Se riusciamo a dargli almeno una risposta, non credi che gli dobbiamo un tentativo?"

"Assolutamente," disse Gray. "Ma non sarò io a parlarne."

Tutti ridacchiarono e si trovarono d'accordo.

"Bene. Lo farò io," disse Arrow. "Mi ha parlato di lei dopo quella missione in Venezuela. Ricordi? Gli ho detto che avevamo sentito parlare di un'americana con le altre donne rapite, e lui mi ha fatto ogni sorta di domande su di lei. So che pensava che potesse essere lei. Non ha mai smesso di cercarla,"

"Come si chiama?" chiese Black.

Arrow strinse le labbra e strizzò gli occhi, ovviamente cercando di ricordare. "Raven," disse alla fine.

Nessuno disse una parola per un lungo momento. Infine, Black disse: "Chiama Rex, Meat. Abbiamo bisogno di lui in questo caso. Dobbiamo trovare Nolan Woolf. Punto."

Meat annuì e prese il telefono quando Black si alzò in piedi.

"Dove stai andando?" chiese Ball, raccogliendo la sua roba.

"Ci sono alcune cose di cui devo occuparmi al poligono di tiro, prima di andare al rifugio per incontrare Harlow. Parlerò con Loretta e vedrò se conosce questo Nolan."

"Le cose tra te e Harlow stanno andando bene, immagino"? chiese Gray con un sorriso compiaciuto, mentre si alzava per andarsene.

I cinque lasciarono Meat alla sua ricerca e alla chiamata con il loro capo mentre uscivano dal bar.

"Sì, si può dire così," disse Black al suo amico.

Gray gli diede una pacca sulla schiena. "È bello sentirlo."

"Comunque, non significa che mi sposerò," borbottò Black, non volendo che Gray andasse troppo su di giri, anche se non poteva negare che non gli sarebbe dispiaciuto legarsi ad Harlow anche legalmente.

"Non ho detto nulla," disse Gray con un sorriso.

"A proposito, lo hai già chiesto ad Allye?" gli chiese Ro.

"Tic-tac," canticchiò Arrow. "Ogni giorno che aspetti è un altro giorno in cui la tua piccola nocciolina cresce dentro di lei. E più grande diventa, più è probabile che voglia aspettare."

"Vaffanculo," disse Gray, fissando il suo amico.

Arrow alzò le mani in segno di resa. "Per dire."

"In effetti, se proprio vuoi saperlo, la porto a Denver questo fine settimana. Ho prenotato in un ristorante di lusso e ho prenotato la suite per la luna di miele all'Hotel Teatro. È vicino al *Denver Center for the Performing Arts*, dove vedremo uno spettacolo."

"Fantastico," disse Arrow. "Vedrò se riuscirò ad avere i biglietti. Porterò Morgan allo stesso spettacolo così potremo spiarvi."

"Stronzo," disse Gray al suo amico, poi lo afferrò con una presa al collo.

I due uomini si azzuffarono in modo giocoso mentre gli altri ridevano delle loro buffonate. Ci vollero altri trenta minuti perché Black e gli altri lasciassero il The Pit.

Black era veramente felice per i suoi amici. Voleva molto bene ad Allye, a Chloe e a Morgan. Prima di incontrare Harlow, però, sapeva che sarebbe stato più cinico sull'eventualità che tutti i suoi amici si sposassero. Non aveva mai sentito il bisogno di legarsi a qualcuna. Diavolo, era impressionato da se stesso, se rimaneva con una donna per più di qualche mese. Ma Harlow lo aveva già cambiato.

Sì, non stavano insieme da molto tempo, ma il pensiero che le succedesse qualcosa lo faceva impazzire, ed era una sensazione che non aveva mai avuto prima. Era andato in missione e non aveva pensato due volte alle donne con cui usciva finché non era tornato a casa e si era reso conto che probabilmente avrebbe dovuto chiamare e tenersi in contatto.

Se passava un giorno senza che lùi parlasse con Harlow – accidenti, se passava qualche ora, Black si innervosiva. Voleva sapere dov'era, cosa stava facendo e se stava bene. In parte si preoccupava di essere un po' troppo esagerato, ma fino a quando Harlow non cambiava idea su di lui, andava tutto bene.

Pensando ad Harlow, Black fu colto dal bisogno di sentire la sua voce. Prese il telefono e la chiamò prima di lasciare il bar.

Lei rispose al secondo squillo. "Ciao, Lowell."

Ancora una volta, sentirla pronunciare il suo nome fece sì che qualcosa dentro di vibrasse. "Ehi, piccola."

"Che succede? Tutto bene?"

"Va tutto bene. Volevo solo sentire la tua voce."

Lei emise un sospiro di tenerezza. "Che dolce."

Black non era dolce. Per lui quel gesto era stato necessario, quanto respirare. "Hai ancora intenzione di andare al rifugio verso le due e mezza?"

"Sì. Ora che so cosa sta succedendo con Loretta e il rifugio, è molto più difficile pianificare i pasti. Voglio stare attenta a quanto può permettersi di pagare, ma allo stesso tempo cercare di continuare a comprare cibo che faccia bene a tutti. Mi frustra il fatto che il cibo più sano sia quello più costoso. Non c'è da stupirsi che i *ramen* siano così economici: sono pieni di sodio e di altre schifezze che non sono salutari da mangiare per un bambino... neanche per un adulto."

"Mm-hm," mormorò Black, facendole sapere che stava ascoltando.

"Sapevi che dovresti fare la maggior parte dei tuoi acquisti dalle corsie esterne dei negozi? I biscotti, i cracker e la maggior parte delle cianfrusaglie più economiche sono di solito nel mezzo, le verdure sane e i cibi buoni sono nei corridoi esterni. Capisco perché Jasper pesa così tanto. Perché il cibo a buon mercato è pieno di schifezze. Julia ha fatto del suo meglio con lui, ma ci vuole tempo, energia e denaro per fare buoni pasti ogni giorno."

Quando Black non le rispose subito, lei gli chiese: "Lowell? Sei ancora lì?"

"Sono qui," la rassicurò.

"Oh. Giusto, scusa." Harlow ridacchiò di se stessa, inconsapevolmente. "Andavo avanti all'infinito. Comunque, sì, la pianificazione del menu non sta andando molto bene. Ma dovrò essere più creativa, credo."

"Se c'è qualcuno che può capirlo, sei tu, piccola," le disse Black.

"Grazie."

"Sto andando al poligono, volevo solo fartelo sapere."

"Ok, com'è andato l'incontro con i ragazzi? Hai scoperto qualcosa?"

Black voleva raccontarle di Nolan Woolf e di tutto quello che avevano scoperto, ma non voleva neanche farla preoccupare. Non era più così preoccupato per Brian e i suoi amici, pensava che dopo la sua "chiacchierata" con Brian, quel cretino si sarebbe nascosto. "Ci stiamo lavorando," le disse. "Potremmo avere qualche indizio. Te ne parlerò quando ci vedremo più tardi."

"Va bene," disse Harlow.

Black amava il fatto che lei non pretendesse di sapere tutto e subito. Sapeva che era curiosa, ma era bello che si fidasse di lui, lasciandosi dire quello che poteva, quando poteva. Quello era un dettaglio importante per lui, considerando il suo lavoro con i Mercenari di Montagna. Non era come quando era un SEAL, e non gli era letteralmente permesso di dire niente a nessuno perché le sue missioni erano quasi sempre top secret. Rex preferiva comunque che non parlassero delle loro missioni fino a quando non erano finite. Così ci sarebbero stati momenti in futuro in cui non avrebbe potuto parlare di dove stava andando o per quanto tempo, ma una volta tornato a casa, sarebbe stato bello avere qualcuno con cui parlare, con cui rilassarsi.

"Ci vediamo dopo. Mandami un messaggio quando esci dal rifugio," le disse.

"Lo farò. Sii prudente al poligono."

"Certo. Ciao, piccola."

"Ciao."

Black sorrise fino al poligono. Non ricordava di essersi mai sentito così felice come con Harlow. Nessuna donna lo aveva fatto sentire così calmo. Non vedeva l'ora di incontrarla più tardi.

———

Nolan Woolf fissava l'edificio di fronte al suo nascondiglio, al secondo piano del banco dei pegni che possedeva. Aveva sentito da Elliott, uno dei teppisti che aveva assunto per molestare le residenti del rifugio, che Brian, il cosiddetto leader del loro gruppetto, era stato picchiato. In realtà, gli avevano fatto il culo. Non era stata una gang rivale o qualche altro teppista a dargli fastidio.

No, era stato un lavoro da professionisti e Nolan sapeva chi l'aveva fatto. Uno degli stronzi che avevano iniziato a frequentare il rifugio.

Il suo tempo stava per scadere, lo sapeva.

Asciugandosi una goccia di sudore dalla fronte, ripassò mentalmente il suo piano ancora una volta.

Avrebbe funzionato. Doveva funzionare.

Le rovine di un edificio bruciato non avrebbero avuto molto valore e l'uomo con cui Loretta stava negoziando avrebbe sicuramente ritirato la sua offerta. Poi Nolan sarebbe intervenuto con una nuova offerta. La vecchia non avrebbe avuto altra scelta che accettare. Nessun altro le avrebbe offerto soldi per quell'inutile mucchio di mattoni, dopo quel giorno.

Annuendo a se stesso, Nolan sapeva di fare la cosa giusta. Prima di agire, aspettò che quegli stronzi partecipassero alla loro riunione settimanale. Sarebbero stati tutti riuniti al primo piano e sarebbero potuti uscire facilmente dall'edificio.

Nolan non era una persona cattiva. Non voleva uccidere nessuno. Se quelle puttane avessero perso i loro averi - non che avessero molto, comunque − avrebbero potuto sempre rimpiazzarli. Nolan voleva solo l'edificio. I soldi erano la sola motivazione. In quel modo, poteva ottenere entrambe le cose. Avrebbe avuto l'edificio e risparmiato centinaia di migliaia di dollari allo stesso tempo.

Avrebbe dovuto agire prima in quel modo.

Sorridendo, Nolan si asciugò il sudore dagli occhi ancora una volta. Guardò gli oggetti ai suoi piedi. Un mattone, un paio di bottiglie piene di benzina con stoppini di stoffa che sporgevano dalle imboccature. Aveva imparato a fare i semplici cocktail Molotov su internet. Nessuno sarebbe risalito a lui. Era stato molto attento.

Guardando ancora una volta fuori dalla finestra, vide la grassona, la cuoca, che camminava verso il rifugio con una delle maledette guardie del corpo al suo fianco. Restrinse gli occhi e trattenne il respiro, sperando con tutte le forze che quell'uomo non si fermasse. Le donne tendevano a farsi prendere dal panico di fronte al fuoco, ma aveva la sensazione che quell'uomo non avrebbe perso la testa. Sperava proprio che se ne andasse.

CAPITOLO VENTIDUE

Harlow si fermò all'entrata del rifugio e si guardò intorno. Il pomeriggio era caldo e tutto era tranquillo. C'erano alcune persone all'interno del salone di tatuaggi, ma non sembravano prestare attenzione a nessuno al di fuori del negozio.

"Mi dispiace di non poter restare," le disse Lowell. "Oggi ho dei colloqui di cui mi sono dimenticato. Devo assumere un paio di nuovi manager al poligono di tiro. Farei venire uno degli altri ragazzi, ma anche loro sono tutti impegnati a seguire le piste."

"Va bene, Lowell. Penso che possiamo farcela senza uno di voi due che ci ronza intorno, per un pomeriggio. Soprattutto ora che ti sei preso cura di quei teppisti."

"Era solo uno," la avvertì Lowell. "Non tutti. E anche se abbiamo il nome della persona che pensiamo li abbia assunti, non lo sapremo con certezza finché non lo troveremo."

"Risolverai tutto," gli disse Harlow, scacciando le sue preoccupazioni. "Sono colpita dal fatto che voi ragazzi sembrate risolvere tutti i casi su cui indagate. Non vi fermate finché tutti non sono al sicuro. È una cosa che amo di te."

Non appena pronunciò quelle parole, Harlow andò nel panico. Non aveva intenzione di insinuare che lo amava... vero? La gente diceva sempre cose del genere, vero? Lei amava guardare Brad Pitt, ma questo non significava che lo amasse veramente.

Per fortuna, Lowell non sembrava turbato dalle sue parole. Ottimo.

Giusto?

"Passerò da te dopo cena," le disse. "Così Loretta non dovrà pagare per darmi da mangiare."

Harlow voleva protestare, ma era lei che si era lamentata di quanto fosse costoso il cibo. "Ok, ci vediamo dopo allora."

"Chiama, se hai bisogno di qualcosa."

"Lo farò."

Poi si chinò in avanti e la baciò. Un bacio profondo che le fece battere forte il cuore; lei si spostò nella sua presa, voleva goderselo di più. Lentamente Lowell si tirò indietro, le portò una mano sul viso e le fece scorrere un dito sulla guancia. "Mi piace vederti arrossire, piccola." Poi la baciò ancora una volta, un bacio casto che in qualche modo la lasciò ancora più desiderosa. "Sii prudente."

Prima che lei potesse rispondere – il suo cervello si sentiva come mandato in corto circuito da quel bacio – Lowell stava già tornando sul marciapiede verso la sua auto.

Harlow si infilò rapidamente all'interno del rifugio e chiuse la porta a chiave dietro di sé. Si voltò in tempo per vedere Julia e Melinda lì in piedi, che le sorridevano.

"Uh.... ciao," balbettò Harlow.

"Ehi."

"Yo. Sembra che qualcuno stia avendo fortuna," le disse Melinda.

"Taci," disse Harlow con un piccolo sorriso.

"Sono felice per te," disse Julia. "Sembra che sia uno dei buoni."

"È proprio così," rispose Harlow. "Come state, ragazze?"

Fecero spallucce. "Stiamo bene," le disse Melinda. "Stressate, ma Loretta dice che farà tutto il possibile per aiutarci a trovare un posto dove vivere."

"Lo farà," le rassicurò Harlow. "So che è molto difficile per lei."

Entrambe le donne annuirono. "Apprezziamo tutto quello che ha fatto per noi finora," disse Julia. "Jasper era davvero in difficoltà, ma da quando siamo qui è migliorato. Non è più così cinico, cominciava a preoccuparmi."

"È un bravo ragazzo. Sia lui che Milo," disse Harlow. Guardò il suo orologio. "Devo proprio andare a preparare la cena. L'incontro con l'investitore è ancora in programma per oggi?"

Melinda annuì. "Sì. Dovrebbe essere qui tra mezz'ora."

Harlow sapeva che non le rimaneva molto tempo per preparare la cena. Intratteneva sempre i bambini quando le loro mamme erano in riunione. Decidendo che quel giorno l'avrebbero aiutata a preparare la cena, Harlow chiese: "Ci saranno tutti stasera a mangiare? Lo sapete?"

Melinda scrollò le spalle. Julia disse: "Credo che Sue e Kristen stiano lavorando, anche Lauren potrebbe essere fuori, ma il resto di noi è qui."

"Ok, quindi nove adulti, cinque bambini ed Edward, se si presenta. Nessun problema."

Julia scosse la testa. "Ho difficoltà a cucinare per due. Non so come fai."

Harlow ebbe un'idea e disse: "Vi ho mostrato una cosa o due mentre eravate qui, ma forse devo iniziare a dare lezioni di cucina più approfondite a tutte. Vi piacerebbe?"

Julia si illuminò in viso. "Mi piacerebbe molto! A patto che qualsiasi cosa ci insegni sia facile e veloce. So che una volta entrata in un appartamento tutto mio, lavorerò molto e non avrò molto tempo da passare in cucina."

Le idee scorrevano veloci e furiose nella testa di Harlow. Poteva avviare una sorta di scuola di cucina per donne lavoratrici. Insegnare loro a preparare pasti sani, veloci e a prezzi accessibili. Solo perché qualcuno non aveva un sacco di tempo o di soldi non significava che non potesse fare pasti nutrienti.

"Fidatevi di me," disse alle donne.

Le sorrisero.

"E ora devo proprio andare," disse Harlow scusandosi. "Quando i ragazzi tornano a casa, mandali dentro. Sarò pronta."

"Grazie per essere stata fantastica con loro," le disse Melinda.

"Non c'è bisogno di ringraziarmi," disse Harlow onestamente. "Farei qualsiasi cosa per quei marmocchi." Detto ciò, attraversò la zona giorno e la porta che conduceva alla cucina.

Mentre preparava lo spazio per l'arrivo dei bambini e si organizzava in mente un orario di ciò che doveva essere preparato e quando, per essere pronta a servire alle sei, Harlow lasciò che la sua mente pensasse a Lowell solo una volta. Tirò fuori il cellulare e gli inviò un rapido messaggio.

Harlow: **Volevo solo farti sapere quanto ha significato per me ieri sera. Grazie per essere te, e non qualcuno che pensavi che io volessi o di cui avessi bisogno.**

Era un messaggio audace, probabilmente non sarebbe mai stata in grado di dirglielo faccia a faccia. Il loro modo di fare l'amore era stato perfetto. Le era piaciuto molto poter essere lì per lui. Lui l'aveva presa con foga, lei ne aveva adorato ogni secondo. Ciò non significava che le sarebbe piaciuto essere presa così ogni volta, ma quando era ovvio che lui stava combattendo i demoni interiori, era bello aiutarlo.

La risposta arrivò quasi subito.

Lowell: **È stata una notte che non dimenticherò mai, finché vivrò. Grazie, piccola.**

Harlow sorrise e rimise in tasca il cellulare, poi tornò al lavoro.

———

Era arrivato il momento.

Fuori non era buio, ma Nolan non poteva più aspettare. Aveva visto una Mercedes di lusso accostare nel parcheggio e una donna in abito blu scuro entrare nell'edificio. Aveva dato loro dieci minuti per sistemarsi, sapendo che tutti i presenti erano seduti nell'area principale al primo piano. Non poteva fare nulla per le dannate telecamere dell'edificio, ma si era vestito per l'occasione.

Calcandosi il cappellino da baseball più in basso sulla fronte, Nolan fece un respiro profondo. Scivolò fuori dal retro del banco dei pegni e afferrò il mattone. La borsa sulla sua spalla era pesante, sentiva la benzina che oscillava nelle bottiglie mentre camminava velocemente sul retro degli edifici. Si fermò alla fine della strada.

Il salone dei tatuaggi era ancora aperto, ma siccome era quasi ora di cena, era per lo più vuoto. Il banco dei pegni era chiuso, non vide nessuno bighellonare per strada. Trattenendo il respiro, abbassò la testa e cominciò a camminare con passo deciso verso il rifugio.

C'era una grande finestra nella parte anteriore dell'edificio. Le tende erano di solito chiuse, ma Nolan conosceva la disposizione del rifugio perché aveva visto le cianografie. Inoltre, gli edifici che possedeva su entrambi i lati erano quasi identici.

Strinse con forza il mattone e poi, senza esitare, lo lanciò verso la finestra.

Il vetro si frantumò, sentì urla spaventose provenire dall'interno della stanza.

Nolan allungò la mano nella borsa e tirò fuori la prima

delle sue bombe fatte in casa. Accese il panno con l'accendino che aveva nell'altra mano e lo lanciò attraverso la finestra.

Scoppiarono altre urla, Nolan accese rapidamente la seconda bomba Molotov.

"Ehi!" sentì dall'altra parte della strada; sapendo che il suo tempo stava per scadere, lanciò la seconda bomba attraverso la finestra, mettendo più forza nel lancio.

Poi si girò e corse il più velocemente possibile lungo la strada, verso il suo percorso di fuga pianificato. Aveva un motorino nascosto nell'isolato successivo, ma doveva raggiungerlo prima che qualcuno potesse prenderlo. Nolan non era proprio in gran forma. In qualche modo era riuscito a farsi crescere bene la pancia da birra, nel corso degli anni.

Continuò a correre sbuffando e si guardò indietro solo una volta. Soddisfatto di vedere le donne che uscivano dall'edificio, urlando a squarciagola, scomparve dietro l'angolo.

A giudicare dallo spavento nelle loro urla, avrebbe avuto un contratto firmato da Loretta entro la fine del giorno successivo.

L'edificio sarebbe stato suo.

Il quartiere sarebbe stato suo.

Avrebbe fatto soldi a palate.

Il fine giustificava i mezzi.

Sorrise, mentre correva.

———

Black stava lasciando il poligono di tiro... finalmente. Odiava fare colloqui di assunzione. Sapeva che andava fatto, ma cercare di capire se qualcuno fosse onesto e come si sarebbe comportato con il resto dello staff lo esauriva.

La sua esperienza in fatto di interrogatori era utile, ma Black non pensava che i candidati lo apprezzassero. Usava spesso lunghi silenzi per mettere le persone a disagio, in modo da far spuntare risposte oneste invece di quelle in scatola che avevano memorizzato.

Se solo un'altra persona gli avesse detto che la sua più grande "debolezza" era quella di essere un "perfezionista", si sarebbe messo a vomitare. Quanto gli sarebbe piaciuto sentire qualcuno di onesto e che gli dicesse che non gli piaceva la gente, o che non sapeva fare due più due. Nessuna di queste due cose gli avrebbe necessariamente impedito di assumere qualcuno; avrebbe semplicemente dovuto assicurarsi che fosse assegnato ad un lavoro adatto alle sue capacità.

Gli squillò il telefono e vide che era Rex. "Ehi," disse dopo aver risposto.

"Ho parlato con alcuni concorrenti di Nolan Woolf, nessuno aveva cose carine da dire sul suo conto. E non ho avuto la sensazione che fosse semplicemente perché opera nello stesso campo. Lo odiano. Dicevano che dava loro i brividi. Non ho un buon presentimento in merito," disse Rex, andando subito al punto.

"Sì, nemmeno io," disse Black. "Allora, dov'è?"

"In questo momento non si riesce a trovare. Ho mandato la sua foto ai poliziotti e ho spiegato loro perché dovrebbero cercarlo. Ha un volto molto comune per la descrizione che ha dato Brian, fino al neo sul lato del collo. Se fossi stato in lui, a quest'ora avrei già fatto rimuovere quel segno particolare. Sai, minaccia di cancro e tutto il resto."

Black non riuscì nemmeno a ridere. Tutto quello a cui riusciva a pensare era che aveva fatto cose banali per tutto il giorno e aveva lasciato Harlow vulnerabile. Se Woolf avesse voluto disperatamente possedere l'edificio da cui operava il rifugio, chissà cosa avrebbe fatto per ottenerlo. "Merda. Ok, vado al Pronto Speranza," disse Black a Rex. "Avrei aspettato fino a dopo cena, ma dopo averti sentito, penso che sia meglio se ci vado adesso."

"Sono d'accordo. Chiamerò gli altri e li aggiornerò sul

fatto che Woolf è il nostro uomo. Ho dato il suo indirizzo di casa anche ai poliziotti, ma penso che forse i nostri ragazzi potrebbero avere più fortuna nel trovarlo."

Black si sarebbe sentito molto meglio ad avere Gray e gli altri alla ricerca di Woolf, così come i poliziotti. Prima lo avrebbero trovato, meglio sarebbe stato. "Ok, mi terrò in contatto."

"Idem." Detto ciò, Rex riagganciò.

Black gettò il telefono sul sedile accanto a lui e mise in moto l'auto. Voleva chiamare Harlow per sentire la sua voce e per rassicurarsi che stesse bene, ma decise di risparmiare tempo andando da lei il prima possibile.

Cercando di non preoccuparsi, accelerò un po' più del necessario e iniziò il viaggio dal poligono di tiro al rifugio.

———

"Ottimo lavoro, Milo," disse Harlow mentre guardava la bambina di nove anni estrarre con cura gli spaghetti dalla pentola e metterli nel colino. Non era abbastanza grande per prendere una pentola di acqua bollente, così le aveva dato un cucchiaio per gli spaghetti.

"E tu stai facendo un lavoro proprio meraviglioso a mescolare, Sammie," disse elogiando la bambina, che le regalò un grande sorriso.

"Come sta venendo il pane, Lacie?" chiese Harlow, girandosi a guardare l'undicenne che spennellava il burro all'aglio sopra il pane che aveva appena sfornato.

"Bene!" rispose Lacie con entusiasmo.

"E voi, ragazzi?" chiese Harlow a Jasper e Jody. Stavano apparecchiando il grande tavolo della cucina. Jasper stava facendo un lavoro incredibile nel prendersi cura di Jody e nell'assicurarsi che non facesse cadere nessuno dei piatti.

"Ce la stiamo cavando," disse Jasper.

Allo stesso tempo, la piccola Jody disse: "Fantastico!"

Harlow si prese un momento per godersi la scena. Le sarebbero davvero mancati quei bambini. Erano un po' timidi, ma erano arrivati molto lontano nel breve tempo in cui li aveva conosciuti.

Quando sentì il primo schianto, pensò che Jody avesse fatto cadere un piatto, dopo tutto, e si girò rapidamente per assicurarsi che nessuno si fosse fatto male con pezzi di ceramica volanti. Fu confusa quando vide sia Jody che Jasper che fissavano la porta che conduceva al soggiorno.

Solo quando sentì alcune delle donne nell'altra stanza urlare, si rese conto che qualsiasi cosa fosse successa proveniva da fuori, non dalla cucina. Si precipitò verso Jody e guidò lei e Jasper dietro il bancone.

"Metti giù il cucchiaio, Milo. Anche tu, Lacie. Venite qui, tutti quanti," disse, riunendo i bambini. Non sentì un altro schianto, ma quando le donne in salotto cominciarono a gridare, Harlow capì che stava succedendo qualcosa di grave.

Cercando di non farsi prendere dal panico, si guardò velocemente intorno in cucina. L'ultima cosa che voleva era far andare i bambini nell'altra stanza, dove qualcosa stava facendo andare nel panico le loro madri. Si precipitò alla finestra sopra il lavandino. Era l'unica finestra della stanza. Poiché il rifugio si trovava in mezzo a una fila di edifici, c'erano solo finestre sul davanti e sul retro. Non c'erano porte in cucina, tranne quella che conduceva alla zona giorno.

Guardò fuori dalla finestra e non vide subito nulla. Si affacciava sulla strada, e Harlow riusciva a malapena a vedere le luci del salone di tatuaggi.

Dall'altra stanza giunsero altre urla, poi Harlow sentì qualcuno gridare qualcosa riguardo a un incendio.

Sapendo di non avere tempo da perdere, spostò le tende e aprì la finestra. Spinse verso l'alto con tutte le sue forze, ma la finestra non si muoveva. Probabilmente era chiusa o qualcosa del genere. Harlow si girò e cercò subito qualcosa che poteva usare per rompere la finestra.

Vide i cinque bambini rannicchiati insieme, a occhi sgranati, che la fissavano mentre lei faceva del suo meglio per restare calma. Occhieggiando la piccola padella di ghisa che usava per fare le omelette al mattino, Harlow la raccolse.

"Voltatevi e copritevi il viso," ordinò ai bambini. "Devo usare questa per rompere la finestra, non voglio che il vetro vi colpisca."

Si sentì sollevata nel vedere Jasper che si prendeva cura dei bambini e che faceva girare Milo e Sammie, che continuavano a fissarla invece di fare quello che lei chiedeva.

Annuendo a Jasper, Harlow si voltò verso la finestra. Iniziò a sentire l'odore del fumo. Qualunque cosa fosse successa, era una cosa seria, doveva far uscire i bambini. Si alzò e colpì la finestra il più forte possibile.

La finestra si incrinò, ma poiché c'era una rete metallica al centro del vetro, la padella non provocò la quantità di danni che aveva sperato. Harlow fece un passo indietro e lasciò cadere la padella nel lavandino. Le faceva male il palmo della mano per il contraccolpo, ma non si fermò. Sollevò la padella e mirò alla crepa che aveva creato nel vetro.

Ci volle qualche altro colpo, ma alla fine la finestra si ruppe. Usando la padella per togliere di mezzo il maggior numero possibile di schegge di vetro, si voltò verso i bambini. "Vieni qui, Lacie. Prima tu." Harlow pensò di poter usare l'aiuto di Jasper da quel lato della finestra; inoltre, mettere il secondo bambino più grande fuori per primo ad aiutare dall'altro lato avrebbe reso le cose più facili a tutti loro.

Il fumo entrava sotto la porta della cucina e tutti iniziarono a tossire. Cercando di non farsi prendere dal panico per la velocità con cui sembrava che il fuoco stesse crescendo - e poiché nessuno era venuto a cercarli - Harlow tese la mano a Lacie. "Andiamo, tesoro. Esci."

"Vieni anche tu?" chiese Lacie, permettendo ad Harlow di sollevarla sul bancone. Si alzò e si piegò, guardando fuori dalla finestra.

"Saremo proprio dietro di voi. Ho bisogno che tu aspetti fuori e aiuti gli altri, ok?"

Vide le donne raggruppate di lato, così le chiamò con un grido. Mentre correvano verso di lei, si voltò verso Lacie. "Guarda! Tua madre è là fuori ad aiutarti. Va bene?"

"Ok."

Sammie e Jody singhiozzarono, ma Harlow le bloccò. Lei stessa si arrampicò sul lavandino, sostenendo Lacie. Le mise le mani intorno alla vita e guardò fuori dalla finestra. Il marciapiede era solo un metro e mezzo più in basso, ma ora diverse donne del rifugio erano lì ad aiutare. Grazie a Dio. "Ok, ce la puoi fare, Lacie. Afferra le loro mani e ti aiuteranno a scendere."

Lacie piangeva, ma annuì coraggiosamente.

"So che hai paura, ma puoi farcela. Sarai fuori e al sicuro in un secondo. Pronta?"

La bambina annuì ancora una volta, Harlow fece il conto alla rovescia. "Ok. Fuori di qui."

In pochi secondi, Lacie fu presa da sua madre e allontanata dalla finestra.

"Dov'è Jody?" chiese Bethany istericamente.

"Milo!" urlò Melinda. "La mamma è qui!"

"Prendi il resto dei bambini!" gridò Ann.

Harlow annuì e si voltò a guardare gli altri bambini dietro di lei.

Ma non c'erano.

Il cuore di Harlow era sul punto di esplodere. Dov'erano? Porca puttana, dov'erano andati?

"Harlow!"

Si girò verso quella voce e vide Sammie in piedi, in fondo alle scale che portavano al terzo piano. Non erano molto larghe, erano state usate in passato dai dipendenti dell'hotel per raggiungere gli alloggi al terzo piano dalla cucina.

"Dove sono tutti?" balbettò mentre saltava giù dal lavandino e si dirigeva verso Sammie.

La bambina indicò le scale. "Jody si è spaventata e voleva prendere il suo orsacchiotto. Jasper le è corsa dietro e Milo li ha seguiti. Mi hanno detto di restare qui, ma ho paura!"

Imprecando sottovoce e rimproverandosi per non aver guardato i bambini con più attenzione, Harlow iniziò a tossire. Guardò verso la porta e vide sia fumo nero che uno sfarfallio di fiamme arancioni.

Si voltò verso Sammie, per farla uscire dalla finestra e passarla alle donne in attesa, ma non c'era più.

Stava correndo su per le scale, per inseguire gli altri.

"No! Sammie! Torna indietro!" urlò, ma la bambina era già scomparsa, spaventata a morte e troppo giovane per capire che, anche con il fumo che riempiva la cucina, era più sicuro stare lì che salire.

Harlow non poteva nemmeno prendersi il tempo di essere contenta che almeno uno dei bambini fosse al sicuro. Urlò verso la finestra: "Chiamate i pompieri! I bambini si sono spaventati e sono corsi di sopra! Li inseguo. Torno subito!"

Poi si voltò e si diresse verso le scale, dietro di loro. Non sapeva se sarebbe tornata o meno, perché il fuoco sembrava pronto a sfondare le porte della cucina. Ma non poteva strisciare fuori dalla finestra e lasciare che i bambini se la cavassero da soli.

Respirava a fatica, arrivata al terzo piano. Le stanze lì erano piccole. Loretta non si era preoccupata di ristrutturarle, prendendone una per sé, una come ufficio, e usando le altre come stanze per le donne con bambini.

"Jasper! Milo! Jody! Dove siete?" esclamò, mentre correva per il corridoio a cercare i bambini. Non sapeva se fossero tornati nelle loro stanze per prendere qualcosa o per nascondersi, ma sperava di riuscire a trovarli tutti in tempo.

Diede un'occhiata alla tromba delle scale che portavano alla sala principale, dove le donne avevano avuto il loro incontro, e si fermò a fissare con orrore ciò che aveva appena visto.

Un muro di fiamme. L'intero piano inferiore sembrava essere inghiottito, il fumo stava rotolando su per le scale, sembrava la scena di un film dell'orrore che aveva visto una volta. Tranne che nel film era una nebbia fredda e gelida che poteva mangiare la gente viva, invece del fumo estremamente caldo che minacciava di soffocarla.

"Harlow!"

Trasalì e si voltò per vedere Jasper che teneva in braccio Jody. Sammie era da un lato, Milo dall'altra. Entrambe le ragazzine gli tenevano la camicia e piangevano, proprio come Jasper.

Guardandosi intorno, Harlow prese una decisione in una frazione di secondo. Non poteva scendere dalla scala principale. Non dopo aver visto il modo in cui il fuoco mangiava tutto ciò che trovava sul suo cammino. Corse dai bambini e li spinse verso le scale che portavano alla cucina, con l'intenzione di correre giù per le scale fino alla finestra aperta, dove le altre donne li stavano aspettando. Ma appena vide le scale, capì che era troppo tardi. Il fumo nero stava risalendo su per le scale della cucina, il calore che si diffondeva dal basso era troppo intenso.

Soffocando un grido, Harlow capì che la loro unica scelta era quella di barricarsi in una delle stanze e cercare di attirare l'attenzione di qualcuno di sotto per assicurarsi che i vigili del fuoco sapessero dove si trovavano.

"Seguitemi," ordinò, e si diresse verso l'ufficio di Loretta. Non era l'ideale, visto che si trovava sul retro dell'edificio, di fronte al vicolo, ma Harlow aveva paura di entrare nelle stanze sopra la zona giorno. Non sapeva esattamente come funzionasse il fuoco, ma pensava che quelle stanze sarebbero state sopraffatte dal fumo e dalle fiamme più velocemente di quelle dall'altra parte.

Chiuse la porta, una volta che tutti furono dentro, e disse: "Aiutatemi a trovare tutto quello che possiamo infilare sotto la fessura della porta."

Immediatamente, Jasper afferrò alcuni dei cuscini dal sedile del finestrino e glieli portò. Harlow mise quanti più cuscini possibile sotto la porta, sperando che l'imbottitura fermasse il fumo in modo più efficace che le sole federe. I cuscini fermarono la maggior parte del fumo, ma lei poté vedere che ne stava ancora entrando dalle fessure intorno ai bordi della porta.

Girandosi, corse alla finestra e la aprì. Pregando più forte di quanto avesse mai pregato in vita sua, spinse contro la finestra con tutte le sue forze. Grazie al cielo, riuscì a muoverla. La spinse il più in alto possibile e si sporse.

Non vide nessuno gironzolare nel vicolo sul retro. Voleva piangere, stimando quanto fosse lontano il terreno sottostante.

Troppo lontano.

Erano tre piani più in alto, non c'era assolutamente nulla che potesse attutire la loro caduta. Non potevano saltare. Impossibile.

Tossendo, prese una bella boccata di aria fresca, poi si girò e si sedette sul davanzale. "Venite qui," disse, agitando le mani verso i bambini. Corsero in gruppo verso di lei e li aiutò a sedersi il più vicino possibile alla finestra. "L'aria è migliore, qui," disse loro, anche se sapeva che la finestra aperta alla fine avrebbe attirato più fumo nella stanza, rendendo più difficile respirare. "Milo e Jasper, tenetevi stretti a Sammie e Jody. Assicuratevi che non si sporgano troppo."

"Cosa faremo?" chiese Jasper. "Come usciremo?"

Harlow non aveva una risposta per lui. Cercò di fargli un

sorriso rassicurante. "I vigili del fuoco verranno a prenderci. Non preoccuparti."

Ma nemmeno lei credeva alle sue stesse parole. Aveva visto quanto il fuoco si era propagato velocemente. Qualunque cosa avesse appiccato l'incendio, doveva essere stata veloce, non dando alle donne il tempo di avvertirle o di andare in cucina ad aiutare i bambini.

All'improvviso, Harlow si ricordò che si era messa il telefono in tasca dopo aver mandato un messaggio a Lowell.

Singhiozzando sollevata, lo tirò fuori e tossì mentre faceva clic sul suo nome. Le altre avevano sicuramente già chiamato il 911. Lowell sarebbe andato a prenderla. Su quello non aveva dubbi.

Non era sicura che avrebbe fatto in tempo.

CAPITOLO VENTITRÉ

BLACK GUIDAVA più veloce del solito, con le parole di Rex che gli riecheggiavano nella testa. "Sta bene," mormorò, mentre attraversava uno stop.

Gli squillò il telefono, ancora sul sedile accanto a lui. Normalmente lo avrebbe ignorato perché stava guidando, ma lo prese senza esitazione. Vide che era Harlow e tirò un sospiro di sollievo.

"Ehi, piccola," disse.

"Lowell!"

Ogni muscolo del suo corpo si irrigidì al suono della voce della sua donna. C'era qualcosa che non andava. Qualcosa di grave. "Sono qui."

"Ho bisogno di te!"

"Sto arrivando. Probabilmente tra cinque minuti. Che succede?"

"Non lo so. Ma c'è un incendio."

Il cuore di Black si fermò. "Sei fuori?"

"No," disse lei, e lui sentì il panico nel suo tono. "Non siamo riusciti ad uscire in tempo. Ero in cucina con i bambini, è scoppiato un incendio proprio fuori dalla porta. Ho fatto uscire Lacie dalla finestra, ma Jody è corsa su per le scale e Jasper l'ha inseguita, non sono riuscita a lasciarli!"

"Rallenta, piccola. Dove sei e chi c'è con te?"

La sentì fare un gran respiro, poi cominciò subito a tossire.

Black premette più forte il piede sul pedale dell'acceleratore.

"Sono di sopra, nell'ufficio di Loretta. Jasper, Sammie, Milo e Jody... sono qui con me. Ho messo della roba sotto la porta per cercare di tenere fuori il fumo, ma sta entrando intorno allo stipite."

"Sei stata brava, Harl."

"Non possiamo saltare, è troppo alto," gli disse.

Il solo pensiero che qualcuno di loro cercasse di saltare fuori dal terzo piano di quell'edificio gli fece gelare il sangue. "No, non si può. Tieni duro, piccola. Hai chiamato i pompieri?"

"No. Ho chiamato te."

Black sentì un nodo alla gola. "Le altre donne sono uscite?" le chiese.

"Credo di sì. Non mi sono fermata a contarle, ma ne ho viste molte quando ho fatto uscire Lacie fuori dalla finestra."

"Ok, sono sicuro che stanno bene. Probabilmente hanno già chiamato i vigili del fuoco. Stai calma, Harley."

"Ok. Lowell?"

"Sì?"

"Voglio solo dire che l'ultimo mese è stato il più felice della mia vita. Anche se non sapevo che ci frequentavamo, ne ho amato ogni secondo."

"Non farlo," ordinò Black duramente. "Non dire addio. Non te lo permetterò. Non ho passato tutti questi guai per farti rinunciare ora a degli appuntamenti fantastici."

La sentì ridacchiare, come sperava che facesse.

"Non mi arrendo," disse lei dolcemente.

"Bene. Perché sto venendo a prenderti," le disse Black. "Muoverò mari e monti per portare te e quei bambini fuori di lì. Mi senti?"

"Sì, Lowell, ho capito."

"Bene. Sto venendo a prenderti, Harlow. Verrò sempre a prenderti."

"Ok. Io... Devo andare." Sentì la sua voce rompersi.

"Ok. Sii coraggiosa, piccola."

La linea fu interrotta.

"Cazzo!" imprecò Black. Andava ai cento all'ora in una zona col limite dei sessanta, ma non gli importava. Ogni secondo era vitale. L'edificio era vecchio. Non pensava nemmeno che avesse un impianto antincendio, o se ce lo aveva, probabilmente era obsoleto e non era a norma da anni.

Il pensiero di Harlow, o di uno qualsiasi dei ragazzini con lei, che moriva per l'inalazione di fumo in attesa dei soccorsi, gli fece accapponare la pelle.

Non sarebbe successo – non sotto la sua sorveglianza.

Black non ebbe il tempo di chiamare il resto della squadra o Rex. Stava usando tutta la sua concentrazione per arrivare da Harlow in sicurezza. Se si fosse schiantato, lei sarebbe morta di sicuro. In qualche modo sapeva di essere la sua unica speranza.

Tre minuti e mezzo dopo, Black pigiò i freni quando era a un isolato di distanza. Il traffico era bloccato e nessuno si muoveva. Abbandonando la macchina nel primo parcheggio utile, saltò fuori, senza curarsi che qualcuno la potesse o meno rubare. I suoi occhi erano incollati al fumo nero che si alzava in aria davanti a lui.

Si precipitò verso i palazzi, ma si fermò quando vide Loretta e le altre donne che vivevano nel rifugio. Lacie era in piedi tra le braccia di sua madre, tutte fissavano con orrore il palazzo. Erano tutte scosse e le madri dei bambini rinchiusi con Harlow erano isteriche.

"Black!" gridò Loretta, quando lo vide.

"Stai bene?" le chiese.

"Sì, ma Harlow e gli altri bambini sono ancora dentro! Ci ha detto di chiamare il 911 e ci ha detto che stava salendo le scale della cucina per inseguire i bambini che erano andati nel panico ed erano corsi nelle loro stanze."

"Lo so. Mi ha chiamato. Sono tutte fuori?"

Loretta annuì. "Sì, qualcuno ha lanciato un mattone attraverso la finestra anteriore, prima che potessimo fare qualcosa, è arrivata una bomba... o qualsiasi cosa fosse. È rotolata davanti alla porta della cucina e ha dato fuoco al tappeto. Abbiamo urlato. Non potevamo fare nulla! Poi è arrivata una seconda bomba e siamo dovute uscire."

"Avete fatto la cosa giusta," la rassicurò Black, valutando mentalmente l'edificio mentre ascoltava. I suoi occhi andavano dal fumo nero che usciva dai crepacci dell'edificio alle fiamme che vedeva provenire da alcune finestre del secondo piano. Sapeva che Harlow e i ragazzi non avevano molto tempo.

"Quando arrivano i vigili del fuoco, mandateli sul retro," ordinò, poi se ne andò prima che lei potesse chiedere ulteriori informazioni.

Black si mise a correre lungo l'isolato, quasi sbattendo contro le persone che stavano in piedi a fissare il fuoco. Corse attraverso il parcheggio e imprecò quando quasi sbatté contro un grosso camioncino bianco per le consegne parcheggiato dietro l'angolo. Si riprese prima di andare a sbattere a terra, ignorando l'avvertimento del guidatore di stare attento.

Fissava verso l'alto mentre correva, sapeva esattamente in quale stanza si trovavano Harlow e i bambini. Quattro piccole teste erano appese alla finestra in fondo al palazzo di Loretta, la stanza più lontana dal fuoco.

Ringraziò la sua buona stella, Harlow era stata abbastanza

intelligente da scegliere quella stanza per rintanarsi, poi si fermò direttamente sotto la finestra.

"Harlow!" gridò.

"Lowell!" urlò lei.

Lui alzò le braccia. "Devi lanciarli. Uno alla volta. Li prenderò!"

Harlow fissò Lowell con orrore. Saltare? Non potevano saltare! Era troppo alto. "Ma è troppo alto!" gridò. Il rumore del fuoco era estremamente forte. Non avrebbe mai pensato che potesse essere così dannatamente rumoroso.

"Fallo e basta!" urlò lui. "Non discutere!"

Harlow tossiva quasi senza sosta, così come i bambini. I loro occhi erano iniettati di sangue, erano assolutamente terrorizzati. Anche lei lo era, ma era l'adulta: doveva essere lei quella forte.

"Ok, ragazzi, ecco cosa dobbiamo fare. Lowell è qui. Vi prenderà al volo."

Jasper spalancò gli occhi e aprì la bocca per protestare, ma Harlow scosse la testa per avvertirlo.

"Sì, siamo in alto, ma voi potete farcela. Guardate, vi tengo le mani e mi sporgo dalla finestra il più possibile. Sono alta quasi un metro e settanta. Voi ragazzi quanto siete, un metro e mezzo... o più? Lowell ha la mia stessa altezza. Tutto sommato, sarà quasi come saltare dalla finestra della cucina, come ha fatto Lacie."

I ragazzini non sembravano convinti, ma purtroppo Harlow non aveva il tempo di convincerli. "Jody, tu sei la prima," le disse.

La bambina era assolutamente terrorizzata, ma non si tirò indietro quando Harlow la prese in braccio. "State indietro, ragazzi," disse agli altri, loro le fecero subito spazio alla finestra. "Jasper, tienimi le gambe," gli ordinò.

L'adolescente si inginocchiò subito e le afferrò i polpacci. Harlow fece un cenno di approvazione. Poi prese il viso di Jody tra le mani. "Chiudi gli occhi, piccola. Prima che te ne accorga, sarai in strada con la tua mamma, ok?"

"Ok," disse la bimba, Harlow voleva piangere per la completa fiducia che le leggeva negli occhi. Facendo un respiro profondo e cercando di non tossire, girò Jody fino a farla sedere sul cornicione, a faccia in giù. Le prese i polsi e la abbassò lentamente fuori dalla finestra.

Harlow si sporse il più possibile senza cadere. Sentiva il peso di Jasper sulle gambe, sapeva che se non ci fosse stato lui sarebbe caduta.

"Lasciala andare!" gridò Lowell dal basso. Da troppo in basso. "La prendo. Fidati di me."

Harlow si fidò. Affidò la sua vita Lowell, e anche quella della bambina che teneva per i polsi.

Catturando lo sguardo di Lowell lei annuì e, senza avvertire la bambina, le lasciò andare i polsi.

Harlow voleva chiudere gli occhi, per non vedere cosa sarebbe successo dopo, ma non lo fece. Jody cadde verso il basso come una bambola di pezza, e proprio come un supereroe dei film così popolari al giorno d'oggi, Lowell la prese a mezz'aria. Cadde sul sedere, ma cullò Jody vicino al suo petto, tenendola al sicuro. In pochi secondi, si rialzò. Mise Jody a terra e le disse qualcosa mentre le indicava il parcheggio in fondo al vicolo. La bimba scappò via di corsa.

"Il prossimo!" gridò Lowell.

Piangendo ininterrottamente, Harlow si rilassò di nuovo nella stanza. Si rivolse a Sammie. "Tocca a te."

Sammie scosse la testa freneticamente. "No! Non voglio!"

"Devi," disse Harlow, cercando di mantenere la voce calma.

"No!"

Harlow era pronta ad afferrarla, ma Milo intervenne. "Puoi farcela, Sammie. Io credo in te."

Proprio in quel momento Sammie tirò su con il naso e si voltò verso Harlow.

Più grata di quanto non lo fosse mai stata in vita sua, fece salire Sammie sul bordo della finestra proprio come aveva fatto con Jody. Non era molto più pesante della bambina di cinque anni, ma era più alta. Harlow le afferrò i polsi e la abbassò lentamente dalla finestra. "Pronta?" le chiese.

Sammie si morse il labbro e scosse la testa. "No, non farlo! Ho cambiato idea. Non voglio..."

Senza lasciarle finire la frase, Harlow la lasciò andare.

Che gesto arduo. Non si sarebbe mai azzardata a far cadere una bambina da un edificio di tre piani, ma l'alternativa era la morte, un'alternativa per nulla valida.

Sammie urlò per tutto il tragitto, di circa due secondi, prima di atterrare tra le braccia di Lowell. Ancora una volta lui cadde a terra, ma si rialzò, e presto Sammie corse giù per il vicolo proprio come aveva fatto Jody.

"Ora tocca a me, vero?" chiese Milo.

Harlow si allontanò della finestra e annuì. Ma già aveva dei ripensamenti. Aveva visto quanto fosse forte l'impatto su Lowell quando aveva preso le altre due, che erano più piccole e più leggere di Milo. Aveva la brutta sensazione che non sarebbe riuscito a prendere né lei né Jasper senza farsi male.

Guardando fuori dalla finestra, prima da una parte, poi dall'altra, si mise in ascolto. Ma non sentiva nulla a causa del crepitio e dello scoppio del fuoco.

Non sapeva se i vigili del fuoco stavano arrivando, o se addirittura fossero già lì fuori a spruzzare acqua sul fuoco.

"Ok, Milo. Tocca a te."

Senza una parola, il bambino di nove anni si arrampicò sul davanzale. Tossiva e le lacrime gli scendevano sul viso, ma non esitò. Alzò le braccia. Harlow gli afferrò i polsi e si sporse di nuovo con cautela dalla finestra. Non poteva sporgersi più di tanto perché Milo era più pesante delle bambine. Sentiva il suo baricentro ribaltarsi pericolosamente.

"Sono pronto!" disse Milo, Harlow lo lasciò andare.

Guardò la caduta, ma sussultò quando Lowell cadde a terra con Milo in braccio. Gli ci vollero diversi secondi per muoversi, ma alla fine Milo scese e si diresse verso la fine del vicolo.

Il secondo in cui Lowell la guardò, Harlow capì che non sarebbe stato in grado di aiutare lei e Jasper.

Era esattamente come aveva pensato. Erano troppo pesanti, erano troppo in alto. Se lui avesse cercato di prenderli, sarebbe rimasto gravemente ferito.

Si pulì il naso che colava e tossì. Allontanando l'attenzione da Lowell, allungò un braccio a Jasper. "Avvicinati alla finestra," gli disse.

L'adolescente fece come richiesto, si aggrapparono al lato della finestra e si sporsero il più lontano possibile. Il fumo nero aveva riempito l'ufficio e si lanciava fuori dalla finestra, come se anche lui volesse dell'aria fresca.

Harlow si ricordò improvvisamente di qualcosa che aveva visto in televisione, qualche tempo prima. Aveva guardato un documentario sulla tragedia dell'11 settembre a New York. Aveva guardato con orrore mentre il programma mandava in onda le riprese di persone che saltavano giù dai piani alti delle torri del World Trade Center.

Allora non l'aveva capito. Non sapeva come qualcuno potesse saltare da quell'altezza, sapendo che sarebbe morto una volta atterrato.

Ma in quel momento lo capiva benissimo.

Il calore che proveniva dalla stanza dietro di lei era quasi insopportabile. Si sporgeva il più lontano possibile dalla finestra e non riusciva ancora a far entrare aria nei polmoni. Il suo cervello le diceva di sporgersi più lontano, per avere più aria fresca. L'idea di soffocare era terrificante, così come l'idea di bruciare a morte. Ebbe l'improvviso pensiero che se avesse saputo per certo di morire in fretta, buttandosi dalla finestra, l'avrebbe fatto. Ma non era abbastanza alta. Se si fosse buttata, si sarebbe fatta male. Gravemente. Ma magari non sarebbe morta. Poteva rimanere paralizzata. Avrebbe provocato solo più dolore, per sé e per la sua famiglia.

Ma se si fosse trovata a cento piani di altezza, in quel momento? Saltare sembrava assolutamente il modo migliore per morire.

Le lacrime scendevano sul viso, sia a lei che a Jasper, Harlow sapeva che era giunta l'ora. Cercò di consolarsi per il fatto che almeno aveva tirato fuori quattro dei bambini.

Guardò Lowell, dall'alto in basso.

Lui la fissava come se potesse usare la forza mentale per sollevarla dalla finestra e metterla al sicuro. Harlow tossiva. Si portò la mano alla bocca e gli mandò un bacio.

Invece di risponderle con gentilezza, Lowell si girò e si mise a correre nel vicolo, nella stessa direzione in cui aveva mandato i bambini. Zoppicava gravemente, Harlow odiava il fatto che si fosse fatto male per salvare i bambini.

"Se ne va?" squittì Jasper.

"No."

"Sì invece," insistette il ragazzino. "Ci lascia qui a morire!"

"Non può prenderci," gli spiegò Harlow. "Siamo troppo grandi. Probabilmente lo uccideremmo."

Jasper aveva gli occhi spalancati. "Pensavo che fosse diverso. Ma è proprio come il mio vecchio! Nessuno è affidabile. Nessuno! Nemmeno Loretta. Anche lei ci sta cacciando via!"

Harlow non sapeva come Jasper avesse saputo della chiusura del rifugio, ma doveva limitare i danni. Anche se avevano solo pochi minuti da vivere, non voleva che quel ragazzino, che ne aveva già passate troppe nella sua giovane vita, pensasse che così tante persone fossero inaffidabili. "Lowell non ci lascia," gli disse in modo severo. "Guardami, Jasper."

Lui lo fece, e lei vide che la sua rabbia si era trasformata in dolore. Altre lacrime gli scendevano sulle guance, non per il fumo nell'aria.

"Non se ne è andato. Non mi lascerebbe mai."

"Non puoi saperlo."

"Voglio saperlo. Io credo in lui. Farà tutto ciò che è in suo potere per farci uscire di qui. Morirà provandoci. Mi credi?" La sua voce si abbassò per i danni causati dal fumo, ma doveva far capire a Jasper.

Ci vollero alcuni secondi, ma alla fine il ragazzino annuì.

"Lo amo. Ma, cosa ancora più importante, mi fido di lui. Gli affido la mia vita. E la tua."

"Ok," gracidò Jasper.

"E se ci fosse un modo per far funzionare il rifugio, Loretta lo farebbe. Ma è costoso. Non si tratta di lei. Odio doverlo dire, ma non tutto riguarda te, Jasper." Gli sorrise, per alleviare il rimprovero.

Lui guardò in basso per un secondo, come imbarazzato, ma poi si riprese rapidamente. "Non è così? Beh, dovrebbe esserlo!" disse.

Harlow sorrise mentre tossiva. Poi qualcosa attirò la sua attenzione, e guardò oltre l'adolescente, verso la fine del vicolo.

E tirò finalmente un sospiro di sollievo.

———

Black sapeva di essersi giocato il ginocchio. Aveva sentito qualcosa scoppiare mentre prendeva al volo Milo, ma ignorò il dolore. Nell'attimo stesso in cui era caduto per terra l'ultima volta, aveva capito che non sarebbe riuscito a prendere

Jasper o Harlow. Doveva trovare una soluzione, e in fretta. Alzò lo sguardo e li vide entrambi sporgersi pericolosamente dalla finestra. Il fumo nero sgorgava da dietro di loro.

Guardò Harlow che gli mandava un bacio e perse il controllo.

No.

Non avrebbe mai guardato la donna che amava bruciare o soffocare a morte.

Gli scattò qualcosa nel cervello, improvvisamente si girò e si diresse di nuovo verso il vicolo da dove era venuto. Zoppicando gravemente, si costrinse a sopportare il dolore e ad andare avanti. Girò l'angolo e si diresse verso il camioncino bianco delle consegne che, grazie a Dio, era ancora nel parcheggio. Aprì la portiera del lato del passeggero e salì a bordo. "Muoviti!" gridò, indicando il vicolo.

"Amico! Non puoi salire sul mio furgone."

"L'ho appena fatto. Ora, cazzo, muoviti!" sbraitò.

L'uomo alzò le mani dal volante come se si stesse arrendendo a Black. "Non voglio problemi."

Sapendo che le vite di Harlow e Jasper erano letteralmente appese a un filo, Black lo supplicò: "La mia donna ha bisogno di aiuto. È in quell'edificio in fiamme. Ho bisogno che ti muova! Per l'amor di Dio, per favore! Ti sto implorando."

L'uomo vide qualcosa di genuino negli occhi di Black, perché annuì e girò la chiave nell'accensione.

Seguì le indicazioni di Black e lo ascoltò mentre questi gli raccontava il piano. Sfrecciò fuori dal parcheggio e guidò il più velocemente possibile verso il punto indicato.

Black alzò lo sguardo e fu sollevato nel vedere sia Harlow che Jasper ancora appesi alla finestra. "Eccoli!" disse, indicandoli. "Avvicinati il più possibile."

"L'edificio è in fiamme," disse stupidamente l'autista.

"Me ne rendo conto," disse Black con impazienza. "Appena senti il secondo battito, via di qui. Capito?"

"Oh sì, amico. Questo posso farlo."

Black aspettò che il camion si fermasse direttamente sotto il finestrino. Poi saltò fuori dal finestrino laterale e si arrampicò sulla parte superiore del camion. L'altezza del camion mise Black a meno di un metro e mezzo sotto il finestrino, piuttosto che i tre piani di distanza di prima.

Si alzò, alzò lo sguardo verso Harlow e alzò di nuovo le braccia. "Dai, piccola," sussurrò, sapendo che lei non poteva sentirlo. "Salta."

———

Nel secondo stesso in cui Harlow vide il camion che entrava nel vicolo, capì cosa aveva pianificato Lowell. Il grande camion bianco per le consegne avrebbe dato loro qualcosa su cui saltare. Potevano farcela. Si sarebbero salvati.

"Vedi?" gracchiò lei. "Te l'avevo detto che sarebbe tornato."

Jasper non riusciva più a parlare. Tossiva così forte che Harlow era sempre più allarmata.

Guardò Lowell uscire dal finestrino del lato passeggero e salire sulla parte superiore del camion. Alzò le braccia e vide che stava dicendo qualcosa.

Sapendo che non avevano più tempo, Harlow si avvicinò a Jasper e gli afferrò il braccio. Indicò Lowell e il camion. Jasper annuì. Lei si mosse all'indietro, sentendo il calore del fuoco sulle gambe, si inginocchiò nuovamente sul davanzale della finestra. Non poteva chinarsi come aveva fatto con gli altri bambini, ma afferrò i polsi di Jasper e lo aiutò a scivolare sul bordo del davanzale. Guardò Lowell, lo vide annuire, poi lasciò andare.

Jasper cadde proprio tra le braccia di Lowell. Ancora una

volta, Lowell cadde all'indietro, ma non sembrava così doloroso come quando era caduto con Milo.

Senza esitazione, Harlow gettò una gamba sul davanzale e rimase in equilibrio per un attimo. Guardò indietro, verso la porta.

Non c'era più. Le fiamme sparavano verso l'alto e strisciavano sul soffitto, verso di lei. Il calore era intenso, Harlow sapeva che, se non se ne fosse andata in quel momento, non ne avrebbe più avuto la possibilità.

Abbassandosi oltre il limite, cercò di tenersi fino a poter fare una caduta controllata, ma le sue mani non volevano collaborare. Nel momento in cui fece oscillare la seconda gamba oltre il bordo del davanzale e iniziò ad abbassarsi, le mani cedettero e cadde.

Lowell la afferrò dolorosamente intorno alla vita, cadde sulla schiena.

Inspirò il più possibile l'aria fresca, ma non riusciva a farla entrare nei polmoni.

Harlow sentì Lowell muoversi da sotto di lei, ma non riusciva ad aprire gli occhi abbastanza a lungo per vederlo. Di certo non poteva parlare. Non poteva chiedergli se stesse bene.

Il camion cominciò a muoversi sotto di loro. Harlow riuscì ad aprire gli occhi abbastanza a lungo da vedere una pioggia di scintille e detriti cadere dalla cima dell'edificio, da dove era appena caduta lei.

Chiudendo di nuovo gli occhi e concentrandosi sulla sensazione della mano di Lowell sulla fronte, cercando di far entrare ossigeno nei polmoni, Harlow lasciò che ogni muscolo del suo corpo si rilassasse.

Non doveva più essere forte. Lowell era lì. Si sarebbe preso cura di lei. L'avrebbe protetta.

CAPITOLO VENTIQUATTRO

"Mi dispiace di non poter venire a ridere di te perché ti sei fatto male," disse Lance a suo fratello, per telefono, pochi giorni dopo l'incendio.

Black aveva appena ricevuto la visita dei genitori, Harlow era stata riaccompagnata nella sua stanza dai suoi genitori. Non era mai stato solo dopo l'incendio, se non di notte, quando dormiva.

"Va tutto bene," disse Black al suo fratellino. "Stai bene?"

"Sì, stamattina vado in Perù per un servizio fotografico."

"Fico." Era sincero. Lance era un ottimo fotografo che viaggiava in tutto il mondo. La sua specialità era andare nelle viscere di una città e fotografare la vita quotidiana dei residenti: dalle comunità di senzatetto che vivevano nei tunnel di drenaggio sotto Las Vegas, alla vita in Siberia in pieno inverno, dalle pianure africane alle baraccopoli di Città del Messico, l'aveva vista e vissuta in prima persona. Portare alla ribalta la situazione dei meno fortunati era la missione della sua vita. "Quando tornerai?"

"Non ne sono sicuro," disse Lance. "In realtà sto accompagnando una troupe cinematografica. Stanno facendo una storia sulla prostituzione e su come le donne vengono sfruttate nei paesi e nelle città povere."

"Farai attenzione, vero?" chiese Black. "Devi credermi quando ti dico che i protettori delle prostitute non accettano di essere ripresi, non sono contenti che le loro operazioni vengano esposte."

"Certo. Non farò questo lavoro da solo. Abbiamo con noi un sacco di cameraman e altri tecnici."

Black non si sentiva ancora tranquillo, ma aveva imparato a tenere la bocca chiusa. Lance era un adulto, e non poteva dirgli di più, considerando il proprio impegno per i Mercenari di Montagna. "Quando torni, voglio che tu venga a trovarmi. Voglio presentarti Harlow."

Lance rimase in silenzio per un attimo prima di chiedere: "Ti piace davvero, eh?"

"Sì, un giorno la sposerò," disse Black al fratello.

"Ma davvero?"

"Davvero."

"Ha già incontrato mamma e papà?

"Sì, anche se ultimamente è un po' fuori di testa. Ma resteranno nei paraggi."

"Sta bene?" chiese Lance, con la voce chiaramente preoccupata.

"Sì. È rimasta molto intossicata dai fumi dell'incendio. È fortunata a non essersi bruciata i polmoni o la gola. È sotto ossigeno e i medici le danno dei farmaci per favorire la respirazione, ma dicono che presto si riprenderà. Tossisce ancora molto, ma siamo tutti felici che sia viva."

"Grazie a Dio."

"Sì."

"Ehi, Lowell?"

"Sì, fratello?"

"Sono fiero di te."

Black sentì un nodo alla gola. Riuscì a gracchiare a malapena un "grazie."

"Ma non pensare che farti male ti renderà il figlio predi-
letto di mamma e papà. Quello sarò sempre io. Quindi manda
giù il rospo."

Black scoppiò a ridere. Tipico di Lance dire qualcosa di
bello, per poi sparare una cagata. "Come vuoi, stronzo. Fai
buon viaggio, ok?"

"Sarà fatto. Mi rifaccio vivo quando sarò tornato negli
Stati Uniti."

"Sarà meglio per te."

"Ci sentiamo."

"Ciao, Lance."

Black terminò la chiamata e chiuse gli occhi. Era stato
estremamente fortunato. Fortunato di essere andato al rifugio
nel momento giusto. Fortunato che il furgone bianco era
ancora parcheggiato in fondo al vicolo. Fortunato che, considerando che lui e la squadra non avevano scoperto cosa stesse
succedendo prima che Woolf facesse la sua mossa, tutte le
donne e i bambini erano comunque usciti vivi dall'edificio.

Con quel caso, avevano imparato una preziosa lezione. Il
loro capo era sì un uomo estremamente intelligente, ma era
anche un essere umano. Non potevano fare totale affidamento
su di lui per ogni briciolo di informazione, in futuro. Il gioco
di squadra era vitale, nel loro lavoro, il team includeva anche
Rex. Non era solo una voce al telefono. Se volevano avere
successo, avevano bisogno di lui tanto quanto lui aveva
bisogno del resto della squadra.

Black non sapeva ancora se Arrow avesse parlato con Rex
della moglie scomparsa e dell'offerta della squadra di indagare
sul caso, ma senza dubbio era una cosa da fare. Rex non
poteva andare avanti in quel modo, il team non poteva continuare con le missioni di salvataggio sapendo che il capo non
si fidava degli uomini per il caso più importante della sua vita.

Muovendosi nel letto, Lowell sussultò quando mosse la gamba nel modo sbagliato. Il ginocchio gli faceva un male fottuto. Ma sarebbe guarito. E anche Harlow. Sarebbero andati avanti con la loro vita, lui avrebbe potuto portarla a molti altri appuntamenti in futuro. Al momento, era l'unica cosa che contava.

Si addormentò pensando a tutte le diverse cose che poteva fare con Harlow e a quanto si sarebbero divertiti per il resto della loro vita.

———

Un paio di settimane dopo, Harlow era seduta accanto a Lowell, al The Pit, intenta a guardare tutti i suoi amici giocare a biliardo. Appoggiò la testa sulla sua spalla e sentì la sua mano stringersi sulla coscia, dove gliel'aveva appoggiata.

"Stai bene?" le chiese lui, tranquillamente.

Harlow annuì. "Alla grande."

"I tuoi genitori se ne sono andati?" le chiese Morgan mentre si trovava a lato del tavolo da biliardo, in attesa del suo turno.

"Sì." disse Harlow. "Li adoro, ma era ora. Mi stavano facendo impazzire." I suoi genitori si erano precipitati a Colorado Springs quando avevano saputo dell'incendio ed erano rimasti fino a quando non si erano accertati che stesse bene.

"Volevano solo essere sicuri che tu fossi guarita al cento per cento, prima di andarsene," le disse Lowell.

Harlow sollevò la testa per guardarlo. "Lo so, ma onestamente, non molto tempo dopo l'incendio stavo già bene. Eri tu che non stavi bene."

No, infatti. Prendendo Milo al volo, Lowell si era strappato un mucchio di legamenti del ginocchio; poi si era messo a correre, si era arrampicato sulla parte superiore del camion, e successivamente aveva preso al volo sia lei che Jasper... tutto quel carico non gli aveva fatto proprio bene. Aveva subito un intervento chirurgico ed era in riabilitazione, ma ovviamente soffriva ancora.

Jasper se l'era cavata più o meno come Harlow, soffriva di intossicazione da fumo, ma erano tutti felici di sapere che stava bene. Era un bambino, quindi il suo corpo si era ripreso più velocemente di quello di Harlow. Anche gli altri bambini stavano bene. L'intera comunità si era radunata intorno a tutte le residenti, si erano impegnati tutti a trovare nuovi appartamenti in cui farle vivere. Alcune avevano trovato alloggio addirittura nello stesso complesso, così potevano continuare a vedersi ogni giorno.

"Sto bene," disse Lowell.

Harlow alzò gli occhi al cielo. Era proprio un ragazzo. Era seduto lì, con un tutore al ginocchio e faceva una smorfia quando si muoveva nella direzione sbagliata, ma continuava a insistere che stava bene. Andava bene così.

"È stato bello conoscere anche i tuoi genitori," disse Allye al suo amico. "Pensavo che fossi nato da un uovo, o qualcosa del genere."

"Ehi," ringhiò Lowell, cercando di colpirla con un pugnetto, ma lei si mise a ridere e saltò fuori dal suo raggio d'azione.

"Allora... i vostri genitori andavano d'accordo?" chiese Gray, avvolgendo un braccio attorno alle spalle di Allye e avvicinandosela al fianco.

"Oh, sì," rispose Lowell. "Credo che i genitori di Harl stiano addirittura pianificando una visita a Orlando a trovare i miei, nel prossimo futuro."

"Wow, è fantastico!" esclamò Chloe.

Harlow annuì. "Sì, anche se non sono sorpresa. Con i miei genitori è molto facile andare d'accordo. È un bene che i Lockard abbiano vissuto a Topeka per un po'. Conoscono anche alcune delle stesse persone. Allora, donne, siete pronte a provare il mio corso di cucina la prossima settimana?" chiese alle ragazze.

Chloe, Allye e Morgan annuirono tutte insieme.

"Non vedo l'ora di ricevere lezioni di cucina dalla Chef Reese," disse Chloe sorridendo.

Harlow alzò gli occhi al cielo. "Voglio solo assicurarmi di non fare niente di troppo difficile per la mia prima lezione. Voglio che le donne che frequentano le lezioni si sentano a proprio agio nel preparare pasti sani da buongustai, ma che non si sentano intimidite."

"Sono sicura che hai scelto il pasto perfetto," la incoraggiò Allye.

"E noi siamo felici di farti da cavie," aggiunse Morgan.

Proprio in quel momento, Ball entrò nella sala sul retro, portando un vassoio pieno di bevande. Camminava con estrema cautela per non rovesciare nulla. Posò il vassoio su un tavolo vicino e sospirò, sollevato.

"Gesù, non so come fanno le cameriere a fare queste stronzate, " borbottò.

Ball distribuì le bevande: birre ai ragazzi - eccetto Black, che ricevette un bicchiere d'acqua a causa delle medicine che stava ancora prendendo - una bottiglia d'acqua per Allye e margarita per Chloe, Morgan e Harlow.

Poi fece un cenno con la testa a Gray e fece un passo indietro.

Gray si schiarì la gola e appoggiò la propria birra sul tavolo. Poi si girò verso Allye e le tolse la bottiglia d'acqua dalle mani.

"Oh, mio Dio," disse Allye con voce bassa, come se sapesse cosa stava per succedere.

"Stavo per farlo quando siamo andati a Denver, ma ovviamente non è successo. Quindi, penso che il secondo modo migliore per farlo sia quello di essere circondati dai nostri amici. Allye Martin, sei la persona più importante della mia vita. Non riesco a immaginare di non passare il resto dei miei giorni con te al mio fianco. Ti amo più di ogni altra cosa. Mi vuoi sposare?"

Fu una proposta sentita, breve e dolce, tutti captarono la totale sincerità e l'infinito amore nella voce di Gray.

"Certo che lo farò," disse Allye, con voce tremante. "Ti amo tanto!"

Si abbracciarono e si baciarono finché Meat gridò: "Basta così!"

Scoppiarono tutti a ridere e si congratularono con la nuova coppia di fidanzati.

Poi Dave entrò dalla porta nella stanza sul retro, portando una grande torta con le candeline. "Congratulazioni!" gridò, con il suo profondo accento del sud.

Appoggiò la torta su un tavolo da biliardo e tutti risero per la scritta.

2 ACCASATI, NE MANCANO 4

Dave si voltò a guardare Morgan e Arrow con un sopracciglio alzato.

Arrow alzò le mani, in segno di resa. "Ehi, non guardare me. Sposerei Morgan domani, se fosse per me."

"Sì," disse Morgan con dolcezza.

Arrow si voltò di scatto a fissare la donnina al suo fianco. "Cosa?"

"Se questa era una proposta, la mia risposta è sì," disse lei con calma.

"Oh, ma.... Non ho ancora un anello... E..." balbettò Arrow.

Morgan si alzò in punta di piedi e avvolse le braccia intorno al collo di Arrow. Lui si abbassò e la prese in braccio.

"Ti amo," disse Morgan.

Il sorriso di Arrow era quasi accecante, mentre guardava

la donna tra le sue braccia. "Hai davvero accettato di sposarmi?"

"Me l'hai chiesto?"

"Beh, più o meno."

"Perché non ci riprovi, allora?"

"Morgan Byrd, vuoi sposarmi e rendermi l'uomo più felice del mondo?"

"Ehm, non credo che sia vero," borbottò Gray. "Non può essere, dato che sono io l'uomo più felice del mondo."

"Sì. Sì! Ti sposerò," esclamò Morgan ad Arrow.

Dave scivolò alle spalle della coppietta felice, con un coltello in una mano e una piccola bottiglia di glassa da spremere nell'altra. Raschiò via il 2 e il 4 sulla torta, sostituendoli entrambi con 3 e 3.

"Ecco," disse, poi si raddrizzò e si voltò per guardare Harlow e Black in modo interrogativo.

Harlow guardò Lowell e scoppiò a ridere. Lui si unì alla risata, entrambi in preda alla ridarella.

"Cosa c'è di così divertente?" chiese Ball, quando si ripresero dal gran ridere.

"Mi sono appena abituata al fatto che io e Lowell ci frequentiamo. Penso che dovremo aspettare un po', prima di fare il grande passo!"

"Non aspettate troppo a lungo," disse Dave. "La vita è troppo breve per avere rimpianti." Poi si rivolse al resto del gruppo e disse: "Stasera offre la casa!"

Tutti applaudirono, ma Harlow aveva occhi solo per Lowell. La stava fissando intensamente.

"Cosa?" gli chiese.

"Quando ero in piedi, in quel vicolo, e ti guardavo appesa a quella cazzo di finestra, una delle cose che sentivo era il rimpianto. Il rimpianto di non averti detto cosa provavo per te. Ci ho pensato molto, nell'ultimo mese. Anche se sei stata tu ad attraversare il calvario, anche se eri tu che soffrivi di intossicazione e avevi gli incubi, ti sei messa in contatto con i miei genitori e hai raccontato loro quello che è successo. Ti sei tenuta in contatto con Loretta e l'hai anche aiutata a capire alcune cose dell'assicurazione. Sei andata a trovare Lacie, Jody, Milo, Jasper e Sammie. Sei stata tutto per tutti, e non hai mai chiesto niente per te."

"Lowell..." cominciò lei, ma lui si portò una mano di lei alla bocca, le baciò il palmo e continuò.

"Prima di te, non potevo immaginare di passare il resto della mia vita con una sola persona. Non riuscivo a capire che non mi sarei annoiato a svegliarmi con la persona giusta al mio fianco, mattina dopo mattina. Ma posso dire onestamente che, dopo aver passato l'ultimo mese con te, il motivo per cui non potevo immaginare di stare con qualcuno per sempre era perché non ti avevo ancora incontrato. Ho capito che nessun'altra relazione aveva funzionato perché non era con te."

"Non ti chiedo di sposarmi in questo momento, perché nessuno di noi due è pronto per questo, ma lo vedo nel nostro futuro. Passerò il resto della mia vita a cercare di rimediare ai brutti appuntamenti che hai avuto. Farò tutto ciò che è in mio potere per assicurarmi che ti piacciano di nuovo le sorprese, almeno quelle che ti organizzo io."

"Quando io e Jasper eravamo appesi fuori da quella finestra, e tu ci hai voltato le spalle e sei scappato via, Jasper ha perso la testa. Pensava che ci avessi abbandonati, proprio come suo padre." Harlow iniziò a piangere, faceva fatica a far uscire le parole, ma continuò. "Ma io sapevo che non l'avevi fatto. Sapevo che saresti tornato per me. Dal profondo dell'anima, lo sapevo. E nel momento in cui ho visto quel furgone arrivare dietro l'angolo, ho capito che eri tu. Non devi rimediare a nessun brutto appuntamento che ho avuto... lo fai ogni giorno, solo essendo te stesso. Io... Ti amo, Lowell."

Vide gli occhi di Lowell velarsi, prima che lui la prendesse dalla sedia e se la mettesse in grembo. Assicurandosi di tenere il peso sulla gamba buona, Harlow gli infilò il viso tra il collo e la spalla e rimase lì.

Da quando Lowell era stato dimesso dall'ospedale, viveva con lui nel suo appartamento. I genitori di Harlow avevano soggiornato nel suo appartamento mentre erano stati a Colorado Springs, e i genitori di lui erano in un albergo vicino. Harlow si era presa cura di lui, anche quando lui non voleva essere accudito. Aveva fatto la prepotente e gli aveva fatto da babysitter, giurando di fare tutto il necessario per rimetterlo in piedi e farlo lavorare di nuovo con la squadra.

Lui non era ancora pronto (lei sapeva che la cosa lo stava divorando) ma aveva lavorato con Meat dietro le quinte, imparando alcuni dei trucchi che il suo amico usava per trovare informazioni online.

"Ecco, ragazzi," sentì Harlow davanti a loro. Alzò la testa per vedere Ball che stava lì in piedi con due piatti tra le mani. "Non si può lasciare che una buona torta vada sprecata."

Harlow gli sorrise e prese i piatti. "Grazie." Guardando Lowell, sorrise ancora di più. "Torta?"

"Preferirei mangiare qualcos'altro," le disse, dopo che Ball si voltò per prendersi una fetta.

"Lowell!" esclamò Harlow con un sorriso.

Lui ridacchiò e le strinse la presa intorno alla vita. "Non posso farci niente se sei troppo sexy, cazzo, e non riesco a tenere mani o bocca a posto."

"Beh, puoi certamente parlarne con i nostri amici," gli disse lei con spavalderia.

Ma Lowell rise di nuovo. "Guardali, piccola. Cosa pensi che faranno Gray, Ro e Arrow appena torneranno a casa stasera?"

Harlow arrossì. "Non è educato parlarne!"

Lowell scosse la testa. "Bene. Scusa. Ma devi sapere che, per quanto mi piaccia averti sopra di me, non appena avrò avuto il via libera dal dottore, sarai a terra sulla schiena per ore."

"Cavolo, Lowell," disse Harlow, sapendo che probabilmente era rossa come un peperone.

"Ti amo," le disse solennemente. "Dave aveva ragione. La vita è troppo breve per avere rimpianti. Ero così fottutamente spaventato quel giorno. Avevo paura di dover stare lì a guardarti morire o saltare da quella finestra."

"Va tutto bene," gli disse Harlow.

"Lo so. Ho intenzione che tutto prosegua così."

Lei amava quella dolcezza, ma aveva bisogno di farlo tornare il Lowell a cui era abituata, così gli chiese: "Qualche novità su Nolan Woolf?"

Gli ci volle un secondo per elaborare il nuovo argomento, ma alla fine sorrise. "Non posso credere di aver dimenticato di dirtelo. L'hanno beccato i poliziotti di Denver."

"Sì? Dove? Che cosa è successo?"

"Si nascondeva in uno dei suoi condomini in città. Purtroppo per lui, però, alcuni dei suoi inquilini hanno capito chi fosse. Non erano contenti che avesse ignorato le loro richieste per gli interventi di manutenzione. A quanto pare c'era della muffa nell'edificio, gli ascensori non funzionavano, le scale si stavano sgretolando e c'era acqua calda solo a intermittenza. L'hanno picchiato a sangue. Poi hanno chiamato la polizia e gli hanno fatto sapere dove potevano trovarlo. Il fatto che la sua faccia fosse su tutti i notiziari, insieme a quello che ha fatto, ha reso più facile per gli inquilini consegnarlo alla polizia."

"Sinceramente non credo che volesse ucciderci," disse Harlow a voce bassa.

"Fa differenza? Lo stronzo ha lanciato due Molotov in un edificio pieno di persone. Non so cosa pensasse che succedesse, ma ai miei occhi è tentato omicidio. E il procuratore distrettuale è d'accordo con me."

"Quindi... è finita?" chiese lei.

"È finita, piccola," confermò Lowell. "Lo abbiamo ripreso in video che lancia le bombe nell'edificio. Ha tenuto la testa bassa, ma quel neo sul lato del collo è un indizio evidente. Per non parlare dell'offerta a fondo perduto che Loretta ha ricevuto da lui il giorno dopo. Non ha ancora confessato, ma non ho dubbi che lo farà."

Harlow lo guardò di sbieco. "Perché?"

Lowell sorrise. "Perché sono stato invitato a partecipare all'interrogatorio."

"E tu ottieni sempre la tua confessione, vero?"

"Sì, soprattutto quando riguarda la donna che amo."

Harlow sentì scoppiarle la pelle d'oca sulle braccia quando alzò una mano per accarezzargli il collo. "Non fare qualcosa di folle. Non sopporto il pensiero che tu ti metta nei guai e debba andare in prigione."

"Non andrò in prigione, piccola," la rassicurò.

"Perché come faccio ad avere più appuntamenti fantastici, se sei dietro le sbarre?" chiese lei, ignorandolo. "Voglio dire, se devo andare a trovare il mio paparino dietro le sbarre e sperare nelle visite coniugali, significa entrare di nuovo nel territorio degli appuntamenti sbagliati."

"Vuoi un figlio da me, Harl?" le chiese, chinandosi fino a quando non sembrò che fossero solo loro due.

Deglutendo rumorosamente, Harlow si costrinse a guardarlo negli occhi. "Non in questo preciso istante. Ma se continui a non fare l'idiota, sto pensando...sì."

Lowell scoppiò a ridere. "Vedrò cosa posso fare per continuare a non essere un idiota."

"Ecco, bravo," disse lei.

Appoggiando la fronte sulla sua, le chiese: "Ti trasferisci ufficialmente nel mio appartamento?"

"Ci penserò," scherzò lei.

"Mi piace averti lì," le disse seriamente. "Mi piace

svegliarmi con te. Mi piace fare la doccia con te, anche se mi piacerà di più quando riuscirò a stare in piedi come si deve. Mi piace cucinare per te, guardarti mentre mi prepari qualcosa da mangiare. Mi piace aiutarti a capire cosa vuoi fare dopo, mi piace sapere che alla fine della giornata non devo guardarti uscire dalla porta per andare a casa tua. Mi piace più o meno tutto di te."

"Divertente. Penso la stessa cosa," gli disse Harlow. Si sentiva raggiante. Non aveva ancora capito dove sarebbe andata a lavorare, ma stare con Lowell, aiutarlo mentre si stava riprendendo, la rendeva estremamente felice.

"Hai parlato con Loretta, oggi?" le chiese Lowell.

Harlow annuì. Aveva parlato con la sua ex capa quasi tutti i giorni, dopo l'incendio. "Sì. Lei ed Edward sono andati in comune lo scorso fine settimana e si sono sposati. Lei ha venduto l'edificio, o meglio... quello che ne è rimasto, a un costruttore che vuole riportarlo al suo fascino storico originale. Le persone che possedevano gli altri edifici si sono fatte avanti e hanno sostenuto che Woolf li aveva praticamente minacciati e li aveva costretti a vendere, quindi anche quegli acquisti potrebbero essere invalidati, di conseguenza gli edifici saranno acquistati da costruttori che lavoreranno tutti insieme per rendere la zona di nuovo bella e prospera. Loretta si sente ancora in colpa per la vendita, ma credo che stia finalmente andando avanti."

"Bene."

Proprio in quel momento, Gray emise un fischio forte e lungo.

Tutti smisero di parlare e si girarono per vedere di cosa si trattava.

Gray sollevò il cellulare e si mise a gesticolare verso il grande tavolo a lato della sala.

Harlow sapeva cosa significava: i Mercenari di Montagna avevano degli affari da discutere.

Scese dal grembo di Lowell e lo aiutò ad alzarsi in piedi. Non riusciva a togliergli gli occhi di dosso mentre si dirigeva verso il tavolo, seguendo i suoi amici.

"Devo ammettere che ha un bel culo," commentò Chloe.

Harlow ridacchiò. Non si preoccupava minimamente del fatto che l'altra donna le avrebbe potuto soffiare l'uomo. Aveva già il suo. E un anello al dito che mostrava quanto Ro l'amasse.

"Bene, ragazze," disse Allye, prendendo a braccetto Morgan e Harlow. "Ho la sensazione che la serata sia quasi finita. So che Gray non vedeva l'ora di andarsene da qui per festeggiare il nostro fidanzamento. Ma se questo..." fece un cenno al tavolo "...è un indizio, immagino che presto partiranno per una missione."

"Merda," disse Harlow sottovoce. Non era ancora pronta per una cosa simile. Era stata viziata e non aveva ancora dovuto guardare Lowell che si dirigeva verso quello che sarebbe stato sicuramente qualcosa di pericoloso. Pensava che lui non sarebbe andato in quella missione, non con il suo ginocchio ancora in via di guarigione, ma era semplicemente una questione di tempo. Non poteva vedere Lowell ritirarsi dai Mercenari di Montagna. Era bravo in quello che faceva, inoltre aveva bisogno di farlo. Aveva bisogno di aiutare donne e bambini a sfuggire ai loro aguzzini e rapitori.

No, non gli avrebbe mai detto quanto odiasse vederlo partire. Si sarebbe assicurata solo di fargli sapere quanto le piaceva averlo a casa.

"Andiamo," disse Morgan. "Devo finire la mia torta e bere. Poi devo portare il mio fidanzato a casa e dargli una ragione dannatamente buona per tornare da me tutto intero."

"Brinderò a questo," disse Chloe.

"Anch'io, anche se sto bevendo solo acqua," concordò Allye.

Alzando le spalle, Harlow prese il suo margarita dal tavolo

vicino. "Anche io. Anche se non credo che Lowell andrà da nessuna parte."

"Chi è quella?" chiese Allye, gesticolando verso una donna in piedi sulla porta, che guardava i tavoli da biliardo e gli avventori.

"Non ne ho idea," disse Chloe.

Harlow le diede un'occhiata. Era una donna alta con dei bellissimi capelli rossi molto lunghi. Aveva lentiggini sul naso e sulle guance, se Harlow avesse dovuto indovinare, avrebbe detto che i suoi occhi erano probabilmente verdi. Indossava jeans logori e sporchi, un paio di stivali neri da combattimento ai piedi e una maglietta nera a maniche lunghe.

Non era qualcuno con cui Harlow avrebbe voluto litigare. Sembrava che potesse sconfiggere chiunque, maschio o femmina che fosse.

Le quattro donne guardarono la nuova arrivata, che notò subito i loro uomini seduti al tavolo nell'angolo e si avviò immediatamente in quella direzione.

"Sembra che sappia badare a se stessa," mormorò Harlow.

"Tu credi?" chiese Morgan. "A volte le donne che dall'esterno sembrano le più toste sono quelle più fragili, all'interno."

Rimasero tutte in silenzio mentre guardavano quella sconosciuta fermarsi a circa un metro e mezzo dal tavolo dove stavano parlando i Mercenari di Montagna.

———

"Ho ricevuto un messaggio da Rex," disse Gray.

"Quando partiamo?" chiese Ball.

Gray scosse la testa. "Non lo so ancora. Ha detto qualcosa riguardo alla necessità di ulteriori ricerche prima di partire. Oh... e sembra che potremmo avere al nostro fianco un civile che si occupa di questo caso."

"Cosa? No. Cazzo, no!" esclamò Ball.

"Che cazzo ti prende?" gli chiese Arrow. "Siamo già stati in missione con dei civili."

"È già abbastanza brutto avere un uomo in meno, a causa del ginocchio di Black. Ma dover fare da babysitter a qualche aspirante soldato è una seccatura. Lo sapete tutti. L'abbiamo già fatto prima."

"Non hai ancora sentito i dettagli del caso," disse Meat. "Perché non ti rilassi?"

Ball sospirò e si passò una mano tra i capelli. Sapeva di essere uno stronzo, ma... vedere tutti i suoi amici in dolce compagnia, sapendo che erano felici e contenti, lo stava uccidendo.

Una volta pensava di aver trovato una donna con cui passare il resto della sua vita. Ma era stata tutta una menzogna. Lei si preoccupava di più del lavoro e di coprire i propri errori, piuttosto che ammetterli. E alla fine, quegli errori lo avevano fatto congedare dalla Guardia Costiera, un lavoro che amava. A lei non importava, quella bastarda si era preoccupata solo del *proprio* culo.

Ball aveva imparato molto su cosa fosse e non fosse l'amore, da lei.

"Bene. Spara," brontolò. "Qual è il caso?"

Gray si schiarì la gola. "Non conosco tutti i dettagli, ma in poche parole, una quindicenne è scomparsa da casa sua a Los Angeles. Viveva con i nonni perché i suoi genitori sono dei drogati, e non voleva più avere niente a che fare con loro. La sorella maggiore si è preoccupata quando i nonni hanno chiamato e le hanno detto che non vedevano la ragazzina da un paio di giorni. Avevano già contattato la polizia, ma le autorità hanno pensato che fosse una tipica fuggitiva e non si sono preoccupate subito. La sorella ha lasciato tutto e si è recata a Los Angeles per cercare di trovarla."

"Dove vive la sorella?" chiese Meat.

"Qui, in realtà. Colorado Springs," disse Gray.

"Quanti anni ha?" chiese Ro.

"Trentaquattro."

"Perché l'adolescente non è andata a vivere con la sorella?" chiese Arrow.

"Non lo so," ammise Gray. "Ma comunque, la sorella ha scoperto abbastanza da renderla estremamente nervosa, e a quanto pare conosce Rex. Si è messa in contatto con lui, e lui le ha promesso di aiutarla."

"Ma questo non ha senso," si lamentò Ball. "Non abbiamo abbastanza dettagli per poter fare qualcosa, a questo punto. Perché la sorella non ha preso la ragazzina? Non mi piace neanche un po'. Rex è di nuovo troppo distratto per farci avere tutte le informazioni che ci servono?"

"Ball, tu..."

"No, sul serio. E lasciatemi indovinare, questa sorella matura, che probabilmente è una ricca casalinga, ha convinto Rex a lasciarla venire con noi? Voglio dire, Rex normalmente non ci farebbe una cosa del genere, ma dopo quello che è successo di recente, non ne sono più sicuro. A meno che non andiamo al centro commerciale a prendere questa adolescente, non c'è modo che un civile non sia d'intralcio."

Ball era furibondo e ignorava il modo in cui i suoi amici lo guardavano con occhi sgranati. Avevano sempre detto esattamente quello che pensavano, ma solo perché alcuni di loro erano diventati ormai delle femminucce, non significava che lui sarebbe cambiato.

"Sapete che non ho problemi a fare quello che serve per salvare donne e bambini in pericolo. Diavolo, tutti noi ne abbiamo fatto la nostra missione di vita. Ma mi sono già trovato in una situazione in cui una donna ha mandato a puttane sia la mia missione che la mia vita. Non ho intenzione di farlo di nuovo."

"Forse dovresti smettere di parlare, ora," gli disse Ro con un sorrisetto sul viso.

"No. Chiama Rex al telefono, Gray," ordinò Ball. "Abbiamo bisogno di maggiori dettagli. E gli dico che non esiste che io permetta a una tizia qualunque, una a cui prima non importava abbastanza da lasciare che la sorellina vivesse con lei, proprio quando aveva bisogno di aiuto, di cercarla come un fottuto cucciolo smarrito."

Il suo sfogo fu accolto dal silenzio.

Ball sapeva di aver esagerato, ma aveva passato una brutta serata.

Nessuno disse una parola, Black aveva lo sguardo divertito e annuiva, come se puntasse con la testa verso qualcosa dietro di lui, così Ball deglutì rumorosamente.

"È in piedi dietro di me, vero?" chiese ai suoi amici.

"Sì," disse Gray con un sorriso compiaciuto.

"Cazzo," mormorò Ball.

"Ciao, mi chiamo Everly Adams. Sono la sorella matura, non molto ricca, di cui il vostro amico parlava in modo così eloquente. La mia sorellastra, Elise McLane, è sorda. Non viveva con me perché frequentava già una delle migliori scuole per sordi di Los Angeles. Io lavoro per il dipartimento di polizia di Colorado Springs come ispettore e ufficiale delle squadre speciali della polizia, gli SWAT. So cavarmela in città, in mezzo alla giungla, e in qualsiasi altro posto che vi venga in mente. Vengo con voi perché Rex ha detto che nessuno di voi zoticoni conosce il linguaggio dei segni, quindi non potrete comunicare con Elise, quando la troverete."

Ball strinse i denti e si girò per scusarsi. Non voleva comunque che la donna andasse con loro in missione, a prescindere dal fatto che fosse una poliziotta.

Aprì la bocca per dirglielo, ma le parole gli morirono in gola quando vide Everly Adams per la prima volta.

Era fottutamente bella. Capelli rossi che sembravano non

finire mai. Adorabili lentiggini sul viso. Jeans che le modellavano le gambe ben definite e muscolose.

Ma furono i suoi occhi verde scuro a lasciare Ball completamente senza parole. Lo stava fulminando con lo sguardo. Era decisamente incazzata. Ma non fu quello a fargli cambiare subito idea, sul fatto di farsi accompagnare da lei per trovare sua sorella.

Era il profondo dolore celato in quegli occhi.

Quella era una donna che non aveva condotto una vita facile. Aveva dovuto lottare per tutto ciò che voleva.

Come lo sapeva, Ball non ne aveva idea, ma l'emozione nei suoi occhi lo fece pentire di aver detto quelle cose tremende. Non l'aveva mai incontrata prima, non conosceva la sua storia.

Ma l'avrebbe conosciuta meglio.

Spingendo lentamente indietro la sua sedia, Ball si alzò in piedi. Era più alto di lei di una spanna abbondante, ma non era una novità, lui era più alto della maggior parte delle persone. Secondo le sue stime, lei era alta circa un metro e settanta, o giù di lì. Alta per essere una donna, un'altezza perfetta per lui. Le tese una mano.

"Sono Kannon Black. I miei amici mi chiamano Ball."

Lei guardò la sua mano con disinteresse e incrociò le braccia sul petto, rifiutandosi di prenderla.

Ball sospirò. Aveva fatto una cazzata. Sapeva che doveva strisciare molto per farsi perdonare. Aveva la sensazione che lavorare con Everly sarebbe stata una sfida. Era passato molto tempo da quando una donna lo aveva costretto a usare il cervello, non solo il corpo.

Non sapeva perché, ma non vedeva l'ora di affrontare quella sfida.

NOTE

CAPITOLO 2

1. Con Navy SEAL si indicano le forze speciali della marina militare degli Stati Uniti d'America. Vengono impiegati soprattutto in conflitti e guerre non convenzionali, difesa interna, azione diretta e azioni antiterrorismo nonché in missioni speciali di ricognizione in ambienti operativi prevalentemente marittimi e costieri.

CAPITOLO 7

1. cerotti di polipropilene o poliestere, atossici e anallergici, utilizzati in alcune situazioni al posto del filo di sutura per ferite di media profondità.

CAPITOLO 18

1. 'Ball' significa palla in inglese.

Proteggere Alabama
Proteggere Fiona
Il Matrimonio di Caroline
Proteggere Summer
Proteggere Cheyenne
Proteggere Jessyka
Proteggere Julie
Proteggere Melody
Proteggere il Futuro
Proteggere Kiera
Proteggere i figli di Alabama
Proteggere Dakota

In inglese:
Delta Force Heroes Series
Rescuing Rayne
Rescuing Aimee (novella)
Rescuing Emily
Rescuing Harley
Marrying Emily (novella)
Rescuing Kassie
Rescuing Bryn
Rescuing Casey
Rescuing Sadie (novella)
Rescuing Wendy
Rescuing Mary
Rescuing Macie (novella)

Delta Team Two Series
Shielding Gillian
Shielding Kinley
Shielding Aspen
Shielding Jayme (novella)
Shielding Riley

Shielding Devyn (May 2021)
Shielding Ember (Sep 2021)
Shielding Sierra (Jan 2022)

Badge of Honor: Texas Heroes Series

Justice for Mackenzie
Justice for Mickie
Justice for Corrie
Justice for Laine (novella)
Shelter for Elizabeth
Justice for Boone
Shelter for Adeline
Shelter for Sophie
Justice for Erin
Justice for Milena
Shelter for Blythe
Justice for Hope
Shelter for Quinn
Shelter for Koren
Shelter for Penelope

SEAL of Protection: Legacy Series

Securing Caite
Securing Brenae (novella)
Securing Sidney
Securing Piper
Securing Zoey
Securing Avery
Securing Kalee
Securing Jane (Feb 2021)

SEAL Team Hawaii Series

Finding Elodie (Apr 2021)
Finding Lexie (Aug 2021)

Finding Kenna (Oct 2021)
Finding Monica (TBA)
Finding Carly (TBA)
Finding Ashlyn (TBA)
Finding Jodelle (TBA)

Ace Security Series

Claiming Grace
Claiming Alexis
Claiming Bailey
Claiming Felicity
Claiming Sarah

Mountain Mercenaries Series

Defending Allye
Defending Chloe
Defending Morgan
Defending Harlow
Defending Everly
Defending Zara
Defending Raven

Silverstone Series

Trusting Skylar
Trusting Taylor (Mar 2021)
Trusting Molly (July 2021)
Trusting Cassidy (Dec 2021)

SEAL of Protection Series

Protecting Caroline
Protecting Alabama
Protecting Fiona
Marrying Caroline (novella)
Protecting Summer

Protecting Cheyenne
Protecting Jessyka
Protecting Julie (novella)
Protecting Melody
Protecting the Future
Protecting Kiera (novella)
Protecting Alabama's Kids (novella)
Protecting Dakota